KB153938

정지용의
삶과 문학

정지용의 삶과 문학

박태상

정지용은 항상 실험적인 예술가였다. 지용은 해방정국을 맞이하여 붓을 꺾는 순간까지도 새로운 시형을 모색하는 등 한순간도 한눈을 팔지 않았다. 그런 측면에서 지용은 진정한 작가였다. 이러한 그의 문학에 대한 진지성과 창작에 대한 열정은 다른 어떤 예술가들도 따라오기 어려웠을 것이다. 한마디로 그는 '항상 전통을 깨부수는 동시에 다시 새로운 전통을 만들었던' 예술가였다. 이러한 그의 예술가적인 면모 때문에 '감각적 서정시의 새로운 세계를 개척한 최초의 시인'이라는 말부터 옹골차게 시 창작에만 몰두하여 '전문시인의 위상을 정립한 시인'이라는 평가까지 여러 가지 수식어가 따라 붙는다. 특히 1930년대 말부터 1940년대 초까지의 소위 식민지 현실 속에서 암흑기로 넘어가는 과도기에 고독을 느끼면서도 시를 지속적으로 씀으로써 전통의 단절을 끝까지 피하려고 한 공적은 높이 평가해야만 한다. 특히 정지용의 이 시기의 소극적인 저항방법으로서의, 치열했던 삶의 흔적과 은일자적 정신태도가 잘 드러나는 시편들을 그가 편집위원을 맡고 있던 잡지 『문장』을 통해서 볼 수 있게 된다는 점에서도 잡지 『문장』의 가치가 새롭게 매겨질 수 있다. 이번 연구서에서 특히 『문장』에 대한 탐구가 많은 이유가 여기에 있다.

제23회 지용제를 맞이하여 정지용문학에 대한 연구서를 간행하기로 마음을 정하였다. 지용제 운영위원으로서 10년 이상 활동을 하면서 '지용제'를 대한민국 최고의 문학축제로 끌어올리는데 크게 기여했다는 자부심을 느낀다. 이제 '지용제'에 이어 만해 한용운 문학제, 이효석 문학제, 김유정문학제 등이 자리를 잡았으며, 후발 주자들인 박두진문학제, 서정주문학제, 조병화문학제 등도 어느 정도 본 궤도에 오른 것으로 생각된다. 만약에 선두주자인 '정지용 문학축제'의 정착이 없었다면, 우리나라에 이렇게도 많은 문학제가 생성되어 성공할 수 있었을까?

지용제는 단순히 문학제에 머물지 않고 충북 옥천을 기반으로 하는 성공한 지역축제라는 데에서 더 큰 의미를 둘 수 있다. 지역축제를 홍보하는 방법에 여러 가지가 있을 수 있다. 가장 많이 활용하는 방법이 지역 특산물을 축제이름으로 사용하여 홍보하는 방법이다. 청량고추, 안성포도, 여주 이천쌀, 의성 마늘, 통영 굴, 순창 고추장, 포항 시금치 등등이 있다. 이러한 방법에는 항상 군수나 시장이 광고 CF에 앞장서서 나온다. 일반 시청자 입장에서는 별로 달갑지 않은 홍보방법으로 생각된다. 다른 방법으로는 문화를 상품화하여 홍보하는 방법이다. 충북 옥천의 지용제는 바로 '문화'를 브랜드로 하여 지역을 홍보하는 방법으로 취한, 독특한 방식을 선택했다. 이러한 방식을 선택한 도시는 꽤 된다. 하동의 토지 문학제, 통영의 윤이상 국제음악제, 장성의 홍길동축제, 함평의 나비축제, 순천 갈대밭의 자연생태축제, 안면도나 고양시의 꽃 축제 등이 있다. 21세기는 문화의 시대이자 신지식인의 시대이다. 따라서 문화 브랜드를 통해 창조적인 진취성을 홍보하는 것은 지역을 알리는 데 있어서 미래의 큰 자산이 될 것이다. 마치 대기업이 대표적인 상품을 홍보하기 보다는 먼 미래를 보고 기업의 '이미지'를 적극 홍보하는 것과 마찬가지 원리이다.

지용제의 또 하나의 묘미는 초기부터 현재까지 '문학포럼'을 지속시키고 있는 점이다. 어떻게 보면 딱딱한 축제라는 이미지를 줄 수도 있지만, 고집스럽게 초기부터 세미나를 진행했다. 그것은 바로 '지용의 실험정신'을 알리는 데에 크게 기여를 했다. 그 결과 많은 새로운 성과들이 나왔다. 김용직·유종호 교수의 한국문학사 측면에서의 지용문학의 가치와 위상 설정, 최동호 교수의 산수시 연구나 이숭원 교수의 지용 시에 대한 새로운 해석, 박태상 교수의 지용의 마지막 행적에 대한 북한 통일신보 자료 공개, 북한 『조선문학사』와 『조선대백과사전』에서의 지용문학의 부활 최초 공개 등등이 지용문학포럼에서 발표된 학술적 업적들이다. 이러한 축적된 연구 성과들은 단행본 학술서적으로도 출간되었지만, 더욱 중요한 것은 『정지용사전』(최동호)이나 『원본 정지용시집』(이숭원)으로 모습을 드러냈다는 점이다. 이러한 원천적 자료는 후학들의 『다시 읽는 정지용 시』 등의 후속 성과로 이어졌다는 점에서 큰 의미를 찾을 수 있다.

이번에 새롭게 내놓는 학술서적은 이렇게 지용제「문학포럼」에서 주로 발표되었던 논문들을 엮었다는 점에 의미를 둘 수 있다. 필자는 한국문학사를 전공으로 삼기 때문에, 지용의 한편 한편의 시 비평이나 심층적 분석에 매달리기보다 잡지 『문장』과 지용시, 지용과 김용준의 미학적 근접성, 지용문학과 청록파 문학의 거리, 북한문학사에서 부활한 지용문학 등등에 대한 논문으로 채워졌다. 따라서 중복되는 부분이 일부 있을 수 있다는 것을 밝혀둔다. 지용 시에 대한 새로운 해석은 최근 많이 쏟아져 나오는 소장학자들의 연구서에 미루기로 한다. 최근 선학들의 해석과 다르게 접근하려는 소장학자들의 움직임은 매우 고무적인 접근법으로 생각되었다. 대표적인 것으로 지용의 초기 서구적인 지향시와 후기의 동양주의적인 시에 대한 이분법적 해석을 해체하고 지용시를 총체적인 시각에서 일관성 있는 창작 작업으로 보려고 하는 참신한 시각이 있다.

이 책을 출간하면서 여러 분들의 따뜻한 손길이 떠오른다. 옥천 지용제의 역사를 함께 만들어가면서 조언을 해주는 동시에 촘촘한 네트워크를 형성하였던 김성우 전 한국일보 논설위원, 유봉렬 전 옥천군수, 이인석 전 옥천 문화원장, 이근배 전 지용회 회장, 박인수 전 서울대 음대 교수, 지용선생의 장남 고 정구관옹, 박현숙 지용회 사무국장, 김용직 교수, 최동호 교수, 이숭원 교수 등께 감사를 드린다. 특히 대학 은사였으며 지용에 대한 많은 이야기를 해주셨던 혜산 박두진 선생님의 은혜를 잊을 수 없다.

2010년 5월 15일
제23회 옥천 지용제를 맞이하며

제4부 북한에서 정지용은 부활했는가

제 **1** 부

정지용은 왜 불안했는가

정지용과 청록파 시인들

1. 머리말

시인 정지용을 기리는 지용제가 올해로 23회를 맞이하면서 충북 옥천군에서 펼쳐졌다. 이제 '지용제'는 우리나라에서 가장 유서가 깊은 문학제로 자리를 잡았다는 것이 문학계 전반의 평가이다. '지용제'와 더불어 개최되는 학술세미나인 '지용문학포럼'도 그 나이테를 더해가고 있다. 지금까지 지용문학포럼에서 이슈가 되었던 것은 초기에는 정지용시의 해금에 따른 문학사적 의의를 깊이 있게 천착했다. 이러한 논의의 결과는 정지용에 대해 '한국현대시의 아버지'라는 모토를 이끌어냈다. 1990년대부터 21세기 초에는 지용시에 내재된 작품구조상의 특성과 예술성에 대해 파고들었다. 초기의 '바다시편' 등 서구지향적인 근대성을 지니는 시부터 후기시인 '산시편'이 주는 동양적 전통성을 새롭게 해석하는 작업이 진행되었다. 특히 최동호의 산수시에 대한 새로운 접근은 학계에 신선한 충격을 던져 주었다. 최동호는 지용의 '비'에 대해 송욱이 1963년 "빈약하고 메마른 작품"이라고 혹평[1]한 것과 두보의 시와 비교하여 두보가 사회와 정치와 종교를 종합한 작품을 썼던 것이라고 하면서 자연묘사로 일관하는 '비'는 현대시가 될 수 없다고 부정론을 펼친 것에 반감을 표시했다. 또 문덕수가 1981년『한국모더니즘시 연구』에서 지용시를 랜섬의 비평용어를 차용하여 사물시라고 명명한 것2)에 대해서도 비판을 가했다. 그러면서 이 양자의 논리나 논거에 대한 비판을 통해 산수시론을 전개하는 출발점을 마련했다고 언급하면서 이러한 논의를 거쳐 지용의 후기시의 정신주의적 시들이 새롭게 조명을 받았다3)고 자평했다. 또 권영민의『정지용시 126편 다시 읽기』(민음사, 2004)에 대해 2005년 지용문학포럼에서 '비'를 읽는 과정에서 오독이 있었다고 비판함으로써 후학들에게 정독에 대한 각성을 촉구했다. 이숭원도 권영민의『정지용 시 다시 읽기』비판에 가세했다. 「바다2」, 「카페 프란스」, 「유리창2」, 「오월 소식」, 「향수」, 「꽃과 벗」 등의 해석을 놓고 논쟁을 펼침으로써 문학연구의 섬세성과 치열성을 촉구했다. 그 외에도 박태상은 왜 북한문학사가 그 동안 언급하지 않았던 정지용문학에 대해 새로운 평가를 내렸는가와 정지용·김용준의 미학관의 동질성에 대한 천착을 시도해 지용시 연구에 새로운 단초를 제공했다고 자평한다.

21세기로 접어들면서 신진학자들은 지용시의 초기시인 바다시편과 후기시인 산시편들에 대해 선학들처럼 대립적으로 분석하지 않고 그 연계성에 대해 거론4)하면서 지용은 후기시에서 '조선적인 것'을 통해 새로운 시형식에 대한 실험을 하거나 근대적 의미의 심미성을 계발하는

---

1) 송욱, 「한국모더니즘 비판」, 『시학평전』, 일조각, 1963, 204쪽.
2) 문덕수, 『한국모더니즘 시 연구』, 시문학사, 1981, 117쪽.
3) 최동호, 「정지용의 산수시와 정·경의 시학」, 『다시 읽는 정지용 시』, 최동호 외 엮음, 월인, 2003, 237쪽.
4) 권정우, 「정지용의 바다시편과 산시편의 연속성 연구」, 『비교한국학』12-2, 국제비교한국학회, 2004, 95-97쪽.

과정으로 활용했다5)고 해석했다. 이러한 새로운 견해를 일정 부분 수용하면서 정지용과 청록파문학의 연계성에 대해 접근해보기로 한다.

2. 정지용과 청록파 시인들의 관계

『문장』 편집진은 잘 알려진 대로 소설의 이태준, 시의 정지용, 시조의 이병기, 장정과 미술평론의 김용준의 4인체제로 운영되었다. 그런데 1939년 2월 1일 발행된 창간호를 보면 말미의 '여묵餘墨에서 편집주간 이태준은 장정의 경우, 길진섭이 맡는다고 하면서 "출판물의 최후의 가치를 결정하는 것은 실로 활자호수에서부터 제본에까지를 통제하는 장정으로서, 그 일을 양화가 길진섭우가 담임해주게 된 것은 문장의 자랑이 아닐 수 없다"고 밝히고 있다. 길진섭에 대한 언급에 이어서 단행본으로는 박태원의 창작집 『소설가 구보씨의 일일』로 처녀출판을 삼았다고 거론하고 있다. 2호에서는 길진섭의 이름으로 "우산 김용준 씨의 권두화는 과연 우리가 아껴야만 할 필치의 그림이다"고 언급하였다.

3호에서는 시 특집에서는 1년을 두고 벼른 정지용의 「백록담」이 나왔고, 훌륭한 고전이요, 훌륭한 문장인 한중록을 게재한다고 하면서 말미에 "재래의 우리 서적계는 단행본으로부터 잡지까지 장정 혹은 표지의 그 모두가 외국서적만을 모방해왔다. 우리의 문학이라면, 우리의 장정, 우리의 표지가 창조되어야 할 것이다. 지금 우리는 넉넉히 그 시대를 가지고 있다 …(중략)… 본지 4월호는 4월의 색감을 담북 담고 나왔다. 우산의 아껴 그린 표지가 과연 점두에 자랑거리가 될줄 자신한

---

5) 김신성, 「'미적인 것'의 이중성과 정지용의 시」, 『정지용의 문학세계 연구』, 깊은샘, 2001, 112-115쪽.

다"고 우산 김용준이 표지화를 그렸음을 밝히고 있다. 이러한 점으로 보아서 잡지『문장』은 글도 중요하게 여겼지만, 장정이나 삽화에 많은 비중을 두었던 것으로 생각된다.

재미있는 것은 창간호와 2호의 후반부에 박스처리를 하여 추천작품 모집 공고를 낸 점이다. 시와 시조의 경우, 1인 1회 3편 이내로, 단편 소설의 경우 1인 1회 1편을 내되, 4백자 원고지로 30매 이내라고 제한하면서 "시면 시, 소설이면 소설로 추천을 세 번 얻는 작가에겐 그 후부터는 기성작가로서 대우함"이라고 규정을 제시하였다. 또 시는 정지용, 시조는 이병기 그리고 소설은 이태준이 엄선을 한다고 공고하고 있다.

드디어『문장』3호(1939년 4월호)에서 정지용과 이태준은 신인 몇 명을 추천하였다. 시에서는 조지훈, 김종한, 황민의 3명을 초회 추천하였고, 소설에서는 최태응의 「바보 용칠이」를 추천하였다. 정지용은 「시선 후에」에서 "깊숙이 숨었다가 툭 튀어 나오되 호랑이처럼 무서운 시인이 혹시나 없을까? 기다리지 않았던 바도 아니었으나 이에 골라낸 세 사람이 마침내 호랑이가 아니고 말았다. 조선에 시가 어쩌면 이다지도 가난할까? 시가 이렇게 괴조조하고 때 묻은 것이라면 어떻게 소설을 보고 큰소리를 헐고!"[6]라고 탄식하고 있다. 그러면서 투고 시 백여 편 중에서 3명의 것을 엄선했다고 기술하였다.

정지용은 조지훈을 추천한 이유에 대해 다음과 같이 단평을 하면서 설명하고 있다.

조지훈은 「華悲記」도 좋기는 하였으나 너무도 앙증스러워서 「古風衣裳」을 취하였습니다. 매우 유망하시외다. 그러나 당신이 미인도를 그

---

6) 『시선후』, 『문장』 제3집, 1939. 4, 132쪽.

리시랴면 以堂 김은호 화백을 당하시겠습니까. 당신의 시에서 앞으로 생활과 호흡과 年齒와 생략이 보고 싶습니다.[7]

정지용은 제4집에서는 이한직, 조정순, 김수돈을 초회 추천하였다. 제5집에서는 박두진(「묘지송」), 이한직, 김종한을 추천하였다. 세 호를 건너뛰어 제8집에서는 이한직, 김종한을 추천 완료하여 정식 작가로 등단시키면서 등단 소감까지 지면을 할애하여 실었다. 제9집에서는 박목월(「길처럼, 연륜」), 박두진(「낙엽송」)을 추천하였고, 제10집에서는 박남수(「심야, 마을」), 김수돈을 추천하였다. 이러한 시부문의 추천은 폐간 직전인 1941년 3월의 제26집까지 계속되었다.

그런데 흥미로운 것은 편집인 중 시추천자인 정지용이 매우 날카롭고 듣기에 따라서는 비수로 느껴지는 촌철살인의 시선후의 시평을 『문장』에 지속적으로 썼다는 점이다. 어떻게 보면 냉혹할 정도로 비판의 칼날을 들이대고 있다. 초회 추천은 애정이 담긴 칭찬을 해주지만, 2회 때부터는 시니컬하고 냉기가 느껴지는 논평을 일삼고 있다. 아무래도 선생으로서 제자들이 시류에 영합하고 게으름을 부릴까 두려워했던 때문으로 생각된다.

정지용의 우려는 다음과 같이 표현되고 있다.

한번 추천한 후에 실없이 염려되는 것이 이 사람이 뒤를 잘 대일까 하는 것이다. 어떤 이는 실수 없이 척척 대다시피 하나 어떤 이는 둘째 번에 허둥지둥하는 꼴이 원 이럴 수가 있나 하는 기대에 아조 어그러지는 이도 있다.
그럴 까닭이 어디 있을까? 다소의 시적 정열—보다도 초조로 시를 대하는데 있을까 한다. 擊劍채를 들고 나서듯 팽창한 자신과 무서운 놈

7) 「시선후」, 앞의 책, 같은 쪽.

이 누구냐 하는 개성이 서지 못한 까닭이다. 이십 전후에 서정시로 쨍쨍 울리는 소리가 아니 나서야 가망이 적다. 소설이나 논설이나 학문과는 달라서 서정시는 청춘과 天才의 소작이 아닐 수 없으니 꾀꼬리처럼 驕奢한 젊은 시인들아 쩔쩔 맬 맛이 없는 것이다.

選者의 성벽을 맞추어 시조를 바꾸는 꼴은 볼 수가 없다. 일고할 여지없이 물리치노니 해를 입지 말기 바란다.8)

정지용은 위의 글에서 두 가지 위험성을 경고하였다. 하나는 초회 추천 후에 발전성을 보여주지 못하는 안이한 자세를 꼬집고 있다. 후배시인들이 계속 정진하여 새로운 시세계를 개척해나가야 하는데 그렇지 못함을 비판한 것이다. 다른 하나는 표현설 중 영감설을 강조하면서 서정시의 특성을 강조한 점이다. 즉 청년정신과 천재성을 발휘하여 개성을 보여야 함을 후배시인들에게 주문하고 있다. 당시 응모신인들이 심사위원 정지용의 성향에 맞추기 위해 자신의 개성을 버리는 한편 독창적인 시적인 틀도 잡아나가지 못함에 대해서 못마땅해 하고 있다. 정지용의 이런 추천 태도는 아끼는 제자들인 조지훈·박두진에게도 그대로 적용되고 있다. 조지훈의 경우, 시적 방황을 지적하고 있고, 박두진에게는 답보상태를 계속하겠는가라고 힐난하고 있다.

조지훈군 당신의 시적 방황은 매우 처참하시외다. 당분간 명경지수에 一抹白雲이 거닐 듯이 閑雅한 휴양이 필요할까 합니다. …… 박두진군 제일회적 시는 완전히 조각을 지난 것이었으나 이번 것은 그렇지 못하시외다. 당분간 답보로를 계속하시렵니까? 시상도 좀 낡은 것이 아닐 수 없습니다. 高樓淸風에 유려한 변설―당신의 장점을 오래 고집하지 마시오. 이래도 선뜻 째이고 저래도 째이는 시적재화가 easy going으로

---

8) 「시선후에」, 『문장』 제9집, 1939. 9, 128쪽.

낙향하기 쉬운 일이니 최종 코ー스를 위하여 맹렬히 저항하시오.9)

하지만 정지용은 초회추천 때에는 애정이 넘치는 표현과 찬사일색의 묘사로 마음에서 우러나는 격려를 하고 있어 판이한 시평의 태도를 보여준다. 아무래도 시창작의 선배로서 채찍과 당근의 무기를 활용하고 있다고 할 수 있다. 아울러 정지용 시인 자신의 부단한 개척적인 창작정신과 후학양성의 뜻을 그들에게도 전수하려는 의도로 생각된다.

박목월군 등을 서로 대고 돌아앉아 눈물 없이 울고 싶은 「리리스트」를 처음 만나뵈입니다그려. 어쩌자고 이 험오한 세상에 哀憐惻測한 「리리시즘」을 타고 나섰습니까? 모름지기 시인은 강하여야 합니다. 조롱 안에서도 쪼그리고 견딜만한 그러한 사자처럼 약하여야 하지요. 다음에는 내가 당신을 몽둥이로 후려갈기리라. 당신이 얼마나 강한지를 보기 위하여 얼마나 약한지를 推載하기 위하여!10)

박두진의 초회추천의 경우도, 찬사일색이다. 특히 박두진의 「향현」에 담긴 山에 대한 상징적 묘사, 이상적 세계의 도래를 꿈꾸는 염원 그리고 질곡 속에서도 평화를 희구하는 진솔한 심정 등에 대해 친구 김소운을 빌어서 오랜만에 만나는 개성적인 서정시라고 칭찬을 하고 있다.

박두진군, 당신의 시를 시우 소운한테 자랑삼아 보이었더니 소운이 경륜하는 중에 있던 산의 시를 포기하노라고 합다. 시를 무서워할 줄 아는 시인을 다시 무서워 할 것입니다. 유유히 펴고 앉은 당신의 시의 자세는 매우 편하여 보입니다.11)

---

9) 「시선후에」, 앞의 책, 같은 쪽.
10) 「시선후에」, 위의 책, 같은 쪽.
11) 「시선후에」, 『문장』 제5집, 1939. 6, 127쪽.

「시선후」에 나타난 정지용의 뜻은 몇 가지로 요약된다. 첫째, 시적 정열을 지닌 무서운 신인들의 도래를 기대하고 있다. 당대에 꾀꼬리처럼 교만하고 사치스러운 젊은 시인들이 출몰하지 않음에 대해 통탄하고 있는 것이다. 둘째, 제대로 된 서정시의 출현을 주문하고 있다. 지용은 서정시는 소설과 논설 그리고 학문과 달리 청춘과 천재성에 바탕해야 한다고 강조하고 있다. 셋째, 경외감으로 시를 대하고 새로운 시의 세계를 개척할 수 있는 후배시인들의 등장을 고대하고 있다. 지용이 조지훈의 앞으로의 시에서 주문한 "당신의 시에서 앞으로 생활과 호흡과 年齒와 생략이 보고 싶습니다"의 의미를 되새겨야 할 것이다. 즉 지용은 청록파 시인들에게 시대정신이 담기고 리듬과 토운이 조율된 아울러 새로운 형식을 실험하면서도 경륜이 묻어난 서정시를 요구하고 있다. 지용과 청록파의 관계는 단순한 사제지간을 넘어서고 있다. 시인 정지용의 작가적 특성의 2대축인 '전통'과 '창조적 개성'의 성향을 청록파는 정서적으로 공유하고 있는 것이다.

3. 정지용의 시에 나타난 '결핍'의 자연관

정지용은 철저하게 근대적인 미학관을 정립하기 위해 몰두하고 실험하였던 시인이었다. 근대적 미학관은 다른 어떤 문학 외적인 요소보다도 먼저 '아름다움'을 본질로서 추구하는 입장이다. 하지만 지용은 '미적인 것'에 대해 철저하게 도덕적 규범에 함몰하는 유교적 미학관도 아니고, 근대적 자본주의의 시장적 원리에 근거하는 상업적 부르주아적인 미학관에서도 벗어난, 어느 정도 현실과 거리를 둔 고답적이면서도 근대적 현실의 모순에 대해서는 비판적 모습을 지닐 수 있는 미적인 토대를 구축하는 것을 목표로 삼았다. 그런 측면에서 단순한 외적인 면에서 볼 때, 우리는 지용의 후기시에서 얼핏 '도가적인 미학관'을 엿보게 된다. 현실에서 한발을 빼려고 한 지용의 전략적 선택인 것이다.

우선 정지용과 청록파의 관계정립을 위해서는 그의 자연관을 살펴보는 것이 선행되어야 할 것이다. 그 이유는 1930년대 말과 1940년대 초 정지용과 청록파는 '자연'이라는 대상에 대해 상당한 동질적인 반응을 보였기 때문이다. 청록파 시인들 세 명을 하나로 묶을 수 있게 된 계기는 잘 알려진 대로 1946년 공동시집 『청록집』을 을유문화사에서 펴냈기 때문이다. 또 잡지 『문장』을 통해 정지용으로부터 추천을 받아 세 시인이 데뷔했다는 공통점을 지니기도 했다.

자연은 피시스(Physis)라는 그리스어에서 생겨났다. 이 말은 피오마이(태어나다)라는 동사에서 유래하기 때문에 '생성'이란 말뜻을 가진다. 아리스토텔레스는 자연은 그 자체 안에서 운동의 원리를 가진다고 보았다. 또 탈레스의 말처럼 "만물은 신들로 가득 차 있다"는 범신론적인 인식태도를 고대 그리스인들은 가졌다. 자연은 인간과 대립되는 존재가 아니고 생명적 자연의 일부로서 포괄되어 있다는 인식인 것이다. 즉 인간은 자연과 동질적으로 조화하고 있다고 파악하며, 신마저도 자연을 초월하는 것이 아니고 그것에 내재하고 있다고 본다.

특히 자연철학자들은 미의 형식적 개념을 형성하는 데 기초적인 공헌을 했다. 6세기 후반 피타고라스 학파는 우주의 형식적 질서와 그 완전성을 추구하여 거기에 합치하는 영혼의 독자적인 원리를 수립하려고 했다. 그리고 그들은 우주의 형식적 완전성을 '조화'라고 이름 짓고, 거기서 모든 대립의 수적인 균제·질서·통일을 찾아내려고 함으로써 미와 예술의 객관적·이론적 척도의 원리를 수립[12]했다.

미 일반에 관한 아리스토텔레스의 사고방식은 일반 그리스인과 그리 다르지 않았다. 즉 미는 선과 함께 목적인으로서 '인식과 운동의 원리'이고, 그 주된 형식이 질서와 균제와 한정이므로 수학적 학문의 대상으로 될 수 있는 것이다. 예술이 자연과 다른 점은 예술가의 내면적인 원리에 따라 통일되어 있다는 것이다. 단순한 개개의 사상으로서의 존재로 보면 가장 아름다운 것은 자연 속에 있다. 그러나 예술가가 이것을 대상으로서 하나의 통일 원리에 기초하여 그 미를 종합화함으로써 전형화하고 이상화할 때, 비로소 자연미를 보완 완성하는 예술의 독자적인 미가 성립하는 것이다. 아리스토텔레스가 『시학』에서 "미는 크기와 질서에 있다"라고 말한 것은 이러한 예술미 성립의 통일 원리를 가리키는 것[13]이다.

그러나 중세 그리스도교의 세계로 들어서면, 그리스의 범 자연주의는 분쇄되어 하느님과 인간과 자연과의 분명한 계층적 이질적 질서가 나타난다. 이제 자연도 인간도 하느님에 의해서 창조된 것이며 하느님은 완전히 초월해 있다. 인간도 이제는 자연의 일부가 아니고 자연은 인간과는 독립적으로 하느님에 의해서 창조된 것으로서 인간의 관여를 받지 않는 '다른 것'이 된다. 여기에서 자연을 인간과 완전히 독립, 관계가 없는 것으로서 객관화하여 이것에 대해 밖에서 실험적 조작을 가해서 과학적으로 파악하려는 근대의 실증주의적 태도의 원천을 찾아 볼 수 있다.

자연의 비인간화가 추진되었을 때 그것은 마침내 자연으로부터 모든 인간적 요소, 빛깔이라든가 냄새라든가 하는 제2성질이나 목적의식 등을 추방하고 오로지 이를 크기·형태·운동 등의 자연 자체의 요소

---

12) 논장 편집부 엮음, 『미학사전』, 논장, 1988, 14쪽.
13) 위의 책, 22-23쪽.

를 인과적으로 분석하지 않으면 안 된다는 입장에 이른다. 이것이 근대의 '기계론적 자연관'이다. 이제 살아있는 자연을 원형으로 한 그리스의 유기적 자연관은 생명을 배제한 무기적 자연, 오로지 수학적·인관적으로 취급되는 죽은 자연을 원형으로 삼는 것으로 크게 바뀌게 된 것이다. 이러한 자각에는 근세 철학의 시조 R. 데카르트의 자연관이 영향을 미치게 되었다.

고대 그리스 사상에 의하면 인간이성은 인간의 본질인 동시에 우주의 본질로서 세계 이성과 동질적인 것이다. 그러나 근세에 이르면 인간의 주체적 자아 개념이 등장하고 자연과 인간, 주객의 분리가 진행됨으로써 그리스적 이성은 곧 인간 자아의 주체적 이성으로 치환된다. 근세 이성주의의 선구격인 데카르트의 "나는 생각한다. 그러므로 존재한다."라는 유명한 명제는 확실성의 기초가 더 이상 신적 존재가 아닌 '생각하는 나' 즉 이성적 사유 주체로서 인간임을 선언하는 것[14]이었다.

또 하나는 최근 분자생물학의 발전으로 사회생물학적 관점에서의 인성론이 급부상하고 있다. 문화 전반에 걸친 생태학적 해석이 큰 호응을 얻고 있다는 점에서 관심을 끌만하다. 문제는 사회생물학적 관점이 많은 논쟁을 불러일으키고 있다는 점이다. 물론 사회생물학적 관점은 긍정적인 측면도 있다. 첫째, 인간이 다른 동물보다 우월하다는 전통적인 인본주의 관점 내지 기독교적 관점은 인간이 다른 동물을 도살하고 지배하는 일을 정당화해 왔으나 인간이나 다른 동물이나 차이점이 없다고 보는 사회생물학의 견해는 일단 그러한 인간의 권리를 박탈한다는 점에서 역설적으로 생명 존중의 윤리를 강화할 수 있다. 더욱이 이것은 자연 또는 생태계 속에서 인간의 위치가 자연의 중심이 아

---

14) 이정호 외, 『철학의 이해』, 한국방송대출판부, 2000, 89쪽.

니라 자연의 일부일 뿐임을 일깨워 줌으로써 탐욕적 삶의 부질없음은 물론 인간의 문명적 질서 역시 생태계 질서의 일부로서 다른 부분들과의 유기적인 고려 없이는 따로 유지될 수 없음을 과학적으로 깨닫게 해 줄 수도 있다. 나아가 사회생물학적 견해는 인간이 환경을 개발하고 훼손하기보다는 자연 앞에 겸허한 자세로 자연을 보호하고 보존하기 위한 오늘날의 생태학적 세계관의 과학적 근거[15]가 될 수 있다.

둘째 학문의 통합성 측면에서 사회생물학은 두 개의 문화(인문과학과 자연과학) 사이에 다리를 놓는 일을 실현한다. 사회생물학은 하등동물에서 고등영장류와 인간에 이르기까지 그리고 유전자에서 개체 사회뿐 아니라 인간의 정신과 문화에 이르기까지 생물 사회의 진화와 조직화라는 모든 단계를 하나로 묶어 통일적으로 설명하려고 하기 때문이다. 즉 그들은 인간 사회와 윤리 그리고 문화까지도 생물학적 기초에서 분석하고 규명할 수 있다[16]고 생각한다.

그러나 사회생물학은 많은 문제점도 동시에 안고 있다. 인간에 관한 모든 것을 다 생물학적 원리로 설명할 수 없다는 점, 인간사회에서 일어나는 일이나 문화는 다른 동물세계의 자연선택적인 현상과는 다른 특성을 갖는다는 점 그리고 생물학적 결정론은 인간 사회가 갖고 있는 복합적인 문제를 단순화시키면서 문제 자체를 해소시킬 위험도 있다는 점 등이 있다. 무엇보다도 더 큰 위험성은 게놈 프로젝트 등을 통해 유전자의 내적 구조가 드러나기 시작하고 그에 따른 유전자의 임의적인 조작 가능성이 확보된 오늘날의 과학 수준에서 볼 때, 유전자 결정론은 인간의 존엄성과 관련한 심각한 사회윤리 문제를 야기 시킬 수 있다. 이런 점에서 계급주의, 인종차별·남녀 불평등·제국주의 등 온

---

15) 앞의 책, 102-103쪽.
16) 위의 책, 103쪽.

갖 정치적 불합리를 지지하는 이론으로 이용될 수 있다는 현실적인 한계와 그로 인한 비난을 면하기 어렵다.[17]

한편 얼마 전부터 생태위기의 극복을 위한 생태학과 윤리학의 발전에 따른 '문학생태학'이 등장했다. 생태비평은 지구중심적인(Earth-centered)관점으로 문학과 자연(=물리적 환경) 사이의 관계를 연구한다. '생태비평'이란 용어를 처음 사용한 사람은 윌리엄 루에커트(W. Rueckert)이다. 생태비평을 연구하는 가장 중요한 맥락은 문학작품의 내용이 생태의식과 맞닿아 있는가에 대한 천착이다. 대표적인 생태비평 이론으로는 심층생태론(Deep Ecology), 사회생태론(Social Ecology), 생태페미니즘(Eco Feminism) 등이 있다. 이중 '심층생태론'이란 용어는 아르네 네스(Arne Naess)의 『표층과 심층, 장기적 안목에서 생태운동The shallow & the Deep, Long Range Ecology Movement』에서 처음 사용되었다. 네스는 당시의 환경운동을 크게 표층생태학과 심층생태학의 두 갈래로 나누어 설명[18]했다.

네스에 따르면 표층생태론(Shallow Ecology)이란 제도권의 생태학, 다시 말해 정부나 산업체 그리고 대학이 관심을 두는 생태학이다. 이들은 공해문제나 자원고갈 같은 일반적인 환경문제를 그 대상으로 삼을 뿐, 근본적인 환경문제 해결에는 관심을 두고 있지 않다. 반면 심층생태론은 글자 그대로 환경문제를 좀 더 심층적으로 다루려는 입장을 취한다. 심층생태론은 경제발전이나 성장에 대한 깊은 회의를 갖고, 경제발전이나 성장보다는 오히려 생태적으로 지속가능한 사회를 이룩하기 위해 온갖 힘을 쏟는다. 또한 심층생태론은 환경문제에 대한 포괄적이며, 종교적이며, 철학적인 세계관을 표출시키려는 생태의식을 전

---

17) 앞의 책, 103-104쪽.
18) 구자희, 『한국 현대 생태담론과 이론 연구』, 새미, 2004, 50-51쪽.

제로 한다. 즉 이들은 인간을 자연이나 그 밖의 무엇으로도 분리시키지 않으며, 세계를 분리된 사물들의 집적으로 보지 않고, 근본적으로 상호연결 되어 있는 상호의존적인 연결망으로 본다.[19] 네스의 이론을 심화시킨 드볼과 세션(Devall & Sessions)은 미신이나 불교적 의식 등 영적이고 종교적인 세계관을 제시한 동양의 사상들을 대안으로 제시했다.

네스는 서로 다른 종교적 전통을 통하여 심층생태론의 일반적 원칙을 제시하였다. 그는 인간을 둘러싼 환경의 이미지를 거부하고 인간과 자연의 긴밀한 상호교류를 기본 전제로 제시한다. 즉 원칙적인 생물 생활권에 대한 평등주의를 주장한다. 또한 다양성과 공생의 원칙, 그리고 반계급적 태도를 통해 지배적 세계관에 전면적인 저항을 보인다. 그 외에도 지방의 자율성과 지방분권화를 강조하면서 복잡성이 아닌 복합성을 강조한다. 이러한 본질에 보다 근접하기 위해 네스는 인간 스스로가 자연과의 상호연관을 통해서 존재하는 것으로 이해하는 '자아실현(Self-realization)'이라는 개념과 모든 생명체가 상호연관된 전체의 평등한 구성원임을 강조하는 '생명중심적 평등(Biocentric Equality)'이라는 개념을 제시[20]하였다. 한편 김옥성은 심층생태론의 '우주는 하나다'라는 전일적(holistic) 세계관, 생명 중심적 평등의 원리, 자아실현의 원칙이 '주관적 인식론'을 취하고, '자아와 세계의 동일성'을 세계관의 본질로 삼는 서정시의 논리와 유사한 면모를 보여주는데 주목하였다. 물론 서정성은 미학적 '순간'에 관련되며, 심층생태론은 자기동일화의 '과정'에 무게를 둔다는 데에서 결정적인 차이가 있지만, 양자의 지향점은 근본적으로 겹쳐진다[21]고 보았다.

---

19) 구자희, 앞의 책, 51-52쪽.

20) 위의 책, 53-54쪽.

21) 김옥성, 「서정주의 생태사상과 그 시학적 양상」, 『한국문화이론과 비평』 제34집, 한

그러면 정지용의 자연관은 어떤 입장을 취하고 있었을까? 정지용이 동양적 자연관을 일관되게 취했는가? 아니면 근대적인 자연관을 따랐을까? 그도 아니면 가톨릭적인 자연관을 수용했을까? 아니면 절충주의적 입장을 취했을까? 학계에서는 다양한 논의가 있어왔다. 그 동안 정지용의 초기시에 나타나는 바다시편과 후기시에 등장하는 산시편에 대해 모더니즘 vs 전통지향성, 서구적 이미지즘의 방법 vs 동양정신의 대립으로 해석하여 지용시의 시적 흐름을 단절로 파악하는 선학들이 많았다.

이에 비해 신진학자들은 연속성의 관점에서 지용시의 흐름을 파악하려고 새롭게 시도했다. 권정우는 바다시편과 산시편은 시의 구성원리가 같고, 사용된 묘사의 방법과 목적이 같으며, 창작한 방법론이 같다고 분석하면서 바다시편과 산시편의 경우에는 새로운 시선에 의해서 양자의 조화를 꾀할 수 있었는데, 근대인의 시선에 의해서 대상을 포착함으로써 근대인의 시야에 새롭게 들어온 자연을 그려냈다[22]고 보았다. 권정우는 물론 둘 사이에 차이점도 있다고 파악했다. 정지용은 바다시편에서 바다가 지니는 전통상징을 해체하고 경험된 현실의 대상으로서의 바다를 제시했으며 산시편에서도 산에 부여되었던 전통상징을 해체하여 관념성에 의해서 가려졌던 산의 본래의 모습, 즉 산의 아름다움을 표현할 수 있었다고 보았다. 즉 지용이 바다시편에서 산시편으로 대상을 바꾼 것은 자연에 부여된 전통상징을 해체하려는 목적을 달성하는데 바다라는 대상이 산보다 더 용이했기 때문[23]이라고 해석한

국문화이론과 비평학회, 2007. 3, 113-115쪽.

22) 권정우, 「정지용의 바다시편과 산시편의 연속성 연구」, 『비교한국학』 12-2, 국제비교한국학회, 2004, 95-96쪽.

23) 위의 글, 96-97쪽.

것이다.

　김신성도 정지용의 후기시에서 '조선적인 것'에 대한 지향의 태도가 서구 = 근대추종에 대한 반대급부로서, 즉 또 하나의 외적 규범을 창조하는 계기로서 나타나는 것이 아니라, 서구적 가치와 동양적 가치에 대한 동등한 평가 혹은 이미 '나' 속에 들어와 있는 서구적 가치에 대한 인식으로부터 비롯되고 있다는 점은 그의 시를 '동양주의', '전통주의'와 구별되게 한다고 해석했다. 같은 문장파 문인 가운데서도 이병기에게 '조선적인 것'이 타자(서구)와의 대립을 전제로 하는 세계이자 추종해야 할 규범으로서 받아들여지고, 이태준에게서는 '미적인 것'의 비판적 긴장을 상실하게 되는 계기로서 작용하는 반면, 정지용에게 '조선적인 것'은 '미적인 것'의 특성을 강화시키는 계기로 나타나고 있다[24]고 파악한 것이다.

　정지용은 1927년 3월호 『조선지광』에 1923년 3월이란 창작시점을 표기한 「향수」를 발표했다. 이 시기는 지용이 휘문고보의 장학금을 받아 일본 교토의 동지사대학 예과에 유학을 가기로 정해졌던 시기에 발표한 시작품이다. 그가 동지사 대학에 입학한 것은 1923년 5월3일로 되어 있다. 아직 일본으로 떠나기 전 고향을 방문하여 어린 시절부터의 추억을 되씹으면서 시를 창작한 것이다.

　　넓은 벌 동쪽 끝으로
　　옛이야기 지즐대는 실개천이 회돌아 나가고,
　　얼룩백이 황소가
　　해설피 금빛 게으른 울음을 우는 곳.

---

24) 김신성, 「'미적인 것'의 이중성과 정지용의 시」, 『정지용의 문학세계 연구』, 깊은샘, 2001, 124 쪽.

── 그 곳이 참하 꿈엔들 잊힐리야.

　　질화로에 재가 식어지면
　　뷔인 밭에 밤바람 소리 말을 달리고,
　　엷은 조름에 겨운 늙으신 아버지가
　　짚벼개를 돋아 고이시는 곳.

　　── 그 곳이 참하 꿈엔들 잊힐리야.

─「향수」일부

　　흔히 학계에서「향수」는 향토적 서정미가 넘쳐나는 시라고 평가한다. 고향 옥천의 넓은 들판을 먼저 거론하면서 실개천, 황소의 울음소리를 떠올림으로써 누구나 농촌출신이면 느낄 수 있는 따뜻한 정감과 추억의 공간을 회상하게 한다. 다만 실개천의 물소리를 "옛 이야기 지즐대는"으로, 황소의 울음소리를 "해설피 금빛 울음을 우는"으로 비유함으로써 감정의 폭을 더욱 촘촘하게 만들고 있다. 한마디로 정겨움과 친근함을 피부로 느끼게 해준다. 이 시의 특징은 1, 3, 5연의 홀수 연에서의 '따뜻한' 정서에 비해, 2, 4연의 짝수 연에서는 '차가움과 냉혹함'의 정서를 토대로 삼고 얼개를 짜고 있다는 점이다. 2연에서는 1연에서의 익숙하고 친근한 정서가 사라지고, 쓸쓸함과 서러움의 정서가 시적 자아를 감싸고 있다. 아버지를 둘러싼 환경은 방안의 경우, 화로불에 재가 식어가고 있고, 외적 환경은 빈 밭에 밤 바람소리만 거세다. 그러한 주변상황 속에서 아버지의 모습은 측은할 정도로 애처롭게 묘사되고 있다. '엷은', '겨운', '늙으신' 형상을 지닌 아버지는 요즈음의 농촌을 지키는 노인네들과 마찬가지로 쇠락한 모습을 드러내고 있다.

　　3연에서의 시인 자신의 어린 시절을 유쾌하게 회상하던 정지용은 4

연에서는 누이와 아내의 모습을 떠올리며 다시 애상감에 빠져들고 있다. 누이의 모습은 "검은 귀밑머리 날리는" 참신하고 깜찍하며 예쁜 소녀의 형상을 떠올리게 하지만, 아내의 경우, "아무러치도 않고 예쁠 것도 없는" 것으로 형상화된다. 그것은 자신의 아내나 자식을 칭찬하면 팔불출이라고 놀림을 받게 되는 한국적 정서를 감안 한 것으로 보인다. 그런데 심각한 것은 아내를 묘사하는 장면에서 "사철 발 벗은"이라고 표현하고 있는 점이다. 이것은 단순히 아내의 투박하고 거친 농촌아낙네의 외모를 진술하게 표현한 것으로 생각할 수도 있지만, 다른 측면에서는 양말 하나도 갖추고 살 수 없는 척박한 농촌현실을 상징하는 것이 아닐까? 그러한 가난하고 궁상스런 농촌현실에서 그렇게도 앙증스런 모습의 누이와 수수한 모습의 아내가 "따가운 해ㅅ살을 등에 지고" 이삭을 주워야만 한다.

4연에서도 "전설바다에 춤추는", "밤물결 같은"의 지용 특유의 감각적인 표현이 예사롭지 않게 등장한다. 예나 지금이나 농촌에서의 여성들의 노동 강도와 작업현실은 열악하기만 하다. 4연에서 시인이 말하고자 하는 것은 단순한 농촌에서의 힘든 노동여건만을 거론하는 것이 아니다. 잠복되어 있는 것은 수탈당하고 생계를 보장받지 못하는 농촌현실일 것이다. 그래서 "사철 발 벗은" 아내가 거론되고 있는 것이다. 즉 '결핍과 상실'의 존재감이 시인 정지용이 고향 옥천의 농촌이라는 자연에서 느끼고 있는 정서인 것이다. 서정시 「향수」는 1, 3, 5연에서 따뜻하고 포근한 자연정서도 드러나지만, 2, 4연에서 '결핍의 자연관'이 더욱 절실하게 부각되고 있는 것이 특징이다. 지용이 드러냄과 감춤의 이중적인 장치를 한 것은 당시의 검열이라는 무서운 덫 때문일 것이다.

이러한 상실감은 고향과 고국을 떠나 일본 교토에 가서도 변함이 없다. 비슷한 시기에 창작했다는 공통점도 있지만, 동지사대학에 막 입학해서 창작한 「가모가와鴨川」에서도 고독감과 상실감은 여전하다.

鴨川 十里ㅅ벌에
해는 저물어…… 저물어……

날이 날마다 님 보내기
목이 자졌다…… 여울 물소리……

찬 모래알 쥐여 짜는 찬 사람의 마음,
쥐여 짜라. 바시여라. 시언치도 않더라.

역구풀 욱어진 보금자리
뜸북이 홀어멈 울음 울고,

제비 한쌍 떠ㅅ다,
비맞이 춤을 추어.

수박 냄새 품어오는 저녁 물바람.
오랑쥬 껍질 씹는 젊은 나그네의 시름.

鴨川 十里ㅅ벌에
해가 저물어…… 저물어……

—「鴨川」 전문

이 시는 1927년 6월 『학조』 제2호에 발표한 작품인데, "1923년 京都鴨川에서"라고 창작시점과 장소를 명기했다. 다시 1930년 3월 『시문학』에서는 「京都鴨川」이라고 제목을 변경하여 재발표했다. 정지용은 왜 같은 제목의 시작품을 여러 곳에 발표했을까? 아무래도 잡지『시문학』의 성격에 맞춰 다시 이 시를 게재한 것으로 판단된다. 압천은 일본말로 '가모가와'라고 불리는 곳으로 교토시를 남북으로 관통하고 있는 물줄기를 의미한다. 교토사람들은 가모가와를 '교토의 영혼'이라고 부른다. 6년 전에 교토를 방문했을 때 접한 가모가와는 마치 분당과 강남을 관통하면서 흐르는 탄천이나 강남의 젖줄인 양재천과 흡사했다. 가모가와에는 왜가리 등이 먹이를 찾아 날아다니고 있었다. 교토사람들은 가모가와의 천변을 따라 조깅도 하고 산책도 하고 자전거를 타기도 한다. 일부 젊은이들은 벤치에 앉아서 데이트도 즐기고 노인들은 느릿느릿 산책을 하면서 담소를 나누기도 한다. 가장 많이 가모가와 천변을 거니는 사람들은 애완견의 운동을 시키는 애호가들이다.

지금은 물줄기가 상당히 굵지만, 정지용이 유학을 갔었던 1923년 무렵에는 물이 많지 않았던 모양이다. 앞서의 「향수」와 마찬가지로 이 시에서도 반복법을 활용하여 시적인 정감을 더욱 강하게 우러나게 하고 있다. 다리 아래로 물이 모여들어서 급하게 흘러가는 모습을 지용은 "목이 자졌다"라고 묘사하고 있다. '자졌다'의 어원은 '잦다'로 보아야 할 것이다. '잦다'는 여러 차례로 거듭되는 간격이 매우 짧다는 의미와 잇따라 자주 있다의 뜻을 지닌다. 예문으로는 '기침이 잦다', '부웅, 부웅하는 고동 소리가 잦게 들렸다' 등과 '외박이 잦다', '왕래가 잦다' 등에서 사용된다. 즉 '잦다'는 '빈번하다'라는 의미와 유사하게 사용된다. 최동호 교수가 펴낸『정지용 사전』에서는 이숭원 교수의 해석인 "액체가 증발하거나 점점 졸아서 없어지다"를 받아들여 "물이 줄어들다"[25]로 의미풀이를 하였다. 그런데 이러한 해석은 무리가 있다

---

25) 최동호 편저,『정지용사전』, 고려대출판부, 2003, 274쪽.

고 판단된다. 이 시에서의 '목'은 '울돌목'이라는 지명에서의 '목'에 해당한다. 이 시를 지은 시기는 7월쯤으로 여름에 해당한다. 따라서 물이 매우 많을 때인 것이다. 그래서 이숭원 교수의 "여름의 더위 때문에 여울물이 줄어든 것인데 시인은 날마다 님을 보내는 안타까운 마음 때문에 여울목이 잦아든 것으로 표현한 것이다"[26]는 해석은 무리가 뒤따른다.

지용은 가모가와의 '여울 물이 급하게 흘러가는 모습'을 "날이 날마다 님 보내기"로 형상화했다. 이러한 비유는 교토의 젊은 사람들이 연애할 때 "가모가와 다리를 건너면 헤어지게 된다"라는 관습적인 말을 시 창작 과정에서 옮겨온 것으로 생각된다. 덕수궁 돌담길을 돌면서 데이트를 하면 이별한다는 말과 흡사하다. 가모가와 다리에서의 일본 연인들의 잦은 이별장면을 연상하면서 청년 유학생 지용은 자신의 고독감과 애상감을 절실하게 실어 표현한 것이다. 이별의 가모가와 다리를 바라보면서 시인은 자신이 처한 현실상황에 대해서도 생각해본다. 당시 "찬 모래알을 쥐여 짜는" 찬 사람의 마음이 지용 자신의 심정이었던 것이다. 식민지 청년의 유학생활은 마음 편하게 공부에만 전념할 수 없는 상황이었다. 지용이 「카페 프란스」에서 표현했던 "나는 나라도 집도 없단다"와 의미 상통한다. 자신의 고독감과 비애감은 홀어머니 울음 우는 것 같은 뜸부기의 울음소리와 사위를 빙빙 도는 비 올 무렵의 제비들의 비행으로 인해 더욱 공허감을 자극하게 된다. 이러한 슬픔과 상실감의 정조는 여름 천변의 이끼와 잡풀 냄새가 강바람을 따라 코로 날아들 때 더욱 깊어진다. 지용은 그러한 이끼와 잡풀냄새가 바람에 실려 날아오는 것을 "수박 냄새 품어오는 저녁 물바람"이라고

---

26) 이숭원, 『정지용 시의 심층적 탐구』, 태학사, 1999, 72-73쪽.

표현했다. 이 부분에서도 이숭원 교수는 "수박 냄새 풍기는 저녁의 싱그러움과 나그네의 우울한 모습을 대비적으로 표현한 것"으로 해석하고 있다. 이러한 수박냄새는 바닷가에서 해조류 때문에 코로 날아드는 비릿한 냄새와 마찬가지 표현인 것이다. 보다 깊어진 상실감과 비애감은 "오랑쥬 씹는 젊은 나그네의 시름"으로 귀결된다. "오랑쥬"를 씹는 상황은 어떤 처지를 말하는 것일까? 요즈음은 다이어트를 위해 사람들도 오렌지 껍질을 식초에 잠시 넣었다가 말려서 먹는다. 하지만 당시에는 오랑쥬 껍질은 곤충류나 먹는 썩은 음식이다. 그만큼 인간으로서의 제대로 된 삶을 살지 못하고 있음을 자조하고 있는 것이다. 이러한 표현은 지용시인이 흔하게 구사하는 익조티시즘을 극대화하는 기법이다. 서구취향적인 이미지와 익조티시즘을 자극하기 위해 영문과 재학생이었던 시인은 일부러 영어단어를 배제하고 불어식 표현으로 오렌지를 오랑쥬라고 표현하였다. "수박냄새 품어오는"과 "부즐없이 오랑쥬 껍질 씹는 시름"은 1926년 6월에 발행된 학조 1호에 실린 「슬픈 印像畵」에서도 반복되어 나타난다. 한마디로 식민지 지식인의 비애미를 이국정취의 시어로 증폭시킨 것이다.

이렇게 정지용의 초기 시들인 「향수」, 「압천」, 「슬픈 印像畵」 등에는 '결핍과 상실감의 자연관'이 봄이나 여름의 계절과는 상관없이 나타나고 있다. 그 이유는 식민지 지식인 청년이 느끼는 소외감과 공허감을 절실하게 드러내기 위함으로 보인다.

정지용은 바다시편을 발표함으로써 새로운 시적 전통을 형성했으며 그로 인해 '한국현대시의 아버지'라는 평을 듣게 되었다. 그 이유는 바다를 대상으로 한 시를 썼기 때문이고, 다른 하나는 바다를 묘사하는 것만으로 시를 창작했기 때문이다. 지용이 바다시편을 쓰기 전까지 바다를 시의 주된 대상으로 노래하는 전통이 없었기 때문에 바다에 주요한 상징이 부여되지 않았다.27) 그러면 지용은 왜 바다라는 새로운 대상을 포착했을까? 첫째 일본시인들의 영향을 들 수 있다. 김윤식은 정지용의 초기시들이 일본 시인 北原白秋의 영향을 받았다28)고 언급했으며 문덕수는 정지용의 「바다6」이 일본시인 北川冬彦의 「고래」1, 2연과 유사하다고 주장29)했다. 둘째, 정지용이 일본 동지사대학으로 유학을 떠났기 때문에 교토와 충북 옥천을 오가면서 바다를 접할 기회가 많이 생겼기 때문이다. 이 시기에 발표한 바다시편으로는 1927년 2월과 3월에 발표한 「바다1」～「바다5」와 1930년 5월에 쓴 「바다6」과 9월에 발표한 「바다8」이 있다. 셋째, 바다는 자연의 일부이지만 한국시가의 전통에서 바다를 시적 대상으로 삼지 않았기 때문에 지용이 바다를 특수한 대상으로 선택했을 가능성30)이 높다.

그러면 지용시 중에서 바다라는 제목으로 발표한 시는 몇 편이나 되는가? 구체적으로 '바다'라는 제목을 사용한 시로는 9편이 있는데, 『정지용시집』의 제1부에 「바다1」, 「바다2」가 수록되어 있고 제2부에도 「바다1」～「바다5」의 바다연작 다섯 편이 실려 있다. 모두 89편의 시중에서 직간접으로 바다를 소재로 한 시편들은 대략 20여 편31)에 이른다.

이러한 바다시편 중에서 김학동은 「바다2」가 신비의 깊이를 지닌 '바다'로 향하는 정지용 시인의 상상력이 절정에 이르렀던 시32)라고

27) 권정우, 앞의 글, 81쪽.
28) 김윤식, 『한국현대문학사상』, 서문당, 1974, 182쪽.
29) 문덕수, 「정지용시의 특질」, 『정지용』, 김은자 편, 새미, 1996, 137-138쪽.
30) 권정우, 위의 글, 82쪽.
31) 최동호, 「난삽한 지용 시와 '바다 시편'의 해석—〈바다2〉를 중심으로」, 『디지털 문화와 생태시학』, 민학동네, 2000, 153쪽.
32) 김학동, 『정지용 연구』, 민음사, 1987, 38쪽.

평가했다. 「바다2」는 1935년에 시문학사에서 펴낸 『정지용시집』에 수
록되어 있다.

바다는 뿔뿔이
달어 날랴고 했다.

푸른 도마뱀떼 같이
재재발렀다.

꼬리가 이루
잡히지 않었다.

힌 발톱에 찢긴
珊瑚보다 붉고 슬픈 생채기!

가까스루 몰아다 부치고
변죽을 둘러 손질하여 물기를 시쳤다.

이 앨쓴 海圖에
손을 씻고 떼었다.

찰찰 넘치도록
돌돌 굴르도록

회동그란히 바쳐 들었다!
地球는 蓮닢인양 옴므라들고…… 펴고……
—「바다2」 전문

정지용 시는 전반적으로 난해하다는 것으로 정평이 나있다. 그 중에서도 문학사적으로 중요한 의미를 지니는 작품일수록 난해하다. 「백록담」이 그렇고, 「바다2」가 그렇고, 「유리창」 또한 그렇다. 지용시가 난해한 이유는 시인 자신이 한 곳에 머물지 않고 새로운 시형이나 새로운 대상을 찾아 실험을 하기 때문이다. 지용의 바다시편도 마찬가지로 바다를 소재로 하여 다양한 실험을 시도했다. 그 중에서도 가장 완성형에 가까운 작품이 「바다2」라고 할 수 있다. 그렇게 말할 수 있는 근거는 작품구조상 짜임새가 있고, 기발한 발상과 감각적 시어들을 구사함으로써 마치 파도가 모래밭을 할퀴면서 출렁거리는 모습과 푸른 하늘과 흰 구름을 배경으로 수평선을 이루며 멀리 원해로 나아가는 푸른 바다의 출렁거림을 생동감 있게 묘사했기 때문이다. 감각적 이미지를 사용하여 정적인 바다가 아니라 '동적으로 살아 숨 쉬는 바다'를 표현하고 있다는 점이 다른 여타 시인의 바다 소재 시와 차별되는 것이다. 총 8연으로 구성된 「바다2」는 한시의 구성법인 기－승－전－결의 형태를 지니고 있어 안정감을 준다. 형태는 안정적인데 비해, 내용은 충동인 동시에 요동치는 모습을 담고 있어 참신한 느낌을 준다. 이 시는 전반부인 1~4연과 후반부인 5~8연이 대비를 이루며 유기적인 전체를 구성하고 있다. 아리스토텔레스가 말한 예술미는 "크기와 질서에 있다"고 말한 것에 가장 잘 부합하고 있는 시작품이다. 여기에서 '질서'라고 하는 것은 내적인 통일성을 이루는 형식미를 말한다. 이 시는 홀수 연에서는 동적인 감각이미지를 사용하고, 짝수 연에서는 색채의 시각적 이미지를 활용하여 시 전체가 유기적으로 역동성을 지니도록 구성하고 있는 것이 특징이다.

　「바다2」에서 핵심어는 '앨쓴 海圖'이지만, 그것을 섬세하게 감각적으로 도드라지게 하기 위해 "珊瑚보다 붉고 슬픈 생채기!", "지구는 蓮

닢인 양 옴으라들고…… 펴고……"라는 색채적이고도 동적인 수식어를 활용하고 있다. 시비평가 랜섬은 유명한 '텍스처(결)'라는 비평적 도구를 제시했다. 랜섬은 "아름다운 시는 우리가 시인하는 객관적 논의로서 우리가 좋아하는 객관적 부분들을 포함하고 있다"[33]고 말하면서 "미적인 경험은 우리의 삶의 '결'에 있으므로 그런 경험의 가능성은 무한하다"[34]고 지적했다. 랜섬은 은유야말로 복잡다단한 세부 사항들이 집적되어 글을 빽빽하게 만드는 것, 즉 결 그 자체라고 보았다. 지용은 '물결치는 바다 = 지도'라고 인식하고 있으며, 그것을 좀 더 구체적으로 확인시켜 주기 위해 '붉고 슬픈 생채기', '(푸른) 연잎인 양' 등의 촘촘한 색채적 시어를 사용했다. 앞의 표현은 검붉은 암초에 파도가 치는 모습을 묘사한 것이고 후자는 출렁거리는 파도치는 바다는 결국 연잎처럼 초록빛을 띠는 지구의[35]에 지나지 않음을 표현한 것이다. 여기에 모더니스트 정지용만의 현대적인 감각이 자리 잡고 있는 것이다. 이 시에서 소재는 푸른 바다이지만, 주제는 희망적이고 진취적인 새로운 세계에 대한 동경이라고 요약할 수 있다. 그러한 약동적인 세계로 나아가는 통로가 바로 바다이고, 동경에 대한 큰 그림을 그리기 위해 섬세하고 정확한 구도를 잡아주는 것이 바로 '지도'이므로 시인의 눈앞에서 펼쳐지는 바다의 파도는 예사롭지 않은 것이다. 평면적인

---

33) 이상섭, 『복합성의 시학』, 민음사, 1987, 57쪽.

34) 위의 책, 58쪽.

35) 민병기, 「정지용의 '바다'와 '향수'」, 『시안』, 1999년 여름호, 261-262쪽.
   최동호, 『디지털 문화와 생태시학』, 문학동네, 2000, 159-160쪽.
   민병기는 위의 글에서 "지구는 연닢인 양 옴으라들고"에서 '지구'는 썰물 때 드러난 백사장과 갯벌을 뜻한다고 파악했으나, 최동호는 "뿔뿔이 달아나고 이루 잡을 수 없는 바다가 앨쓴 해도 속에 파동치고 있는데, 그렇게 디테일하게 묘사된 바다가 밖으로 달아날 수 없는 것은 둥근 지구가 연잎같이 오므라들고 펴고 하면서 넘쳐도 넘치지 않고 굴러도 구르지 않고 파동치게 하기 때문이다"라고 분석했다.

바다가 입체적인 지구의나 지도[36]로 환각상태에서 변모되어 나타나는 것이 모더니스트 정지용의 현대적 감성인 것이다.

「바다2」에서는 시인의 고독하고 쓸쓸한 심정이 배어나오지 않는다. 오히려 진취적이고 무한동경에 사로잡혀 있는 근대적 지식인의 탐험정신이 드러나고 있다. 아무래도 이 시기에는 1930년부터 김영랑의 권유로 시문학파의 일원으로 시를 종종 발표했던 정지용이, 1935년 10월에 시문학사에서 드디어 자신의 최초 시집인 『정지용시집』을 출간했던 분위기로 인해 들떴던 것으로 생각된다. 그러한 정서는 그리 오래 가지 않는다.

하지만 같은 대상의 바다라고 해도 그가 일본 유학시절에 쓴 바다 시편에서는 쓸쓸한 정서가 스며들어 있다. 「바다4」를 살펴보기로 한다.

> 후주근한 물결소리 등에 지고 홀로 돌아가노니
> 어데선지 그누구 씨러서 울음 우는듯한 기척,
>
> 돌아 서서 보니 먼 등대가 반짝 반짝 깜박이고
> 갈메기떼 끼루룩 비를 부르며 날어간다.
>
> 울음 우는 이는 燈臺도 아니고 갈메기도 아니고
> 어덴지 홀로 떠러진 이름 모를 스러움이 하나.
>
> ―「바다4」 전문

---

36) 최동호, 앞의 책, 171쪽.
　　최동호는 「바다2」가 갖는 시사적 의미를 "지용이 시적 감각과 시적 용량이 확대 심화된 명편으로서 평면에서 입체로 그리고 다시 신축 자재하는 구체를 형상화한 시적 상상력을 보여준다. 그러므로 정지용의 초기시와 후기시를 잇는 교량적 역할을 한다……다른 하나는 속도감을 통해 풍경을 인식함으로써 정지 상태에서 사물을 인식하는 것과는 다른 근대적 인식과 시적 표현방법이 나타나고 있다는 점이다"라고 파악했다.

해질 무렵 쓸쓸한 등대 위로 떼를 지어 날아가는 갈매기 떼를 바라보면서 바다가 주는 을씨년스러운 풍경을 묘사하고 있다. 이 시는 1927년 2월에 나온 『조선지광』 제64호에 「바다1」부터 「바다4」를 연작으로 하나의 작품으로 발표한 시들이다. 창작시기는 1926년 6월로 표기되어 있다. 「바다」 연작시를 창작했던 1926년은 지용이 그해 3월에 동지사대학 예과를 졸업하고 4월에 영문학과에 입학했던 시기였다. 그는 1929년 6월 30일 동지사대학 영문학과를 졸업했다. 또 이 해에 지용은 유학생 회지인 『학조』 창간호에 「카페 프란스」, 「슬픈 자화상」, 「파충류동물」 등의 시작품들을 발표했다. 따라서 바다연작시들은 지용이 교토와 옥천을 오가면서 배의 갑판에서 바라다본 바다를 대상으로 하여 자신의 감정을 되도록 절제하고 잔잔한 풍경 묘사를 근대적인 시선으로서만 스케치한 시편들 중 하나이다. 등대와 그것을 맴돌고 있는 갈매기의 울음 그리고 서러움 품고 있는 시적 자아를 건조한 시선으로 소묘하고 있는 작품이 바로 「바다4」이다.

중요한 것은 「바다4」에 그 당시 발표한 「카페 프란스」에 나오는 "남 달리 손이 히여서 슬프구나!"라든지, 「슬픈 인상화」에 등장하는 "오랑쥬 껍질 씹는 시름"과 동질의 고독감과 애상감이 표출되어 있다는 점이다. 그것은 이국종 유학생이 간직한 근원적 서러움과 아픔이 아니겠는가? 여기에서 우리는 다시 시인 정지용이 제시한 '결핍의 자연관'을 운명적으로 만나게 된다. 감정은 가능한 한 배제한 채 근대인의 시선으로 마주친 대상 풍경이지만, 시적 자아가 노출하고만 결핍의 정서는 바로 식민지 지식인이 품고 있을 수밖에 없는 존재론적 박탈감이 아닐까?

한편 지용의 중기 시에서 주목해 볼 시적 경향은 가톨릭 신앙을 표현한 9편의 작품들이다. 지용은 32세 때인 1933년 6월부터 『카톨릭청년』지의 편집을 책임졌다. 물론 이해 8월부터 9인회 회원으로도 참여하기 시작했다. 그의 신앙과 관련된 시들은 대부분 『카톨릭청년』을 통해 발표되었다. 유치환이 증언했듯이 지용은 그의 다섯 아들 중 두 아들을 신부로 만들기 위해 수도원에 보낼 정도[37]로 가톨릭 신앙이 돈독했던 것으로 알려져 있다. 지용의 신앙에는 두 가지 학설이 있다. 하나는 선대부터 가톨릭을 믿었고 지용 또한 일본 동지사대학 재학 때부터 가톨릭 신앙을 가졌다는 견해이다. 다른 하나는 『정지용시집』 발문에서 박용철이 제기했던 가톨릭으로의 개종설이다. 박용철은 「촛불과 손」(『신여성』, 1931), 「유리창」(『조선지광』, 1930), 「바다1」(『시문학』, 1930) 등이 개종한 이후에 쓴 시라고 한다면, 그 직전인 그가 28세 때인 1929년 둘째 아들을 잃은 것이 계기가 되었을 가능성이 높다고 밝혔다.

하여튼 1935년 발행된 『정지용시집』 발문을 그대로 옮긴다.

제2부에 수합된 것은 초기시편들이다. 이 시기는 그가 눈물을 구슬같이 알고 지어라고 내려는듯하던 시류에 거슬러서 많은 눈물을 가벼이 진실로 가벼이 휘파람 불며 비누방울 날리던 때이다.

제3부 謠는 같은 시기의 副産으로 자연동요의 풍조를 그대로 띤 동요류와 민요풍시편들이오.

제1부는 그가 가톨릭으로 개종한 이후 촛불과 손, 유리창, 바다1 등으로 비롯해서 제작된 시편들로 그 심화된 시경과 타협 없는 감각은 초기의 제작이 손쉽게 친밀해질 수 있는 것과는 또 다른 경지를 밟고 있다.

제4부는 그의 신앙과 직접 관련 있는 시편들이오.

제5부는 소묘라는 題를 띠였든 산문2편이다.

그는 한군데 自安하는 시인이기 보다 새로운 詩境의 개척자이려 한다.

　　　　　　　　　　　　　　　　　　　　　　　　—『정지용시집』 跋

---

37) 유치환, 「예지를 잃은 슬픔」, 『현대문학』, 1963. 9, 31-32쪽.

『정지용시집』제4부에는 지용의 가톨릭 신앙과 연관이 있는 「不死鳥」, 「나무」, 「恩惠」, 「별」, 「臨終」, 「갈릴리아바다」, 「그의 반」, 「다른 한울」, 「또 하나 다른 太陽」이 실려 있다. 그동안 9편의 시 중에서 「나무」와 「또 하나 다른 太陽」이 가장 신앙심이 깊은 서정시로 많이 인용되었다. 김학동 교수는 「나무」에 대해 "나무를 의인화하여 항시 푸른 하늘을 향해 직립하고 있는 수직적 이미지에다 자신의 신앙을 관련시키고 있다"[38]고 분석했다.

> 온 고을이 밧들만 한
> 薔薇 한가지가 솟아난다 하기로
> 그래도 나는 고와 아니하련다.
>
> 나는 나의 나히와 별과 바람에도 疲勞웁다.
>
> 이제 太陽을 금시 잃어버린다 하기로
> 그래도 그리 놀라울리 없다.
>
> 실상 나는 또하나 다른 太陽으로 살었다.
>
> 사랑을 위하얀 입맛도 잃는다.
> 외로운 사슴처럼 벙어리 되어 산길에 슬지라도 ―
>
> 오오, 나의 幸福은 나의 聖母마리아!
> ─「또 하나 다른 태양」

지용이 1934년에 쓴 시작품이다. 그런데 피로감이 시 전체에 넘쳐

---

38) 김학동, 『정지용연구』, 민음사, 1987, 47쪽.

나고 있다. 물론 이 시를 쓴 목적은 현실의 고통과 아픔을 씻기 위해서 성모 마리아에게 기도를 할 수 밖에 없는 내면의 소리를 담고 있다. 이 때 지용의 나이는 불과 33세에 지나지 않았다. 그런데도 아무리 자연의 아름다움을 접했다 해도 감동할 수 없으며, 태양을 잃는다 해도 그리 놀라지 않을 것이라고 고백하고 있다. 심지어 사랑의 열병을 앓아 입맛을 잃고 방황하는 것도 시큰둥하다. 여기까지는 고해성사에 해당한다. 이러한 삶의 불감증을 해소하고 행복을 되찾기 위해 오직 성모 마리아에게 기도할 수밖에 없다고 호소한다. 마음의 평안을 얻기 위해서 성모 마리아에 기댈 수밖에 없다는 돈독한 신앙심을 표출한 서정시임에 틀림없다.

그런데 이 시에서 주목해야 할 두 가지 점이 두드러진다. 하나는 자신의 나이와 별과 바람에도 피로를 느낀다는 호소이다. 아울러 "외로운 사슴처럼 벙어리 되어 산길에 설지라도" 사랑을 위한 입맛도 잃는다는 표현이다. 이러한 내면의 고백은 고해성사에 해당되므로 진실에 해당하는 목소리라고 할 수 있다. 30대 중반으로서 문학계의 중견시인으로 자리 잡아 가고 있는 그에게 미치는 일제의 압박과 현실적 고뇌의 정도가 얼마나 심각한 상태인가[39]를 독백으로 드러내고 있는 것이다. 다른 하나는 "이제 태양을 금시 잃어 버린다 하기로"에 주목해야 한다. 그냥 쉽게 생각하기에 태양은 인간에게 빛과 에너지역할을 하는

---

39) 이숭원, 앞의 책, 134쪽.
　　이숭원 교수는 「또 하나 다른 태양」에 대해 "현실세계의 부정은 절대적 신앙의 길에 오른 사람을 인간세상에서 소외된 외로운 사슴, 벙어리로 만든다. ……이러한 현실부정의 자세는 정지용이 공들여 쌓아온 시작의 모든 이력까지 일시에 무화시켜 버릴 수가 있다. 온 세상이 받들 만한 장미도 부정해 버리는 마당에 자기가 써 온 몇 줄의 시구가 무슨 의미를 지닐 것인가. 이것은 시인의 처지에서는 심각한 고민을 요구하는 문제라 아니할 수 없다. 신앙인으로서 시작활동을 계속하느냐 마느냐 하는 위기의식을 가질 만도 하다."고 해석했다.

자연의 태양을 말한다. 이러한 표현에 이어서 바로 "실상 나는 또 하나 다른 태양으로 살았다"를 강조하고 있다. 앞의 태양과 뒤의 태양이 주는 상징적 의미는 판이하다. 후자는 분명히 가톨릭신앙을 표상한다. 삶의 고뇌를 잊게 해주며 행복과 축복으로 유도해주는 길잡이가 바로 또 다른 태양인 성모 마리아라는 인식이다.

그러면 전자의 태양은 무엇인가? 앞의 태양은 표층적 의미로는 '자연으로서의 태양'을 의미하는 것으로 판단된다. 그냥 쉽게 생각하기에 이 태양은 인간에게 빛과 에너지역할을 하는 자연의 태양으로 느껴진다. 하지만 심층적 의미로는 일본제국주의 상징인 '태양' 즉 일황으로 대표되는 조선 현실의 압제를 내포적으로 말해주는 것으로 판단된다. 이러한 이중구조 속에 대단한 풍유적 알레고리가 작용하고 있는 것이다. 이 시는 서정시로서 짜임새도 뚜렷하지 못하고 내적인 호소력도 강하지 못하다. 하지만 시인이 고해성사로 말하고자 하는 상징적 의미를 분명하게 암시하고 있다. 그것은 바로 시인이 일상적 삶의 흥미를 잃어버릴 정도로 피로감을 호소하고 있으며 그 원인이 바로 "외로운 사슴처럼 벙어리 되어" 서 있는 현실의 참담함이라는 데에 그 심각성이 자리 잡고 있다. 신앙심을 표출한 시에 내재되어 있는 지용의 자연관에도 이렇게 '존재의 결핍'에 따른 심각성이 잠복되어 있다. 즉 '결핍의 미학'이 바로 지용시의 창조 동력인 것이다.

1930년대 후기로 접어들어 지용은 신앙시의 한계를 느끼면서 산을 대상으로 한 산시편들을 자신이 편집인 중의 한 명으로 활동했던 잡지 『문장』을 통해 발표한다. 시 「백록담」은 정지용의 두 번째 시집인 『백록담』에도 수록되었다. 시 「백록담」을 문장 편집진들이 얼마나 기다렸는가는 『문장』 편집후기인 '여묵'에서도 잘 드러나고 있다.

이번호는 시특집으로 내인다. 지용의 1년을 두고 벨른 「백록담」이 나왔고, 오래간만의 파인의 서정곡, 백석의 장시, 유치환의 「일월」, 임학수의 「광야에 서서」, 당대 명인들의 역작인데 신인 3군의 뽑고 뽑힌 주옥편들, 일즉 어느 지상에 이런 호화한 시의 성좌가 버려졌던가[40]

이러한 『문장』 제3집에는 정지용의 「춘설」과 「백록담」이 발표되었다. 시집 『백록담』에 실려 있는 시는 모두 25편이고 산문이 8편 수록되었다. 이러한 양은 첫 번째 시집인 『정지용시집』의 89편에 비해서는 매우 적은 양이다. 하지만 첫 번째 시집이 2행 1연의 단형시 32편을 중심으로 민요와 동요 풍의 시를 비롯하여 다양한 형태를 실험한 데 비해, 두 번째 시집은 「장수산1」, 「장수산2」, 「백록담」, 「온정」, 「삽사리」 등의 10편의 산문형시와 「비로봉」, 「구성동」, 「옥류동」, 「조찬」, 「비」, 「인동차」 등 13편의 2행 1연의 단형시 그리고 「붉은 손」, 「꽃과 벗」의 일반 서정시의 세 가지 형태로 정제되어 있다는 것이 특징이다. 또 『정지용시집』이 바다를 비롯하여 다양한 자연적 대상을 취했다면, 『백록담』은 주로 산을 대상으로 하거나 산과 관련된 세계를 대상으로 취하고 있다는 점이 변별성이다.

시 「백록담」은 이중에서 산문시형을 취하여 한라산 등반의 체험을 통해 시인 자신의 내적 정신세계의 고양과정을 고답적으로 묘사한 시 작품이다. 1938년 정지용은 국토순례를 하면서 '조선적인 것'에 심취하여 『조선일보』에 '다도해기'를 연재하였는데, 『백록담』도 이때 쓴 시들을 묶은 것이다. 마치 매월당 김시습이 전국을 주유천하하여 나름대로의 역사인식을 다룬 기행시집 『사유록』을 펴내고, 연암 박지원이 친구들과 금강산을 여행하면서 역사와 민족을 논하였듯이, 지용도 자신

---

40) '여묵', 『문장』 제3집, 1939. 4, 200쪽.

의 육체를 괴롭혀 조선민족에 대한 생각과 새로운 정신적인 세계로 접어들려고 시도했던 것으로 생각된다.

감기가 들까 염려가 되도록 찬물에 조심조심 들어가 목까지 담그고 씻고 나서 바위로 올라가 청개구리같이 쪼그리고 앉으니 무엇이와서 날름 집어삼킬지라도 아프지도 않을 것같이 靈氣가 스미어 든다. 어느 골작에서는 곰도 자지 않고 치어다보려니 거꾸로 선 듯 위태한 산봉오리 위로 가을 은하는 홍수가 진 듯이 넘쳐 흐르고 있다. 산이 하도 영기로와 이모저모로 둘러보아야 모두 노려보는 눈같고 이마같고 두상같아서 몸이 스스로 벗은 것을 부끄러울 처지다. 한편으로 생각하면 진정 발가숭이가 되어 알몸을 내맡기기는 이곳에설까 하였다. 낮에 明鏡臺에서 오는 길에 만난 洋女 두 명이 牛酪을 척척 이겨다 붙인 듯한 우통을 왼통 벗고 가슴만 그도 대보름날 액맥이로 올려다 단 지붕 위의 종이달 만큼 동그랗게 두 쪽을 가릴 뿐이요 거들거리고 오기에 '망측해서 좋지 않소!' 하였더니……41)

제주도는 마침내 漢拏靈峰의 오롯한 덩어리에 지나지 않는 곳인데 산이 하두 너그럽고 은혜로워 山麓을 둘러 人蓄을 깃들게 하여 자고로 넷골을 이루도록 한 것이랍니다.42)

이러한 국토순례의 체험이 시 「백록담」으로 영롱하게 출현하게 된 것이다.

1
절정에 가까울수록 뻭국채 꽃키가 점점 消耗된다. 한마루 오르면 허리가 슬어지고 다시 한마루 우에서 모가지가 없고 나종에는 얼

41) 「內金剛素描2」, 『정지용 시와 산문』, 깊은샘, 1983, 149쪽.
42) 「一片樂土」, 『지용문학독본』, 박문출판사, 1948, 94쪽.

골만 갸옷 내다본다. 花紋처럼 版박힌다. 바람이 차기가 咸鏡道끝과 맞서는 데서 뻑국채 키는 아조 없어지고도 8월한철엔 흩어진 星辰처럼 난만하다. 山그림자 어둑어둑하면 그러지 않어도 뻑국채 꽃밭에서 별들이 켜든다. 제자리에서 별이 옮긴다. 나는 여긔서 기진했다.

2

嚴古蘭, 丸藥 같이 어여쁜 열매로 목을 축이고 살어 일어섰다.

3

白樺 옆에서 白樺가 髑髏가 되기까지 산다. 내가 죽어 白樺처럼 흴 것이 숭없지 않다.

4

鬼神도 쓸쓸하여 살지 않는 한모퉁이, 도체비꽃이 낮에도 혼자 무서워 파랗게 질린다.

5

바야흐로 海拔六千呎우에서 마소가 사람을 대수롭게 아니녀기고 산다. 말이 말끼리 소가 소끼리, 망아지가 어미소를 송아지가 어미말을 따르다가 이내 헤여진다.

6

첫새끼를 낳노라고 암소가 몹시 혼이 났다. 얼결에 산길 百里를 돌아 西歸浦로 달어났다. 물도 마르기 전에 어미를 여힌 송아지는 움매―움매―울었다. 말을 보고도 登山客을 보고도 마고 매여달렸다. 우리 새끼들도 毛色이 다른 어미한틔 맡길 것을 나는 울었다.

7

風蘭이 풍기는 香氣, 꾀꼬리 서로 부르는 소리, 濟州회파람새 회

파람부는 소리, 돌에 풀이 따로 굴으는 소리, 먼 데서 바다가 구
길 때 솨―솨― 솔소리, 물푸레 동백 떡갈나무속에서 나는 길을 잘
못 들었다가 다시 측넌출 긔여간 흰돌바기 고부랑길로 나섰다. 문
득 마조친 아롱점말이 避하지 않는다.

8
고비 고사리 더덕순 도라지꽃 쥐 삭갓나물 대풀 石茸 별과 같
은 방울을 달은 高山植物을 색이며 醉하며 자며 한다. 白鹿潭 조찰
한 물을 그리여 山脈우에서 짓는 행렬이 구름보다 莊嚴하다. 소나
기 늣낫 맞으며 무지개에 말리우며 궁둥이에 꽃물 익여 붙인채로
살이 붓는다.

9
가재도 긔지 않는 白鹿潭 푸른 물에 하눌이 돈다. 不具에 가깝도
록 고단한 나의 다리를 돌아 소가 갔다. 좇겨온 실구름 一抹에도
白鹿潭은 흐리운다. 나의 얼골에 한나잘 포긴 白鹿潭은 쓸쓸하다.
나는 깨다 졸다 祈禱조차 잊었더니라.

　　　　　　　　　　　　　　　　　　　　　　　　―「白鹿潭」 전문

　「백록담」은 시인 정지용이 한라산의 백록담 정상을 산행한 등반기
록이다. 지용은 한라산을 1938년에 산행을 했으니 그의 나이 37세에
이르러서였다. 이 나이는 한창 젊은 나이로 볼 수도 있으나 1933년 우
리나라 사람들의 평균수명이 37.4세였고 1942년 45세[43]였음을 감안

――――――――――――
　43)『동아일보』2001. 9. 11.
　　인하대 수학통계학부 구자홍교수가 통계청 자료실에서 발견한 일제시대 생명표를 분
　석비교한 결과를 수학사학회지에 공개한 자료에 의하면, "1926~30년 한국인의 평균
　수명은 남자 32.4세, 여자 35.1세(평균 33.7세)였다. 당시 조선에 거주하던 일본인의

해본다면, 산행에서 시적 화자가 힘들어하는 상황을 이해할 수 있게 된다. 통계청이 자료를 뽑기 시작한 1971년에는 평균수명이 62.3세였으며 1999년에는 75.5세, 2008년 80.1세로 늘어났다. 이러한 통계자료에 근거하면 지용의 나이가 적은 것은 아니었다. 그의 나이를 중요하게 거론하는 것은 1연에서 정상을 향해 산행을 하면서 시적 자아가 기진맥진한 것으로 표현했기 때문이다.

이 시의 1연은 짧은 문장과 긴 문장을 질서 있게 배열하여 시인이 한라산을 등반할 때의 힘든 여정을 시를 읽어나가는 독자가 마치 산행하듯 실감나게 묘사하고 있으며 호흡과 리듬을 살려 시적 긴장미를 더해준다. 정상을 향해 갈수록 줄어드는 뻑국채 꽃의 꽃키와 차가운 바람 그리고 점차 다가오는 별을 비교하여 묘사함으로써 시적 화자의 '피로감'을 절실하게 나타내고 있다. 정상에 도달하기도 전에 화자는 지쳐서 기진한다. 2연에서는 산열매로 다시 재충전하여 산행 길에 나서게 된다. 고산식물의 열매는 환약과도 같이 시적 화자를 소생시키는 생명력으로 작용한다. 환약의 등장을 볼 때 도선소설에서 자주 등장하는 지리산 도사들이 구사하는 신비의 환약이 떠오른다. 3연에서는 죽음을 떠올린다. 백화나 촉루는 모두 하얀색을 지닌다. 따라서 백색 이미지를 통해 산의 순수성을 환기시키고 있는 것이다. 4연에서는 도깨비 꽃에서 귀신을 떠올려 귀신도 살지 않는 산모롱이에 꽃이 피어 있으니 무서워서 파랗게 질려있다는 기발한 발상을 한다. 이러한 묘사는 「구성동」에서의 "꽃도 귀향 사는 곳"이란 표현과도 상통한다. 정지용다운 감각적 표현이다. 5연과 6연에서는 한라산 정상에서 만나게 된

평균수명은 42.3세로 조선인의 수명이 이들보다 8.6년이나 짧았다. 평균수명이 짧은 것은 영양상태가 나쁘고 전염병이 많이 돌았던 데다 유아사망률도 매우 높았기 때문으로 분석됐다."

말과 소 무리에 대한 인상기를 썼다. 마소의 움직임을 관찰하면서 동물과 인간의 조화로운 공존을 꿈꾸는 한편 자유로운 마소의 모습과 대비시켜 인간의 속박에 대해 연상을 한다. 이 대목에서는 '심층생태론적 인식'과 유사하다. 지용의 자연관이 얼마나 앞서가고 있는가를 확인시켜준다. 물론 식민지적 현실에서의 압제를 독자들에게 환기시켜주기도 한다.

7연에서 시적 화자는 산을 오르면서 마주친 풍란의 향기, 꾀꼬리와 제주 회파람새의 소리, 돌과 물과 바다와 물푸레, 동백, 떡갈나무, 칡넝쿨의 모습 등의 대자연의 조화스러운 하모니에 길을 잃게 된다. 여기에서 다시 지용다운 오관을 활용한 감각적 이미지가 구사된다. 후각 이미지, 청각 이미지, 시각 이미지가 혼용되어 대자연의 융합이 일어나는 도가적인 비경으로 나아간 것이다. 신선세계와도 같은 비경을 접한 감동을 화자는 길을 잃은 상태와 아롱점말과의 조우로 표현하고 있다. 동식물과 인간이 함께 평화롭게 공존하는 세계는 신화속의 세계밖에 없다. 시적 화자가 8연에서 고산식물 이름을 나열하면서 그것을 먹고 취하는 것을 상상하는 것은 가히 신화세계속의 주술적인 기능을 연상하게 한다. 이러한 신선의 세계에서 다시 「장수산1」에서 사용했던 '조찰히'를 꺼내놓는다. 「장수산1」에서 그것은 스님의 정화된 모습을 상징했다면, 「백록담」에서 '조찰히'는 백록담 호수의 맑고 깨끗한 물을 묘사하는데 사용되고 있다. 자연과 인간의 하나됨과 몰아일체의 경지를 시적 화자의 몸에 고산식물의 꽃물이 들거나 소나기에 자신의 몸이 붉어났다고 묘사하는 것으로 전이시킴으로써 허정무위의 도선적 세계로 진입하였음을 확인시켜 준다. 그러한 청정무욕의 경지가 바로 정상에서 접하게 될 백록담이라는 맑고 투명한 비경의 공간인 셈이다. 9연은 종착역인 백록담에 이르러 '가재도 긔지 않는' 투명한 블루의 절대

순수의 세계에 도달했음을 알려준다. 이러한 청정한 세계는 「구운몽」의 위부인이 관장하는 도가적 공간에 해당한다. 이러한 공간에 나아가기 위해서는 인간의 일체 주관적 감정이나 사상을 제거하고, 세속을 초탈하여 자연과 인간이 진정한 하나로 통합할 때에만 가능하게 된다. 김훈은 1연부터 9연까지의 시적 진술은 단순히 배열의 원리에 의해서 이루어진 연속체가 아니라 등가성의 원리에 의한 계열체로 파악했다. 이러한 진술은 동등하거나 유사 의식내용의 반복, 병렬로 이루어진 계열체로서 공시적, 공간적 질서를 지닌다는 것이다. 아울러 이러한 한라산 등반과정은 산행의 일상성을 넘어서서 기진과 소생, 고독과 연민, 궁극적으로는 삶과 죽음이라는 인간의 가장 본질적인 존재의 문제를 추상하고 있다[44]고 분석했다.

9연에서 백록담의 푸른 물은 얼마나 투명하던지 하늘만이 돌고, 자그마한 실구름 그림자에 의해서도 흐려질 정도로 묘사된다. 그것은 시인이 도달하고자 했던 순진무구의 세계이다. 백록담은 그러한 고결함 때문에 쓸쓸함과 고결함을 유지한다. 백록담은 이러한 정신적인 최상위의 상태로 인해 시적 화자로 하여금 '기도'하는 것 자체도 잊어버리게 한다. 즉 이러한 초월의 세계는 지용이 후기시로 접어들기 직전의 신앙시의 세계를 이미 초극하고 있음을 말해준다. 한마디로 시적 화자의 정신적인 승화의 단계를 상징해준다.

그러나 이러한 단계로 나아가기 위해서는 자연은 시적 화자에게 호의적이지 않다. 자아는 자연 속에서 기진하거나 죽음을 떠올린다. 백록담의 자연도 '함경도 끝과 맞서는' 추위가 기승을 부리는 곳이거나 '귀신도 쓸쓸하여 살지 않는' 곳이다. 정상을 행해 가는 중턱에서 시적 화

---

44) 김훈, 「『백록담』의 시·공간」, 『정지용의 문학세계 연구』, 김신성 엮음, 깊은샘, 2001, 281쪽.

자는 다시 막 태어난 송아지가 어미를 잃고 이곳저곳을 기웃거리는 결핍의 상황을 목격[45]한다. 정상에 도달해서도 '가재도 긔지 않는' 생명력이 사라져 버린 공간을 접한다. 그곳 또한 자아가 '불구에 가깝도록 고단한'몸을 이끌고 서야 겨우 도달할 수 있는 공간이다. 이러한 불모의 공간에서 시적 자아는 '쓸쓸하다'고 독백을 읊조린다. 이 시구에서 시인 정지용의 '결핍의 자연관'[46]이 다시 드러난 것으로 생각할 수 있다. 이러한 후기시에 등장하는 자연에 대한 부정적인 해석은 어디에서 비롯되는 것일까? 지용 자신이 점차 악화되어 가는 식민지적 현실상황의 어려움을 인식했기 때문으로 보인다. 그것은 다음의 진술에서도 확인이 된다.

『백록담』을 내놓은 시절이 내가 가장 정신이나 육체로 疲弊한 때다. 여러 가지로 남이나 내가 내 자신이 피폐한 원인을 지적할 수 있었겠으나 결국은 환경과 생활 때문에 그렇게 된 것이었다. 그러나 모든 것을 환경과 생활에 책임을 돌리고 돌아앉는 것을 나는 고사하고 누가 동정하랴? 생활과 환경도 어느 정도로 극복할 수 있는 것이겠는데 親日도 排日도 못한 나는 산 속에 숨지 못하고 들에서 호미도 잡지 못하였다.[47]

---

45) 금동철, 「정지용 후기시에 나타난 기독교적 자연관」, 『한민족어문학』 제51집, 한민족어문학회, 2007, 515쪽.
46) 금동철, 위의 책, 517쪽.
　　금동철은 「백록담」에 나타난 시인의 자연관에 대해 "시인은 백록담과 그곳에 이르는 길에서 만나는 자연 사물들을 부정적인 것으로 인식하고, 그것을 넘어서는 자리에 긍정적인 하늘과 별이 있다고 보고 있다. 이는 곧 육체적인 고통과 고난을 승화시켜 정신성의 영역, 천상의 영역에 도달하고자 하는 시인의 의지를 드러내는 것이라고 하겠다"고 분석하여 가톨릭적 자연관이라고 단정함으로써 너무 논리적인 비약을 하고 있다.
47) 정지용, 「조선시의 반성」, 『산문』, 동지사, 1949, 85-86쪽.

4. 정지용문학과 청록파문학의 동질성과 이질성

정지용문학과 청록파 문학을 비교한다는 것은 긍정적으로 생각할 수도 있지만 부정적으로 해석될 수도 있다. 긍정적으로 판단한다는 것은 정지용과 청록파시인들 모두가 '자연'을 시적 화두로 삼아 치열한 창작정신과 실험적 기교를 통해 새로운 창조를 모색했다는 점에서 출발한다. 그리고 사제지간의 공통점은 그들이 바라본 자연이 '결핍의 자연관'에서 비롯된다는 점에서 일치한다. 한편 부정적으로 본다는 것은 정지용과 청록파 시인들 간의 간격의 폭과 깊이가 너무 크다는 점에 있을 것이다. 지용은 한 가지 방법론이나 한 가지 형태에 머물지 않았다. 그는 항상 새로운 양식과 실험적인 장치들을 시도했다. 그에 비해 청록파시인들은 나름대로 자신들의 창작수법이나 추구대상이 한 가지로 모아지거나 고착화되는 경향이 있었다.

우선 정지용문학과 청록파문학의 동질성부터 살펴보기로 한다. 지용의 경우, 초기 시이든지 후기 시이든지 '결핍의 자연관'이 나온다는 점이 특징이다. 흔히 모더니스트로서의 면모를 보여주고 있다는 초기시들에서도 '결핍의 자연관'과 상실의 미학이 많이 등장한다. 1920년대의 데카당스의 퇴폐적인 애상감 위주의 문학을 탈피하고 새로운 서정시의 전통을 확립했던 김소월과 한용운의 문학이후에 형성된 1930년대의 지용문학이 왜 그러한 애상의 미학을 저변에 깔고 있을까? 그 이유는 근대문명의 불안정성이 가장 중요한 요인일 것이다. 타율적 근대가 가져다주는 폐해를 직접 경험했을 뿐만 아니라 식민지 지식인으로서의 무력감에 지적 허무를 느낀 페이소스가 근대적 우울로 빠져들게 된 것이다. 이러한 정지용의 '결핍과 상실의 자연관'에 대해 김용희는 지용문학포럼에서 발표한 논문에서 지용의 지적 포즈라는 초상화를 '데카당티즘과 댄디즘'으로 해석했다.

옮겨다 심은 棕櫚나무 밑에
빗두루 슨 장명등
카페 · 프란스에 가쟈.

이놈은 루바쉬카
또 한 놈은 보헤미안 넥타이
뺏적 마른 놈이 압장을 섰다.

밤비는 뱀눈처럼 가는데
페이브먼트에 흐늙이는 불빛
카페 · 프란스에 가쟈.

이 놈의 머리는 빗두른 능금
또 한놈의 心臟은 벌레 먹은 薔薇
제비처럼 젖은 놈이 뛰여 간다.

※

『오오 패롤(앵무) 서방! 꾿 이브닝!』
『꾿 이브닝!』(이 친구 어떠하시오?)

鬱金香 아가씨는 이밤에도
更紗 커―틴 밑에서 조시는구료!

나는 자작의 아들도 아모것도 아니란다.
남달리 손이 히여서 슬프구나!

나는 나라도 집도 없단다
大理石 테이블 닷는 내뺨이 슬프구나!

오오, 異國種강아지야
내발을 빨어다오.
내발을 빨어다오.

　　　　　　　　　－「카페·프란스」전문

　지용의 초기시를 대표하는 「카페 프란스」는 일본 유학생 잡지인 『학
조』 창간호에 발표된 시작품이다. 휘문고보 졸업생으로 장학금으로 유
학을 떠나 온 가난한 유학생 조선 지식인청년이 밤비가 내리는 분위기
속에서 친구들과 술 한 잔을 하기 위해 입간판이 청년들을 유혹하는
카페를 찾아가 느끼게 되는 자기 소외감과 지적 허무를 표현한 감각적
서정시이다. 이 시는 발표 당시부터 표절의 논쟁을 불러일으키면서 화
제를 모았고, 모더니즘의 문을 연 작품으로 독자들의 인기를 끈 작품
이기도 하다. 그런데 새롭게 주목해야 할 사항은 이 시가 '결핍의 자연
관'을 밑바탕에 깔고 창작된 작품이라는 점이다. 이 시의 전반적인 분
위기는 우울의 정서가 감돌며, 1연에서부터 9연까지 애잔한 음악과도
같이 결핍의 정서가 흐르고 있다. 유학시절 무명의 문학청년 정지용의
재능을 재빨리 발견하고 시 중심의 문예잡지 『근대풍경』에 소개한 사
람은 이 잡지를 주재했던 일본의 대표적 시인이자 가인 기타하라 하쿠
슈北原白秋, 1885~1942였다. 하쿠슈 밑에서 시를 배운 또 다른 사람으로
정지용과 친분이 두터웠던 김소운이 있다. 『문장』에서 박두진을 추천
하면서 그의 산시편을 김소운에게 보였다는 추천사가 나온다. 정지용
은 「카페 프란스」를 『근대풍경』 제1권 2호(1926. 12)에 발표했다. 정
지용은 『근대풍경』 1928년 2월호에 「여로의 아침」이란 시를 마지막

으로 썼다. 그리고 1929년 화려한 경력을 들고 귀국했다.

정지용 연구로 박사학위를 받은 사나다 히로코는 「카페 프란스」에 나오는 '종려나무', '울금향', '갱사', '대리석'이라는 단어를 하쿠슈와 기노시타 모쿠타로木下杠太郎가 메이지 말기에 유행시킨 '남만문학'의 어휘에 속한다[48]고 증언했다. 아울러 「카페 프란스」를 읽다보면, 프랑스 작가 앙리 뮈르제의 소설 『보헤미안의 생활풍경』을 풋치니가 오페라로 만든 『라 보헴』이 떠오른다고 말했다. 여기에서 보헤미안을 젊고 가난한 예술가라는 이미지로 정착시킨 것이 뮈르제의 소설이라는 것이다. 사나다 히로코는 「카페 프란스」에 등장하는 루바시카를 "사회주의 등 좌익사상에 대한 동경을 나타내고 있다"[49]고 해석했으며, 보헤미안 넥타이를 애용한 사람은 보들레르였는데, 그것의 상징적 의미는 제4연과 대응하여 "벌레 먹은 장미같이 일견 화려한 것 같으면서도 썩어 가고 있는 가짜 예술가의 모습"[50]이라고 추정했다. 또 루바시카를 입은 '이 놈'의 머리가 빗두른 능금으로 비유되는데, 그 비유는 "겉만 빨간빛을 두르고 속은 그렇지 않은 즉 관념만을 농하고 실행이 따르지 않는 사이비 사회주의자를 의미한다"[51]고 새롭게 보았다.

「카페 프란스」 7연과 8연에서 시적 화자는 "나는 자작의 아들도 아모것도 아니란다/ 남달리 손이 히여서 슬프구나!"라고 자조적으로 독백을 하고, "나는 나라도 집도 없단다/ 대리석 테이블에 닷는 내 뺨이 슬프구나!"고 식민지 지식인으로서의 비애감을 표출한다. 심지어 9연에서는 "이국종 강아지야/ 내발을 빨아다오"라고 자기 학대에 해당하는 감

---

48) 사나다 히로코(眞田博子), 『최초의 모더니스트 정지용』, 역락출판사, 2002, 108쪽.
49) 위의 책, 114쪽.
50) 위의 책, 115쪽.
51) 위의 책, 같은 쪽.

정의 격정상태를 토로한다. 여기서 이국종 강아지는 애완견을 말하는 것이지만, 실제로는 주권을 상실한 식민지에서 살아가는 시인 자신의 자괴감을 표상하는 시어라고 할 수 있다. 「카페 프란스」에는 의미의 비약52)이 많아서 난해하게 느껴진다. 하지만 분명한 것은 시의 도처에 상실감과 비애미로 가득 찬 '결핍의 미학'이 드러나고 있다. 이러한 경향은 「파충류동물」, 「슬픈 기차」, 「황마차」, 「슬픈 인상화」 등에서도 공통적으로 나타난다.

이러한 초기시를 통해 그는 근대적 우울을 드러내는 결핍의 시학을 표출하는 동시에 부르주아 사회의 근대적 상업성이 주는 가벼움의 문화적 풍경에 대해 현실 부정적 자세를 견지하고 있다. 이러한 경향은 정세변화에 따라 산시편을 주로 창작하는 후기시에서는 더욱 심각하게 드러난다.

그러면 정지용은 왜 결핍의 자연관을 노정하는 것일까? 첫째, 식민지현실의 불안정성으로 상징되는 생활, 환경적 요인을 들 수 있다. 둘째, 개인사적 요인으로 폐렴으로 둘째 아들을 여읜 상황과 모더니스트로서의 활동과 9인회 가담에 따른 친교 범위의 축소 등의 요인, 셋째, 주변 환경과 갈등양상을 표출하는 등 자연과 소통하지 못하는, 창조를 위한 근대적 시선의 유지, 넷째, 근대적 자아의 확립을 위한 시적 세계의 감각화 내지 내면화를 통한 지속적인 변화 추구 등도 또 다른 요인으로 작용하였던 것으로 판단된다.

---

52) 김용희, 「정지용 시의 데카당티즘과 지적 허무」, 『지용문학세미나』, 발표논문집, 2004. 5. 21, 82쪽.
　김용희는 위의 논문에서 정지용이 시적 소재로 주로 활용하는 카페, 기차, 기관차, 항구, 갑판, 시계, 유리창 등에는 데카당의 문화적 풍경이 드러나며, 지용 특유의 시적 소재를 데카당적 정조로 이미지화 하는 방식과 시적 주체의 공간성이 가지는 데카당적 의미가 잘 나타난다고 분석했다.

『문장』을 통해 새롭게 문단에 나온 청록파 시인들인 박목월·조지훈·박두진은 자신들의 초기 시작활동에서 스승 정지용의 문학경향을 상당 부분 공유하였다. 자연을 주 소재로 사용하였던 『청록집』을 중심으로 청록파의 시적 경향을 분석해볼 때 '결핍의 자연관'은 공통적으로 내재되어 있다. 다만 스승 정지용이 결핍의 미학을 토대로 하여 슬픔의 정조를 표출하되 자기 절제를 통해 고결한 정신성을 모색하는데 반해, 청록파 시인들은 소멸과 생성의 원리를 통해 존재론적 생명의식을 추구하는 것이 변별성이다. 청록파 시인들 사이에서도 각자의 개성은 분명하게 드러난다. 그것의 차이를 살펴보기 위해, 미적 범주를 적용해보면, 지용은 현대적 감성과 이국정취의 정조를 출발선으로 해서 점차 청정미를 바탕으로 한 '정신적 고결성'을 지향했다면, 청록파의 박목월은 '향토적 서정성'을, 조지훈은 '고전적 전통성'을, 박두진은 신앙을 토대로 한 '생명의 원천성'에 무게를 두었다.

　박목월은 정지용의 추천으로 『문장』(1939년 7월호)에 「길처럼」, 「그것이 연륜이다」가 초회추천, 「산그늘」(동 12월호), 그리고 「가을 어스름」, 「연륜」(1940년 9월호)가 2, 3회 추천으로 통과되어 문단에 데뷔했다.

　　장독 뒤 울밑에
　　모란꽃 오무는 저녁답
　　모과목 새순 밭에
　　산그늘이 나려왔다
　　　　워어어임아 워어어임

　　길잃은 송아지
　　구름만 보며

초저녁 별만 보며
밟고 갔나
무질레밭 약초 길
　　워어어임아 워어어임

휘휘휘 비탈길에
저녁놀 곱게 탄다
황토 먼 산길이사
피 먹은 허리띠
　　워어어임아 워어어임

젊음도 안타까움도
흐르는 꿈일다
애달픔처럼 애달픔처럼 아득히
상기 산그늘은 나려간다
　　워어어임아 워어어임

　　　　　　　　　　　ー「산그늘」 전문

　산촌과 농촌 마을에 저녁의 해질 무렵이 되면 산그늘이 말없는 귀
신처럼 내려앉는다. 산그늘은 1연에서는 새순 밭에, 2연에서는 무질레
밭, 약초길을 뒤덮는다. 매일같이 반복되는 자연현상을 대상으로 하지
만, 3연에 오면 저녁놀 때문에 산길은 마치 피 먹은 허리띠처럼 붉게
물들이면서 젊음과 생의 안타까움 그리고 식민지 압제 속의 민족 현실
등의 애달픔을 집어삼킨다. 3연에서는 박목월 특유의 강렬한 색채감을
통해 '황토 먼 산길'이라는 소작농이 살길 찾아 고향 떠나던 고개 길
을 환기시킨다. 정착민족의 특성을 버린 채 뿌리뽑혀짐과 유랑생활을
할 수밖에 없게 된 민족적 비애미가 저녁놀의 붉은 빛을 통해 영롱하

게 떠오른다. 박목월의 시적 장치는 '비극미'라는 근대적 미의식으로 아롱진다. 식민지 시대에 젊음이 흘러갔는데, 왜 안타까움과 애달픔만이 남겨졌을까? 청록파의 한 사람인 박목월의 시세계에도 결핍과 상실의 자연관이 또렷하게 채색되어 있다. 소멸과 생성의 우주의 원리를 토대로 하고 있는 향토적 서정시이지만, 현실과 환경을 떠올릴 때, 깊은 슬픔에 목이 메게 되는 것이다. 단순히 자연을 소재로 하여 생명의식의 고양만을 노래한 시가 아님을 알 수 있다. 지용이 리리시즘의 새로운 발견으로 예찬한 목월이지만, 스승 지용처럼 시인은 현실과 생활을 떠나서 자연예찬만을 할 수 없는 공간에서 호흡하고 있었던 것이다.

『청록집』에 실려 있는 목월의 시 15편은 모두가 다 경상도의 산촌과 농촌을 공간적 배경으로 삼고 있으며, 상당수가 산을 소재로 하고 있는 것이 특징이다. 아무래도 추천당시에 스승 정지용이 『문장』을 통해 산시편을 발표한 영향으로도 보인다.

또 박목월의 「윤사월」의 한 연은 문덕수도 지적했지만, 지용의 「폭포」의 한 연을 그대로 옮겨온 것처럼 영향관계가 분명하게 드러나고 있다.

> 송화가루 날리는
> 외딴 봉오리
>
> — 박목월의 「윤사월」

> 송화ㅅ 가루 노랗게 날리네.
>
> — 정지용의 「폭포」

목월은 정착민족인 조선인들을 길을 떠나는 유랑인으로 변모시킴으로써 스승 정지용의 그늘을 벗어났다. 21세기에도 들뢰즈나 자크 아탈리는 '노마드(Nomad, 유목민)의 시대가 온다'고 예언했지만, 우리 민족은 이미 식민지시대에 '노마드'를 경험했다. 조지훈도 노마드를 시로써 노래했지만 데뷔시절부터 노마드를 노래한 시인은 분명 목월이 시초가 아닐까 생각된다. 『청록집』을 보면 박목월은 정착촌인 농촌과 산촌을 공간으로 선택했지만, 시적 자아는 항상 길을 떠나고 있으며 길 위에서 유랑하고 있다. 그 이유는 시인 박목월의 자연의 영원성과 인간의 유한성을 대비시켜 생명의 고결함과 자연의 순수함을 노래하려는 목적 때문이기도 하지만, 조선인의 역사적 현실에 관심을 둘 때 그것은 피눈물로 해석될 수밖에 없는 것이다.

머언 산 굽이굽이 돌아갔기로
산 굽이마다 굽이마다
절로 슬픔은 일어……

보일 듯 말 듯한 산길

산울림 멀리 울려 나가다
산울림 홀로 돌아 나가다
……어쩐지 어쩐지 울음이 돌고

생각처럼 그리움처럼……

길은 실낱 같다.

　　　　　　　　　　　　　　　　－「길처럼」 전문

강나루 건너서
밀밭 길을

구름에 달 가듯이
가는 나그네

길은 외줄기
남도 삼백 리

술 익는 마을마다
타는 저녁놀

구름에 달 가듯이
가는 나그네

        ─「나그네」 전문

　박목월의 두 편의 시에 등장하는 시적 자아는 집이라는 공간에 자
리 잡고 있지 않다. 그는 길 위에 서있는 것이다. 자신이 원해서 정신
적인 목적을 가지고 집을 떠난다면, 불만이나 원한이 없을 것이다. 그
러나 만약에 시적 자아가 원하지 않았는데도 불구하고 집을 떠날 수밖
에 없다면, 상황은 달라진다. 「길처럼」에서 시적 자아는 '머언 산 굽이
굽이 돌아갔기로' 왜 절로 슬픔이 일어나는가? 스스로 자문자답을 하
고 있다. 그만큼 속내를 말할 수 없는 사연이 있을 것이다. 그런데 3연
으로 나아가면, 산울림이 울려나갈 때 울음소리로 변해가는 것이 수상
하다. 물론 이 시는 목월의 어떤 다른 시보다도 '향토성'이 강한 작품
이다. 따라서 신화적 기반을 바탕으로 하는 원시적인 떠남과 만남이라
는 장치를 설정해 놓은 것으로 파악할 수도 있다. 하지만 이 작품이
쓰였던 1930년대 말과 1940년대의 시대상황을 상상해보지 않을 수
없다. 길을 떠남은 행복하고 평화로운 삶으로의 전환이 아니다. 그것은
불확정성의 상황으로 내몰림을 의미하며, 궁핍의 삶을 전제로 한다. 따

라서 슬픔과 울음 그리고 비애미가 가슴을 도려낼 정도로 아픈 정서로 다가오는 것이다.

후자의 시에서 나그네는 좀 더 경쾌한 발걸음으로 길을 떠난다. 이 때의 나그네는 이태백의 시처럼 인간의 삶을 나그네에 비유한 낭만적 서정시의 세계로 몰입하고 있기 때문이다. 「나그네」의 1연에서는 '강' 과 '길'이 핵심어이고, 2연에서는 '구름'과 '달'이, 3연에서는 '외줄기' 와 '삼백 리'가 4연에서는 '술'과 '저녁놀'이 중추적인 시어로 작용한 다. 길은 한마디로 인간의 인생역정을 상징한다. 그리고 '길'은 기복이 심한 인생역정에서 이어짐과 끊어짐을 상징하며, 달처럼 이그러지고 차면서 소멸과 생성의 근원적 우주원리와 연동된다. 결국 나그네의 삶 으로 표상되는 인간의 삶이라는 것의 '덧없음'을 강조하고 있지만, 4연 에서 술과 저녁놀이 주는 붉은 색채적 아름다움 때문에, 삶의 부질없 음보다도 인생역정의 과정 하나하나의 소중함과 충만함이 되살아나고 있다. 저녁놀이 지나고 나면 곧 밤이 도래하지만, 그것이 주는 막막함 과 고통도 실낱같은 길처럼 짧은 과정에 지나지 않으므로, 고통의 여 정도 인내하면서 살아가면, 인생의 즐거움으로 이어질 수 있다는 희망 의 메시지도 던져준다.

이 시에서 나그네는 생의 철학적 미학적 원리로서 작용하기도 하지 만, "억압된 조국의 하늘 아래에서 혈혈단신 떠도는 우리 민족의 총체 적 얼을 상징하는 것"[53]이기도 하다. 중요한 것은 시인 박목월이 자연 에 귀의하여 현실도피적인 삶만을 추구하지는 않았다는 사실이다. 그 는 한편으로는 '향토성'을 통해 신화적인 영원한 평화의 세계를 지향 하였지만, 다른 한편으로 잠시도 민족현실을 잊고 살지 않았다는 사실

---

53) 김재홍, 『한국현대시인 연구』, 일조각, 1986, 351쪽.

을 「나그네」는 확인시켜 주는 것이다. 그런 측면에서 생활과 환경을 줄곧 벗어나지 못했던 스승 정지용의 발자취를 쫓아가고 있다고 할 수 있다.

다른 시인으로 넘어가보자. 스승 지용이 '정신적 귀족주의'로서, 친구 목월이 '향토성'으로 조선민족의 순수미를 계승하려고 했다면, 조지훈은 '고전적 전통성'의 표출을 통해 우리 민족에 대한 사랑의 정을 노래했다.

　벌레 먹은 두리기둥 빛 낡은 단청 풍경 소리 날아간 추녀끝에는 산새도 비둘기도 둥주리를 마구 쳤다. 큰 나라 섬기다 거미줄 친 옥좌 위엔 여의주 희롱하는 쌍룡 대신에 두 마리 봉황새를 틀어 올렸다. 어느 땐들 봉황이 울었으랴만 푸르른 하늘 밑 추석을 밟고 가는 나의 그림자. 패옥 소리도 없었다. 품석 옆에서 정일품正一品 종구품從九品 어느 줄에도 나의 몸둘 곳은 바이 없었다. 눈물이 속된 줄을 모를 양이면 봉황새야 구천에 호곡하리라.

―「봉황수鳳凰愁」 전문

　꽃이 지기로소니
　바람을 탓하랴.

　주렴 밖에 성긴 별이
　하나 둘 스러지고

　귀촉도 울음 뒤에
　머언 산이 다가서다.

　촛불을 꺼야 하리
　꽃이 지는데

꽃 지는 그림자
뜰에 어리어

하이얀 미닫이가
우런 붉어라.

묻혀서 사는 이의
고운 마음을

아는 이 있을까
저어하노니

꽃이 지는 아침은
울고 싶어라.

　　　　　　　　　　　　　　　－「낙화」 전문

　『청록집』에 조지훈은 총 12편의 시를 수록했다. 그 중에서 「봉황수」와 「낙화」는 형태면에서 가장 지용시에 근접하는 작품이다. 「봉황수」가 산문시형을 지니고 있는데 반해, 「낙화」는 1연 2행의 자유시의 형태를 지니기 때문이다. 조지훈은 1939년 4월 『문장』 제3호에 「古風衣裳」으로 첫 추천을 받고, 이어서 「僧舞」(동 11호), 「鳳凰愁」, 「香紋」(동 13호, 1940. 2)이 추천 완료됨으로써 문단에 등장했다.

　위의 두 작품 모두에 '결핍과 상실'의 자연관이 등장하는 점에서 조지훈의 그것은 지용의 자연관과 동질성을 지닌다. 조지훈이 고전주의적 전통성을 미학적 기반으로 삼고 있는 것은 추천자인 스승 정지용이 추천 완료하는 '시선후'에서 다음과 같이 밝히고 있다.

조군의 懷古的 에스프리는 애초에 名所古蹟에서 날조한 것이 아닙니다. 차라리 고유한 푸른 하늘바탕이나 고매한 磁器살결에 무시로 거래하는 一抹雲瑕와 같이 自然과 人工의 극치일가 합니다. 가다가 明鏡止水에 細雨와 같이 뿌리며 나려앉는 비애에 artist 조지훈은 한마리 백로처럼 도사립니다. 시에서 깃과 죽지를 고를줄 아는 것도 천성의 기품이 아닐 수 없으니 시단에 하나 「新古典」을 소개하며…쁘라―보우!
                                                              ― 정지용, 「시선후」, 1940. 2.

지훈의 시 「봉황수」는 잊혀져가고 사라져 가는 것에 대한 회한이나 애수를 그린 산문시이다. '벌레 먹은 두리기둥', '빛 낡은 단청', '거미줄 친 옥좌' 등의 소재는 조선적인 것 중 국보급에 해당하는 장인들이 만든 보물이다. 그런데 이러한 것들이 이제 빛을 잃어가면서 사라질 운명에 처해 있다. 그래서 시적 자아는 매우 안타까운 마음을 표하고 있다. 보호를 받아야 할 보물이 퇴락해가고 조선 사람들의 마음에서 멀어져가는 것에 대해 시인은 울분을 토한다. 하지만 우리 문화재에 대한 애정만을 작가가 표현하고 있는 것은 아니다. 잘못된 역사에 대한 비판과 질책을 또한 하고 있다. "큰 나라 섬기다 거미줄 친 옥좌 위엔 여의주 희롱하는 쌍룡 대신에 두 마리 봉황새를 틀어 올렸다."에서 사대주의가 가져온 망국의 서러움에 대해 부끄러움을 토한다.

특히 이 시에서 "패옥 소리도 없었다. …… 나의 몸둘 곳은 바이 없었다"에서 역사에 대한 비판과 반성의식과 함께 현실적 아픔에 대한 성찰을 동시에 하고 있다. 일제에 의해 식민지 현실로 전락한 극한상황이 바로 잘못된 역사인식에서 비롯했다는 것을 강조함으로써 고전추수주의가 과거 회상적인 태도를 지향하는 것이 아니라 현재의 역사를 제대로 만들기 위한 부활의 목소리임을 짚어주고 있다. 여기에도 '결핍의 정서'가 토대를 이루고 있다. 결핍의 미학은 바로 반성적 성찰을 가능케 하며, '실존적 존재의 복원'을 꾀할 수 있는 첩경이 되기도 한다. 아울러 "얇은 사 하이얀 고깔은/ 고이 접어서 나빌레라/ 파르라니 깎은 머리/ 박사 고깔에 감추오고/ 두 볼에 흐르는 빛이/ 정작으로 고와서 서러워라"의 「승무」에서 보여주는 것처럼 신성과 세속의 조화와 초탈의 자세추구를 통해 '근대적 미학'을 정립하겠다는 예술정신을 보여주는 것이 조지훈문학의 가치인 것이다. 신앙적인 차원이 아니라 미학적인 차원의 모색을 시도하는 것은 스승 정지용으로부터 근대적 예술가의 초상화를 배웠기 때문으로 보인다.

　「낙화」에서도 시인의 '결핍의 자연관을' 쉽게 찾을 수 있다. 이 시에서는 정지용과 마찬가지로 감각적인 시어를 적극 활용하고 있다. 즉 오관을 모두 사용하여 총체적인 유기성을 획득하고 있는 것이다. '꽃'(시각, 후각), '별'(시각), '바람'(촉각), '귀촉도 울음'(청각) 등의 시어는 인간의 오각이라는 신체 감각을 다양하게 자극하여 탐미적인 비애미의 세계로 나아가게 인도한다. '꽃이 지고', '별이 스러지고', '촛불을 꺼야 하'는 것은 모두 우주에서 '사라져가는 것'들이다. 하지만 떨어지고 사라지는 것은 순간적인 반복행위에 지나지 않는다. 우주의 무한이라는 시간개념에서 보면 찰나에 지나지 않는다. 곧 소생하고 복원되고 다시 촛불을 켜는 행위는 시작될 것이다. 소멸은 생성의 단초요, 떨어짐은 피어남의 원동력이 됨을 상징한다. 어쩌면 불교적 상상력이 「낙화」에 자리 잡고 있다고 할 수 있다. 시적 자아는 마지막 연에서 "묻혀서 사는 이의 고운 마음을/ 아는 이 있을까" 걱정하여 울고 싶다고 내면적인 괴로움을 고백하고 있다. 직설적인 토로를 못하는 것은 검열 때문일 것이다. 정신적인 것을 추구하면서 산사에 은둔하면서 살고 있는 지식인의 고뇌를 알아주는 것은 낙화와 그것을 움직이는 자연의 섭리뿐이라는 논리는 작가가 바로 자연의 순환원리에 따라 잘못된 것의 바로잡음과 원래대로의 복원에 대한 희구를 강하게 동경하고 있음을 확인해 주는 것이다. 이러한 조지훈의 삶의 자세는 정지용과 동질의 것인 '소극적인 저항'의 자세로 파악된다. 요약하면, 지훈의 서정시가 고전주의적 전통미를 추구하지만, 복고풍의 퇴보의 길로 나아가지 않고 주체적 인식에 대한 반성적 성찰과 상실된 주권회복에 대한 강한 염원을 표하고 있음을 상징적으로 보여주는 것이다.

박두진은 『문장』(1940. 1) '시선후'에서 정지용으로부터 "박군의 시적 체취는 무슨 森林에서 풍기는 植物性의 것입니다. ……시단에 하나 「新自然」을 소개하며 選者는 滿悅 以上이외다"라는 극찬을 들으면서 문단에 나왔다. 그는 정지용의 추천으로 『문장』 1939년 6월호에 「香峴」과 「묘지송」, 1939년 9월호에 「낙엽송」, 1940년 1월호에 「蟻」, 「들국화」가 추천되어 등단했다. 박두진의 초기시는 스승 정지용과 마찬가지로 산시편이 많으며, 호흡과 길이가 긴 산문시가 많고 2행1연의 시도 청록파의 다른 두 시인의 중간에 위치하고 있다[54]는 점에서 스승 정지용과 동질성의 행태를 취하고 있다.

> 白樺 옆에서 백화가 髑髏가 되기까지 산다. 내가 죽어 白樺처럼 흴 것이 숭없지 않다.
>
> — 정지용, 「백록담」 일부

---

54) 이상호, 「청록파 연구」, 『한국언어문화』 28, 한양어문학회, 2005, 349쪽.
　　이상호는 『청록집』 수록시의 구성형태를 "박두진은 산문시 + 자유시의 혼합형이 12편 중 7편으로 오히려 더 많아 산문시 유형에 대한 선호도가 매우 높은 것으로 드러났다. 그만큼 박두진은 간결성과 압축의 미학보다는 관념적 의미를 추구했다고 할 수 있다. ……세 사람 모두 연시를 선호하였으며, 1연당 배치한 행의 숫자로 보면 2행으로 구성된 연이 가장 많다. 그 선호도를 보면 박목월(52.9%) < 박두진(58.5%) < 조지훈(70.8%)의 순으로 나타났다"고 분석했다.

백화 앙상한 사이를 바람에 백화같이 불리우며 물소리에 흰돌 되어 씻기우며 나는 총총히 외롬도 잊고 왔더니라.

— 박두진, 「별」 일부

박두진 초기시의 상당수 시구에서 스승 정지용의 시에서 가져온 듯한 표현이 눈에 많이 띈다. 위의 인용은 그러한 영향관계를 보여주는 대표적인 예가 될 것이다.

박두진의 초기시에서도 '결핍의 자연관'은 도처에서 목격된다. 몇 편을 인용하기로 한다.

산새도 날아와
우짖지 않고,

구름도 떠가곤
오지 않는다.

인적 끊인 곳
홀로 앉은
가을 산의 어스름.

호오이 호오이 소리 높여
나는 누구도 없이 불러보나,

울림은 헛되이
빈 골을 되돌아올 뿐.

산그늘 길게 늘이며
붉게 해는 넘어가고

황혼과 함께
이어 별과 밤은 오리니,

생은 오직 갈수록 쓸쓸하고,
사랑은 한갓 괴로울 뿐

그대 위하여 나는 이제도 이
긴 밤과 슬픔을 갖거니와

이 밤을 그대는 나도 모르는
어느 마을에서 쉬느뇨.

－「도봉」 전문

북망이래도 금잔디 기름진데 동그란 무덤들 외롭지 않어이.
무덤 속 어둠에 하이얀 촉루가 빛나리. 향기로운 주검의 내도 풍기리.

살아서 설던 주검 죽었으매 이내 안 서럽고, 언제 무덤 속 화안히 비
춰줄 그런 태양만이 그리우리.

금잔디 사이 할미꽃도 피었고 삐이 삐이 배, 뱃종! 뱃종! 멧새들도
우는데 봄볕 포근한 무덤에 주검들이 누웠네.

－「묘지송」 전문

2
왜 이렇게 자꾸 나는 산만 찾아 나서는 겔까?－내 영원한 어머니
……내가 죽으면 백골이 이런 양지쪽에 묻힌다. 외롭게 묻어라.

꽃이 피는 때 내 푸른 무덤엔 한 포기 하늘빛 도라지꽃이 피고 거기
하나 하얀 산나비가 날아라, 한 마리 멧새도 와 울어라. 달밤엔 두견!

두견도 와 울어라.

  언제 새로 다른 태양 다른 태양이 솟는 날 아침에 내가 다시 무덤에
서 부활할 것도 믿어본다.
—「설악부雪嶽賦」 일부

『청록집』에 실려 있는 박두진의 시는 모두 12편이다. 12편 중 9편
이 산과 연관성이 있다. 농촌마을을 노래한 경우에도 거의가 나무와
꽃이 나온다. 그래서 지용은 박두진을 추천할 때 "시적 체취가 森林에
서 풍기는 植物性"이라고 했다. 우선 『문장』(1939. 6) 초회 추천작품
인 「香峴」과 「묘지송」 자체가 산을 소재로 한 산시편들이다. 「향현」
에서는 '산 넘어 큰산'이 끝없이 보이고, '우뚝 솟은 산, 묵중히 엎드
린 산' 등 다양한 산과 구릉이 나타난다. 그리고 그 산에서 살고 호흡
하고 생태학적 조화를 이루며 먹이사슬을 구성하는 '장송', '떡갈나무',
'머루', '다래넝쿨', '억새풀'도 우거진 곳에, 다양한 각종 동물들이 활
개를 치고 돌아다니는 한마디로 그리스의 올림푸스산과도 같은 신화적
인 세계가 자리잡고 있다. 그곳에는 '너구리', '여우', '사슴', '산토끼',
'오소리', '도마뱀', '능구리' 등 실로 다양다기한 동물들이 살고 있다.
  그런데 시적 자아는 이러한 큰 산의 침묵이 "흠뻑 지리함 즉하매"
라고 묘사한다. 그것은 대내외적으로 두 가지 의미를 지닌다. 하나는
일본 군국주의가 넘실거리는 살벌한 식민지현실 속에서 숨죽이며 살
수 밖에 없는 조선민족을 표상한다. 다른 하나는 '확 확 치밀어 오를
화염'을 기다려도 좋으랴고 반문하는 것으로 보아 휴화산이 폭발하여
화산재를 터뜨리는 대폭발을 기다리는 듯한 상황을 묘사하는 동시에
여우와 이리 등속의 흉악한 동물들이 사슴 토끼 등 순한 동물과 함께
뛰어 노는 평화스런 날을 고대하고 있기도 한 것이다. 이러한 지구상

의 대변환을 이루는 날은 바로 식민지 현실이 뒤바뀌는 해방의 그날을 상징한 것이다. 박두진은 일제시대부터 4·19와 5·16까지 민족의 중요한 역사적 순간에 소위 스승 정지용이 항상 강조했던 '생활과 환경'에서 잠시도 눈을 떼지 않았다.

『청록집』에 실려 있는 박두진의 작품들에서는 '결핍의 자연관'이 내재되어 있을뿐더러 비관적이고 부정적인 세계관이 도드라지게 드러나고 있다. 직접 인용한 산 소재의 시들을 분석해 보면, '산새도 날아와 우짖지 않고/ 구름도 떠가곤 오지 않는/인적 끊인 곳'인 바로 도봉산을 노래하고 있다. 좋게 말하면 깊고 깊은 명산이라는 의미일테고 솔직하게 말하면 인간과 절연한 자연이다. 단절과 소통부재의 공간에 시적 화자는 왜 찾아갔을까? 이유는 단 한가지다. '호오이 소리높여 나는 누구도 없이 불러보'기 위해서다. 그러나 되돌아오는 것은 공허한 메아리일 뿐이라고 자문자답을 한다. 해답은 시간을 끌지 않고 금세 나온다. 여기에 시인의 심각한 비관적 현실인식이 자리 잡고 있다.

이러한 비관적이고 부정적인 세계인식은 시적 자아가 찾아간 모든 산이 '무덤'으로 나타나는 시적 증폭현상으로 귀결된다. 결핍의 자연관은 독자까지도 짙게 누른다. 따라서 "생은 오직 갈수록 쓸쓸하고, 사랑은 한갓 괴로울뿐/ 그대 위하여 나는 이제도 이 긴 밤과 슬픔을 갖거니와"라고 독백을 한다. 자연과 소통하지 못하고 인간과 인간끼리의 호흡을 나눌 수 없는 죽은 공간은 바로 무덤이 아니겠는가? 그러나 시적 자아가 살고 있는 자연공간은 시인이 직접 묘사하고 있지 않긴 하지만, 산 사람과 귀신도 소통부재상태로 보인다. 신앙으로도 구제 불능인 세상인 것이다.

애초에 기독교적 세계관에서는 신화적 세계와 달리 자연과 인간은 갈등상태이다. 인간은 믿음과 사랑 그리고 회개를 통해 구원을 받아야 하며 그럴 경우, 죄를 사함 받고 부활과 평화 및 마음의 평정을 얻을 수 있다. 「도봉」에서 이러한 절망적인 상황 속에서도 시적 자아는 무엇인가를 기다리고 기대를 하고 있다. 그러한 열망은 「설악부」에서는 "다른 태양이 솟는 날 아침에 내가 다시 무덤에서 부활할 것도 믿어본다."의 신앙심으로 귀결된다. 시인 박두진은 다른 두 시인과 달리(박목월도 나중에 자신의 후기시에서 기독교적 신앙심을 보여주기는 하지만) 기독교적 세계관을 토대로 하여 생명의 원천에 대한 확고한 믿음을 표현한다. 그래서 박두진의 시에서는 스승 지용의 시에서와 마찬가지로 미적 특성에서 '숭고미'가 표출되기도 하는 것이다.

절망적 현실상황 속에서도 희망을 꿈꾸는 것은 신앙적 확신이 섰을 때에만 가능하다. 도처에 무덤만이 등장하는 「묘지송」에서는 식민지 현실은 '무덤'과 '주검'으로 표상된다. 이러한 알레고리에서 희망은 무엇일까? 메시아의 출현일 것이다. "살아서 설던 주검 죽었으매 이내 안 서럽고"라고 저승세계를 미화시키는 원동력은 바로 절망에서 희망을 보게 하는 신통력이다. 그것은 바로 '또 다른 태양'인 것이다. 시적 자아는 "언제 무덤 속 화안히 비춰줄 태양만이 그리우리"라고 증언한다. 메시아만이 죽음에서 부활을 가능하게 하기 때문일 것이다. 시인은 「설악부」에서 "왜 이렇게 자꾸 나는 산만 찾아 나서는 곌까―내 영원한 어머니……?"라고 혼자 읊조린다. 산은 하늘에 좀 더 가까운 공간이고 그곳은 천국으로 가는 길목이기 때문이다. 그래서 가는 길이 험난하고 고달퍼도 마음의 위안이 되는 것이다. 「설악부」 3연에서는 "나는 눈을 감아본다. 순간 번뜩 영원이 어린다"라고 영감을 표현한다. 그래서 "우리 족속도 이어 자꾸 나며 죽으며 멸하지 않고 오래오래 이 땅에서 살아갈 것을 생각한다"라고 부활과 영생을 확신한다. 일본 군국주의가 전쟁의 구렁텅이로 조선인을 몰아넣어도, 청년들과 예쁜 여성들을 총알받이로 정신대로 끌고 가더라도 조선민족은 불멸할 것이라고 맹목적으로 믿는 것은 쉽지 않다. 박두진에게 '결핍의 자연관'은 '사랑으로 충만한 자연관'으로 의도적 비약을 이루어 고통의 땅, 파멸의 땅에서, 즉 3연 말미에서의 "어디 저 북극이나 남극 그런 데로도 생각하며 걷는다"라는 불모의 땅에서 기적을 이루어 설악 전체가 '온통 꽃동산'으로 변모하게 만든다. 이러한 정신적 비약을 꿈꾸는 것이 박두진이 그의 시세계에서 추구하는 환희일 것이다. 「설악부」 3연에서 약간 어설펐던 '종교적 숭고미'는 이러한 과정을 거쳐 '예술적 우아미'의 아름다움으로 채색되는 것이다.

지금까지 논의한 정지용과 청록파 시인들의 시세계에 있어서의 미적인 범주와 미적 특성의 변별성을 하르트만의 미학이론을 토대로 도표로 정리해 보기로 한다.

시 인		시적 대상	공통점	시 형태	대표시	미적 범주	미적 특성
정지용		자연	'결핍'의 자연관	산문시 추구 한자어 빈도 높음 2행 1연시 39.3%	「향수」 「바다2」 「백록담」 「장수산2」	현대적 감성 이국정취 청정한 고결미	해학미, 숭고미 비극미, 우아미 다양한 스펙트럼
청록파	박목월	자연	'결핍'의 자연관	1편 제외 / 자유시 한자어 빈도 낮음 2행 1연시 52.9%	「나그네」 「청노루」 「길처럼」 「윤사월」	향토성	비극미를 토대로 한 우아미
	조지훈	자연	'결핍'의 자연관	1편 제외 / 자유시 한자어 빈도 가장 높음 2행 1연시 70.8%	「봉황수」 「낙화」 「승무」 「고풍의상」	고전적 전통성	비극미와 우아미의 혼성
	박두진	자연	'결핍'의 자연관	산문시, 자유시 혼합 (12편 중 7편) 한자어 빈도 중간 2행 1연시 58.5%※	「향현」 「도봉」 「묘지송」 「설악부」	생명의 원천성	숭고미와 우아미의 삼투적 혼성

＊『청록집』의 시적인 형태 통계는 이상호의 논문을 인용함.

5. 맺음말

정지용은 고국에서 일제에 의한 타율적 근대화를 목도하고 난후, 휘문고보 졸업생 장학금으로 유학한 일본 현지에서 근대적 지식인으로서 새로 접한 서구의 근대적 문물과 제도에 대해 꼼꼼하게 관찰했던 것으로 보인다. 그래서 교토 현지 카페에서의 체험이나 교토에서의 문명 발전상의 목격담 그리고 배를 타고 귀국하는 선창에서 접한 신세계를 토대로 하여, 창조적 상상력으로 근대적인 풍경을 꿈꾸고 가상체험을 시로써 형상화했던 것이다. 다만 서유럽을 가보지 않았기 때문에 가상과 현실의 괴리감은 몹시 컸을 것이다. 하지만 근대인의 시선으로 근대적 풍경을 진실 되게 그린다는 것은 애초에 불가능했다. 그래서 그는 애초부터 일제가 들고 들어온 껍데기만의 가상공간 및 미끼로 유혹하는 가상문명에 대해 조심스러운 접근태도를 보였던 것이다. 그 당시 그가 묘사하고 실험했던 것들이 모더니즘이든 데카당티즘이든, 아니면 귀족적 댄디즘이든 간에, 풍요롭고 화려하게 접할 수 있었던 지용의 절제된 언어미적 감각은 당대 지식인 독자들에게 열광적인 반응을 가져왔다. 하지만 1930년대 말에 이르러 광포한 군국주의 물결은 껍데기만의 근대적 정신과 근대적 풍모를 그대로 놔두지 않았다. 지용은 식민지적 현실에 묻혀『문장』이라는 고풍스런 공간에서만 자유를 동경했지만, 당시의 전시분위기는 언어적 미감과 정신적 은일주의라는 세계마저도 용납되지 않았다. 귀족적 지식인으로서 그는 현실에 투항하거나 타협할 수도 없고, 그렇다고 딱히 대안도 없었다. 유일한 방도가 '소극적인 저항'으로 숨어버리는 방안이었다. 결국 그가 선택한 마지막 방법은 "가재도 긔지 않고/ 풀도 떨지 않는" 순수자연으로 숨어들어가 淸淨한 高潔美의 세계에 기대는 수밖에 없었다. 시적 기교와 품격만으로 라도 자기 소외와 자기 연민의 지적 고결성을 수호할 수 있다면, 더할 나위 없이 행복할 수 있었던 것이다. 아울러 기존의 전통적 상징을 해체하고 새로운 시적 세계를 창조할 수만 있다면 유기적 총체로서의 미학적 응결물을 새롭게 생성해낼 수 있으리라는 믿음 또한 확고했다. 지용이 마지막으로 선택한 또 다른 창조적 방안은 자신이 손수 다듬었던 『문장』의 가상적 건축물의 공간에서 새로운 식물을 이식하여 거기에 공기와 신선한 물을 공급하여 생명력을 불어넣는 방법이었다. 그렇게 선택한 것이 '청록파'라는 생태학적 생성물이었다. 지용의 현대적 감성과 귀족적 정신주의는 목월에게는 생명에 대한 유대관계 설정을 통한 '향토성'으로, 지훈에게는 천상의 미를 통한 '고전적 전통주의'로, 혜산에서는 산이라는 신성한 공간을 대상으로 식물성을 영글게 하는 '생명성의 원천성' 추구라는, 제각각의 인공수정에 따른 생성물을 잉태하고 큰 숲을 이루어나갔던 것이다. 지금의 관점에서 살펴볼 때, 식민지시대와 해방공간이라는 정신적 공백기를 생태학적 인공수정으로 메워나가 단절 없이 한국문학사의 전통을 이어나가게 한 것은 '정지용의 전략적 선택'이 탁월했음을 확인해준다.

오늘날에 와서 정지용이 '현대시의 아버지'로 떠받들어 지는 이유는 그가 추구한 미적 특성이 자본주의가 낳은 변종 문명들을 아이러니와 위트의 방법으로 비판한 해학미에서부터 종교적 성찰인 숭고미를 거쳐, 결핍과 상실의 비극미와 우아미의 예술적 미적 세계까지 '다양한 스펙트럼'으로 나타났기 때문일 것이다. 미적 범주는 많이 좁혀졌지만, 그러한 것들이 청록파 시인들인 박목월에서는 비극미를 토대로 한 '우아미'의 세계로, 조지훈에게서는 '비극미와 우아미'의 혼성의 미적 세계로, 그리고 박두진에서는 '숭고미와 우아미'의 삼투적 혼성물로 채색된 것은 한국문학사의 큰 성과라고 할 수 있다.

특히 보다 중요한 것은 그들이 사제지간이라는 한계를 극복하면서 '결핍의 자연관'을 센티멘털리즘이나 아나키즘으로 진전시켜 자학적 지적 허무주의로 유도하지 않은 사실에 있다. 그들이 결핍과 상실의 고통과 공허감을 딛고 일어서서 충만한 '창조적 미적 세계'를 확충한 것은 시적인 천재성도 있지만 식민지 현실에서도 굴복하지 않으려는 진정한 시인으로서의 강인한 풍모와 실험정신이 있었기에 가능했던 것이다. 아울러 서러움의 미학화를 퇴폐적 낭만주의로 가져갔던 선배들의 과오를 극복해 나가면서 지용과 청록파의 제자들이 '근대적 풍경'과 '조선적인 것'의 감각화와 내면화라는 숙제를 함께 풀어나가려고 한 공동체적 인식과 끈끈한 유대감 또한 작용했던 것으로 판단된다. 그런 측면에서 『문장』 데뷔시절부터 시어머니처럼 닦달했던 지용의 미적인 채찍질은 '창조의 法鼓'로서의 기능으로 작용했던 것으로 판단된다.

『문장』에 발표한 정지용 '한적시'의 특성

1. 머리말

　1930년대 말은 일제 치하의 우리 민족이 생존의 방향마저도 제대로 파악하지 못하고 허둥대기만 하던 시기였다. 1930년대 초의 카프의 탄압과 해체를 경험하면서 조선의 지식인들은 내적으로 위축되었는데, 소위 순수시운동과 산문에서의 9인회의 등장이 겉으로 드러난 하나의 상징적인 현상이었다. 하지만 한반도를 둘러싼 외적 정세는 점점 더 악화일로를 걸었다. 1931년에 시작된 일제의 대륙침략과 함께 조선에는 병참기지 역할이 부여되었고, 이와 동시에 농촌에는 이른바 농촌진흥운동이 전개되었다. 이는 일제의 대륙침략에 따라 조선을 후방기지로 안정시키며, 그 생산력을 가능한 한도까지 높여 자신의 수탈을 극대화하기 위한 것이었다. 강압적 통치와 수탈은 일제가 그 침략전쟁을 확대해 가면서 극에 달하였다. 일제는 1937년 중일전쟁을, 1941년 태평양전쟁을 도발하면서 더욱더 물자와 인적 자원의 부족을 느끼게 되었고 이에 따라 조선으로부터 가능한 한 많은 물자와 인력을 징발하기에 혈안이 되었다. 쌀・면화 등의 강제공출과 징병제의 실시, 노동력

의 강제징용은 그 대표적인 예에 지나지 않는다.[1]

1938년에는 국민정신총동원 조선연맹을 출범시켰는데, 이는 이른바 내선일체・황국신민화의 이상을 실현하기 위한 것이었다. 이 연맹은 里단위까지 조직되어 애국반을 기저조직으로 해서 궁성요배・근로저축을 당면의 필수사항으로 하였다. 매월 1일을 애국일로 정하여 시국의 인식・國體明徵・내선일체를 더욱 강화하고 국기게양・신사참배・궁성요배・황국신민서사・국어(일본어)의 상용・근로봉사 등을 강요하였다. 이러한 와중에서 일제는 창씨개명을 강요하기[2]에 이르렀다. 또 중일전쟁 이후에는 국가총동원법을 공포하고 이어 국민징용령을 실시하여(1939) 수백만 명의 조선사람들을 침략전쟁을 수행하기 위한 노동력으로 강제동원했다. 1939년부터 1945년 전쟁이 끝날 때까지 일본의 전쟁노동력으로 강제동원된 조선인이 113만 명으로 집계된 자료가 있는가 하면, 146만 명이라고 밝힌 자료도 있다. 이들은 위험한 탄광노동에 제일 많이 투입되었고, 다음은 금속광산・토목공사장・군수공장 등의 노동력으로 동원[3]되었다.

당시 문인들이 조선의 실정이 이렇게 열악하고 참담한 실정에서『문장』과『인문평론』등의 잡지의 간행에 힘썼다는 것은 조선인의 주체적인 인식측면에서 매우 고무적인 현상이었다. 김팔봉은 "일제 암흑기의 문단"에서『문장』과『인문평론』이 일본문으로 절반 이상 인쇄하지 않고서는 발행이 안 되게 된 것이 1941년 11월부터이니까 이때부터가 직접적으로 문단을 덮친 암흑기라고 규정하는 것이 타당할 듯하다[4]고

1) 한국사특강편찬위원회 편,『한국사특강』, 서울대출판부, 1990, 254쪽.
2) 한국사특강편찬위원회 편, 위의 책, 255쪽.
3) 강만길,『20세기 우리 역사』, 창작과비평사, 1999, 127-128쪽.
4) 김팔봉, "일제 암흑기의 문단",『대한일보』1969년 4월 7일~1970년 12월 10일; 강진호 엮음,『한국문단이면사』, 깊은샘, 1999, 285쪽.

증언하였다.

1939년 2월에 창간된 『문장』에는 이태준과 이병기 그리고 정지용이 각각 소설과 시조, 시의 추천을 담당하는 등 사실상의 편집위원으로 활동하고 있었다. 당시 최재서가 주재한 『인문평론』이 친서구적 지향을 보였다면, 『문장』은 친한국적, 친동양적인5) 성향을 보였다. 이러한 성격의 잡지 『문장』에서 정지용은 어떠한 역할을 했으며, 한때 모더니스트로 명성을 날렸던 자신의 시세계를 어떻게 변모시켰는지, 그리고 소위 한적시(閑適詩, 또는 자연시나 산수시)를 통해 궁극적으로 지향했던 것은 무엇인지 등에 대해 구체적으로 살펴보기로 한다.

2. 정지용 문학의 변모양상

그 동안 학계에서 정지용의 문학생애를 구분하는 데에는 크게 네 가지 견해가 있었다. 우선 김학동은 정지용의 문학세계를 크게 네 가지로 나누었다. 첫째, 그의 초기시를 대상으로 '근원회귀와 실향자의 비애'에서 지용이 태어나서 자라난 고향과 그 주변에 흩어져 있는 전설과 민간전승을 소재로 하여 민요풍이나 동시의 형태로 형상화한 점을 거론하였다. 둘째, '바다의 신비와 신성의 세계'에서는 일본유학을 통해 영문학을 전공하면서 익힌 서구시의 영향을 받아 「카페 프란스」, 「슬픈 인상화」, 「파충류동물」 등에서 시도한 포말리즘의 기법을 설명하고 이 시기 지용의 관심이 온통 바다로 집중되어 그 신비성을 추구하기도 하였다고 분석하였다. 셋째, '산과 허정무위의 세계'에서는 시

---

5) 조연현, 『한국현대문학사』, 성문각, 1980, 588쪽.

집 『백록담』에 수록된 산의 시편들을 대상으로 논술하면서 그의 초기 시에서 신앙시까지 이르는 심혼의 심한 갈등과 동요를 보이고 있는 데 반하여, 이 산의 시편들은 그들과는 전혀 다른 靜謐한 화평의 시세계를 보이고 있다고 해석하였다. 넷째, '삶의 좌절감과 자아성찰'에서는 8·15해방 이후의 시편을 대상으로 하여 분석하였는데, 그 시편의 수량이 극히 제한되어 있으므로 그의 시세계를 제대로 구축하지 못한 한계성을 면하지 못하고 있다[6]고 평가하였다.

김용직은 그의 저서 『한국현대시사』와 『한국현대시인 연구』에서 정지용의 문학생애를 총 3기로 구분하였다. 1기는 정지용이 문학에 입문한 시기부터 1933년까지의 시기로 이 시기에 발표한 대부분의 작품이 뒤에 출간된 『정지용시집』에 수록되었는데, 상당수의 작품이 먼저 『조선지광』, 『신민』, 『근대풍경』 등에 실렸다가 약간의 손질이 가해져 『시문학』, 『문예월간』 등에 재게재되고 이어 『정지용시집』에 수록되는 과정을 거쳤다고 언급하였다. 제2기는 1933년부터 1937년[7]까지로 1933년 6월에 『카톨릭청년』이 창간되면서 그 문예란 편집에 관계하고 또 그해 8월에는 9인회의 발족에 관여하며 순수문학의 결의를 다지고 임화 등의 계급문학, 대사회적 효용가치를 지닌 문학활동 옹호론을 풍자·비판·냉소의 대상으로 삼는다. 그러나 이들 일련의 활동과 함께 다른 한편으로 정지용은 제1단계에서 보여준 성향의 작품들도 동시에 제작 발표하는 병행 상태를 유지시킨다고 분석하였다. 제3단계는 1937년 이후인데, 그 이전 그의 작품이 다분히 탈동양·서구 지향의 성향이 강한 쪽에 속했던 데 반해 이 무렵에 이르면 동양적인 감각을 곁들이

---

6) 김학동, 『정지용연구』, 민음사, 1987, 81-83쪽.
7) 김용직은 1996년에 나온 『한국현대시사』에서는 2기를 1939년까지로 잡았다가 2000년에 펴낸 『한국현대시인연구』 상권에서는 1937년으로 수정하였다.

게 되었고 전통을 향한 정신경사를 드러내기 시작한다[8]고 평가하였다.

한편 이숭원은 그의 저서『정지용 시의 심층적 탐구』에서 정지용의 문학적 생애를 문학입문(1922, 휘문고 재학시절)부터 일본유학을 마치고 귀국 직전(1928)까지를 제1기로, 귀국(1929, 휘문고보 영어교사 부임)에서부터『정지용시집』이 간행된 때(1935)까지를 제2기로, 그 이후(1936년 이후)를 제3기로 나누었다.[9]

끝으로 오세영은 정지용의 시를 그 문학세계의 변화에 맞추어 첫째, 습작에서부터 1925년까지의 민요풍의 시, 둘째, 1926년에서 1932년까지의 모더니즘 계열 시, 셋째, 1933년에서 1935년까지의 카톨릭 신앙 시, 넷째, 1936년에서 1945년까지의 자연시, 다섯째, 1945년 이후부터 1950년까지의 문학적 혼란기 등의 시기로 나누어 고찰하였다.

3. 『문장』의 전통주의와 정지용의 정경교융의 인식태도

1) 고전부흥론의 확산

1930년대의 고전부흥론은 조선일보 등의 저널리즘에 힘입은 바 크다.『조선일보』는 1935년 1월 학예면 특집 "조선고전문학의 검토"(1. 1～1. 13, 필진으로 권덕규, 김윤경, 이병기, 김태준, 이희승 등의 필진)와 "조선문학상의 복고사상 검토"(1. 22～1. 31, 김진섭, 최재서, 김태준 등의 필진)를 통해 고전문학 유산의 탐구와 계승이라는 테마에 집중하였다.『조선일보』가 이러한 기획물을 준비할 수 있었던 것은 당시

---

8) 김용직,『한국현대시인 연구』상권, 서울대출판부, 2000, 60-66쪽.
9) 이숭원,『정지용 시의 심층적 탐구』, 태학사, 1999, 63-64쪽.

에 학예부장으로 홍기문이 있었고 학예부 기자로 이원조가 있었기 때문에 가능한 일이었다.

1930년대 중반이후에 확산된 고전부흥론은 국수적 민족주의에 근간한 군국주의의 물결에 위기를 느끼고 한국 민족의 전통성과 특수성을 찾아내어 민족의 정체성을 찾아가자는 목적이 최우선적으로 모색되었다. 하지만 이러한 고전부흥론의 실체는 자칫 1920년대 최남선 등의 계몽주의자들에 의해 시도되었던 복고주의의 망령이 되살아날 우려가 있었다. 따라서 복고주의에 대한 경계를 하면서 고전부흥론에 힘을 실어준 논객이 바로 김태준과 이원조이다. 물론 복고주의에 대한 경계의 글을 쓴 중요한 이로는 임화와 철학자 박치우도 있다. 임화는 카프 해체를 전후한 시기에 고전부흥론의 출현을 가장 노골적인 현실도피의 선동으로 파악하고 "현대 대신에 중세로! 문명 대신에 야만에로!"[10]를 외치는 반동적 현상으로 이해했던 것이다. 박치우는 우리들이 응당 가져야 할 보물의 상속권을 포기해서는 안 되지만, 과거에 대한 자랑에 수반되는 회고주의가 잃어버린 시간에 대한 미련의 발로인 골동취미, 그리고 역사적 진실을 왜곡하는 선양주의적 복고운동 상고운동에 귀착될 위험이 있다[11]고 지적하고 있다. 이에 비해 이병기는 우리는 지금 고문화의 재음미가 아니고 초음미하는 것이라면서 지금 우리 자신으로서 우리 자신의 것을 얼마나 알고 있는가[12]라고 되묻고 있다.

김태준은 당시의 중국은 역사연구가 활발하게 일어나 민족해방운동

---

10) 임인식(임화), "조선문학의 신정세와 현대적 諸相(7)", 『조선중앙일보』 1936. 2. 3. 황종연, 『한국문학의 근대와 반근대-1930년대 후반기의 전통주의 연구』, 동국대 박사논문, 1992, 21-22쪽 재인용.

11) 박치우, "고문화 음미의 현대적 의의", 『조선일보』 1937. 1. 1; 황종연, 위의 논문, 31쪽.

12) 이병기, "고대가사의 총림은 조선문학의 발상지", 『조선일보』 1937. 1. 4.

에까지 기여하고 있음을 지적하면서 '조선적'이라고 해서 구박할 아무런 이유도 없으며 그와 같은 편견이 가져온 것은 우리 역사에 대한 무지와 왜곡밖에 없으며 가르칠 만한 단 한 권의 조선역사서도 갖고 있지 못한 참담한 학문적 후진성이라고 말하고 있다. 그는 과거에 대한 정당한 인식 없이 미래에의 의지만으로 달려온 문화운동이 정체의 국면을 맞이한 당시로서는 역사적 회고와 반성이 필수적이라는 이유에서 고전부흥의 취지에 지지를 보내고 있다. 다만 고전부흥운동이 문화적 진보가 실질적으로 봉쇄된 상황에서 복고주의의 성행이나 몽매주의적 문학의 득세와 같은 우려할 만한 풍조와 함께 등장했다는 사실에 주목하고 그것의 저의가 무엇인가 경계의 눈길[13]을 보내고 있다. 한마디로 김태준은 마르크스주의적 역사발전론의 입장에서 과거 한국문학의 합법칙적 전개과정을 규명하고 그것에 바탕하여 사회문화건설의 이론적 토대를 마련하려는 생각이었다. 따라서 고전부흥론과 민족주의의 유착에 대해 경계심[14]을 드러냈던 것이다.

한편 불문학을 전공하고 당시 조선일보 학예부기자였던 이원조는 새로운 이념의 필요성과 과거 유산 자체에 대한 애정에서 고전부흥론을 전개하였다. 그는 "고전부흥론 시비"에서 역사의 고쳐 쓰기는 과거의 사실을 새로운 각도에서 검토하고 기술함으로써 역사를 창조하는

---

13) 김태준, "고전탐구의 의의", 『조선일보』 1935. 1. 26.
14) 김태준, 「문학의 조선적 전통」, 『조선문학』 13, 1937. 6, 122-123쪽; 황종연, 앞의 논문, 36-37쪽.
　　김태준은 조선적인 것이란 아세아적 생산양식이 던져준 바 문화의 기형적 발전에 있을 따름이라고 단정하고 문화에 있어서의 조선적 특수성을 그것만 떼어놓고 논의하는 것은 타당하지 않다고 간주했다. 각각의 민족은 세계민족 발전의 일반적 도정에 있으면서 또한 그 도정의 외곽에서 각개의 지방적 성격을 갖고 있는만큼 조선적 특수성은 한편으로는 세계성의 차원에서 다른 한편으로는 민족성의 차원에서 고찰해야 한다는 입장을 취했다.

것이라고 하면서 고전부흥도 고전적 작품을 새로운 각도에서 해석하고 비판하는 것이어야 한다[15]고 주장하였다. 그러면서 역사의 창조가 영웅숭배와 같은 역사추수주의로 전락할 때가 있듯이 고전부흥도 복고주의로 떨어질 때가 있다[16]고 경고하였다. 이원조는 "조선적 교양과 교양인"에서 유교적 교양이념의 공과를 평가하면서 유교가 인격의 도야에 치중하고 학문의 순수성을 인정하지 않았다고 비판하면서도 유교적 교양에는 풍류운사(風流韻事)가 포함되어 있어서 지성의 취미화라는 현대적 교양의 개념과 유사한 측면이 있다고 주장하였다. 아울러 유교적 전통에서 자라나온 영정조시대의 실학이 조선에 있어서 르네상스에 해당하는 지성사의 대전환을 이룩했다고 강조하면서 완당 김정희가 두드러진 교양인의 풍모를 드러냈다고 언급했다.

> 만약 지성의 갱생이 곧 르네상스라면 이조 영·정조연간에 일어난 실사구시의 학풍이란 우리의 르네상스가 아닐 수 없을 것이다. 이것은 …… 천문, 지리, 역사, 경제 같은 현대과학의 선구가 그 큰 者에 있어서 星湖, 蟠溪, 茶山, 楚亭, 炯菴 같은 이는 말할 것도 없고 이밖에 林林叢叢한 斯學의 학도가 일시 배출한 것은 우리 문화사의 전계열 중에서 일찍이 보지 못할 만큼 찬란한 장관이었다. …(중략)… 그래서 이네들의 새로운 지성의 획득과 과학적 방법의 추구가 일세의 역사적 배경을 이루었을 때 또한 운명적으로 나타난 한 사람의 위대한 교양인이 바로 阮堂 金正喜이다.
>
> 완당의 글씨는 말할 것 없이 우리 금석학의 대가이며 역사학의 석금이며 시문의 거벽이며 화법의 묘수이며 심지어 다류의 명인이며 하는 정평을 거두어 보더라도 우리는 완당에 이르러서 비로소 한 사람의 두

---

15) 이원조, 「고전부흥론 시비」, 『조광』 29, 1938. 3, 298쪽.
16) 이원조, 위의 글, 299쪽.

드러진 교양인의 풍모를 상상할 수 있지 아니한가.[17]

또 이원조는 『동아일보』 등에 홍대용의 한글여행기 『을병연행록』의
존재를 알리는 해설[18]을 쓰는 동시에 자신이 스스로 주석을 달아 잡지
『조광』에 소개하기까지 한다. 그만큼 이원조는 한계에 봉착한 식민지
시대의 한계를 극복하고 새로운 문화의 진로에 대한 모색을 꿈꾸었다.
그러한 과정의 한 방향으로 실학의 근대성을 찾은 것은 상당한 의미를
지닌다.

2) 문장파의 상고주의와 지용의 은일자적 태도

『문장』에는 주도적인 지도자가 분명하게 드러나지 않는다. 정치적
으로 이야기하자면 집단지도체제라고 할 수 있다. 형식상으로는 이태
준이 편집주간의 역할을 맡고 있었다고 전해진다. 하지만 사실상 편집
은 정인택(1939년 2월 창간 때부터 1939년 12월 제12집까지)·조풍
연(제13집, 1940년 정월부터 폐간 때까지)에 의해 이루어진 것으로 알
려져 있다. 조풍연의 회고담에 의하면, 당시 편집기자인 조풍연이 판매
를 빼고는 거의 모든 일을 도맡아 했던 것으로 묘사되고 있다. 조풍연
은 "편집 계획에서부터 원고 청탁·수집, 총독부 도서과에 드나들기,
인쇄소 드나들기, 교정보기, 그리고 책이 나온 뒤 포스터에서 신문 광
고에 이르기까지 혼자 하였다. 편집장이라기엔 부하 직원이 없었고, 편
집기자라기엔 너무나 권한과 책임이 컸다. 이태준은 이화여전의 강의에

17) 이원조, 「조선적 교양과 교양인」, 『인문평론』 2, 1939. 11, 39쪽.
18) 이원조, "담헌 연행록", 『조선일보』 1940. 8. 3.
  이원조, 주해 「담헌 연행록」 1-2, 『조광』 68, 71, 1941.

나가는 일과 자기 작품 쓰는 일에 시달리고 있었을 때 한번 훑어보고는 대개 말없이 넘겨주는 것뿐이었다"[19]고 편집 당시를 회상하고 있다.

하지만 『문장』은 각 분야를 나누어 몇 사람이 편집을 주도해 나간 것으로 보여진다. 즉 소설은 이태준, 시는 정지용, 시조와 고전 발굴소개는 이병기로 영역이 분명하게 나뉘어진 것만은 분명하다. 그래서 학계에 '문장파'[20]라는 말이 등장하게 된 것이다. 이러한 세 사람에 김용준을 포함시키면 문장파는 구색을 갖추게 된다. 김용준은 길진섭과 더불어 잡지 『문장』의 장정과 표지화를 주로 담당한 인물로 장욱진 화백과 더불어 해방 후에 서울대학교 미술대학에서 동양화를 강의하게 된다.

잡지 『문장』은 독특한 편집상의 특성과 미학적 취향 그리고 정신적인 지향성을 드러내고 있었다. 김윤식은 그것을 상고주의로 파악하고 그 문학사적 위치를 고전부흥운동의 맥락 속에 두었으며 선비다운 맛과 고전에의 후퇴[21]라고 정리하였다. 그에 비해 김용직은 전통지향 또는 전통주의라는 용어를 사용[22]하였고 최승호는 선비문화에의 지향과 문인

---

19) 조풍연, "문장·인문평론시대", 『대한일보』 1969년 4월 7일~1970년 12월 10일; 강진호 엮음, 『한국문단이면사』, 깊은샘, 1999, 240쪽.

20) 최승호, 「1930년대 후반기 전통지향적 미의식 연구—문장파 자연시를 중심으로」, 서울대 박사논문 1994, 11쪽.
　　최승호는 "소위 문장파의 주체세력은 무엇인가? …… 그들이 바로 이병기, 정지용, 이태준, 김용준 등이다. 이병기는 주지하다시피 바로 문장파의 정신적 지주였다. 문장파의 정신적 지향이 소위 선비문화였다면 그 선비의 한 전형이 이병기였던 것이다."라고 하여 문장파라는 용어를 사용하였다.

21) 김윤식, 『한국근대문예비평사연구』, 한얼문고, 1973, 347-349쪽.

22) 김용직, 「『문장』과 문장파의 의식성향 고찰」, 『先淸語文』 23, 1995년 4월, 서울대학교 사범대학 국어교육과, 731쪽.
　　김용직은 위의 논문에서 잡지 『문장』의 의식사적 성격을 전통지향으로 파악하였다. "의식사의 맥락에서 볼 때 『문장』은 어느 문예지와는 뚜렷이 다른 변별적 특징을 지니고 있다. 그것이 우리 문화전통에 대한 선호벽이었고 고전 탐구를 중심으로 한 전통

화 정신의 추구로 해석하였다. 우선『문장』은 장정에 상당한 배려를 하였다. 장정의 책임을 맡은 서양화가 길진섭은『문장』제3집의 '여묵'에서 "우리의 문학이라면 우리의 장정, 우리의 표지가 창조되어야 하며 거기에는 우리의 색감과 우리의 정조가 있어야 한다"[23]고 말하고 있다. 이렇게 상고주의와 전통주의의 색채를 표명했던『문장』의 편집진은 제자부터 완당 김정희의 필체를 사용하여 미학적 특색과 고풍을 되살렸고 표지화의 대다수를 그린 김용준을 통해 민족적 색감을 드러내려고 노력하였다. 완당의 제자는 처음에는 행서체였으나 제5호부터는 이태준이 한 달 가까이 애써 필적을 찾아내어 예서체로 바꾸었고 김용준은 산수, 화훼, 소과, 기율 등을 소재로 문인화 양식의 고상하고 품격 높은 필치를 구사하였다.

『문장』의 전통주의적 입장을 잘 보여주는 것이 바로 고전의 발굴과 복원작업이었다.『문장』은 순수문예지였음에도 불구하고 고전과 학술분야에 상당한 지면을 배정하였다. 우선 창간호부터 이병기 주해로『한중록』을 연재한다. 이러한 고전소개는 「한중록」(제6∼13집), 「도강록」(이윤재 역주, 제11∼22집). 「호질」(양주동 번역, 제12집), 「인현왕후전」(이병기 주해, 제14∼제19집), 「고시조선」(이병기 편, 제15집), 「서대주전」(제16집), 「토별가」(이병기 해설, 제17집), 「고가사 이편」(이병기 주해, 제20집), 「요로원야화기」(이병기 주해, 제21집), 「춘향전이본집」(제22∼26집) 등으로 이어진다. 순수문예지에 이렇게 많은 양의 고전문학작품을 실은 것은 대단히 파격적인 일이다. 그것은『문장』편집진들이 얼마나 고전문화 유산 발굴과 민족적인 특성 부각에 심혈을 기울였는가를 단적으로 말해준다. 또 잡지『문장』은 국학이라고 할 수

지향이었다. …(중략)…『문장』은 그 편집의 주조를 우리 문화전통의 계승 쪽에 두었다."
 23) '여묵',『문장』3집, 1939. 4.

있는 고전문학(민속학 포함)과 국어학 그리고 고미술분야의 논문과 평론을 대대적으로 실었다. 창간호부터 이희승의 「조선문학연구초」(제1~10집 매화가해설), 양주동의 「근고동서기문선」(제2~22집 사뇌가역주서설), 김용준의 「이조시대의 인물화, 신윤복과 김홍도」(제1집), 「최북과 임희지」(제5집), 「회화적 고민과 예술적 양심」(제10집), 「한묵여담翰墨餘談」(제11집), 「오원일사吾園軼事」(제12집), 조선어학회의 「외래어표기법」(제18집), 「봉산가면극 각본」(송석하 편, 제18집), 손진태의 「무격의 신화」(제19집), 조윤제의 「조선소설사 개요」(제19집), 「설화문학고」(제20집), 이병기의 「조선어문학 명저 해제」(제20집), 정인승의 「고본 훈민정음의 연구」(제22집), 최현배의 「한글의 비교연구」(제26집, 폐간호), 고유섭의 「완월당잡식」(제17~21집, 신세림申世霖의 묘지명, 거조암불정居祖庵佛幀, 인왕제색仁王霽色, 인재 강희안 소고仁齋姜希顔小考) 등을 게재하였다. 이렇듯 『문장』은 『인문평론』이 서구 문예이론을 도입하는 데 주력했던 것에 비해, 우리의 국학을 수용하고 고전적이고 전통지향의 편집태도를 보였던 것이다.

그러면 전통지향적인 성향의 『문장』을 통해 정지용은 어떠한 정신적 태도를 보였는가? 잡지 『문장』에서 정지용 시인의 세계관이나 정신적 지향성을 살펴볼 수 있는 글로는 몇 편의 시론과 신인들을 추천하면서 쓴 「시선후詩選後」 그리고 「문학의 제문제 좌담」에서의 발언 등이 있다. 지용은 『문장』 제5집에 「시의 옹호」, 제10집에 「시의 발표」, 제11집에 「시의 위의」, 제12집에 「시와 언어」(1)의 시론을 발표하였고, 제3집부터 제19집까지 총 11회의 「시선후」를 썼다. 즉 창작에만 주력하고 시론을 거의 발표하지 않았던 정지용은 『문장』을 통해서 비로소 시 비평을 내놓게 된 것이다. 우선 지용은 「시의 옹호」에서 전통계승론의 비평적 태도를 취하고 있다. 그것은 상고주의와 전통지향의 성향을 보여온『문장』의 편집인의 한 사람으로서 당연히 취해야 할 정신적 태도로 보여진다. 그는 교양인의 자세를 강조하면서 시인은 꾀꼬리처럼 생명에서 튀어나오는 발성으로 노래를 불러야 진부하지 않고 자연의 이법에도 충실한 것이라고 하면서 우수한 전통이야말로 비약의 발 디딘 곳이라고 역설하고 있다.

　　고전적인 것을 진부로 속단하는 자는 별안간 뛰어드는 야만일 뿐이다. 꾀꼬리는 꾀꼬리 소리밖에 발하지 못하나 항시 새롭다. 꾀꼬리가 熟練에서 운다는 것은 불명예이리라. 오직 생명에서 튀어나오는 항시 최초의 발성이야만 진부치 않는다.
　　무엇보다도 돌연한 변이를 꾀하지 말라. 자연을 속이는 변이는 참신할 수 없다. 기벽스런 변이에 다소 교활한 매력을 갖출 수는 있으나 교양인은 이것을 피한다. 鬼面驚人이라는 것은 유약한 자의 슬픈 괘사에 지나지 않는다. 시인은 완전히 자연스런 자세에서 다시 비약할 뿐이다.
　　우수한 전통이야말로 비약의 발디딘 곳이 아닐 수 없다.[24)]

계속해서 정지용은 시학과 시론 그리고 예술론에 관심을 가지라고 시인과 시인지망생들에게 권유하고 있다. 특히 정지용은 무성한 감람한 포기가 성장하는 데 도움을 주는 태양·공기·토양·우로·농부 등 자연과 인간의 헌신과 노력을 비유하면서 시인은 감성과 지성을 한데 어우르는 유기적 통일의 원리에 충실해야 한다고 충고한다. 그리고 '감성, 지성, 체질, 교양, 지식들 중의 어느 한 가지에로 기울지 않는 통히 하나로 시에 대진對陣하는 시인은 우수하다'라고 평하면서 시인은 예술론 중에서도 동양화론과 서론에서 시의 방향을 찾아야 하며 '경서와 성전류를 심독하여 시의 원천에 침윤해야'[25)] 한다고 역설하고 있다.

---

24) 정지용,「詩의 擁護」,『문장』제5집, 1939년 6월호, 126쪽.

이러한 정지용의 시적 인식태도는 완당 김정희의 서법과 조선 후기의 문인화 그리고 골동품에 세심한 관심을 기울이고 있던 이태준·이병기 등과 같은 성향을 보여주는 것이다.

정지용은 1936년부터 1942년 무렵까지 그 이전의 모더니즘적 경향과 카톨릭시즘의 서구적 시경향에서 벗어나 동양적인 달관과 유유자적의 시 세계를 개척한다. 이러한 정지용의 시적 변모에 대해 그 동안 학계에서는 '정신주의'라고 보는 입장26)과 '문인화정신' 내지 '유가적 형이상학적 생명사상'으로 파악하는 입장27) 그리고 좀더 구체적으로 정지용의 내면세계를 전통이나 동양의 반속류·반서민의 단면으로 보는 입장28)으로 나뉘어져 왔다. 어찌되었던지 정지용은 시에서 중요한 것은 언어라고 인식하면서도 "시는 언어의 구성이라기보다 더 정신적인 것의 열렬한 정황 혹은 왕일한 상태 혹은 황홀한 사기임으로 시인은 항상 정신적인 것에서 정신적인 것을 조준한다"29)고 주장하여 자신의 시적 인식태도로서 다음과 같이 '정신주의'를 앞세우고 있다.

정신적인 것은 만만하지 않게 풍부하다. 자연, 인사, 사랑, 즉 죽음 내지 전쟁, 개혁 더욱이 德義的인 것에 멍이 든 육체를 시인은 차라리 평생 지녀야 하는 것이, 정신적인 것의 가장 우위에는 학문, 교양, 취미 그러한 것보다도 愛와 기도와 감사가 거한다.

---

25) 정지용, 「시의 옹호」, 125쪽.
26) 최동호, 「서정시와 정신주의적 극복」, 『현대시학』, 1990년 3월호.
    이숭원, 『정지용 시의 심층적 탐구』, 태학사, 1999.
    오세영, 「자연시와 성·정의 탐구－정지용론」, 『한국현대시인연구』, 월인, 2003.
27) 최승호, 『1930년대 후반기 시의 전통지향적 미의식 연구－문장파 자연시를 중심으로』, 서울대 박사논문, 1994.
28) 김용직, 「순수와 기법－정지용」, 『한국 현대시인 연구』 상권, 서울대출판부, 2000.
29) 정지용, 「시의 옹호」, 『문장』 제5집, 1939년 6월호, 123-124쪽.

그러므로 신앙이야말로 시인의 일용할 신적 양도가 아닐 수 없다.[30]

이러한 정신주의를 내세운 정지용은 자신의 시관으로 '성·정의 시학'을 주장하게 된다. 물론 성정의 시학은 조선조에 들어와서 이율곡 등에 의해 유교의 성리학적 세계관이 되었지만, 이미 중국의 육조시대에 『문심조룡』을 지은 유협의 이론에도 나오고 있다. 유협(464~521 전후)은 빈한 가정에서 태어나 독학하여 학문의 기초를 세웠고 20대 초에 불사에 들어가 전후 10년 동안 불경을 연구하였다. 한 때 관직에 올라 참군, 현령, 동궁사인 등을 지냈으나 만년에는 출가하여 법명을 혜지慧地[31]라고 하였다. 그런데 과연 한때 근대와 현대를 넘나들면서 모더니즘과 카톨릭시즘의 서구적 이념에 몰입하였던 정지용이 변신하였다고 해도 그렇게 180도로 바뀔 수가 있을까? 정지용은 「시와 언어」에서 자신의 시관의 일단을 밝히되, 두 가지를 강조하고 있다. 하나는 "시를 향香처럼 사용하여 장식하려거든 성정性情을 가다듬어 꾸미되 모름지기 자자근근孶孶勤勤히 할 일이다"[32]라고 말하고 있다. 시경에 보면 "시란 것은 마음이 흘러가는 바를 적은 것이다. 마음 속에 있으면 지志라고 하고 말로 표현되면 시詩가 된다詩者, 志之所之也, 在心爲志, 發言爲詩[33]고 언급하고 있다. 또 유협은 시란 가진다는 것을 뜻한다. 다시 말하면 그것은 사람의 정情과 성性을 가진다는 것이다. 『시경』삼백 편은 한 말로 하면, '사무사'이다 만약 혹자가 이것을 교훈으로 삼는다면, 적합한 효과를 얻게 될 것이다詩者, 持也. 持人情性. 三百之蔽, 義歸無邪. 持之爲訓, 有符焉爾[34]라고 설명하였다. 여기에서 보면, 유협의 성정론과 정지용의

30) 정지용, 「시의 옹호」, 124쪽.
31) 김학주 외, 『중국문학사』(1), 방송대출판부, 1986, 158쪽.
32) 정지용, 「시와 언어」, 『산문』, 동지사, 1949, 110쪽.
33) 유약우, 『중국시학』, 이장우 역, 범학, 1981, 98쪽.

성정의 시학은 큰 차이가 없다. 이러한 유협의 성정론은 시란 바로 '자기의 표현'이라는 문학관을 보여주는 것인데 정지용의 성정의 시학도 여기에서 크게 벗어나지 않는다. 의경론은 북송 이래 허다한 시詩·화畵·서書에서 논했는데, 이에 대해서 중국의 청말 왕국유의 경계론境界論이 그 집대성적 의미를 지닌다. 그는 중국 운문에서 '정경교융情景交融'을 최고의 미적 경지로 인정했는데, 이는 시에 자주 등장하는 경물 묘사가 시인 내부의 서정과 만나 융화하여 의와 사 양면에서 객체와 주체의 일체화를 이루어내는 고도의 미적인 경지를 말한다. 시가 창작의 내용과 풍격적인 면에서 이 같은 경지를 구현해낸 작가로서는 도연명과 왕유를 들 수 있다.35) 정지용이 자신의 산문에서 도연명과 왕유를 자주 언급한 것은 이러한 경지의 추구와 밀접한 관련이 있음을 말해준다.

　다른 하나는 "성정이 수성水性과 같아서 돌과 같이 믿을 수가 없는 노릇이니 담기는 그릇을 따라 모양을 달리하여 물감대로 빛깔이 변하는 바가 온전히 성정이 물을 닮았다고 할 것이다"36)라는 논리로 이것은 노자의 도덕경에 나오는 '상선약수上善若水'의 철학인 것이다. 대개의 중국철학사는 노자의 사상을 크게 ① 상·도·반 ② 무위·무불위, ③ 수유, 불쟁, 소국과민으로 요약37)하고 있다. 여기에서 ①은 사상의 근저를 말하는 것이고, ②는 그 사상의 중심을 뜻하며, ③은 그 중심사상을 인사에다 응용한 것이라고 본다. 우선 ①에서 만상은 흘러 가버려 오래[久] 갈 수 없고 한결같을[常] 수 없음을 말한 것이다. 즉 만유

34) 유약우, 앞의 책, 같은 쪽.
35) 오태석, 『중국문학의 인식과 지평』, 열락, 2001, 66쪽.
36) 정지용, 「시와 언어」, 110쪽.
37) 노사광, 『중국철학사』, 정인대 역, 탐구당, 1986, 215쪽.

는 불변하는 것이 없음을 말하는 것이다. 그에 비해 도는 만유의 법칙을 말한다. 만물만상은 모두 변하여 가버리고 덧없다[無常]. 그러니 오직 도만이 만물을 뛰어넘어 한결같다[常]는 것이다. 다음으로 노자의 사상은 "되돌아가는 것[反]이 도의 움직임이다"[38]라고 파악한다. 즉 순환하여 서로 바뀐다는 의미로 반反을 말하고 이것으로 도道를 묘사하였다.

또 노자는 ② 허정무위虛靜無爲의 자연을 말하면서 "허의 극치에 이르고 고요한 독실함을 지킨다. 만물이 나란히 작용하는데, 나는 그 되돌아감[復]을 본다…… 근본으로 되돌아가는 것을 고요함이라 하는데, 이것을 복명復命이라 한다. 복명을 상常이라 하고, 상을 아는 것을 명明이라 한다"고 하였다. 자각심이 무위에 자리잡고 있으면, 집착하는 것도 없고 요구하는 것도 없어지므로 텅빌 수[虛] 있고 또 고요해 질 수[靜] 있다. 허정 중에서 자각심은 만상을 분명히 비추므로 복을 살필 수 있다. 복은 회귀의 의미를 지닌다. 노자가 여기에서 말한 진정한 의미는 만상에 접하여 만상이 의지하고 있는 도를 꿰뚫어 본다[觀][39]는 뜻이다. 정지용이 노장사상에 심취한 것은 이러한 물아일체의 경지를 통한 관조와 직관의 세계 즉 정신적인 형이상학의 세계와의 만남이 있기 때문이 아닐까?

③에서 수유守柔는 자기 처신을 말하며, 부정不爭은 세상을 접하는 원칙이며, 소국과민小國寡民은 그 정치이상이라고 할 수 있다. 노자는 "부드러움을 지키는 것을 강하다守柔曰强고 한다고 하였으며, 천하의 가장 부드러운 것이 천하의 가장 딱딱한 것을 부린다天下之至柔, 馳騁天下之至堅"[40]고 하였다. 또 "상선은 물과 같이 되는 것이다. 물은 만물을 잘

---

38) 노사광, 앞의 책, 216-219쪽.
39) 노사광, 위의 책, 219-220쪽.

이롭게 하면서도 다투지 않는다[無爭]…… 오직 다투지 않기 때문에 허물이 없다[無尤]"41)고 강조하였다. 사실 수덕은 노자의 유약이 합리화된 이론이다. 후대의 주석자들은 물을 일러 그 성질이 유순하여 타물에 대립하거나 거스른 일이 없고 소재를 선택하지 않고 지면을 따르고 성질이 청정해서 만물에 이롭게 하고 가장 더러워 남이 처하기 싫어하는 곳에 있으면서 조급이나 변동이란 것이 없이 순리적으로 나의 앞이 가득찬 뒤에 자연히 그 다음으로 흐른다42)고 해석하였다. 사실 공자도 유수를 보고 도체를 상징하였고, 맹자도 순리로서 가장 흡사하다고 하였다. 정지용은 수덕의 특성 중 청정한 것에 매료되었던 것으로 보여진다.

따라서 정지용이 언급한 성정의 시관은 노장사상과 유가적인 사상이 접목된 소박한 동양적인 세계관이라고 보는 것이 타당하다.

詩는 마침내 先賢의 밝히신 바를 그대로 쫓아 吾人의 性情에 돌릴 수밖에 없다. 性情이란 본시 타고 난 것이니 詩를 가질 수 있는 혹은 시를 읽어 맛들일 수 있는 은혜가 도시 性情의 타고 낳은 복으로 칠 수밖에 없다. 시를 香처럼 사용하여 裝飾하려거든 性情을 가다듬어 꾸미되 모름지기 孳孳勤勤히 할 일이다. 그러나 성정이 水性과 같아서 돌과 같이 믿을 수는 없는 노릇이니 담기는 그릇을 따라 모양을 달리하여 물감대로 빛깔이 변하는 바가 온전히 性情이 물을 닮았다고 할 것이다. 그뿐이랴 잘못 담기어 정체하고 보면 물도 썩어 毒을 품을 수가 있는 것이 또한 물이 性情을 바로 닮았다고 해야 할 것이다.43)

---

40) 노사광, 앞의 책, 224쪽.
41) 노사광, 위의 책, 226쪽.
42) 박종호, 『노자철학』, 일지사, 1990, 81쪽.
43) 정지용, 「시와 언어」, 109-110쪽.

3) 『문장』에 발표된 지용의 한적시閑適詩의 특성

1936년 이후의 정지용의 시는 이전의 모더니즘의 시풍과는 확연하게 다른 양상을 보인다. 서구적인 지향의 시풍에서 동양적인 달관과 안분지족의 시세계를 보여준다. 이러한 시의 이름을 무엇이라고 할 것인가? 크게 산수시로 보자는 입장과 자연시로 명명하자는 견해로 나뉘어지고 있다. 전자를 주장하는 이로는 최동호가 있고, 후자의 입장을 취하는 이로는 오세영과 최승호44)가 있다. 최동호는 조동일의 장르구분에 힘입어 산수시의 갈래를 ① 경치를 그리는 산수시, 일반적으로 서경시를 말한다, ② 경치 자체가 흥취이다, ③ 경치나 흥취에 만족하지 않고 이치를 드러낸다의 세 갈래로 구분하는 입장을 취한다. 그리고 '산수시'라는 용어의 타당성의 근거를, 산수라는 말의 어원은 동양에서는 멀리 공자에게까지 거슬러 올라가는 오래된 용어임에 비하여, 자연이란 용어는 근대에 들어 자연을 객관적 대상으로 삼은 자연과학의 도입과 더불어 사용하기 시작한 것이기 때문45)이라고 설명하였다. 사실 산수시는 중국의 위진남북조 시대인 진말 송초에 유행하였다. 이 시기 실의에 찬 일부 사족들은 산수에서 위안을 찾으며 생활했으니 산수시山水詩가 발행하게 되었다고 한다. 송宋의 사령운謝靈運과 제齊의 사조謝眺가 산수시의 대표적 시인이었다.46) 이 시기 산수문학은 일자일구에

---

44) 오세영, 앞의 책, 223쪽.
　　최승호, 앞의 논문, 99-100쪽.
　　최승호는 정지용의 후기시를 자연시라고 하면서 그것의 하위분류로 영물시, 여행적 산수시, 은거적 산수시의 세 갈래로 나누었다.
45) 최동호, 「정지용의 산수시와 성정의 시학」, 『정지용시인 탄생 100주년 기념 문학포름 논문집』, 지용회, 2002, 73쪽.
46) 김학주 외, 앞의 책, 111쪽.

도 대우를 취하고 신기함을 구했다. 즉 내용은 반드시 형용을 극진히 하여 사물을 묘사하고 사구는 힘을 다하여 신기함을 추구했다. 노장사상이 성행했던 당시에 산수는 인간세계로부터 도피하는 장소로 인식되었으며 아름다운 자연 속에서 호사스러운 생활을 하는 귀족들은 산수의 미를 세련된 감각과 언어로 표현해냈다.[47]

이러한 애초의 산수시의 등장배경으로 볼 때 정지용의 동양적인 지향의 시를 산수시로 보는 것은 약간의 무리가 따른다. 즉 문학장르의 합법칙성으로 볼 때 이 시기의 지용시를 산수시로 보는 것은 곤란하다고 하겠다.

정지용은 그의 산문에서 도연명[48]과 백낙천[49]을 자주 거론하였다. 즉 그들의 영향을 많이 받은 것으로 보인다. 또 「시의 옹호」나 「시와 언어」에서 동양화론이나 서론 등을 언급한 것으로 보아 실학파에 속하는 완당 김정희의 영향을 받은 것도 분명하다. 도연명은 시는 모두가 잘 알듯이 은일적 전원시에 속한다. 이에 비해 백낙천은 다양한 시세계를 구축하였다. 그는 벼슬을 하면서 강경한 간언으로 좌천되기도 했는데, 그 이유는 풍유시로 권세가를 풍자했기 때문이었다. 백거이는 평생에 3천 수의 시를 지었는데, 자신의 시를 스스로 풍유시, 한적시, 감상시, 잡률시[50]로 나누었다. 한적시는 주로 좌천당한 후의 심정을 노래하였는데, 주로 전반기에 쓰여진 풍유시가 유가의 겸제兼濟를 위한 것이라면, 후반기에 쓰여진 한적시들은 안분지족安分知足과 명철보신明哲保身을 위한 독선獨善의 시들이라고 할 수 있다. 그는 우선 시를 쓰기에

---

47) 김학주 외, 앞의 책, 132-133쪽.
48) 정지용, 「옛글 새로운 정」(상).
49) 정지용, 「시의 옹호」와 「시와 언어」에 동시에 거론됨.
50) 김학주 외, 앞의 책, 198쪽.

앞서 한적하게 살면서 성정性情을 염정, 담아하게 가다듬기 위해 노장의 사상과 아울러 도교 및 불교에 깊이 기울었던 것51)을 알려져 있다.

따라서 정지용의 후기시를 '한적시閑適詩'라고 명명해도 좋을 듯하다. 사실상 정지용이 1930년대 말의 광포한 현실 속에서 도가적인 삶의 태도를 보이면서 현실과 거리를 둔 점을 감안하면 '한적시'란 명칭은 타당하다고 생각된다. 물론 한적시라고 명명하는 데에도 일정한 한계가 있다. 중국의 육조와 당대의 시들이 자연과의 친화를 표현의 주된 모티프로 삼는 묘사적 합일을 지향했으며, 당시에서 특히 자연에 대한 묘사는 정태적 회화미의 시적 구현으로까지 승화된 감이 있다. 이에 비해 송대 이래의 시들은 세속적 생활성이 강화됨과 동시에 신유학의 영향으로 사색적 성분이 좀 더 강하게 드러나는 이중적 양태를 띠었으며 의경의 지향면에서 자연과는 일정한 거리를 둔 채, 세계와 인간의 내적·정신적 합일을 기하는 방향으로 나아갔는데,52) 한적시는 이러한 형이상학적 시의 성향까지를 포괄하지는 못하고 있기 때문이다.

정지용은 『문장』 제2집에 「장수산 1·2」, 제3집에 「춘설」과 「백록담」을 발표하였고, 1941년 신년호로 내놓은 23집에서는 정지용 시집이라는 항목으로 「조찬」, 「비」, 「인동차」, 「붉은손」, 「꽃과 벗」, 「도굴」, 「예장」, 「나비」, 「호랑나비」, 「진달래」의 10편을 게재하였다. 즉 정지용은 총 14편의 시를 『문장』에 발표하였다. 그 중 「도굴」을 빼고 13편이 모두 1941년 9월에 출간된 시집 『백록담』에 실려 있다.

우선 『문장』에 발표된 지용시의 형태적 특징은 크게 세 가지 유형으로 나타난다. 하나는 행과 연이 구분없이 풀어 쓴 형태의 산문시형으로 「백록담」, 「장수산 1·2」, 「진달래」, 「나비」, 「호랑나비」, 「禮

51) 장기근 편저, 『백낙천』, 태종출판사, 1975, 17-23쪽.
52) 오태석, 앞의 책, 64쪽.

裝」, 「도굴」이 이에 해당한다. 다른 하나는 2행 1연의 단형시형의 시들로 「춘설」, 「朝餐」, 「비」, 「忍冬茶」가 있다. 나머지 하나는 「붉은 손」과 「꽃과 벗」으로 일반적인 서정시의 형태를 지니고 있다.

그러면 「장수산 1」만을 구체적으로 살펴보기로 한다. 이 시는 『문장』 1939년 2월호에 실린 작품으로 이숭원은 의고체 산문시인 「삽사리」와 「온정」을 발표한 후 이와 유사한 스타일의 시[53]로 발표한 작품으로 평가하였다.

伐木丁丁 이랬거니 아람도리 큰솔이 베혀짐즉도 하이 골이 울어 맹아리 소리 찌르렁 돌아옴즉도 하이 다람쥐도 좇지 않고 뫼ㅅ새도 울지 않어 깊은산 고요가 차라리 뼈를 저리우는데 눈과 밤이 조히보담 희고여! 달도 보름을 기달려 흰 뜻은 한밤 이골을 걸음이란다? 웃절 중이 여섯판에 여섯 번 지고 웃고 올라 간 뒤 조찰히 늙은 사나히의 남긴 내음새를 줏는다? 시름은 바람도 일지 않는 고요에 심히 흔들리우노니 오오 견듸란다 차고 兀然히 슬픔도 꿈도 없이 長壽山 속 겨울 한밤내 ─

─ 「장수산 1」

벌목정정은 『시경』의 「소아 벌목小雅 伐木」편에 나오는 구절로 나무를 베면 탕하고 울리는 소리가 난다는 뜻이다. 해방 후인 1947년 정지용은 경향신문사 주간을 사임하고 이화여자 대학교 교수로 복직을 하고 서울대 문리과 대학 강사로 출강하여 『시경』을 강의하였다. 이 시에서 해독이 어려운 시어는 '조찰히'와 '올연兀然히'이다. '조찰히'는 현대어에서는 '조촐히'에 해당하는 말로 깨끗하다는 의미를 지닌다. 이 시어에서 김용직은 지용시의 순수성을 확인[54]하게 된다. 한편 이성우

───────────────

53) 이숭원, 『정지용 시의 심층적 탐구』, 태학사, 1999, 171쪽.

는 '조찰히'를 적막과 무욕을 자기화하려는 사람의 심리적 정황을 나타
내는 말[55]로 파악하였다. 우선 이 시에는 여백의 미학을 활용하여 휴
지의 시작 기능을 살리고 있다. 또 여백은 회화성과 음악성과도 연관[56]
이 된다. 큰 소나무가 베어져 넘어지는 공간이나 메아리 소리가 울리
는 텅빈 공간은 장수산의 깊이와 넓이를 보여주는 것이며, "오오 견듸
란다"에서 알 수 있듯이 화자 자신이 인고해야 할 결심과도 연결된다.
"눈과 밤이 조히보담 희고녀"의 흰 빛과 빈 공간의 심리적 휴지가 바
로 여백의 참 모습이다. 여기에서는 아직도 정지용이 많이 사용하던
시각적 이미지가 쓰이고 있다. 또 「장수산 1」에서는 "벌목정정 이랬거
니/ 아름드리 큰솔이 베허짐즉도 하이/ 골이 울어 멩아리 소리/ 쩌르렁/
돌아옴즉도 하이"와 "다람쥐도 좃지 않고/ 뫼ㅅ새도 울지 않어/ 깊은
산 고요가 차라리 뼈를 저리우는데/ 눈과 밤이 조히보담 희고녀"에서
대구법을 사용하고 있다. 하나는 상상의 소리를 통해 다른 하나는 달
밝은 밤의 설경이라는 회화적 정경을 통해 시적인 점층적 효과와 정신
적인 고양을 동시에 노리고 있다. 이러한 대구법은 '깊은 산의 고요'라
는 고적함과 산의 깊이와 크기로 연결되어 정신적인 것의 추구를 모색
하게 된다. '달도 보름을 기다려 흰뜻은'에서의 흰빛은 이러한 고요와
적막감을 더욱 북돋우게 된다. 깊은 산 속의 화자의 발길을 하얗게 밝
혀주는 것은 보름달빛인데, 가득찬 흰빛이 더욱 장수산의 충만한 고요
를 뼈저리게 느끼게 하며, '조찰히 늙은 사나히의 남긴 내음새를 좃는'
화자의 발걸음 또한 충만하게 만든다. 이러한 충만한 고요는 장기를

54) 김용직, 『한국현대시인연구』, 서울대출판부, 2000, 56-101쪽.
55) 이성우, 「높고 쓸쓸한 내면의 가을」, 『다시 읽는 정지용 시』, 최동호 외, 월인, 2003,
    210쪽.
56) 권혁웅, 「「장수산 1」의 구조와 의미」, 『다시 읽는 정지용 시』, 최동호 외, 월인, 2003,
    185-187쪽.

여섯 판이나 두었으므로 늦은 밤을 상징하는 동시에 깊은 산중의 길을 가야하는 시적 화자의 결심을 확고하게 다져주는 효과를 발휘한다.

하지만 이러한 경쾌하고 맑은 분위기는 다음 행의 '시름은 바람도 일지 않는 고요에 심히 흔들리우노니'에서 깨어지고 만다. 화자는 영탄법을 사용하여 외적 현실에 기인한 정신적인 시름에 대한 단절을 결심한다. 그러한 화자의 결심의 심리적 깊이는 '차고 올연히'에서 분명하게 인식된다. 이러한 부사어는 눈 덮인 겨울산의 우뚝 솟은 모습을 환기시키면서 동시에 '(화자의) 견듸란다'라는 강인한 정신적인 인내적 결심으로 승화된다. 즉 정경교융情景交融의 상태로 시적인 상승이 이루어지는 단계로 접어드는 것이다. 설경의 장수산의 흰빛과 우뚝 솟은 겨울산의 높이는 '슬픔과 꿈도 없이'에서 세속의 슬픔과 모든 세속의 혼탁함을 씻어주는 표백제의 역할을 수행하면서 '장수산 속 겨울 한밤내'를 견디게 하는 정신적인 충일감으로 작용하게 된다. 즉 화자는 시름 겨운 자아를 통해 정신적인 성숙을 이루게 되는 것이다.

「장수산 1」의 의미적 해석에서 평자들 사이에 확연하게 견해가 나뉘는 곳이 바로 '시름'에 대한 부분이다. 우선 김용직은 절대에 가까운 정적은 화자에게 일종의 고독감을 맛보게 해주는데, 그것에 대비되는 혼탁한 공기와 소음, 잡된 짓거리가 있는 세속적 산 아래에 일어나는 일들을 시름으로 상징적으로 묘사57)한 것으로 해석하였다. 또 최동호는 시름을 존재적 고요로 해석하였다. '바람도 일지 않는 고요'는 장수산의 고요이며, 화자의 시름은 고요하면 고요할수록 '심히 흔들리우'는 반어적 순간에 서있는 것58)이라고 파악했다. 이에 비해 장도준은 개인

57) 김용직, 앞의 책, 90쪽.
58) 최동호, 「정지용의 「장수산」과 「백록담」」, 『하나의 도에 이르는 시학』, 고려대출판부, 1997, 111-112쪽.

적 상실의식에서 기인하기도 하겠지만, 점점 압박해 들어오는 시대적 상황의 중압감과 그 절망감 때문[59]이라고 해석했고, 김신정은 "옛 동양의 정신세계는 아미 자아가 되돌아갈 수 없는 과거의 세계이며 '나'는 그 속에서 '나'를 발견할 수 없다. 「장수산」의 자아를 둘러싸고 있는 "시름"은 바로 그 같은 자기 부정의 의식으로부터 오는 것이다"[60]라고 파악하였다.

약간의 시차는 있지만 이 무렵 정지용은 대내외적인 요인으로 인해 정신이나 육체가 피폐했던 것으로 술회하고 있다. 식민지적 현실이 가져오는 고통과 정신적 갈등이 시름의 한 원인이었고 또 다른 요인으로는 탈속을 통한 시적 세계의 정신적 고양을 이룸으로써 시인으로서 자신의 내적 완성을 도모하려고 한 심리적 갈등이 복합적으로 작용하고 있었던 것으로 보여진다.

『백록담』을 내놓은 시절이 내가 가장 정신이나 육체로 疲弊한 때다. 여러 가지로 남이나 내가 내 자신이 피폐한 원인을 지적할 수 있었겠으나 결국은 환경과 생활 때문에 그렇게 된 것이었다.

그러나 모든 것을 환경과 생활에 책임을 돌리고 돌아앉는 것을 나는 고사하고 누가 동정하랴? 생활과 환경도 어느 정도로 극복할 수 있는 것이겠는데 親日도 排日도 못한 나는 산 속에 숨지 못하고 들에서 호미도 잡지 못하였다. 그래도 버틸 수 없어 시를 지어온 것인데 이 이상은 소위 『국민문학』에 협력하던지 그렇지 않고서는 조선시를 쓴다는 것만으로도 신변의 脅威를 당하게 된 것이었다.[61]

한편 「장수산 1」에서 한밤의 산의 깊이와 넓이를 체득한 시적 화자

---

59) 장도준, 「정지용 시의 연구」, 연세대 박사논문, 1989, 116쪽.
60) 김신정, 『정지용 문학의 현대성』, 소명출판사, 2000, 169쪽.
61) 정지용, 「조선시의 반성」, 『散文』, 동지사, 1949, 85-86쪽.

가 「장수산 2」에 오면 낮에 장수산의 넓이를 체득하면서 깊은 산의 내면에 감추어진 생명력을 깨닫고 몰아일체의 경지에 빠져들게 되는 정신적인 현상을 묘사하고 있다.

그 외에 정지용의 시 세계는 내용상으로는 워낙 다양한 양상을 보이고 있기 때문에 몇 가지 특징을 나열하는 것으로 요약하기로 한다.

① 천일합일의 동양적 관념론에 바탕하고 있다.
② 산에의 귀의와 초극의지를 보여준다.
③ 허정무위虛靜無爲의 세계에 대한 몰입을 드러내고 있다.
④ 지식인으로서 정신적 저항으로서의 은일자적 태도를 보여준다.
⑤ 회화적 기법을 통해 관념성과 정신주의를 표출하고 있다.
⑥ 고독과 여백의 미학을 표현하고 있다.
⑦ 물아일체와 정경교융情景交融의 동양적 시학을 전개하고 있다.

4. 『문장』을 통한 지용의 문학활동의 문학사적 의의

맨 먼저 정지용의 문학사적인 공로는 청록파를 비롯한 역량 있는 신인들의 발굴과 문단데뷔라고 할 수 있다. 이태준은 『문장』의 편집주간을 맡자마자 신인추천제를 도입하였다. 자신은 소설부문의 추천위원이 되고 시부문은 정지용에게 맡겼다. 『문장』은 시의 경우 3회 추천을 원칙으로 하였고, 소설의 경우는 2회 추천으로 신인으로 추천하였다. 정지용은 『문장』 1939년 제3집에서 조지훈(「고풍의상」), 김종한, 황민을 추천하였고, 제4집에서는 이한직, 조정순, 김수돈을 초회 추천하였다. 제5집에서는 박두진(「묘지송」), 이한직, 김종한을, 제6집에서는 조남령,

오신혜를 그리고 제8집에서 이한직, 김종한을 추천하였다. 제9집에서는 박목월(「길처럼, 연륜」), 박두진(「낙엽송」)을 추천하였고, 제10집에서는 박남수(「심야, 마을」), 김수돈, 김상옥(「봉선화」), 시조로서 이병기의 추천(?)을 추천하였다. 이러한 시부문의 추천은 폐간 직전인 1941년 3월의 제25집까지 이어진다. 이러한 정지용의 신인추천으로 조지훈·박두진·박목월의 청록파 3인과 박남수·이한직·김종한 등의 역량있는 시인들이 문단에 얼굴을 내밀게 되었다. 특히 신인추천과 관련하여 「시선후」를 수십 차례 게재함으로써 1930년대 말부터 1940년대 초까지의 한국시문단의 창작방향을 선도하게 된 것이다.

정지용은 「시선후」에서 다음과 같이 조지훈과 박두진의 시를 뽑은 단평을 옮기고 있다.

조지훈군은 「華悲記」도 좋기는 하였으나 너무도 앙증스러워서 「古風衣裳」을 취하였습니다. 매우 유망하시외다. 그러나 당신이 미인도를 그리시랴면 以堂 金殷鎬 화백을 당하시겠습니까. 당신의 시에서 앞으로 生活과 呼吸과 年齒와 省略이 보고 싶습니다.(『문장』 제3집, 「시선후에」)

박두진군 당신의 시를 詩友 소운한테 자랑삼어 보이었더니 素雲이 경륜하는 중에 있던 산의 시를 포기하노라고 합디다. 시를 무서워할 줄 아는 시인을 다시 무서워 할 것입니다. 悠悠히 펴고 앉은 당신의 시의 자세는 매우 편하여 보입니다.(『문장』 제5집, 「시선후」)

둘째, 정지용은 『문장』을 통해 시 비평의 세계를 개척하였다. 그 이전까지 정지용은 주로 창작에만 몰두하였지 비평에는 별 관심을 두지 않았다. 하지만 잡지의 편집위원의 한 사람인 동시에 신인을 추천하는 심사위원으로서의 자격을 염두에 두지 않을 수 없게 된 것이다. 지용은

『문장』제5집에「시의 옹호」, 제10집에「시의 발표」, 제11집에「시의 위의」, 제 12집에「시와 언어」(1)의 시론을 발표하였고, 제3집부터 제19집까지에만도 총 11회의「시선후」를 썼다. 이러한 시론을 통해 정지용이 그의 후기시에서 동양적인 절제와 달관의 시세계로 나아감으로써 정신주의를 획득하게 된 과정을 파악할 수 있게 되었다.

셋째, 『문장』을 통해 다양한 시세계를 개척하고 새로운 시어의 창조에도 진력하였다. 특히 새로운 형태의 산문시나 2행 1연의 단형시를 실험한 것은 큰 의미를 지닌다. 김용직은 지용시의 이 시기의 특징을 "맑고 깨끗하기 그지없는 정신세계와 그 문체·기법에 나타나는 맵짠 솜씨다…… 자칫 復古나 黙守의 차원으로 떨어져버릴 것이다, 그런 상태가 지양·극복되려면 적어도 거기에는 또 하나의 요건이 확보되어야 한다. 그것이 창조성을 확보하는 일이다"[62]라고 함축적으로 요약하였다.

5. 맺음말

시인 정지용에 대해서는 항상 다양한 찬사가 뒤따른다. 감각적 서정시의 새로운 세계를 개척한 최초의 시인이라는 말부터 옹골차게 시 창작에만 몰두하여 전문시인의 위상을 정립한 시인이라는 평가까지 여러 가지 수식어가 따라 붙는다. 특히 1930년대 말부터 1940년대 초까지의 소위 식민지 현실 속에서 암흑기로 넘어가는 과도기에 고독을 느끼면서도 시를 지속적으로 씀으로써 전통의 단절을 끝까지 피하려고 한 공적은 높이 평가해야만 한다. 특히 정지용의 이 시기의 치열했던 삶의 흔적과 은일자적 정신태도가 잘 드러나는 시편들을 그가 편집위원

---

62) 김용직, 앞의 책, 89-94쪽.

을 맡고 있던 잡지『문장』을 통해서 볼 수 있게 된다는 점에서 잡지 『문장』의 가치가 새롭게 매겨질 수 있다.

이제부터 앞에서 논의한 것을 요약·정리함으로써 논의를 마무리 지으려고 한다.

『문장』은 전통주의를 모색하고, 상고주의의 색채를 띠고 있는 것이 분명하다. 그것은 문장파의 구성원들을 보아서나 잡지의 제자부터 완당의 예서체에서 따온 점을 보아서도 파악할 수 있다.이 시기 시인 정지용의 시적 인식태도는 완당 김정희의 서법과 조선 후기의 문인화 그리고 골동품에 세심한 관심을 기울이고 있던 이태준·이병기 등과 같은 성향을 보여준다고 할 수 있다. 하지만 정지용은 시에서 중요한 것은 언어라고 인식하면서도 "시는 언어의 구성이라기보다 더 정신적인 것의 열렬한 정황 혹은 왕일旺溢한 상태 혹은 황홀한 사기임으로 시인은 항상 정신적인 것에서 정신적인 것을 조준한다"라고 주장하여 자신의 시적 인식태도로서 '정신주의'를 앞세우게 된다. 아울러 정신주의를 내세운 정지용은 자신의 시관으로 '성·정의 시학'을 주장하게 된다. 하지만 그의 성정의 시학은 성리학적인 세계관으로만 파악하기 곤란한 측면이 있다. 오히려 정지용이 언급한 성정의 시관은 노장사상과 유가적인 사상이 접목된 소박한 동양적인 세계관이라고 보는 것이 타당할 것이다.

그러면 정지용의 『문장』에 발표한 시들의 장르를 무엇이라고 명명할 것인가? 그 동안 사물시와 산수시 그리고 자연시 등이 거론되었다. 하지만 어떤 용어도 이 시기의 모든 시를 포괄하는 데에는 한계가 있었다. 정지용은 그의 산문에서 도연명과 백낙천을 자주 거론하였다. 즉 그들의 영향을 많이 받은 것으로 보인다. 또「시의 옹호」나「시와 언어」에서 동양화론이나 서론 등을 언급한 것으로 보아 실학파에 속하는 완당 김정희의 영향을 받은 것도 분명하다. 그는 우선 시를 쓰기에 앞서 한적하게 살면서 性情을 염정, 담아하게 가다듬기 위해 노장의 사상과 아울러 도교 및 불교에 깊이 기울었던 것을 알려져 있다. 정지용이 불교에 심취한 흔적은 없지만, 유가적인 문학관과 도가적인 문학관을 접목시킨 동양적 절제의 시관을 정립했던 것으로 보아 정지용의 후기시를 '한적시閑適詩'라고 명명해도 좋을 듯하다.

끝으로 『문장』을 통한 정지용의 활약상을 문학사적인 측면에서 파악해봄으로써 논의를 마무리짓기로 한다. 첫째, 그의 문학의 전성기 때의 감각적 서정시의 세계에서 동양적 절제의 서정시로 변모시킨 다양성과 창조성을 들 수 있다. 이러한 시세계는 명징하고도 청정한 시를 창조해내었으며, 정경교융의 의경론에 입각한 고도의 형이상학적인 시를 창조하는 계기가 되었다. 둘째, 외적인 현실이 열악하고 참담한데도 불구하고 옹골차게 시창작에만 몰두하여 전문시인으로서의 영역을 확보한 측면도 무시할 수 없다. 당시 대다수 문인들의 변절과 훼절을 살펴볼 때 정지용의 정신지향적이고 고답적인 자세는 높은 평가를 할 수밖에 없다. 셋째, 『문장』에 신인추천제도를 도입하여 역량 있는 후진들을 양성한 것은 한국시단을 풍성하게 해준 측면에서 높은 점수를 주어야 할 것이다. 특히 청록파의 조지훈, 박두진, 박목월의 추천과 박남수, 이한직, 김종한의 발굴은 큰 수확이라고 평가할 수 있다. 넷째, 산문시와 2행 1연의 단형시의 장르를 개척한 측면과 새로운 시어의 창조는 이 시기의 지용시를 전통부흥론으로 몰아붙여 복고주의로 비판하려고 한 당시 저널리즘 등의 문단 분위기에 맞설 수 있는 창조성의 확보라는 측면에서 큰 의미를 둘 수 있다.

요약하면, 시대적 한계에 부대끼면서도 정치성에 휘둘리지 않고 시적 순수성을 올곧게 유지하려고 한 시인 정지용이 진정으로 어려웠던 난세에 이 정도의 성과를 이룩한 것은 한국문학사적인 측면에서 행복이다.

제 2 부

정지용은 무엇을 지향했는가

정지용과 '문장파 근대미술가들'
― 근원 김용준을 중심으로

1. 머리말

잡지 『문장』의 위상은 한국문학사에서 매우 높다. 그 이유는 1940
년대 초 일본 군국주의의 물결이 한반도의 파고를 넘어 아시아와 세계
로 넘실거릴 때 풍전등화 같은 상황에서도 꺼져가는 한국적 촛불을 지
키려고 매달렸기 때문이다. 당시 한국어교육을 봉쇄하고 창씨개명을
강요할 뿐만 아니라 조선일보와 동아일보마저도 폐간된 현실 속에서도
『문장』 편집진들은 최후의 순간까지 잡지간행을 시도했었다는 점은 대
단한 용기라고 아니할 수 없다. 이미 『인문평론』은 총독부의 강요로
한글사용을 중단하고 있었지만, 『문장』은 끝까지 한글 편집을 고수하
다가 결국은 문을 닫는 처지에 놓이게 된다.

당시 『문장』에 대한 가치평가는 모든 평론가들이나 문학사가들로부
터 긍정적인 평가를 받은 것은 아니다. 카프진영에 속했던 문인들로부
터는 혹평을 받고 반민족적 행위라고까지 비판을 받기도 했다. 그것은
『문장』의 편집진들이 조선적인 정조를 추구하면서 조선조의 유교적 선

비정신을 계승하려는 의고적 태도를 견지했기 때문에 '현실도피적' 행위라고도 비판을 받았으며 과거의 향수에 젖어 '시대역행적인' 태도를 보인다고 공격을 받기도 했다. 물론 오해에 따른 비판이 많았다. 어찌되었든지 『문장』 편집진들이 추구하는 전통주의 내지 상고주의 취향이 1930년대 말 일본제국주의자들이 강요했던 시국예술의 "향토성을 표출하라"는 것과 표피적으로는 상통하기 때문이기도 했다.

잡지 『문장』은 근본적으로는 문학지임에도 불구하고 동시에 종합예술지의 성격을 지니고 있는 것이 특징이다. 우선 『문장』은 이태준이 주간으로서 사실상 편집방향을 이끌고 있었고, 정지용과 이병기가 시 분야와 고전 분야를 각각 책임지고 있었다. 그런데 재미있는 것은 김용준이 표지화와 장정만 맡고 있었던 것이 아니라 사실상 편집인으로서 활동했다는 사실이다. 사실상 잡지 『문장』만을 놓고 보면, 이태준과 김용준이 가장 눈에 들어온다. 그 이유는 그들의 활동이 가장 괄목하기 때문이기도 하지만, 잡지의 본질과 성격을 당대 사회에 강하게 부각시키는데 큰 역할을 했기 때문일 것이다. 다음으로 이병기가 일제에 맞서 우리글과 말을 고집하고 고전 문화유산을 수집하고 게재한 것은 『문장』의 토대에 민족주의담론과 전통성의 본질이 자리하고 있음을 세상에 각인시키는데 일조를 했다. 여기에 정지용이 자신의 한적시(산수시)를 다른 매체에는 전혀 발표하지 않고 『문장』을 통해서만 발표함으로써 잡지의 품위와 기품을 배어나가게 하는 데에도 큰 기운을 불어넣어주었다.

여기에서 우리는 1920~30년대 조선적 정조로서 '향토성'의 전통이 어떻게 형성되어 갔으며, 또한 그것이 어떻게 변질되고 왜곡되었는가를 살펴보고 그러한 분위기를 조성하는데 미친 김용준의 활약상에 대해 정리해 보려고 한다. 아울러 김용준의 전통담론과 화풍이 끼친 문장파의 다른 문인에 대한 영향관계를 점검해보는 것도 큰 의미를 지닌다고 생각된다. 특히 정지용의 삶과 창작활동에 미친 김용준과의 내외적 유대감에 대해서도 논의해 보기로 한다.

사실 '학제 간 연구'는 20세기 후반 버밍햄 현대문화연구소의 성과에 큰 영향을 받았다. 연구소의 2대 학장인 스튜어트 홀은 당시 영문학의 범주에 갇혀 있던 문화에 대한 연구를 정치학·경제학·심리학·철학·사회학·문학 등 다양한 학문과의 소통을 통해 접근함으로써 당시 크게 성장하고 있던 대중문화의 성격과 성장 방향을 설정하고 대중들과의 소통문제에 대해 심층적으로 접근하는데 큰 기여를 했다. 정지용과 김용준의 문화적 소통에 대한 가벼운 비평적 접근은 많이 있었으나 한 테마로 집중적으로 다루는 것은 최초가 아닌가 생각된다. 최근 미술사학 분야에서 '문장파 예술가들'을 미학적 관점에서 논의의 대상으로 잡고 있는 현상에서도 약간의 자극을 받았다. 또 『문장』의 문학사적 위상과 가치에 대해 논의를 하면서 표지화와 장정을 맡은 김용준의 담론을 중심으로 접근한 경우도 처음이라고 생각된다. 고대 플라톤과 아리스토텔레스 시대에 포용적으로 통찰했던 인문학의 바탕인 문학과 역사 그리고 미학이 다시 총체적 시각에서 소통하게 된 것은 식민지시대 말기라는 시대적 고통의 아픔을 해석하는데 큰 도움이 되리라고 생각된다.

김용준의 전통론은 일제의 관변미술가들이 불교미술의 전통만을 중시하여 당풍唐風을 이어받은 통일신라와 불교미술이 꽃피었던 고려미술만을 높이 평가하는 식민지사관에 용감하게 맞섰다. 그는 조선조 후기의 남종문인화풍을 계승하고 대중화하던 추사·혜원·단원·오원 등의 문인화·산수화·풍속화를 무시하던 풍토에 정면으로 맞서면서 이들의 작품에는 근대성이 자리 잡고 있으며 사생寫生의 근간이 되는 사실성이 내재되어 있음을 규명하여 소재주의 중심의 미학관을 '정신주의 미학관'으로 돌려놓는 큰 에폭을 그었다. 또 하나 중요한 것은 고전속에 전통이 위치하고 있으며, 전통에서 새로운 창작의 방법론을 찾으려고 하는 미학관을 전파했다는 점이다. 이러한 전통주의 미학관의 토대에는 '민족의식'이 내재되어 있는 것이 요체이다. 이러한 김용준의 '의고적' 미학관은 잡지 『문장』을 주도했던 이태준과 현대시의 창작으로 실험적 실천을 담당했던 정지용에게로 점차 영롱하게 물들어갔다. 근원 김용준의 미학관은 당대에만 영향을 미친 것이 아니다. 1960~70년대의 미술사학자 최순우·이구열, 1980~90년대의 최완수·안휘준·유홍준 등으로 계승되어 21세기에 추사 김정희·단원 김홍도·혜원 신윤복의 그림이 대중화하는데 결정적인 기여를 했다. 이러한 점에서 근원 김용준의 문화사적 위상과 가치가 새롭게 정립되어야 한다. 이러한 흐름은 최근 정지용의 후기 시들인 '동양적 미학관'을 담은 한적시·산수시가 새롭게 각광을 받고 있는 현상과도 연계성을 지닌다.

2. 근대시문학에서의 '향토적 정조'의 형성과정과 한계

사실 『문장』이 1930년대 말에 내걸었던 '전통주의' 내지는 '상고주의'는 많은 오해를 불러일으켰다. 첫째는 일제의 군국주의에 굴복하는 예술적 양상과 문학적 태도가 아닌가 하는 비판이었다. 소위 순수주의의 지향이라는 것에는 사회와 시대에 대한 관심에서 멀어지는 것을 어느 정도 감수한다는 의미가 내포되어 있기 때문이다. 또한 정치적 무관심은 바로 일제 군국주의자들이 조선인들에게 그토록 바라던 희망사항이 아니었던가? 순수를 지향하면서 전통에 몰입한다는 것은 바로 현실도피적 사고에서 비롯하며, 도망자의 자세라고도 볼 수 있다. 특히 카프에 속해있던 좌파계열의 예술가들은 문장파의 이러한 전통몰입의 의고적 태도에 대해 '현실도피의 잠꼬대'라고 힐난했다. 둘째, 근대시기에 현대적 문학을 지향했던 모더니스트들이 왜 다시 중세적 사고로 돌아가려고 하는가 하는 비판이었다. 이러한 예술적 지향은 바로 '역사적인 퇴행'이라는 시각이 지배적이었다. 이태준이나 정지용 모두 모더니스트였다. 김용준의 지향하던 예술적 경향도 아나키즘 내지는 시대를 앞서가는 모더니즘화풍이었다. 그런데 왜 그들이 갑자기 방향전환을 하게 된 것일까? 당시의 문화계 인사들은 모두 궁금증을 가질 만했다. 셋째, 문장파가 추구했던 향토성에 바탕한 '전통성'이라는 의고적 태도가 당시 일본제국주의자들이 주최한 조선미술전람회(약칭―조선미전)에서 일본심사위원들이 주문했던 '시국미술의 주제'와 상통하는 것이 아닌가 하는 의혹이었다. 이러한 의문점에 대한 비판은 주로 당시 미술계에서 많이 발생했다. 과연 '향토성'이라는 조선적인 정조가 우리의 토착 정서이며, 그 밑바탕에는 민족성이라는 본질이 자리 잡고 있는가하는 것을 규명하는 것이 의문을 해소하는 관건이 될 것이다.

'향토성'이 주요한 소재나 주제로 부각할 수 있는 배경에는 당시 일본제국주의자들이 근대를 추구했지만 아직 농경사회의 토대를 크게 부수지 못하고 있다는 점 때문이었다. 또 하나 총독부에 의해 진행된 근대라는 것이 결국 농촌공동체라는 미덕만을 훼손하고 사회의 구조적인 틀을 바꾸지 못한 데 따른 민중들의 반발 심리도 작용했을 것이다. 따라서 당시의 농민들을 근간으로 한 민중들은 조선적인 것으로 '향토적 정서'를 생각하게 되고 그것을 지켜나가는 것이 바로 우리의 정체성을 잃지 않는 요체라고 판단했을 가능성이 있다. 향토성이 우리 민족의 중요한 관념이 될 수 있는 근거로는 그것이 당시 대다수의 민중들이

속해있던 농경사회의 부산물이라는 점이고 다른 하나는 우리 민족의 토대를 이룬 전통을 형성하게 된 '토속성'을 밑바탕에 감추고 있기 때문이다. 또 하나 '향토적인 정조'에는 우리 민족의 인간으로서의 '순수한 마음'이 담겨 있다는 특성을 지닌다. 소위 순수주의의 발로가 바로 1920년대부터 형성된 '향토적인 정서'인 것이다.

조선적인 것을 가장 쉽게 표현한 근대 시인으로 김소월과 한용운을 거론하는데 이의를 달 사람은 아무도 없을 것이다. 한국문학사에서는 이들을 흔히 1920년대 근대 시인으로서 자유시의 기초를 닦은 시인으로 평가하고 있다. 하지만 이들 천재 시인들이 하늘에서 뚝 떨어진 것은 아니다. 바로 그 무렵인 1910년대 말부터 1920년대 초까지 주요한, 김억, 황석우 등의 공로를 무시해선 곤란하다. 이들은 폐허와 개벽 그리고 백조 등을 통해 끊임없이 시를 발표하면서 혹은 감상주의의 극치라든가 데카당스한 퇴폐시를 썼다는 평가와 오명을 둘러쓰면서 근대시의 형태와 골격을 만들기 위해 헌신했다. 주요한은 이광수, 최남선 등과 함께 『삼인시가집』을 펴내면서 소위 퇴폐적인 경향을 일소하기 위한 '건강한 생명의 시'를 쓰겠다고 진술하여 오히려 공허해지고 표현의 긴장을 놓쳤다[1]고 혹독한 비판에 시달렸다. 하지만 "샘물이 혼자서/ 춤추며 간다/ 산꼴짜기 돌틈으로…… 하늘은 말근데/ 즐거운 그 노래/ 산과 들에 울니운다"의 「샘물이 혼자서」와 「비소리」, 「고향 색각」 등을 잇달아 발표함으로써 전원적이고 목가적인 시를 창작, 조선적인 정조의 원류를 형성한다. 김억 또한 1918년 『태서문예신보』에 서양시를 번역하고 창작시를 싣는 등 창작의 길을 걸었다. 그는 『오뇌의 무도』(1921년, 번역시집)와 첫 시집 『해파리의 노래』를 펴내면서 근대

---

1) 조동일, 『한국문학통사』 5권, 지식산업사, 1989, 151쪽.

시인으로서 기지개를 편다. 서문에서 자기 몸이 자유롭지 못해 물결 따라 떴다 잠겼다 하며 노래다운 노래를 부르지 못하는 해파리 같은 신세를 한탄했던 그는 여전히 애상적인 시를 형상화함으로써 자기 최면에서 벗어나지 못한다. 하지만 제2시집 『봄의 노래』[2]에서 민요 시인으로서의 향토성의 세계를 창조함으로써 가능성을 보여준다. 김억의 대표시인 「봄은 간다」와 더불어 「오다가다」에서는 "십 리 포구 산 너머/ 그대 사는 곳/ 송이송이 살구꽃/ 바람과 논다"[3]에서 잘 드러나듯이 자연합일 사상과 회귀 욕구 그리고 인연을 중시하는 한국인의 심성구조가 내포되어 있다. 『태서문예신보』에 「봄」이라는 시를 발표하여 '실을 감고 푸는 것'의 메타포로 겨울에서 봄으로의 이행을 구상화했다[4]고 호평을 받았던 황석우는 1929년에 펴낸 시집 『자연송』에서 그동안의 허무주의적 경향을 극복하고 "우주적인 질서에서 생명의 비밀까지 살피는 안정된 시선을 가지고 삶의 번민과 보람을 참신하게 살폈다"고 가치를 인정받았다. 특히 이 시집에서 발표한 「두 배달부」나 「낙엽」은 쉬우면서도 깊이가 있는 근대시의 정수를 보여주었다[5]는 호평을 받았으며, 조선적인 서정적 정조를 간결한 표현을 통해 형상화하는 시적 기교를 나타냈다.

김소월의 시는 어떠한가? 안서의 제자로 상당수의 시가 유사한 흐름과 정조를 지니지만, 애상미와 감상적인 퇴폐성을 상당히 극복했다는

---

2) 조동일, 앞의 책, 154-155쪽. "두 번째 시집 『봄의 노래』에는 긴 서문이 있어, 지금까지 자기는 진정한 길을 걸어보지 못하고 밟히면서 살았으므로 진실한 심상을 찾지 못했다고 했다. 그래서 마음에 들지 않는 시를 억지로 지었으나, 최근에는 감상적인 기풍에서 한걸음 벗어나 빛과 밝음을 찾게 되어 기쁘다고 했다."
3) 양승준 외, 『한국 현대시 400선-1』, 태학사, 1996, 43쪽.
4) 김윤식, 『한국근대문학의 이해』, 일지사, 1973, 214쪽.
5) 조동일, 위의 책, 158쪽.

점에서 스승을 뛰어넘는다. 소월의 시가 식민지 시기 가장 인기를 누리고 국민시인으로까지 추앙을 받는 이유는 무엇인가? 가장 주요한 요인은 아무래도 '민요조 서정시'의 세계를 개척했기 때문일 것이다. 소월시를 특징짓는 몇 가지 성격으로 첫째, 조선적인 서정적 정감인 만남의 기쁨, 그리움, 서러움, 슬픔, 이별, 정한 등을 쉽고 간결하게 표현하고 있는 점을 들 수 있다. 둘째, 고유어를 활용하면서 일상적인 소박한 시어들을 구사하고 있어 좀 더 친근하게 민중들에게 다가선다는 점을 제시할 수 있다. 셋째, 리듬감각을 살려 한국인들이 즐기는 3음보의 곡조인 전통적인 가락을 살리고 있어 친밀감을 불러일으킨다는 점이다. 넷째, 무엇보다도 자연의 식물적 이미지를 활용하고 전원적인 심상에 의존함으로써 서정성과 향토성이 두드러진 것이 본질적인 특성이다. 그의 대표적인 작품들인 「엄마야 누나야」, 「풀따기」, 「진달래꽃」 등을 보면, 원형적인 사랑의 심상과 전원적인 이미지를 구사하고 있으며 이성간의 사랑의 정감에 근거를 두고 님의 부재에 따른 그리움의 정을 표출하고 있다. "그리운 우리 님은 어디에 계신고/ 가엾은 이 내속을 둘 곳 없어서/ 날마다 풀을 따서 물에 던지고/ 흘러가는 잎이나 맘해보아요"에서 잘 나타나있듯이 물과 풀 이미지를 사용하여 자연과 인간의 친화와 교감을 좀 더 부드럽게 심화시키고 있다. 즉 소월시에 있어서의 원형적인 사랑의 정감과 전원 심상 그리고 민중적인 정감의 가락은 향토적인 소재나 민담적인 배경 등과 어울림으로써 더욱 민족적 민중적인 호소력을 유발한다.6) 「접동」의 내용을 보면, "작품은 매우 토속적이며 정한에 차 있다. 여기서 화자에 해당하는 것은 접동새가 된 누이다. 누이는 의붓어미의 시샘 때문에 아홉이나 되는 오랍동생을 두고

---

6) 김재홍, 『한국현대시인연구』, 일지사, 1986, 30-33쪽.

죽었다. 그러나 그들을 못 잊는 안타까움 때문에 죽어서도 접동새가 되어 옛 마을이 있는 가람가에 와서 운다. …이런 분위기는 가난에 시달리며 한을 품고 죽어가는 그 무렵의 우리 주변 서민들 모습에 수렴된다"[7]고 김용직은 민남석 모티프를 원용하여 토속성을 고조시키는 소월시의 특성에 대해 분석했다. 또 소월의 대표작 중 하나인 「초혼」에 대해 "「초혼」에서 화자는 온몸으로 그대를 부른다. 그 목소리 역시 남성적이며 처절한 열기에 싸여 있다. 특히 '선 채로 이 자리에 돌이 되어도/ 부르다가 내가 죽을 이름이여!'가 주목되어야 한다"[8]고 해석하면서 이런 연유에서 소월을 식민지적 감정과 민족의식을 담은 시인으로 보아야 한다고 그의 문학사적 위상에 대해 높은 가치평가를 내렸다.

1920년대의 민족저항시인의 한 상징인 이상화는 「비를 다고」(1928)와 「빼앗긴 봄에도 봄은 오는가」(1926)를 통해 풀, 보리, 비, 땅, 논길, 흙, 종다리, 제비, 들 등의 친환경적인 언어를 활용하여 자연현상과 맞서는 인간의 노동행위 그리고 역사적 왜곡에 의해 수탈을 당하는 농민들의 아픔과 고통을 생생하게 사실적으로 묘사하였다. 특히 이상화는 "보리도 우리도 오장이 다 탄다. 이러지 말고 비를 다고"라고 절규하면서 억압적 환경 속에서도 변함없는 대지와 반복하여 순환하는 대자연의 섭리를 강조함으로써 민족혼의 불멸성을 역설하는 한편 또 다른 관점에서의 '향토성'에 대한 상징적 의미를 부여했다.

정지용의 「향수」(1923)와 「고향」(1932)도 향토성이 강하게 드러나 있는 작품이다. 1930년대 중반에 가면 정지용은 감각적 언어를 구사하여 모더니스트란 이름을 얻고 현대시의 아버지란 평가를 받는다. 강하지는 않지만 벌써 초기시인 「향수」에서 '지즐대는', '해설피', '풀섶',

---

7) 김용직, 『한국현대시인연구(상)』, 서울대출판부, 2000, 36쪽.
8) 김용직, 앞의 책, 55쪽.

‘함초롬’이라는 감각적 언어의 구사와 다양한 이미지의 활용이 돋보이면서 마치 그림과도 같이 펼쳐진 공간 속에서 미적인 구조를 짜내고 있다. 고향에 대한 강렬한 그리움을 어릴 때의 추억 속의 이미지들인 ‘얼룩백이 황소’, ‘질화로’, ‘짚베개’, ‘어린 누이’, ‘사철 발 벗은 아내’, ‘성근 별’, ‘서리 까마귀’ 등의 영롱한 언어들로 표출하여 독자들의 향수를 자극한다. 「고향」에서는 「향수」에서의 그립고 따뜻한 고향이 아니라 ‘마음은 제 고향 지니지 않고/ 머언 항구로 떠도는 구름’에 잘 드러나 있듯이 식민지 현실 속에서 뿌리 내리지 못하고 방황하는 화자의 마음을 표출시키고 있다. 동일한 고향인데, 전혀 이질적으로 묘사된 공간적 표상은 바로 현실에서 유리된 작자 자신의 마음을 상징하는 것이다.

백석은 1987년 월북작가 해금과 더불어 알려진 이후 김학동·이동순·김재용·이숭원에 의해 전집이 간행되면서 활발한 연구가 진행되고 있는 시인이다. 최근에는 백석 시 붐이 일어나고 있다[9]고 할 정도이다. 백석이 최근 독자나 비평가들의 흥미를 끄는 이유는 뭐니 뭐니 해도 월북 작가인데도 불구하고 그의 시에 자리 잡고 있는 서정성과 미학성 그리고 평안도 사투리가 주는 구수한 언어적 감칠맛, 그 외에도 작품구조에 배어나오는 민속적인 아취와 풍물적 재미 및 익살, 이백·두보·노자와 어울리는 동양적 유토피아정신 등이 귀족적 품격과 서민적 감각의 공존을 이루게 해 대중성을 확보한 것으로 생각된다. 백석의 시집 『사슴』에 나오는 「여우난곬족」, 「가즈랑집」과 다른 곳이 출전인 「고향」에는 다른 어떤 시인의 작품보다 ‘향토성’이 강하게 배어져 나온다. 그 향토성은 평북 사투리와 토속적인 소재를 통해서 우

9) 최동호외 좌담 “풍부하고 찬란한 언어의 향연”, 2006. 3. 29, 서정시학 편집실, 사회자 방민호의 질문.

러나오며 유년기 화자의 순진무구한 정서를 통해 좀 더 정화되어 나타난다. 즉 향토성의 기본 특성인 '순수성'과 '고향의식'이 밑바탕을 이루고 있는 것이 특징이다.

　　명절날나는 엄매아배따라 우리집개는 나를따라 진할머니 진할아버지
　가있는 큰집으로가면

　　얼굴에별자국이솜솜난 말수와같이눈도껌벅걸이는 하로에베한필을짠다
　는 빌하나건너집엔 복숭아나무가많은 新里고무 고무의딸李女 작은李女
　…(중략)…

　　이그득히들 할머니할아버지가있는 안간에들몽여서 방안에서는 새옷의
　내음새가나고
　　또 인절미 송구떡 콩가루차떡의내음새도나고 끼때의두부와 콩나물과
　뽑운잔디와고사리와도야지비게는모두 선득선득하니 찬것들이다
　　　　　　　　　　　　　　　　　　　　　　　　　 ― 백석, 「여우난곬족」

　백석이 유년의 화자가 어머니를 따라 큰 집으로 명절 나들이 나서는 모습을 그린 것인데, 자신의 집안 '개'까지 따라나서 명절의 들뜬 분위기를 생동감 있게 살려주고 집에 도착하여 만나게 되는 일가친척의 모습을 묘사하되, 그들의 성격·취미·삶의 역사·사는 곳까지 디테일을 살려냄으로써 인물의 성격을 창조하면서도 삶의 역정까지도 압축된 서사로 풀어내는 것이 특징이다. 즉 백석의 시에는 "공동체적 삶이 만들어내는 토속적이고 원형적인 세계가 살아있다. 나이 어린 화자가 서술하는 동일성의 세계는 혈족들이 함께 만들어내는 이야기·놀이·음식을 통해 구체적으로 재현되며, 병렬적 시 형식을 통해서 통합

의 리듬을 형성해내는"10) 것이 특징이다. 심지어 후각과 미각 이미지를 활용하여 전날 만든 찬 음식과 현재 끓여 내어온 따뜻한 음식을 가려내어 디테일을 묘사한 것은 바로 혈족끼리 명절행사를 준비하면서 결속을 다지고 핏줄의 따뜻한 화합을 이루는 과정을 설명하기 위한 것으로 판단된다.

이용악이 1938년 펴낸 시집 『낡은 집』에 실려 있는 「낡은 집」은 "재를 넘어 무곡을 다닌 당나귀/ 항구로 가는 콩실이에 늙은 둥글소/ 모두 없어진 지 오래/ 외양간엔 아직 초라한 내음새 그윽하다만/ 털보네 간 곳은 아무도 모른다"에서 알 수 있듯이 일제의 억압과 수탈을 이기지 못해 고향을 떠나버린 털보네 집의 퇴락해 가는 모습을 사실적으로 묘사함으로써 만주, 시베리아 등지를 유랑하면서 생존을 이어나가고 있는 우리 민족의 슬픈 역사를 수준 높은 예술성으로 형상화하고 있다. 이용악은 그 외에도 그의 시집에서 화자인 두만강 무쇠다리 건너온 함경도 사내가 북간도의 주막에서 작부로 전전하면서 술과 웃음을 파는 전라도 가시내와의 수작을 통해 이농민의 척박한 삶을 용해시킨 「전라도 가시내」와 일제의 가혹한 탄압을 받아 그 옛날의 오랑캐와 같이 비참한 신세로 추락해버린 우리 민족의 처지를 자연물과 동질적으로 그린 「오랑캐꽃」을 통해 역사적 합법칙성 속에 용해되어 있는 미학성으로서의 '향토성의 색채'를 그려나가고 있다.

오장환은 『시인부락』에 1936년 11월에 발표한 「모촌」에서 "박이 딴딴히 굳고 나뭇잎새 우수수 떨어지던 날, 양주는 새 바가지 꿰어 들고 초라한 지붕, 썩어가는 추녀가 덮인 움막을 작별하였다"라고 뿌리 뽑혀진 존재로 유랑생활을 하게 된 1930년대 농민의 애환을 연과 행의

---

10) 김현자, 「여우난곬족 해설」, 『백석시 읽기의 즐거움』, 최동호 외 편, 서정시학, 2006, 25쪽.

구분을 무시한 독특한 '이야기 시'형태[11]로 형상하였다. 1940년 4월 『인문평론』에 발표하고 나중에 그의 시집 『나 사는 곳』에 수록한 「고향 앞에서」는 어느 해 해방되는 날 고향을 방문한 시적 화자인 주인집 늙은이는 조상의 묘소 이외에 모든 것이 변해버린 고향 잃은 민족의 막막함을 애잔하게 노래하고 있다.

'향토성'을 예술적 시문학으로 승화시킨 또 다른 근대시의 흐름으로는 김영랑과 박용철의 시문학파와 조지훈·박목월·박두진의 청록파가 있다. 1920년대 후반 카프문학을 탄압했던 총독부의 잔혹하고 강압적인 문화정책은 예술계의 위축을 가져와서 당대 시인들에게 사회적인 이슈를 거론하지 못하게 하고 순수시 운동에 주력하게 만든다. 이러한 흐름 속에 등장한 유파가 바로 김영랑·박용철로 대표되는 시문학파이고 초기의 정지용도 여기에 참여한다. 김영랑의 『영랑시집』(시문학사, 1935)에 있는 「누이의 마음아 나를 보아라」와 「동백닢에 빛나는 마음」, 「물 보면 흐르고」, 「모란이 피기까지는」에는 한국적 운율과 전통적인 정감 그리고 향토적 서정미[12]가 잘 나타나고 있다. 특히 「누이의 마음아 나를 보아라」에서 "오―매 단풍들것네/ 장광에 골불은 감닢 날러오아/ 누이는 놀란 듯이 치어다보며/ 오―매 단풍들것네"에서 구사되는 전라도의 구수한 방언과 장광, 감닢, 추석, 바람과 누이의 이미지를 중첩시킴으로써 가을의 싱숭생숭한 설레임의 정조를 섬세하게 투영시킨다. 감각과 이미지, 그리고 리듬의 유려한 결합이 빚어내는 언어미학의 성취[13]가 바로 영랑시문학의 성과라고 평가할 수 있다.

---

11) 양승준 외, 『한국 현대시 400선―1』, 태학사, 1996, 175쪽.
12) 김영랑은 소월의 '시혼'의 전통을 계승하여 판소리에서 촉발된 '촉기(燭氣)'라는 서구이론에서의 '영감'에 가까운 독특한 용어를 제시하였다.
13) 김재홍, 앞의 책, 149-151쪽.

청록파는 잡지 『문장』의 추천 제도를 통해 시인으로 입문한 조지훈·박목월·박두진의 세 명을 의미한다. 청록파의 시세계를 조지훈을 중심으로 살펴보면, 그의 초기 시 경향은 전통지향의 순수성을 표출한다. 하지만 4·19 학생민주혁명을 거치면서 현실참여의식에 토대를 두고 민족의식을 드러내는 시세계로 변모된다. 지훈의 초기 시는 정지용으로부터 『문장』의 추천을 받은 관계로 문장파의 전통주의의 미학을 그대로 계승하고 있다. 「고풍의상」(『문장』 1939. 4), 「승무」(『문장』 1939. 12), 「봉화수」(『문장』 1940. 2) 등에는 의고적 시작태도와 전통정서14)가 잘 드러나 있으며, 「고풍의상」의 경우 문체마저도 문장파가 높이 평가한 「한중록」에 나오는 내간 수필체를 활용하고 있다. 조지훈은 초기시를 통해 우아한 한복의 기품, 우리 건축물에 내재된 선적 아름다움, 최승희의 승무(이당 김은호의 '승무')에서 느낀 불교의 선적 세계의 오묘한 진리의 법열, 깨진 질그릇에서 느낄 수 있는 고전에 대한 애착 등을 명증하게 형상화한다. 균형과 조화의 고전적 특질을 시화한 그의 시세계는 민족적인 것에 머물지 않고 동양적 전통과 맥을 잇고 있다. '전통은 창조의 소재요, 창조는 전통의 방법'이라는 그의 시학의 표현15)이었다.

이러한 향토성을 내세운 시인들의 시작태도에서 우리는 몇 가지 의미 있는 특성을 발견하게 된다. 첫째, 일제 치하의 살벌한 현실 속에서 갈 곳 잃은 화자에게 포근한 어머니 품 같은 둥지의식을 형상하고 있

---

14) 조지훈, 「나의 시의 편력」, 『청록집 이후』, 현암사, 1968, 353쪽.
　　"어쨌든 『고풍의상』, 『승무』, 『봉화수』, 『향문』으로 나는 시단에 신인으로 참가하게 되었고, 민족정서와 전통에의 향수와 사라져 가는 것에 대한 애수로써 신고전의 아름을 얻게 되었다. 이러한 의상, 무용, 건축, 도자기 등을 노래한 작품으로 본보기가 될 만한 시가 없었을 때에 내가 이 경지를 타개한 것은 힘 드는 작업이었다."
15) 정근옥, 『조지훈 시 연구』, 보고사, 2006, 61쪽.

다. 둘째, 우리의 공동체의식을 강조함을 통해 정체성 확보를 시도하고 있다. 셋째, 우리의 산하 등 자연의 포근함과 인간의 추악함을 대비시킴으로써 간접적으로 일제의 만행을 힐난하고 있다. 넷째, 향토성의 토대를 이루는 흙과 물 등의 자연의 순수성을 부각시킴으로써 우리 민족의 순결의식과 순진무구함을 내우고 있다. 다섯째, 군국주의 물결이 휩쓸고 지나가는 1930년대 중엽부터는 이제는 사라진 따스함과 포근함을 세밀하게 비춤으로써 현실을 직시할 것을 주문하고 있다. 한마디로 '향토성'은 토속성과 전통성을 부각시키는데서 멈추지 않고, 모순된 사회현실에 대한 통찰과 미래의 대안마련을 위한 열정의 삭힘(토속음식에서 삼합 같은 '삭힘의식')을 강조한다. 영랑의 '독기를 차고'에서처럼 내재된 민족의식은 기회를 엿보아 한꺼번에 분출될 가능성도 내포되어 있다. 즉 척박한 현실에서 기댈 곳으로서의 따뜻한 공간으로서의 의미와 차가운 '소극적 저항의지'가 함축되어 있는 것이 '향토적 정조'를 추구하는 시문학의 특징[16]이라고 요약할 수 있다.

3. 1930년대 미술화단의 흐름과 김용준의 미학론

김용준은 1930년대 초 홍득순과 향토색 논쟁을 펼친다. 그것은 동미회전을 둘러싼 기싸움이었다. 원래 향토색은 일본미술계의 조류를 유입한 예술론인데, 이것은 향토색을 민중예술형식으로 규정한 것으로 지금까지 화단에서 밝히고 있는 민족성·조선성으로 대표되는 개념과는 일정한 차이를 보이는 것[17]이다. 이후 향토예술은 향토문예, 농민

16) 소설문학의 경우, 1930년대의 농민문학에서 '향토성'이나 '향토색'에 대한 언급이 많이 이루어졌으나 지면관계로 생략하기로 한다.

문학, 전원문학 등에 복합적으로 되며, 후에 민중적 정서가 강한 농민문학이라는 용어로 변화된다.[18] 동미전을 열기 직전 김용준은 동양예술론을 제창한 심영섭과 이태준을 지지하면서 '향토적 정서'를 노래하고 그 율조를 찾는 조선의 예술론을 제창했다. 그것은 동양정신주의와 향토예술론이었다. 이어서 김용준은 백만양화회를 조직하면서 비정신적인 것에 대한 무관심한 태도와 더불어 예술적이고 신비로우며 세기말적인 제작태도를 갖겠다고 선언했다. 나아가 김용준은 영겁의 윤회, 방향과 목적 없는 무목적의, 국경을 초월한 예술적 세계를 추구할 것이라고 주장[19]했다.

당시 향토색을 강조하는 민족주의 진영의 경향에 대해 프롤레타리아예술동맹 진영에서는 격렬하게 비판한다. 프롤레타리아 미술계를 대표하는 김복진은 "조선의 자연은 시일을 거듭하면서 이민족 취미로 변해가고 자본주의 문명이 전원·향촌 곳곳에 침투해 있다. 이 덕분에 조선미술의 향토성(혹은 민족성)은 소멸되어 가게 된다"[20]고 향토색이 강조되고 있는 현실에 대해 의문을 제기한다. 이어서 김복진은 "조선미술이 조선민이 가진 폐배의식과 이민미술의 영향으로 불행한 처지에 있고 나날이 쓰러져가기 때문에 향토성·민족성이라는 무기로 무언가 만회하려고 하나 이 역시 무리"[21]라는 것을 지적한다.

이러한 김복진의 우려가 있었지만, 1930년 10월 17일부터 20일까

---

17) 이경희, 「김용준 향토색의 성과 의의」, 『예술문화연구』 제10집 1호, 서울대학교, 2000, 113쪽.

18) 박계리, 「일제시대 조선향토색」, 『한국근대미술사학』, 청년사, 1996, 166-172쪽; 이경희, 위의 글, 재인용.

19) 최열, 『한국근대미술 비평사』, 열화당, 2001, 46-47쪽.

20) 김복진, 「조선 역사 그대로의 반영인 조선미술의 윤곽」, 『개벽』, 1926년 1월호, 68-69쪽.

21) 김복진, 위의 글, 69쪽.

지 제1회 향토회 창립전이 대구에서 개최되었다. 이 전시회에는 이인성 13점, 김성암 8점, 박명조 8점, 서동진 4점, 김용준 3점 등 총 60점이 출품되었다. 동아일보의 보도에 따르면, "전시 첫날 2천 명이 넘는 관람객이 몰려들어 대구 지역 미술전 사상 첫 기록을 세우기도 했다"[22]고 알려졌다. 이 해에 평양에서는 『문장파』 근대미술가들 중 중요한 멤버인 길진섭의 개인전이 열렸다. 길진섭은 일찍이 초등학교 시절부터 그림을 잘 그려 신동이란 별명이 붙어 다녔거니와 평양에서 개인전을 여는 까닭을 "너무도 적막한 평양 미술동네에 도움이 되지 않을까 싶어서"[23]라고 밝히고 있다.

또 1930년 4월 17일부터 23일까지 동아일보사 건물에서 제1회 동미전이 열려서 성황을 이루었다. 이 전시회는 김용준이 주관하였으며, 동경미술학교 재학생들의 작품전시회로 100여 점의 작품이 전시장을 꽉 메웠다. 동미회는 이승만·이제창·안석주·이태준·김창섭 등을 초청해 합평회를 열었다. 종합비평한 안석주는 그 글에서 김용준을 동미전의 '키잡이'라고 가리키는 가운데, 동미전이야말로 장차 조선화단 개혁과정의 그 제1단계임을 엿 볼 수 있는 동시에 그들은 지금부터 그러한 중차대한 임무를 갖고 있음을 되살려주고 있다고 강조했다. 하지만 안석주는 동미전 출품작들이 대체로 시들어버린 아카데미즘에 빠졌을 뿐만 아니라 새로운 기운은커녕 무기력해 보이기까지 한다고 꾸짖으면서 '이렇게 울고 피를 흘리는 때에 칵테일 같은 그림이 우리들의 아픔을 달랠 수 있겠는가'[24]라고 호되게 꾸짖고 있다. 한 마디로, 프로계열인 안석주가 볼 때 주관적 정조에 기초하여 향토색을 부각시킨 작

---

22) 『동아일보』 1930. 10. 17, '대구 향토미전회'.
23) 『조선일보』 1930. 9. 10, '평양 길진섭 개인미전회'.
24) 안석주, "동미전과 합평회", 『조선일보』 1930. 4. 23~26.

품들이 많이 출품된 것에 대한 비판이라고 할 수 있다.

이에 비해 이태준은 상당히 호의적인 필치로 다음과 같이 비평하고 있다.

> 동미전은 일회의 내용을 보더라도 실실한 것이었었다. 기교의 미숙은 있을지언정 다른 전람회에서 흔히 느끼는 바 멸시감을 일으킨 작품은 없었다. 혹 완연하게 자기 아닌 남을 모방한 작품이 있으나 그것은 학생 시대인만치 묵과할 수 있을 뿐만 아니라 당신과 ○○ 염두에 두지 않는 자유와 대담한 정열에서 자기의 생○세계 ○○○○한 진정한 의미의 예술품이 적지 않았던 것이다.[25]

1931년은 김용준이 화가로서 뿐만이 아니라 미술평론가로서 본격적으로 활약을 펼치기 시작한 해였다. 그는 제2회 동미전을 주도한 홍득순과 '향토색' 논쟁을 전개하는 한편 자주성(민족성)이론과 비평가론을 동시에 펼친다. 또 이 해 3월 28일과 29일에는 제2회 프로미전이 수원에서 열렸다.

우선 김용준은 『삼천리』(1931. 11)에 발표한 "서화협회전의 인상"에서 '화가와 화론가'는 근본적으로 다르다고 입장을 밝힌다. 조선에서는 화가가 미술비평을 도맡는다면서 화가의 비평이란 기껏 '기술비평에 제한되는 것'[26]이라고 설명했다. 그는 『신생』(1931. 12)에 발표한 "화단 일 년의 회고"에서는 동미전에 대한 홍득순, 녹향회에 대한 유진오와 김용준, 조선미전에 대한 김종태와 김주경, 협전에 대한 고유섭

---

25) 이태준, "조선화단의 회고와 전망", 『매일신보』 1931. 1. 1~2.
26) 김용준, "서화협회전의 인상", 『삼천리』, 1931. 11. 당시 언론에 게재된 미술비평의 글의 경우, 미술사가 최열의 편저 『한국근대미술의 역사』(1800~1945)의 도움을 많이 받았음을 밝혀둔다.

과 김용준의 비평이 있다[27]고 본격적인 미술평론시대의 도래를 알렸다.

고유섭은 서화협회전에 즈음해 희망을 잃어버린 미술동네의 미망을 꼬집는 가운데, 나라의 운명이 어렵다고 위대한 예술이 없다는 생각은 잘못이라고 논증한다. 특히 그는 일본화풍에 맞서는 자주적 태도를 강조했다. 이어서 김용준은 조선화단에 '일본화풍의 유행'이 일어나고 있다고 언급하면서 지금 조선화단은 외국물 모방시대, 번역시대라고 평가했다. 김용준은 서화협회전 수묵채색화 분야를 질책하며 '남화풍의 쇠미와 일본 화풍의 유행'을 따졌다. 김용준은 "그 나라의 역사적 조건(기후, 온도, 자연, 생활현상, 풍속 등)에 비추어 그 국민의 정신적 활동이 어디만큼 가능한가?"[28]를 따지면서 어떠한 시대의 예술인가를 헤아리는 텐느의 견해를 인용하고 있다. 김용준은 텐느의 견해를 민족성과 시대성을 헤아리는 견해로 받아들이고 있었던 것이다.

제2회 동미전을 추진했던 홍득순은 사실주의를 들고 나왔고 김용준의 즉각적인 반발을 불러왔다. 이것은 녹양회 및 동미회를 둘러싼 긴 논쟁의 끝이었다. 홍득순은 심영섭·김용준 등의 관념 신비주의에 대해 불만을 갖고서 제1회 동미전은 물론 일본에 유행중인 유파들을 '도피적 경향'이라고 지적하며 예술지상주의를 비판[29]하면서 우리의 현실

---

27) 김용준, 「화단 일 년의 회고」, 『신생』, 1931. 12.

28) 김용준, 「서화협회전의 인상」, 『삼천리』, 1931. 11. 단지 김용준은 식민시 시대의 민족현실에 눈을 돌리기보다는 시대정신과 전통 미의식에 관심을 가졌다. 따라서 그의 비평적 미학적 태도에 대해 프로진영에서는 탐미주의·신비주의라고 비판했다.

29) 홍득순, "제2회 동미전을 앞두고", 『동앙일보』 1931. 3. 21~22.
    홍득순은 "유럽과 일본의 새로운 실험 경향들을 모두 썩은 곳에서 튀어나오는 박테리아 같은 것이라고 몰아치면서 우리의 현실을 여실히 파악하여 가지고 우리의 자연과 환경을 표현하는 것이 우리의 나아갈 바 정당한 길"이라고 주장했다. 이에 대해 제1회 동미전을 주관했던 선배 김용준은 동미전이 원래 주의주장도 없으며 다만 제작경향을 솔직하게 발표해 그 작가의 특수한 개성을 발휘할 것을 유일의 희망으로 삼았던 것인데 무슨 이유로 1년 만에 그 성격과 취지가 그처럼 바뀔 수 있느냐고 비판했

파악과 우리의 자연환경을 표현하고 민족적 정신과 인생을 위한 예술론을 유감없이 펼쳐나갔다. 당시 김용준은 서양의 것을 받아들이면서 아이덴티티를 찾으려 했다면, 홍득순은 텐느의 환경 결정론에 근거하여 모든 서구의 첨단 미술을 배격하면서 조선의 현실에 적합한 미술의 창조를 과제로 삼았다.[30) 뒤이어 김주경이 프로미술론과 심영섭과 김용준의 신비주의 미학을 모두 싸잡아 비판하였다.

이러한 공격에 대해 김용준은 홍득순과 김주경을 향해 주로 그들이 언행일치를 이루지 못하고 있다고 힐난하며 반격을 전개했다. 즉 아직 침묵해야 할 때라고 주장하면서 '조선의 마음, 조선의 빛'을 내세우면서 자신의 미학[31)을 펼쳐나갔다. 이에 대해 프로진영의 안석주는 김용준이 주장하는 조선의 독특한 정조를 표현한 작품이 어디 있느냐고 반문하고, 비참한 환경에 빠진 대중을 위한 미술운동과 그들에게 도움을 줄 만한 작품을 내놓으라고 주장[32)했다. 1928년부터 줄곧 진행된 이러한 논쟁은 두 가지 대립 축 즉 미학론의 대립 축과 조직의 대립 축을 따라 진행되고 있었다.

1932년의 미술계에서는 양심적 사실주의자였던 윤희순의 '민족미술에 대한 구상'이 화제를 불러 모았다. 윤희순은 "조선미술의 당면과제"에서 과거 민족미술 계승과 혁신론을 펼쳤다. 조선시대 문인미술은 대개 양반계급의 몰락과 소소한 부자의 출현 이후에는 소위 조선 동양화

다. 또 김용준은 홍득순의 주장과 달리 출품작가들의 경향이 얼마나 다양한지를 분석했다. 이종우는 주지적, 고전적 사실주의자요, 도상봉은 아카데미즘파 경향을 보이는데 둘 다 자연주의파로 나눴다. 또 임학선, 길진섭, 이마동, 홍득순, 황술조, 김용준은 모두 표현주의 경향을 지닌 낭만주의파요, 그 가운데 이병규, 이마동, 홍득순은 후기 인상주의, 임학선은 피카소파, 김응진은 주정적 표현파로 나눌 수 있다고 분류했다.

30) 서성록, 『한국 현대회화의 발자취』, 문예출판사, 2006, 116-120쪽.
31) 김용준, 「동미전과 녹향전 평」, 『혜성』, 1931. 5.
32) 안석주, 「문예계에 대한 신년 희망」, 『문예월간』, 1932. 1.

가들은 주문대로 휘호하고 주찬의 향응을 받았으니 그것은 완연 기생적 대우밖에는 아니 되는 것이라고 힐난했다. 그러므로 현 조선미술가는 특권계급 지배하의 노예적 미술행동과 중간계급의 도피 퇴영적인 기생추억 미술행동을 청산 배격해야 할 것이다. 그리하여 능동적 미술행동과 미술의 생활화에 돌진하여야 할 것이라고 주문한다.

윤희순은 무엇을 계승할 것인가 하는 대안으로 일본이 몽골법과 평면 묘사를 되풀이하는 동안 조선은 서구 문예부흥기 앞뒤시기에 사실주의적 묘사에 신생면을 개척했다고 높이 평가했다. 윤희순은 김홍도를 추켜세우면서 동양화에서 서양화적 사실에 성공하였고 신윤복은 동양화의 조선화와 미술의 생활화를 실현했다고 하면서 그 사실주의 기교, 미술의 생활화 및 조선화의 형식을 계승해야 한다고 제창했다. 한편 윤희순은 "제11회 조선미전의 제현상"에서 관학파 심사위원들이 권유하는 조선 향토색 또는 향토 정조의 미학을 비판했다. 조선 정조의 배경으로 "그들은 조선 정조를 내기 위하여 초가집, 문루, 자산紫山, 무너진 흙담 등의 제재를 모아 놓았다. 인물을 묘사함에 물동이 얹은 부인에, 아기 업은 소녀, 노란 저고리 파란 치마, 백의, 표모漂母 등을 가져온다. 정물에까지 향토색을 내려고 색상자, 소반 등등을 벌려 놓는다"[33]는 것이다. 윤희순은 이러한 테마가 문제가 아니라 중요한 것은 그 테마를 어떻게 보았느냐의 정조가 중요한 것이고 어떻게 보았느냐 하는 것보다도 어떻게 표현하였느냐가 긴중한 문제이며, 어떻게 발표했느냐 보다도 그 작품이 인생, 사회, 문화에, 다시 말해 조선에 어떤 가치를 던져 주었느냐가 결정적 계기라고 지적했다.

이러한 '소박한 사실주의자'였던 윤희순의 민족미술에 대한 대안과

---

33) 윤희순, "제11회 조선미전의 제현상", 『매일신보』 1932. 6. 1~6. 8.

향토색에 대한 비판은 치열한 순수주의자 또는 전통론자였던 김용준의 생각과 거의 일치하고 있다. 1930년대 후반 윤희순이 지속적으로 강조했던 조선적인 것, 민족다운 것과 순수한 것에 대한 주문은 문장파의 근대미술가들의 미학적 관점과 대동소이하다. 이들의 미학적 관점은 군국주의로 몰아가던 시국미술의 풍토에서 민족자존을 굽히지 않고 최소한도의 체면을 유지하는 생존방편이었기 때문이다. 보기에 따라서는 이들의 처세술은 '소극적인 저항'으로까지 읽힐 수 있는 여지가 있었다.

1933년 8월 15일 김기림·정지용·이효석·이태준·이무영·김유영·유치진·조용만·이종명이 참가한 '순연한 연구적 입장에서 상호의 작품을 비판하며 다독다작을 목적으로 만들어진 '구인회'가 창립[34]되었다. 그 뒤 박태원·이상·박팔양이 회원으로 참가했다. 프로예맹의 권환은 빠르게 바뀌는 정세 속에서 현실도피적 고답적 문학을 발생케 하기 위해 꽃핀 모더니즘 조직이라고 공격[35]했지만, 1930년대 전반기 미술사에서 구인회는 상당한 의미를 남겼다. 이들 중에서 이태준·김기림·이상 등이 미술평론을 발표하거나 삽화를 그리는 등 근대미술계에 큰 족적을 남겼다. 이태준은 일찍이 1929년부터 녹향회전 비평을 발표하면서 1937년 "단원과 오원의 후예로서 서양화보담 동양화"[36]라는 글에 이르기까지 미술이론사의 순수주의 및 조선주의를 담당한 논객이었다. 김기림은 "협전을 보고"라는 단 하나의 미술평론을 발표했지만 김만형·최재덕·이쾌대·유영국·이규상 등의 1930년대 중엽 이후 화단을 휩쓸던 신예들과 어울리며, 스스로 문학과 회화의 이미지를 추구하였던 모더니스트 시인이었다. 이상은 1931년 제10회

---

34) 『조선일보』 1933. 8. 30, '구인회 창립'.
35) 권환, "33년 문예평단의 회고와 전망", 『조선중앙일보』 1934. 1. 14.
36) 이태준, "단원과 오원의 후예로서 서양화보담 동양화", 『조선일보』 1937. 10. 20.

조선미전에 「자화상」을 출품하여 입선을 했던 시인으로 구본웅과 매우 가까운 예술가였으며, 박태원의 신문소설에 삽화[37]를 그리기도 했다. 이러한 구인회 멤버 중 모더니스트였던 이태준과 정지용이 몇 년 뒤에 『문장』을 통해 전통주의의 미학을 추구한 것은 예술가로서는 대변신이었다.

1934년에는 이태준이 『조선중앙일보』를 통해 '조선주의론'을 주창하여 당대 미술화단에 화제를 모았다. 이태준은 요즈음 조선심이니 조선 정조니 하고 그것을 고조하는 예술가들이 있다고 지적하면서 하지만 그들이 내면적인 것을 잊어버리고 외면적인 것에만 관심을 기울인다[38]고 비판하였다. 조선물정을 묘출하였다고 해선 조선적 작품은 될지언정 조선미술이 되는 것은 아니다. 타나베 이타로田邊至 같은 화가가 조선 기생을 조선 담 앞에 세우고 그렸다고 그것이 조선미술이냐, 조선인의 작품이냐 하면 그렇지 않다[39]고 역설한다. "백화점에서 조선색을 고조하려면 무엇보다 먼저 조선 특유의 물산을 진열해야 된다. 태극선, 화문석 같은 것을 늘어놓으면 조선맛이 난다. 그러나 한 예술품이 가진 정신이나 맛은 그러한 조선 물정이나 묘출하였다고 해선 조선적 작품은 될지언정 조선미술이 되는 것은 아니라고 강조한다. 같은 흙과 같은 회청질을 하였더라도 이조 도자가 이조 미술품다운 것은 다만 이조 사람다운 그 작가의 솜씨 작풍 때문이라고 말하고 조선의 어떤 물체를 그리기 전에 조선 사람다운 작품을 창조해야 할 것[40]이라고 주문하였다.

---

37) 이상은 1934년 『조선중앙일보』에 연재된 박태원의 「소설가 구보씨의 일일」의 삽화를 맡았다.

38) 이태준, "제13회 협전 관후기", 『조선중앙일보』 1934. 10. 24~30.

39) 이태준, 위의 글.

40) 이태준, 위의 글.

1936년에 들어서서 김용준은 조선 향토색에 관한 중요한 비평을 내놓는다. 그것은 1935년 작고한 김종태의 작품 〈이부인李婦人〉과 김중현의 〈나물 캐는 처녀〉 두 작품만이 현저하게 조선 고유의 맛을 내어보려는 의도가 보이는 작품이라고 주장하면서 전개된다.

김용준은 김종태의 경우 조선정조를 조선의 자연, 인물 및 풍속 도구 따위와 더불어 특수한 색채를 쓰는 쪽이었고, 김중현의 경우 조선의 전설 및 풍속을 요리하는 쪽이었다고 짚으면서 조선의 향토색에 대한 자신의 생각을 밝혔다. 즉 김종태는 무엇보다도 조선사람의 일반적인 기호색이 원색에 가까운 현란한 홍록황람 등 색이란 것을 알았고 이러한 원시적인 색조가 조선인 본래의 민족적인 색채로 알았던 것이다[41]고 분석하였고, 김중현의 경우 〈나물 캐는 소녀〉에서 보이는 화면은 그야말로 아리랑 고개를 상상케 할 만한 고개 넘어 좁다란 길옆에 처녀가 나물바구니를 들고 있는 장면인데 색채는 약간 우울한 편의 그림이었다[42]고 조선적 향토색의 특성을 설명하였다. 이어서 김용준은 회화라는 것이 순전히 색채와 선의 완전한 조화의 세계로서 교양 있는 직감력을 이용하여 감상하는 예술이라고 주장하면서 어떤 제재로의 설명보다는 표현된 선과 색조로 감정을 움직이는 순수회화론을 꺼낸다. 당시 야나기 무네요시가 조선심의 뿌리 깊은 원천이라고 본 '애상미'에 대해 반 긍정, 반부정론을 펼치기도 했다.

특히 그는 조선 정서, 조선 향토색의 본질에 대해 '고담古談한 맛'과 '한아閒雅한 맛'을 제시했다.

고담한 맛─그렇다. 조선인의 예술에는 무엇보다 먼저 고담한 맛이

---

41) 김용준, "회화로 나타나는 향토색의 음미", 『동아일보』 1936. 5. 3~5. 5.
42) 김용준, 위의 글.

숨어 있다. 동양의 가장 큰 대륙을 뒤로 끼고 남은 3면이 바다뿐인 이 반도의 백성들은 그들의 예술이 대륙적이 아닐 것은 물론이다. 대륙적이 아닌 데는 호방한 기개는 찾을 수 없다. 웅장한 화면을 바랄 수는 없다. 호방한 기개와 웅장한 화면이 없는 대신에 가장 반도적인, 신비적이라 할 만큼 청아한 맛이 숨어 있는 것이다. 이 소규모의 깨끗한 맛이 진실로 속이지 못할 조선의 마음이 아닌가 한다.[43]

또 김용준은 『여성』지에 집필한 "모델과 여성의 미"에 대해 일본에서 처음 알몸 모델을 보고 괴이함 또는 불쾌한 감정을 느꼈다고 하면서 알몸모델을 그리는 것에 대해 자연현상 가운데 선과 색채와 형태를 가장 아름답게 간단하면서도 가장 조직적으로 구비한 자연물이 곧 여성의 육체이므로 회화적 제재로 연구하는 데 불과한 것이라고 생각하는 한편 서양여성의 육체미가 단연 첫 손 꼽힐 것이라고 주장했다. 여성미란 어깨가 좁을 것, 허리춤이 날씬하여 벌의 허리처럼 될 것, 둔부가 넓어야 할 것, 대퇴는 굵되 발끝으로 옮아오면서는 뽑은 듯 솔직해야 될 것을 잣대로 제시했다. 아무튼 조선이란 나라가 군자지국이어선지 여성미에 관심을 기울이지 않고 의복 또한 가꾸기를 등한히 하여 조선여성의 곡선만은 확실히 남의 나라 여성보다 떨어진 것만은 사실[44]이라고 썼다. 이러한 여성미에 관한 시각은 구본웅의 남자와 같은 여자, 다시 말해 중성적 여자를 선호한 것, 김환기의 마르지 않고 허리가 잘숙한 처녀를 좋아한 것, 정현웅의 얼굴이 밉고 고운 것은 문제가 아니라 몸의 무궁한 미를 찬양한 것, 김복진의 "어깨가 넓고 가슴과 요부가 가늘면 보기 싫다. 또 유방과 골반이 중요하다. 처녀의 유방이 종 같고 젖꼭지가 위를 향한 그것이 퍽 좋다"고 한 것[45] 등과는 변별성을

---

43) 김용준, 앞의 글.
44) 김용준, 「모델과 여성의 미」, 『여성』, 1936. 9.

보인다.

이 해 3월에 길진섭은 김환기와 일본인 츠루미 타케나가, 칸노우 유이, 후타코시 미에코와 어울려 동경에서 백만회白蠻會를 결성하고 1936년 한 해에만 3차례의 전시회를 개최했는데, 길진섭은 제2회전에 〈두여인〉, 〈어선〉을, 제3회전에 〈형매〉를, 김환기는 제3회전에만 〈동방〉을 출품[46]했다.

1937년 이태준은 『조선일보』에 쓴 미술평론에서 조선화 부흥운동을 소리 높여 외치며 서양미술을 하는 이들에게 동양화로 전향을 촉구한다. 그 이유로 다음의 다섯 가지를 제시한다. 첫째, 동서양은 뚜렷한 경계가 있는데 동양인이 서양 흉내기를 해봐야 대가가 되기 어려울 터인즉, 그 취미와 교양으로 볼 때 그러하다. 둘째, 인체를 보더라도 서양인은 입체적이요, 동양인은 비입체적인데 동양인 나름의 미점이 있으니 자연까지도 아울러 서양화는 서양화, 동양화는 동양화에 맞는 무슨 성질이 있을 터이다. 셋째, 생활과 작품은 한 덩어리인데 조선생활을 하는 사람이 서양화를 한다면 그것은 자기분열일 뿐이다. 넷째, 김홍도나 장승업을 이어 나갈 사람은 동양인, 조선인이요 그게 사리와 기氣에 순하는 것이며, 문학에 비해 조선미술은 대단히 풍부한 유산을 갖고 있음에도 불구하고 썩혀둘 필요가 없다. 다섯째, 서양미술은 색채 본위요, 입체적이며 수공적인 데 비해 동양미술은 비입체적이라고 차이를 말하면서 끝으로 동양미술은 '기氣'의 예술이라고 밝히고 자신의 주장이 무리가 많은 줄 알지만, 서양화에서 동양화에로 전향과 조선화의 부흥운동이 맹렬히 일어나길 힘주어 강조[47]하였다. 이태준의 이러

45) 김복진·구본웅·김환기·정현웅, 「화가 조각가의 모델 좌담회」, 『조광』, 1938. 6.
46) 김영나, 「1930년대 동경 유학생들」, 『근대한국미술논총』, 학고재, 1992, 315쪽.
47) 이태준, "단원과 오원의 후예로서 서양화보담 동양화", 『조선일보』 1937. 10. 20.

한 생각은 김용준 등과 더불어『문장』을 창간하면서 조선주의와 전통론으로 발전된다.

『문장』이 창간되는 1939년에 들어서면 김용준의 필력은 더욱 힘을 발휘한다. 당시 인상주의화가였던 김주경과 오지호는 모더니즘의 물결이 밀려오는 것을 신랄하게 비판했다. 김주경은 지금 서구에서는 순부르주아의 일시 유희였던 피카소의 프랑스 입체파라든지 러시아 구성파가 모두 자취를 감추었으며, 독일 또한 여전히 표현주의를 지향하고 있지만 '전쟁기의 소위 혁신파로서 미술의 사적 가치를 가졌다고 할 만한 것은 마티스, 트랑 등을 중심한 야수주의 일파에 지나지 않는다고 주장했다. 김주경은 그것은 모든 전위미술의 흐름을 전쟁의 소동으로 인해 쫓겨 다니는 고난이었을 뿐이라고 규정하면서 그 상처를 앓는 신음으로 말미암아 근일의 세계미술계가 한 가지 극단적 자아주의를 낳았다'[48]고 비판했다. 1938년 '순수회화론'을 발표해 그것을 주도해 나갔던 오지호는 피카소를 날카롭게 공격[49]했다. 이러한 비판에 대해『조선일보』는 1939년 6월 11일자 '현대의 미술'이란 특집에서 김용준·정현웅·길진섭·김환기를 필자로 내세운 가운데, 김환기는 김주경과 오지호를 공격하였다. 김환기는 전위미술의 역사 당위성을 주장하면서 추상회화의 출현이야말로 현대 문화사의 한 에포크요, 현대의 전위회화의 그 주류는 직선, 곡선, 면, 입체 따위의 형태를 갖춘 것이라고 설명했다. 그리고 입체파야말로 순수 회화예술을 추구한 것인데 지금의 모든 전위회화는 입체파를 통과한 회화정신을 갖고 있으므로 근대예술을 현대예술로 계승한 것이라고 주장했다.

김용준은 '매너리즘과 회화'라는 비평을 통해 서양미술도 매너리즘

---

48) 김주경, "세계대전을 회고함—미국편 화원과 전화",『동아일보』1939. 5. 9~5. 10.
49) 오지호, "피카소와 현대회화",『동아일보』1939. 5. 31~6. 7.

에 빠졌다고 말하면서 동양의 전통주의로 회귀하는 논조를 취했다. 묵은 것을 자기 예술에까지 옮겨 놓은 작품이야말로 매너리즘에 빠지는 것이라고 가리키면서 나아가 시대가 바뀌어 미래파·입체파·표현파마저도 오늘날에 이르러서는 역시 매너리즘에 빠져든 것이고 포비즘과 초현실주의파마저도 매너리즘의 전철을 밟고 있지 않는가 싶다고 꼬집었다. 하물며 오늘날까지 인상파 회화를 되풀이 하는 이가 있다면 그는 아주 진부한 예술가일 터인즉, 그들의 화풍을 답습한다면 도저히 두 눈으로 볼 수 없는 추태일 것이라고 하면서 김주경과 오지호를 겨냥했다. 그러면서 옛 것을 존경하고 탐색하되 새 것을 열망하는 야심을 갖고 어떻게 하여야 대상의 아름다움을 체득할 수 있느냐 하는 회화의 근본정신을 지킬 때 매너리즘에 떨어지는 위험을 피할 수 있을 것[50]이라고 전통론으로 가기 위한 발판을 마련했다. 또 그는 『문장』 창간호에 발표한 "이조시대의 인물화—주로 신윤복·김홍도를 논함"에서 응물상형應物象形하여 상상想을 넓히고 진眞에 핍하여 개성個性의 힘으로 뚫어나가 참된 기운이 생동하는 혜원과 단원의 풍속화를 발견하고는 그 시대의 가장 '향토적인 문화적 공기'를 만나게 되었다[51]고 예찬했다. 즉 김용준은 신윤복과 김홍도의 풍속화에서 참된 향토미의 전형을 찾은 것이다.

이 해에 동양화가 김은호는 대작 '춘향'의 영정을 제작하여 남원 광한루에 있는 사당에 부착하여 『조선일보』(1월 10일자)로부터 "정절이 고매하기로 고금에 드문 아름다운 조선여성의 대표가 될 춘향을 현대의 안목으로 새로 그려내었다"[52]는 호평을 받았다. 이러한 김은호의 작

---

50) 김용준, "만네리즘과 회화", 『조선일보』 1939. 6. 11.
51) 김용준, 「이조시대의 인물화」, 『문장』, 1939년 2월 창간호, 159쪽.
52) "대작 춘향과 미륵", 『조선일보』 1939. 1. 10. '미륵'은 김복진의 조각 작품으로 충

업도 바로 우리나라의 민족적 얼과 정신마저 앗아가는 일제에 은연중 저항하는 태도로서 '전통론'의 입장에 서있는 것이다.

1940년에 들어서서는 김용준과 이태준이 동시에 '전통부흥론'을 역설하였다. 김용준은 새로운 양식은 기적처럼 별안간 툭 튀어 나오는 게 아니라고 하면서 우리 미술유산을 계승해야 한다고 주장했다. 단순한 환경에 처했다고 해도 전통을 무시할 수 없는 일인데, 지금처럼 서양식 모더니즘이나 절충처럼 여러 가지로 요란한 기류 가운데서 새로운 양식을 찾으려면 당연히 전통에 의거해야 한다[53]고 주장했다. 한편 이태준은 노인들이나 즐기던 골동품들을 청년들이 사 모으기 시작했다고 호의적인 평가를 내렸다. 골동骨董의 어원은 중국에서 비롯된 것이며 '고동古銅'의 음전이라고 밝혔다. 이태준은 "고古자는 추사 같은 이도 얼마나 즐기어 쓴 여운 그윽한 글자임에 반해, 골骨자란 얼마나 화장장에서나 추릴 수 있는 것 같은, 앙상한 죽음의 글자인가"라고 골동이란 말에 대해 거부감을 나타냈다. 그 대안으로 고완古翫이란 말을 쓰자고 제안했다. "고전이라거나 전통이란 것이 오직 보관되는 것만으로 그친다면, 그것은 주검이요 무덤의 대명사일 것이다. 청년층 지식인들이 도자기를 수집하는 것은 고서적을 수집하는 것과 같은 의미를 나타내야 할 것이다. 완상이나 소장욕에 그치지 않고, 미술품으로, 공예품으로 정당한 현대적 해석을 발견해서 고물古物 그것이 주검의 먼지를 털고 새로운 미와 새로운 생명의 불사조가 되게 해주어야 한다"[54]고 주문했다.

같은 해 7월에 고유섭은 조선 미술문화의 성격을 밝히면서 전통이

북 보은의 속리사(법주사)에 설치했다.

53) 김용준, "전통에의 음미", 『동아일보』 1940. 1. 14.

54) 이태준, 「고완품과 생활」, 『문장』, 1940. 10.

란 손에서 손으로 넘어 다니는 것이 아니라 피로써 피를 씻는 악전고투를 치러 '피로써' 얻게 되는 것이라고 주장하면서 자연의 풍토문제나 혈연에 따른 민족성은 숙명이며 문화형성의 요소지만 가치론의 대상이 아니라고 가리키고 '문화가치'를 중요한 개념으로 주장했다. 결론적으로 고유섭은 조선 미술문화의 성격을 첫째, 구상력·상상력의 풍부를 제시하고, 다음에 온아한 구수한 특질과 단아한 맵시 두 가지를 조선예술의 우수한 특색 가운데 하나라고 강조했다. 아울러 우리나라의 색채는 매우 단색적이며 그것은 적조미寂照美의 일면으로 나온다[55]고 주장했다.

요약하면, 김용준의 미의식은 초기에는 프롤레타리아 미술과의 논쟁을 통해 아나키즘적인 전위예술론을 폈으나, 점차 표현주의 예술을 대안으로 삼는 태도를 보였다. 1930년대에 들어서서는 제1회 동미전을 개최하는 것을 기점으로 순수 심미주의 관점에서 향토적 서정을 강조하는 향토예술론을 전개한다. 1930년대 후기로 가면서는 시국미술이 강조했던 조선향토색의 소재주의와 감상주의를 비판하고 '조선의 마음'과 '조선의 빛'에서 조선적인 것을 찾아야 한다고 주장하면서 조선향토색의 특질을 고담한 맛·한아한 맛에서 찾음으로써 민족사학자 정인보가 주장한 '민족 얼'의 특질에 가까운 상고주의의 '관념적 정신주의'로 이끌어간다. 특히 『문장』의 편집인이었던 김용준은 이태준과 함께 "새로운 양식을 찾으려면 당연히 전통에 의거해야 한다"는 '전통부흥론'을 전개한다. 이러한 김용준의 미의식을 미술평론가 최태만은 "서구편향이나 민족주의 편향을 다 같이 거부하면서도 동도서기적 민족미술론을 제시함으로써 초기 비평에서 보여준 허무주의적 관점을 극복하게

---

55) 고유섭, "조선 미술문화의 몇 낱 성격", 『조선일보』 1940. 7. 26~7. 27.

되었으며, 유미주의에 바탕하고 있으면서도 전통미술에 대한 연구를 토대로 일궈낸 그의 미의식은 압도적 서구지향적인 현대미술이 주체적 미술로 방향을 찾는데"[56) 큰 역할을 했다고 평가했다.

4. 『문장』에 나타난 정지용과 김용준의 간텍스트성

1) 편집 4인방과 장정이 주는 상징 - '개성' 존중

문장에는 주체적인 편집인이 드러나지 않는다. 일종의 '집단지도체제'라고 할까? 형식상으로는 이태준이 편집주간의 역할을 맡고 있었다. 창간호의 『여묵』에 발행인 김연만의 글 바로 아래에 이태준이 편집인을 대표하여 창간호 발간의 소회를 쓴 것에서도 확인이 된다. 또 하나 재미있는 것은 『문장』 초기의 몇 몇 호는 '여묵'에서 발행인·편집주간의 글과 함께 표지화와 장정디자인을 책임 맡고 있던 길진섭의 글도 실었다는 점이다. 그만큼 근대미술을 다룬 것에 『문장』 편집진은 자부심을 갖고 있었던 것이다. 당시 사실상 편집의 실무는 정인택(1939년 2월 창간 때부터 1939년 12월 제12집까지)·조풍연(제13집, 1940년 정월부터 폐간 때까지)에 의해 이루어진 것으로 알려져 있다. 조풍연에 의하면, 당시 이태준은 이화여전의 강의에 나가는 일과 자기 작품 쓰는 일에 시달리고 있었을 때 한번 훑어보고는 대개 말없이 넘겨주는 것뿐이었다[57)는 것이다.

---

56) 최태만, 「근원 김용준의 비평론 연구」, 『한국근대미술사학』 8집, 1999, 103쪽.

57) 조풍연, "문장·인문평론시대", 『대한일보』 1969. 4. 7~1970. 12. 10; 강진호 편, 『한국문단 이면사』, 깊은샘, 1999, 240쪽.

하지만『문장』을 실제 분석해보면, 잡지『문장』은 각 분야를 나누어 몇 사람이 편집을 주도해 나간 것으로 보인다. 즉 소설은 이태준, 시는 정지용, 시조와 고전 발굴소개는 이병기로 영역이 분명하게 구분된 것만은 분명하다. 하지만 네 명은 각자가 개성이 매우 강한 면모를 지녔다. 이러한 문장파의 '개성 추구'는 당시 예술가들이 1930년대 말의 몰개성으로 내선일체의 '전체주의'에 함몰 되고 마는 현실과 맞서 내적인 충일감을 얻는 유일한 방법이었던 것이다. 이러한 구분으로 인해 '문장파'라는 말이 등장하게 된 것이다. 이러한 세 사람에 김용준을 포함시키면 문장파는 구색을 갖추게 된다. 따라서『문장』은 이들 사인방에 의해 주도되었다고 할 수 있다. 김용준은 길진섭과 더불어 잡지『문장』의 장정과 표지화를 주로 담당한 인물이다. 그는 중앙고보를 졸업하고 일본 동경미술학교에 유학하여 서양화를 전공했다. 1920년대 초기에 정지용, 박팔양 등과 함께『요람』동인으로 활동했던 그는 아나키즘 성향의 프롤레타리아 예술론을 발표했으며 1930년대에는 전통미술의 재발견을 표방하며 평론활동을 했고 그 스스로도 동양화가로 변신하기도 했다. 장욱진 화백과 더불어 해방 후에 서울대학교 미술대학에서 동양화를 강의하다가 월북하였다. 6·25 때는 인민군과 함께 서울로 내려와 전시하의 서울대학교 미술대 학장을 맡기도 하며 북한에서는 평양 미술대학의 학장을 역임하면서 후진을 양성했다.

『문장』은 당시 1920~30년대 문단의 주류를 형성하였던 사회주의적 리얼리즘이나 모더니즘을 벗어나서 '전통지향적인 민족주의'의 양상을 지니고 있었다.『문장』의 이러한 특성은 장정에서 드러나고 있는 두 가지 점에서 분명하게 확인이 된다. 하나는 제호의 글씨체에서 나타나고 있으며 다른 하나는 김용준에 의해 그려진 표지화에서 그 분위기가 드러난다. 총 26권의 장정은 두 가지 돋보이는 특색을 지니고 있다. 그 하나는 추사 김정희의 필적에서 골라낸 제자題字이고, 다른 하나는 서양화가와 동양화가를 겸한 김용준과 길진섭이 그린 표지화이다.

문장파는 왜 상고주의 즉 고전에 탐닉했을까? 그들이 고전을 탐구한 이유에 대해 전위예술가 조우식이 『문장』에 쓴 「고전과 가치」와 이태준의 「고완품과 생활」에 잘 드러나고 있다.

우리는 상실해가는 우리들의 예술유산을 두 가지 수단으로써 계승하자는 것이다. 하나는 동양예술의 동양화적 계승과 한 가지는 동양예술의 서양화적 계승이다. 내가 말하려는 것은 물론 후자다. 먼저말로 돌아가서 다시 말하면 현대 서양화에 있어서 추구된 전위예술이 도달한 결론이 먼저 말한바와 같이 동양예술의 고전적 유산 속으로 환원되고 말았다는 사실이다. 그러니까 우리들의 즉 서양화가들은 구주의 정신을 모방할 필요가 없다는 것이며 앞으로 우리에게는 우리들의 전통이 남긴 아름다운 정신이 있다는 말이다.

맹목적으로 구주적 정신에 빠진 그들에게 이것을 말해둔다.

나는 고전을 사랑한다. 사랑하기에 전위를 해왔다. 나는 우리들의 전통을 지키겠다. 그 수단이 어떠한 것이든 그러나 동양화적 계승의 수단은 취하지 않을 것이다. 왜냐하면 골동품적인 존재는 되고 싶지 않으니까.58)

고전이라거나 전통이란 것이 오직 보관되는 것만으로 끄친다면 그것은 주검이요 무덤의 대명사일 것이다. 우리가 돈과 시간을 드려 자기의 서재를 묘지화 시킬 필요는 없는 것이다.

청년층지식인들이 도자기를 수집하는 것은 고서적을 수집하는 것과 같은 의미를 나타내야 할 것이다. 완상이나 소장욕에 끄치지 않고 미술품으로 공예품으로 정당한 현대적 해석을 발견해서 고물古物 그것이 주

58) 조우식, 「고전과 가치」, 『문장』, 1940년 10월호, 202쪽.

검의 먼지를 털고 새로운 미美와 새로운 생명의 불사조가 되게 해주어
야할 것이다. 거기에 정말 고완古翫의 생활화가 있는 줄 안다.[59]

창간호에서는 행서체였던 제자는 5호부터는 이태준이 찾아내느라 고
생을 했던 예서체로 바뀌었다. 『문장』 5호에는 짧게 "4월호까지의 문
장 제자를 5월호에서 역시 추사의 예서체로 바꾸었다. 이 필적筆蹟을
찾아내기에 상허尙虛가 한달 가까이 애를 썼다"[60]라고 밝히고 있다. 그
만큼 잡지의 장정에 편집진이 얼마나 신경을 썼는가를 보여주는 한 증
거가 될 것이다.

또 표지화는 추사 김정희의 '수선화水仙花'를 사용하기도 했다. 추사
는 수선화를 좋아했다. 그는 제주도 대정현에서 9년 동안 유배생활을
했고 그 곳에서 차가운 눈과 모진 삭풍 속에서도 향기롭고 탐스러운
꽃을 피우는 야생 수선화를 발견했다. 즉 수선화는 고달픈 유배생활
속에서도 부단히 자신을 갈고 닦으며 정체성을 잃지 않았던 추사의 꼿
꼿한 지조와 정신력의 상징인 것이다. 추사는 다산 정약용이 경상도
장기에서 유배생활을 할 때 찾아가서 수선화를 선물했다고 한다. 다산
은 추사로부터 수선화를 선물 받고 감동을 얻어서 바로 한시를 한편
썼다.

> 仙風道骨水仙花
> 秋史今移洱水衙
> 窮村絶峽少所見
> 得未曾有爭萱譁
> 穉孫初擬산勁拔

59) 이태준, 「고완품과 생활」, 『문장』, 1940년 10월호, 209쪽.
60) 『문장』 5, 1939년 5월호, '餘墨'.

小婢飜驚蒜早芽

신선의 풍모와 도사의 골격을 갖춘 수선화를
추사가 대동강 아문으로 이제 옮겼네
궁촌 깊은 산골에서는 보기 힘든 것이라서
일찍이 얻기 어려운 것이라며 서로들 떠들썩하네
나이어린 손자는 애초에 질긴 부추잎에 비유하고
어린 여종은 일찍 싹튼 마늘싹이라 놀란다

또 추사는 수선화를 고려자기 화분에 담아 선물했다고 하니, '고려자기의 아름다움'을 예찬한 것으로 보인다.

한편 문장파는 장정에 대해서도 매우 신경을 썼다. 독자적이고 한국적인 것을 찾아내려고 노력하였음을 "재래의 우리 서적계는 단행본으로부터 잡지까지 장정 혹은 표지의 그 모두가 외국서적만을 모방해왔다. 우리의 문학이라면 우리의 장정, 우리의 표지가 창조되어야 할 것이다. 점두에 걸린 포스터에서까지 새로운 문화를 찾을 수 있다면 거기에는 우리의 색감과 우리의 정조가 있는 것으로서 출발해얄줄 안다"[61]고 설명하고 있는 데에서 확인이 된다. 또 길진섭은『문장』이 서점에 나오기가 무섭게 팔려 나가자, 표지화를 상업미술로서가 아니라 하나의 작품이 될 수 있도록 노력하겠다고 자부심을 밝히기도 했다.

김용준은 잡지『문장』의 표지화와 장정만 책임진 것이 아니라 수필과 미술평론도 썼다. 주로 수필에 담겨진 내용은 동양회화 사상으로 문인화 정신인 '시화일치 사상詩畵一致 思想'이 주를 이룬다. 김용준은『근원수필』을 남김으로써 이태준의『무서록』, 정지용의『지용문학독본』과

---

61) 『문장』3, 1939년 3월호, '餘墨'.

함께 문장파의 중요한 산문집의 하나로『문장』을 뚜렷한 강령과 당파적 명제가 없는 가운데에서도 하나로 묶을 수 있는 독특한 공동적인 이념체를 구성하는데 일조를 하였다. 김용준은 이렇게 산수山水・화훼花卉・소과蔬果・기명器皿 등을 소재로 하여 문인화 양식의 전통적인 민족 문화유산을 재현하는 방식으로 장정을 꾸며 '전통주의적 민족주의'를 표현했던 것이다.

2) 정지용의 은일적 삶과 '유유자적'의 시세계

잡지『문장』에서 정지용 시인의 세계관이나 정신적 지향성을 살펴볼 수 있는 글로는 몇 편의 시론과 신인들을 추천하면서 쓴 「시선후詩選後」 그리고 「문학의 제문제 좌담」에서의 발언 등이 있다. 지용은『문장』제5집에 「시의 옹호」, 제10집에 「시와 발표」, 제11집에 「시의 위의」, 제12집에 「시와 언어」(1)의 시론을 발표하였고, 제3집부터 제19집까지 총 11회의 「시선후」를 썼다. 즉 창작에만 주력하고 시론을 거의 발표하지 않았던 정지용은『문장』을 통해서 비로소 시 비평을 내놓게 된 것이다. 우선 지용은 「시의 옹호」에서 전통계승론의 비평적 태도를 취하고 있다. 그것은 상고주의와 전통지향의 성향을 보여 온『문장』의 편집인의 한 사람으로서 당연히 취해야 할 정신적 태도로 보여진다. 그는 교양인의 자세를 강조하면서 시인은 꾀꼬리처럼 생명에서 튀어나오는 발성으로 노래를 불러야 진부하지 않고 자연의 이법에도 충실한 것이라고 하면서 '우수한 전통'이야말로 비약의 발 디딘 곳이라고 역설하고 있다.

이어서 정지용은 시학과 시론 그리고 예술론에 관심을 가지라고 시인과 시인지망생들에게 권유하고 있다. '감성, 지성, 체질, 교양, 지식들 중의 어느 한 가지에로 기울이지 않는 통히 하나로 시에 대진對陣하는 시인은 우수하다'라고 평하면서, 시인은 예술론 중에서도 동양화론과 서론에서 시의 방향을 찾아야 하며 '경서와 성전류를 심독하여 시의 원천에 침윤해야'[62] 한다고 역설하고 있다. 이러한 정지용의 시적 인식태도는 완당 김정희의 서법과 조선 후기의 문인화 그리고 골동품에 세심한 관심을 기울이고 있던 이태준·이병기·김용준 등과 같은 성향을 보여주는 것이다. 특히 남종화풍의 문인화에서 시의 방향을 찾으라고 하는 것은 김용준의 영향이 강하게 작용한 것으로 볼 수 있다.

정지용은 1936년부터 1942년 무렵까지 그 이전의 모더니즘적 경향과 카톨릭시즘의 서구적 시 경향에서 벗어나 동양적인 달관과 유유자적의 시 세계를 개척한다. 이러한 정지용의 시적 변모에 대해 그 동안 학계에서는 '정신주의'라고 보는 입장[63]과 '문인화 정신' 내지 '유가적 형이상학적 생명사상'으로 파악하는 입장[64] 그리고 좀 더 구체적으로 정지용의 내면세계를 전통 내지 동양의 반속류·반서민의 단면으로 보는 입장[65]으로 나뉘어져 왔다. 어찌되었든지 정지용은 시에서 중요한 것은 언어라고 인식하면서도 "시는 언어의 구성이라기보다 더 정신적인 것의 열렬한 정황 혹은 旺溢한 상태 혹은 황홀한 사기임으로 시인은 항상 정신적인 것에서 정신적인 것을 조준한다"[66]라고 주장하여 자신의 시적 인식태도로서 다음과 같이 '정신주의'를 앞세우고 있다.

62) 정지용, 「시의 옹호」, 『문장』, 1939년 6월호, 125쪽.
63) 최동호, 「서정시와 정신주의적 극복」, 『현대시학』, 1990년 3월호.
   이숭원, 『정지용시의 심층적 탐구』, 태학사, 1999.
   오세영, 「자연시와 성·정의 탐구−정지용론」, 『한국현대시인연구』, 월인, 2003.
64) 최승호, 「1930년대 후반기 시의 전통지향적 미의식 연구−문장파 자연시를 중심으로」, 서울대 박사논문, 1994.
65) 김용직, 「순수와 기법−정지용」, 『한국 현대시인 연구』 상권, 서울대출판부, 2000.
66) 정지용, 「시의 옹호」, 『문장』 제5집, 1939년 6월호, 123-124쪽.

정신적인 것은 만만하지 않게 풍부하다. 자연, 인사, 사랑, 즉 죽음 내지 전쟁, 개혁 더욱이 德義的인 것에 멍이 든 육체를 시인은 차라리 평생 지녀야 하는 것이 정신적인 것의 가장 우위에는 학문, 교양, 취미 그러한 것보다도 愛와 기도와 감사가 거한다.

그러므로 신앙이야말로 시인의 일용할 신적 양도가 아닐 수 없다.[67]

이러한 정신주의를 내세운 정지용은 자신의 시관으로 '성·정의 시학'을 주장하게 된다. 물론 성정의 시학은 조선조에 들어와서 이율곡 등에 의해 유교의 성리학적 세계관이 되었지만, 이미 중국의 육조시대에 『문심조룡』을 지은 유협의 이론에도 나오고 있다. 유협(464~521 전후)은 빈곤한 가정에서 태어나 독학하여 학문의 기초를 세웠고, 20대 초기에 불사에 들어가 전후 10년 동안 불경을 연구하였다. 한 때 관직에 올라 참군·현령·동궁사인 등을 지냈으나 만년에는 출가하여 법명을 慧地[68]라고 하였다.

한때 근대와 현대를 넘나들면서 모더니즘과 카톨릭시즘의 서구적 이념에 몰입하였던 정지용은 1930년대 말 군국주의가 넘실거리는 암울한 식민지적 현실에서 돌연 성정의 시학을 전개한다. 정지용은 「시와 언어」에서 자신의 시관의 일단을 밝히되, 두 가지를 강조하고 있다. 하나는 "시를 좀처럼 사용하여 장식하려거든 性情을 가다듬어 꾸미되 모름지기 자자근근히 할 일이다"[69]라고 말하고 있다. 시경에 보면 "시란 것은 마음이 흘러가는 바를 적은 것이다. 마음 속에 있으면 志라고 하고 말로 표현되면 詩가 된다詩者, 志之所之也, 在心爲志, 發言爲詩"[70]고

---

67) 정지용, 「시의 옹호」, 124쪽.
68) 김학주 외, 『중국문학사』(1), 방송대출판부, 1986, 158쪽.
69) 정지용, 「시와 언어」, 『산문』, 동지사, 1949, 110쪽.
70) 유약우, 이장우 역, 『중국시학』, 범학, 1981, 98쪽.

150 정지용의 삶과 문학

언급하고 있다. 또 유협은 "시란 가진다는 것을 뜻한다. 다시 말하면 그것은 사람의 情과 性을 가진다는 것이다.『시경』삼백편은 한 말로 하면, '사무사'이다 만약 혹자가 이것을 교훈으로 삼는다면, 적합한 효과를 얻게 될 것이다詩者, 持也. 持人情性. 三百之蔽, 義歸無邪. 持之爲訓, 有符焉爾"[71]라고 설명하였다. 여기에서 보면, 유협의 성정론과 정지용의 성정의 시학은 큰 차이가 없다. 이러한 유협의 성정론은 시란 바로 '자기의 표현'이라는 문학관을 보여주는 것인데 정지용의 성정의 시학도 여기에서 크게 벗어나지 않는다. 의경론은 북송 이래 허다한 詩·畵·書에서 논의 되었는데, 이에 대해서 중국의 청말 왕국유의 境界論이 그 집대성적 의미를 지닌다. 그는 중국 운문에서 '情景交融'을 최고의 미적 경지로 인정했는데, 이는 시에 자주 등장하는 경물묘사가 시인 내부의 서정과 만나 융화하여 의와 사 양면에서 객체와 주체의 일체화를 이루어내는 고도의 미적인 경지를 말한다. 시가 창작의 내용과 풍격적인 면에서 이 같은 경지를 구현해낸 작가로서는 도연명과 왕유를 들 수 있다.[72] 정지용이 자신의 산문에서 도연명과 왕유를 자주 언급한 것은 이러한 경지의 추구와 밀접한 관련이 있음을 말해준다.

다른 하나는 "성정이 水性과 같아서 돌과 같이 믿을 수가 없는 노릇이니 담기는 그릇을 따라 모양을 달리하여 물감대로 빛깔이 변하는 바가 온전히 性情이 물을 닮았다고 할 것이다"[73]라는 논리로 이것은 노자의 도덕경에 나오는 '上善若水'의 철학인 것이다. 사실 공자도 유수를 보고 도체를 상징하였고, 맹자도 순리로서 가장 흡사하다고 하였다. 정지용은 수덕의 특성 중 청정한 것에 매료되었던 것으로 보여진다.

---

71) 유약우, 앞의 책, 같은 쪽.
72) 오태석, 『중국문학의 인식과 지평』, 열락, 2001, 66쪽.
73) 정지용, 「시와 언어」, 110쪽.

따라서 정지용이 언급한 성정의 시관은 노장사상과 유가적인 사상이 접목된 소박한 동양적인 세계관이라고 보는 것이 타당하다.

> 詩는 마침내 先賢의 밝히신 바를 그대로 쫓아 吾人의 性情에 돌릴 수밖에 없다. 性情이란 본시 타고 난 것이니 詩를 가질 수 있는 혹은 시를 읽어 맛들일 수 있는 은혜가 도시 性情의 타고 낳은 복으로 칠 수밖에 없다. 시를 좀처럼 사용하여 裝飾하려거든 性情을 가다듬어 꾸미되 모름지기 孳孳勤勤히 할 일이다. 그러나 성정이 水性과 같아서 돌과 같이 믿을 수는 없는 노릇이니 담기는 그릇을 따라 모양을 달리하여 물감대로 빛깔이 변하는 바가 온전히 性情이 물을 닮았다고 할 것이다. 그 뿐이랴 잘못 담기어 정체하고 보면 물도 썩어 毒을 품을 수가 있는 것이 또한 물이 性情을 바로 닮았다고 해야 할 것이다.[74]

한편 정지용은 『문장』을 통해 시 비평의 세계도 개척하였다. 그 이전까지 정지용은 주로 창작에만 몰두하였지 비평에는 별 관심을 두지 않았다. 하지만 잡지의 편집위원의 한 사람인 동시에 신인을 추천하는 위원으로서의 자격을 염두에 두지 않을 수 없게 된 것이다. 지용은 『문장』 제5집에 「시의 옹호」, 제10집에 「시의 발표」, 제11집에 「시의 위의」, 제12집에 「시와 언어」(1)의 시론을 발표하였고, 제3집부터 제19집까지에만도 총 11회의 「시선후詩選後」를 썼다. 이러한 시론을 통해 정지용이 그의 후기 시에서 동양적인 절제와 달관의 시세계로 나아감으로써 은일의 삶과 '정신주의'를 획득하게 된 과정을 파악할 수 있게 되었다.

특히 『문장』에서 정지용의 역할이 중요한 것은 이태준과 이병기의 상고주의적 문학론을 현대시의 창작을 통해 실험하는 동시에 실천할 수 있는 위치에 있었기 때문이다.

---

74) 정지용, 「시와 언어」, 109-110쪽.

1936년 이후의 정지용의 시는 이전의 모더니즘의 시풍과는 확연하게 다른 양상을 보인다. 서구적인 지향의 시풍에서 동양적인 달관과 안분지족의 시세계를 보여준다. 이러한 시의 이름을 무엇이라고 할 것인가? 크게 산수시로 보자는 입장과 자연시로 명명하자는 견해로 분류되고 있다. 전자를 주장하는 이로는 최동호가 있고, 후자의 입장을 취하는 이로는 오세영과 최승호[75]가 있다. 사실 산수시는 중국의 위진남북조 시대인 진말 송초에 유행하였다. 이 시기 실의에 찬 일부 사족들은 산수에서 위안을 찾으며 생활했으니 산수시山水詩가 발행하게 되었다고 한다. 송宋의 사령운謝靈運과 제齊의 사조謝朓가 산수시의 대표적 시인이었다.[76] 이 시기 산수문학은 일자일구에도 대우를 취하고 신기함을 구했다. 즉 내용은 반드시 형용을 극진히 하여 사물을 묘사하고 사구는 힘을 다하여 신기함을 추구했다. 노장사상이 성행했던 당시에 산수는 인간세계로부터 도피하는 장소로 인식되었으며 아름다운 자연 속에서 호사스러운 생활을 하는 귀족들은 산수의 미를 세련된 감각과 언어로 표현해냈다.[77] 중국의 육조와 당대의 시들이 자연과의 친화를 표현의 주된 모티프로 삼는 묘사적 합일을 지향했으며, 당시에서 특히 자연에 대한 묘사는 정태적 회화미의 시적 구현으로까지 승화된 감이 있다. 이에 비해 송대 이래의 시들은 세속적 생활성이 강화됨과 동시에 신유학의 영향으로 사색적 성분이 보다 강하게 드러나는 이중적 양태를 띠었으며 의경의 지향 면에서 자연과는 일정한 거리를 둔 채, 세

---

75) 오세영, 앞의 책, 223쪽.
    최승호, 앞의 논문, 99-100쪽.
    최승호는 정지용의 후기시를 자연시라고 하면서 그것의 하위분류로 영물시, 여행적 산수시, 은거적 산수시의 세 갈래로 나누었다.
76) 김학주 외, 앞의 책, 111쪽.
77) 김학주 외, 위의 책, 132-133쪽.

계와 인간의 내적·정신적 합일을 기하는 방향으로 나아갔다.[78]

정지용은 『문장』 제2집에 「장수산 1·2」, 제3집에 「춘설」과 「백록담」을 발표하였고, 1941년 신년호로 내놓은 23집에서는 정지용 시집이라는 항목으로 「조찬」, 「비」, 「인동차」, 「붉은손」, 「꽃과 벗」, 「도굴」, 「예장」, 「나비」, 「호랑나비」, 「진달래」의 10편을 게재하였다. 즉 정지용은 총 14편의 시를 『문장』에 발표하였다. 그 중 「도굴」을 빼고 13편이 모두 1941년 9월에 출간된 시집 『백록담』에 실려 있다.

정지용의 후기시를 대표하는 「삽사리」와 「장수산·1」를 구체적으로 살펴보기로 한다. 「장수산·1」은 「장수산·2」와 더불어 『문장』 1939년 2월호에 실린 작품으로 이숭원은 의고체 산문시인 「삽사리」와 「온정」을 발표한 후 이와 유사한 스타일의 시[79]로 발표한 작품으로 평가하였다.

　　그날밤 그대의 밤을 지키든 삽사리 괴임즉도 하이　짙은 울 가시사립 군이 닫히었거니　덧문이오 미닫이오 안의 또 촛불 고요히 돌아 환히 새우었거니　눈이 치로 싸힌 고샷길 인기척도 아니하였거니　무엇에 후젓허든 맘 못뇌히길래 그리 짖었드라니　어름알로 잔돌사이 뚫로라 죄 죄대든 개울 물소리 긔여 들세라　큰봉을 돌아 동그레 둥긋이 넘쳐오든 이윽달도 선뜻 나려 설세라 이저리 서대든것이러야　삽사리 그리 굴음 즉도 하이　내사 그대ㄹ 새레 그대것엔들 다흘법도 하이　삽사리 짖다 이내 허울한 나룻 도사리고　그대 벗으신 곻은 신이마 위하며 자드니라.
　　　　　　　　　　　　　　　　　　　　　　　　　　　── 「삽사리」[80]

　　伐木丁丁 이랬거니　아람도리 큰솔이 베혀짐즉도 하이　골이 울어

78) 오태석, 앞의 책, 64쪽.
79) 이숭원, 『정지용 시의 심층적 탐구』, 태학사, 1999, 171쪽.
80) 『삼천리문학』 2호(1938년 4월)에 「溫井」과 함께 발표한 시.

맹아리 소리 쩌르렁 돌아옴즉도 하이 다람쥐도 좃지 않고 뫼ㅅ새도 울지 않어 깊은산 고요가 차라리 뼈를 저리우는데 눈과 밤이 조히보담 희고여! 달도 보름을 기달려 흰 뜻은 한밤 이골을 거름 이란다? 웃절 중이 여섯판에 여섯 번 지고 웃고 올라 간뒤 조찰히 늙은 사나히의 남긴 내음새를 줏는다? 시름은 바람도 일지 않는 고요에 심히 흔들리우노니 오오 견듸랸다 차고 兀然히 슬픔도 꿈도 없이 長壽山속 겨울 한밤내 —

—「長壽山·1」[81]

「장수산」을 발표하기 직전에 발표한 「온정」이나 「삽사리」 모두 1941년에 발표한 시집 『백록담』에 실려 있다. 두 시 모두 이전의 지용의 모더니스트로서의 감각적 언어를 통한 미적인 감수성을 유발하는 패턴을 벗어나서, 동양적인 고요와 고독의 세계를 자연과의 합일을 통해 모색하는 '정신주의'가 드러나는 것이 특징이다. 「온정」이 금강산 온정리에서 묵은 어느 날 느낀 골짜기의 바람을 통해 존재의 내면적 고독을 상징적으로 노래했다면, 「삽사리」는 밤새 잠도 자지 않고 밤과 눈 속에 주인을 지키는 삽사리 개와 개울 물소리 그리고 달도 기울고 있건만 인기척이 없는 주인의 고요를 대비시켜 깊은 고독이 주는 인간 존재의 비애미를 극대화한 시로 평가받고 있다. 두 시 모두 〈~~~는다〉, 〈~~~어라〉, 〈~~즉도 하이〉, 〈~ㄹ 새레, ~ㄴ들~법도 하리〉 등 현대인들이 잘 쓰지 않는 조선조의 한글내간체의 어법을 사용하여 고전적 어법의 따뜻한 미감을 현대적 정서로 변용시키고 있다.
   다음으로 「장수산·1」에 담겨진 상징적 의미에 대해 구체적으로 분석해보자.
   벌목정정은 『시경』의 「소아小雅 벌목伐木」편에 나오는 구절로 나무

81) 『문장』, 1939년 3월호, 120쪽.

를 베면 탕하고 울리는 소리가 난다는 뜻이다. 해방 후인 1947년 정지용은 경향신문사 주간을 사임하고 이화여자 대학교 교수로 복직을 하고 서울대 문리과 대학 강사로 출강하여 『시경』을 강의하였다. 이 시에서 해독이 어려운 시어는 '조찰히'와 '올연兀然히'이다. '조찰히'는 현대어에서는 '조촐히'에 해당하는 말로 깨끗하다는 의미를 지닌다. 이 시어에서 김용직은 지용시의 순수성을 확인[82]하게 된다. 한편 이성우는 '조찰히'를 적막과 무욕을 자기화하려는 사람의 심리적 정황을 나타내는 말[83]로 파악하였다. 우선 이 시에는 여백의 미학을 활용하여 휴지의 시작 기능을 살리고 있다. 또 여백은 회화성과 음악성과도 연관[84]이 된다. 큰 소나무가 베어져 넘어지는 공간이나 메아리 소리가 울리는 텅빈 공간은 장수산의 깊이와 넓이를 보여주는 것이며, "오오 견듸란다"에서 알 수 있듯이 화자 자신이 인고해야 할 결심과도 연결된다. "눈과 밤이 조히보담 희고녀"의 흰 빛과 빈 공간의 심리적 휴지가 바로 여백의 참 모습이다. 여기에서는 아직도 정지용이 많이 사용하던 시각적 이미지가 쓰이고 있다. 또 「장수산 1」에서는 "벌목정정이랬거니/ 아름드리 큰솔이 베허짐즉도 하이/ 골이 울어 멩아리 소리/ 쩌르렁/ 돌아옴즉도 하이"와 "다람쥐도 좃지 않고/ 뫼ㅅ새도 울지 않어/ 깊은 산 고요가 차라리 뼈를 저리우는데/ 눈과 밤이 조히보담 희고녀"에서 대구법을 사용하고 있다. 하나는 상상의 소리를 통해 다른 하나는 달 밝은 밤의 설경이라는 회화적 정경을 통해 시적인 점층적 효과와 정신적인 고양을 동시에 노리고 있다. 이러한 대구법은 '깊은 산의 고요'라는

---

82) 김용직, 『한국현대시인연구』, 서울대출판부, 2000, 56-101쪽.
83) 이성우, 「높고 쓸쓸한 내면의 가을」, 『다시 읽는 정지용 시』, 최동호 외, 월인, 2003, 210쪽.
84) 권혁웅, 「「장수산 1」의 구조와 의미」, 『다시 읽는 정지용 시』, 최동호 외, 월인, 2003, 185-187쪽.

고적함과 산의 깊이와 크기로 연결되어 정신적인 것의 추구를 모색하게 된다. '달도 보름을 기다려 흰뜻은'에서의 흰빛은 이러한 고요와 적막감을 더욱 북돋우게 된다. 깊은 산 속의 화자의 발길을 하얗게 밝혀주는 것은 보름달빛인데, 가득찬 흰빛이 더욱 장수산의 충만한 고요를 뼈저리게 느끼게 하며, '조찰히 늙은 사나히의 남긴 내음새를 좇는' 화자의 발걸음 또한 충만하게 만든다. 이러한 충만한 고요는 장기를 여섯 판이나 두었으므로 늦은 밤을 상징하는 동시에 깊은 산중의 길을 가야하는 시적 화자의 결심을 확고하게 다져주는 효과를 발휘한다.

하지만 이러한 경쾌하고 맑은 분위기는 다음 행의 '시름은 바람도 일지 않는 고요에 심히 흔들리우노니'에서 깨어지고 만다. 화자는 영탄법을 사용하여 외적 현실에 기인한 정신적인 시름에 대한 단절을 결심한다. 그러한 화자의 결심의 심리적 깊이는 '차고 올연히'에서 분명하게 인식된다. 이러한 부사어는 눈 덮인 겨울산의 우뚝 솟은 모습을 환기시키면서 동시에 '(화자의) 견듸랸다'라는 강인한 정신적인 인내적 결심으로 승화된다. 즉 정경교융情景交融의 상태로 시적인 상승이 이루어지는 단계로 접어드는 것이다. 설경의 장수산의 흰빛과 우뚝 솟은 겨울산의 높이는 '슬픔과 꿈도 없이'에서 세속의 슬픔과 모든 세속의 혼탁함을 씻어주는 표백제의 역할을 수행하면서 '장수산 속 겨울 한밤내'를 견디게 하는 정신적인 충일감으로 작용하게 된다. 즉 화자는 시름겨운 자아를 통해 정신적인 성숙을 이루게 되는 것이다.

「장수산·1」의 의미적 해석에서 평자들 사이에 확연하게 견해가 나뉘는 곳이 바로 '시름'에 대한 부분이다. 우선 김용직은 절대에 가까운 정적은 화자에게 일종의 고독감을 맛보게 해주는데, 그것에 대비되는 혼탁한 공기와 소음, 잡된 짓거리가 있는 세속적 산 아래에 일어나는 일들을 시름으로 상징적으로 묘사[85]한 것으로 해석하였다. 또 최동호는 시름을 존재적 고요로 해석하였다. '바람도 일지 않는 고요'는 장수산의 고요이며, 화자의 시름은 고요하면 고요할수록 '심히 흔들리우'는 반어적 순간에 서있는 것[86]이라고 파악했다. 이에 비해 장도준은 개인적 상실의식에서 기인하기도 하겠지만, 점점 압박해 들어오는 시대적 상황의 중압감과 그 절망감 때문[87]이라고 해석했고, 김신정은 "옛동양의 정신세계는 아미 자아가 되돌아갈 수 없는 과거의 세계이며 '나'는 그 속에서 '나'를 발견할 수 없다. 「장수산」의 자아를 둘러싸고 있는 "시름"은 바로 그 같은 자기 부정의 의식으로부터 오는 것이다"[88]라고 파악하였다.

약간의 시차는 있지만 이 무렵 정지용은 대내외적인 요인으로 인해 정신이나 육체가 피폐했던 것으로 술회하고 있다. 식민지적 현실이 가져오는 고통과 정신적 갈등이 '시름의 한 원인이었고 또 다른 요인으로는 탈속을 통한 시적 세계의 정신적 고양을 이룸으로써 시인으로서 자신의 내적 완성을 도모하려고 한 심리적 갈등이 복합적으로 작용하고 있었던 것으로 보여진다.

『백록담』을 내놓은 시절이 내가 가장 정신이나 육체로 疲弊한 때다. 여러 가지로 남이나 내가 내 자신이 피폐한 원인을 지적할 수 있었겠으나 결국은 환경과 생활 때문에 그렇게 된 것이었다.
그러나 모든 것을 환경과 생활에 책임을 돌리고 돌아앉는 것을 나는 고사하고 누가 동정하랴? 생활과 환경도 어느 정도로 극복할 수 있는 것이겠는데 親日도 排日도 못한 나는 산속에 숨지 못하고 들에서 호미

85) 김용직, 앞의 책, 90쪽.
86) 최동호, 「정지용의 〈장수산〉과 〈백록담〉」, 『하나의 도에 이르는 시학』, 고려대출판부, 1997, 111-112쪽.
87) 장도준, 「정지용 시의 연구」, 연세대 박사논문, 1989, 116쪽.
88) 김신정, 『정지용 문학의 현대성』, 소명출판사, 2000, 169쪽.

도 잡지 못하였다. 그래도 버틸 수 없어 시를 지어온 것인데 이 이상은 소위 『국민문학』에 협력하던지 그렇지 않고서는 조선시를 쓴다는 것만으로도 신변의 脅威를 당하게 된 것이었다.[89]

한편 「장수산·1」에서 한밤의 산의 깊이와 넓이를 체득한 시적 화자가 「장수산·2」에 오면 낮에 장수산의 넓이를 체득하면서 깊은 산의 내면에 감추어진 생명력을 깨닫고 몰아일체의 경지에 빠져들게 되는 정신적인 현상을 묘사하고 있다.

3) 김용준의 응물상형應物象形의 화도론畵道論

김용준과 이태준의 상고주의가 의미를 지니는 것은 당시 일제의 관변미술가들이 조선미술은 중국의 영향을 받아 일본에 전달하는 매개자역할로서만 위치시켰고 조선미술의 시원을 중국의 한사군 설치와 낙랑미술에서 파악하고, 최고의 전성기는 당나라의 문물을 수용했던 통일신라시대로 생각하면서, 평양과 경주의 고대 유적 발굴과 문화재보호를 중심으로 하는 정책으로 연결시켰을 때, 그것과 다른 입장인 조선시대의 남종화의 전통을 이어받은 문인화와 김정희·최북·김홍도·신윤복·장승업 등의 조선시대의 산수화와 풍속화풍을 존중하는 태도를 보였다는 점에 있다. 1930년대 말 당시 이러한 관변미술가들의 관점을 '조선미술의 타율성론'이라고 한다. 이러한 식민지 경영의 관점에서 서구적인 방법론에 의한 조선미술사의 체계화와 재구축을 시도했던 관변미술사학자가 바로 세키노 타다시이다. 세키노는 『韓國の藝術的遺物』(1904)과 『韓國建築調査報告』(1904) 및 『韓國藝術 變遷について』

---

89) 정지용, 「조선시의 반성」, 『散文』, 동지사, 1949, 85-86쪽.

(1909)에서 후쿠자와 유키치의 계몽주의적 일본미술사 파악방법론을 계승, 발전시켰다.

세키노 타다시는 고대지상주의, 불교중심주의적 관점에서 조선미술사를 파악하였는데, 고려 이후 조선의 전통을 부정하여 '조선미술 퇴폐론'의 결론을 도출했다는 것이 최근 학계에서 주목을 받고 있다.[90] 조선시대의 화단의 흐름이 주로 서화를 중심으로 이루어졌음에도 그는 그러한 흐름을 완전히 무시하였다. 이전에는 전혀 감상예술의 범주에서 논하지 않던 불교미술 즉 불교조각, 금속공예, 사찰건축과 일본인의 다도미학을 만족시킬 도자기가 새롭게 미술사의 중심 장르로 편재된 반면, 전통적으로 감상미술의 대표적 장르였던 서화는 그 위상이 추락하여 서예는 아예 미술사의 영역에서 제거되고 말았다. 서화와 분리된 회화란 시서화詩書畵 일치의 전통적 관점에서는 이미 절름발이가 된 것[91]이나 마찬가지였다. 세키노는 신라시대가 당화唐化의 시대로 조선의 문화가 유래없이 발달한 반면 불교미술이 쇠퇴한 조선시대는 정치가 썩어 국가도 지방도 인민도 피폐하여 유교적 미술로는 별 볼 것이 없다[92]고 주장했다.

당시 시대정세는 일본의 군국주의의 파고가 한반도로 밀려와 초등학교에서 한글 사용 금지, 창씨개명 강요, 조선일보·동아일보 등 일

---

90) 洪善杓,「韓國美術史硏究의 觀點과 東アジア」,『語る現在, 語られる過去』동경국립문화재연구소 편, 東京: 平凡社, 1999; 다카기 히로시(高木博志),「일본미술사와 조선미술사의 성립」,『국사의 신화를 넘어서』, 동아시아역사포럼, 2004, 167-196쪽; 박계리,「20세기 한국회화에서의 전통론」, 이화여대 박사논문, 2006, 174-175쪽 재인용.

91) 김현숙,「근대기 서·사 군자관의 변모」,『한국미술의 자생성』16, 서울: 한길아트, 1999, 469-490쪽.

92) 세키노 타다시,「韓國의 藝術的 遺物」(1904); 다카기 히로시(高木博志),「일본미술사와 조선미술사의 성립」,『국사의 신화를 넘어서』, 동아시아역사포럼, 2004, 181쪽; 박계리, 위의 논문, 175쪽 재인용.

간지와 잡지 폐간 등으로 이어지고 있어서 한국의 운명은 풍전등화 내지는 절대절명의 시기였다. 이 때 『문장』 편집진들이 우리말을 민족의 기억을 담고 있는 문화재로 인식했다는 점과 조선시대의 문화를 고전으로 인식했다는 점은 일제의 식민지정책에 맞서 우리말과 우리문화를 지키려는[93) 자세[94)로 보여져 큰 문화사적 의미를 지닌다.

김용준金瑢俊, 1904~1967은 일본 동경미술학교 유학중에 상지대학을 다니던 이태준李泰俊, 1904~?과 친교를 맺은 후 여러 가지로 의기투합했던 것으로 보인다. 두 사람이 나이가 똑 같은 것도 친밀한 교우관계를 맺는데 영향을 미쳤을 것이다. 또 이태준이 조선중앙일보의 학예부장으로 있으며 미술평론을 종종 쓰면서 더욱 가까워지게 된다. 두 사람이 고전에서 전통적인 미감을 발견하려고 한 점이나 혼탁한 속세에서 발을 빼고 기품 있는 정신세계를 동경한 점 그리고 우리글과[95) 색에 대한 가치를 인식한 점 등에서 공유하는 부분이 많았고 그것이 두 사람의 친교를 더욱 다져주는 계기로 작용했던 것으로 보인다. 두 사람은 이태준을 고리로 하여 이병기와 정지용을 편집진으로 끌어들였고 디자인과 장정 전담으로 길진섭을 포섭[96)했던 것으로 보인다. 단편소설

---

93) 조풍연 「문장·인문평론 시대」, 『한국문단이면사』, 강진호 엮음, 깊은샘, 1999, 244쪽. "총독부에서는 비위에 거스리는 것을 깎아 없애는 것뿐이 아니라 깎인 줄 수를 따로 기록하여 성적을 매기고 성적이 불량한 것은 폐간시킨다는 경고를 퍼뜨렸다. 〈문장〉은 매번 붉은 줄에 관인이 찍힌 '삭제'가 나오고 '전문 삭제'가 수두룩하여 더 이상 내기가 어려워졌다. 한번은 나도향의 유고가 나왔다. …(중략)…그 원고 얻기가 어떻게 어려운 지 모든 힘을 기울여 구색이 되어 검열을 들여보냈더니 절반이나 삭제되었다. 잔뜩 그것만을 믿었다가 편집에 대혼란이 일어났다. 일본문이 실리는 것은 그만큼 방을 빼앗기는 것이 되는 게 아니고 집 전체를 빼앗기는 것이 된다. 그런 문학 잡지를 낸 원뜻은 완전히 지워지고 마는 것이다. 〈문장〉이 스스로 죽은 까닭은 거기에 있었다. 〈인문평론〉은 홀로 남아서 하라는 대로 일본문을 싣고 나아갔다."

94) 박계리, 앞의 논문, 178쪽.

95) 조풍연, 앞의 글, 240-241쪽.

과 동화를 집필했던 조풍연은 해방 후에 창작을 그만두고 민족 문화가 지배자에 의해 강압을 받고 시들려 할 때 계속 작품 행동의 프로듀서가 된다는 것과 인간적으로 존경할만한 사람들인 문사들과의 접촉의 기쁨에서 그 의의를 찾아 월급 60원(당시 양복 한 벌 값) 박봉에도『문장』의 편집에 매진한 이유에 대해 회고한 적이 있다.

　김용준은 서양화를 집어치우고 동양화로 전향을 하면서 미술평론과 수필에 주력한다. 그것은 식민지라는 시대현실이 자존심 강한 지식인으로서의 그의 삶과 예술가로서의 기개를 꺾었기 때문으로 판단된다. 『문장』에 기고한 「화단춘추－회화적 고민과 예술적 양심」에서 "최근 화단에 두 가지 이상한 조류가 있다고 비판한다. 하나는 회화적 고민이요, 다른 하나는 예술적 양심의 결여다. 회화적 고민이라 함은 화단인의 작화상 고민을 가리키는 것으로 조선화가의 거의 전부가 이 고민을 고민하고 있다. …(중략)… 다만 한가지 절대로 필요한 것은 그들에게 예술적 자극이 있어야 하고 마음의 여유와 제작의 여유는 충분히 있어야 한다. 조선 화가의 대부분이 제작에 전일하지 못하는 중대한 원인은 물질적 여유의 유무를 불문하고 예술적 자극과 제작의 여유를

---

96) 조풍연, 위의 글, 240-242쪽.
　아쉽게도 조풍연의 회고록에『문장』의 편집진이 어떤 계기로 이태준·김용준·정지용·이병기(장정 디자인: 길진섭)으로 구성되었는지에 대한 언급이 없다. 다만 당시 자신이 판매 이외에 잡지 일에서 모든 것을 혼자 진행했다는 증언을 했으며, 이태준은 이화여전의 강의에 나가는 일과 자기 작품 쓰는 일에 시달리고 있었을 때 한번 훑어보고는 대개 말없이 넘겨주는 것뿐이었다라고 회고하고 이 때문에 자신은 아침 아홉시께 출근하여 보통 저녁 밤 열 한 시까지 일을 하였다고 술회하고 있다. 또 "문장사는 책상을 세 개에 여벌의 의자 셋으로 꽉 들어찰 정도의 붓구멍만한 사무실인데 여기 드나든 문인은 주로「구인회」동인들과 월탄 무애 동인 가람 같은 선배 문인과 두진·도남·석남 같은 국문학자 그리고 화가들이 있었다"고 증언하여 문인이외에도 국문학자와 화가들의 출입이 많았음을 확인해 주고 있어 이태준과 김용준의 역할이 매우 컸음을 보여준다.

얻을 수 없는 사회적 불리 때문이다"[97]라고 하여 식민지적 현실과 화가의 생활고 때문에 관변측 유력자에 붙거나 민간의 유지들에게 아첨을 하는 예술가들의 치졸한 행태가 현대예술을 망치고 있다고 자탄한다. "이러한 행위는 음부나 창녀의 할 짓이어든 양심있는 예술가들로서 어찌 묵과할 바이야"[98]라고 분을 삭히지 못한다. 그래서 자신은 캔버스와 물감을 집어던졌다고 통탄한다. 그래서 내공을 쌓기 위해 매달린 것이 벼루와 붓인 것이다. 김용준은 1940년 수묵화로 전필을 한다. 당시 이태준 또한 "조선 미술이란 조선문학에 대어 얼마나 풍부한 유산을 가졌는가? 그런 유산을 썩혀두고 멀리 천애의 에펠탑만 바라볼 필요야 굳이 어디 있겠는가? 그러니까 나는 서양화에서 동양화에로 전필轉筆로부터 조선화의 부흥을 위하는 맹렬한 운동이 일어나기를 어리석도록 바라는 자다"[99] 이러한 이태준의 글에서 우리는 그가 조선 미술의 전통을 문학적 전통보다 높이 보고 있음을 확인하게 된다. 따라서 『문장』 편집을 주도했던 이태준은 친교의 차원이 아니라 예술론적 관점에서, 미술비평을 책임졌던 근원 김용준의 미학론에 이끌릴 수밖에 없었다고 판단된다. 즉 광포한 현실 속에서 깊은 늪에 빠들고 있던 그가 '정신주의의 예술론'으로 나아가기 위한 이론적 토대의 보충을 위해 김용준의 화론에 많이 의지하게 되었던 것이다.

김용준은 자신의 화론의 기초를 사혁謝赫(500년경~535년경 활동)의 화론서 『고화품록古畵品錄』에 제시된 육법六法 중 '응물상형應物象形'[100]으로 잡는다. 응물상형이란 화가가 반드시 객관적인 모습에 근거하여

97) 김용준, 「화단춘추—회화적 고민과 예술적 양심」, 『문장』, 1939년 10월호, 227-229쪽.
98) 김용준, 위의 글, 229쪽.
99) 이태준, 「동양화」, 『무서록』(박문서관, 1944년 3판 전재), 깊은샘, 1994, 136쪽.
100) 중국 남제(南齊)의 화가 사혁의 화론서 『古畵品錄』에 제시된 육법 중 하나인데, 氣韻生動, 骨法用筆, 隨類賦彩, 經營位置, 傳移模寫가 나머지 법칙들이다.

대상을 표현해야 한다는 것을 말한다. 사실 사혁의 화론은 동기창으로 인해 널리 알려지게 되었다. 동기창董其昌(1555∼1636, 명나라 말기 문인·화가·서예가)은『화선실수필畫禪室隨筆』에서 '기운생동氣韻生動'을 첫 번째로 꼽았다. 기운은 배울 수 없는 것으로 이것은 세상에 나면서 저절로 아는 것이며, 자연스럽게 하늘이 부여하는 것101)으로 보았다. 동기창은 기운을 천분으로 해석한 것이다. 그러나 배워서 되는 경우도 있다고 하면서 두보杜甫, 712∼770의 견해를 인용하여 만권의 책을 읽고 만리의 길을 걸으면[讀萬卷書, 行萬里路], 가슴 속에서 온갖 더러운 것이 제거되어 절로 구학이 마음속에서 생기고[胸中奪去塵濁, 自然邱壑內營], 산수의 경계가 만들어져 손 가는대로 그려내니 이 모두가(이루어진 것이) 산수의 전신傳神102)이라고 했다. 육법 중 '전이모사轉移模寫'는 옛날의 유명한 그림을 모사하는 것이며, '경영위치經營位置'는 구도를 잡는 일이다. '수류부채隨類賦彩'는 사물에 따라서 색을 칠하는 것이며, '응물상형應物象形'은 사물에 따라서 형상을 그려내는 일이다. '골법용필骨法用筆'은 대상을 정확하게 표현하는 선을 고르는 것103)으로서 이처럼 각각의 필요성을 주장하고 있다. '기운생동氣韻生動'은 가장 정신적인 내용과 관련되면서 육법의 구심점이 된다.

　김용준은 문인화에서 난을 그리기 어려운 이유를 청나라 초엽의 화가 왕개王槪 삼형제의 화론과 추사의 난초 치는 비결을 담은 「사란결」을 인용하면서 다음과 같이 설명한다.

　난 한 폭을 배우는데 이렇게 괴팍스런 경지를 찾고, 그림 한 쪽을 배

---

101) 동기창, 변영섭 외 옮김,『畵眼』, 시공아트, 2004, 11쪽.
102) 동기창, 앞의 책, 같은 쪽.
103) 동기창, 위의 책, 13쪽.

우는 데 이렇게 야단스런 교훈을 말하는 것이 동양예술의 특이한 점이
다. 『개자원』에서 거속去俗을 말한 것이나 추사秋史가 일분의 경지를 말
한 것이나 결국 마찬가지 종결로 돌아가겠는데, 이것을 쉽게 말하자면
품격의 문제라 하겠으니, 사람에게 품品이 있고 없는 사람이 있는 것과
같이 그림에도 화격이 높고 낮은 그림이 있다는 것이다. 복잡한 곳을
곧잘 묘사하였다고 격 높은 그림이 될 수 없는 것이요, 실물과 꼭 같이
그려졌다거나 혹은 수법이 훌륭하다거나 색채가 비상히 조화된다거나
구상이 웅대하다거나 필력이 장하다거나해서 화격이 높이 평가되는 것
도 아니다. 이러한 것들은 서화에 있어서 가장 표면적인 조건에 불과한
것이요, 이밖에 아무리 단순하고 아무리 치졸하고 아무리 조잡하게 그
린 그림일지라도 표면적인 모든 조건을 물리치고 어디인지 모르게 태양
과 같이 강렬한 빛을 발산하는 작품들이 가끔 있으니, 이것이 소위 화
격이란 것이다. 이 화격이란 것은 가장 정신적인 요소이기 때문에 문외
인에게 쉽사리 보여지는 것도 아니다.[104]

김용준은 그림에 있어서 정신적인 기품 즉, 화격畵格을 중시했다. 그
리고 화격을 통해 화도畵道에 이르러야 한다는 작가적 태도를 강조했다.
하지만 선행되어야 할 것은 응물상형을 통해 상상력을 넓히되 진眞에
핍하여 개성의 힘으로 뚫어 나가는 곳에서 참된 기운이 생동할 수 있
다고 역설했다. 당시에 응물상형 없이 기운생동만을 강조하는 풍조가
만연하여 조선시대 회화에 있어서 창조적 정신과 개성의 중대성이 몰
각하게 되었고 회화가 쇠퇴하게 되었다고 비판하였다. 그것의 대안으
로서 직접 대상을 사생하는 응물상형의 자세가 필요하다고 주문한다.
김용준은 사생을 통한 전통고전의 전형으로 정선·신윤복·김홍도를 찾
아냈다. 조선조 화가 중에 사생寫生에 힘쓴 화가가 희소한 데 비해, 겸
재謙齋 정선鄭歚, 1676~1759은 산수사생에 힘썼고, 혜원 신윤복(1758~?)

---

104) 김용준, 「거속」, 『근원수필』, 열화당, 2001, 192-194쪽.

과 단원 김홍도(1745~?, 물론 단원은 山水, 翎毛, 草蟲도 많이 그렸음)는 인물사생에 힘쓴 흔적105)이 보여서 그들을 높이 평가한 것이다. 그는 단원과 혜원의 인물화의 차이도 친절하게 비교하여 비평한다. 단원이 취재한 인물은 "혜원과 전연 소재를 달리 하였으니, 주로 혜원에서 보는 염려와 섬세한 타입의 인물이 아니요, 강건하고 질소하고 순직하고 어리석은 농민층의 사람을 많이 그렸다"106)고 비교하였다.

또한 그는 그림이란 것이 '응물상형'에서만 다 되어지는 것이 아니라고 보았다. "서양의 논법이 동양의 논법과 다른 것은 하나는 화법을 화법으로서 종시하는 데 그 특질이 있고, 하나는 화법을 화도에까지 이끌어 가는 곳에 특질이 있다"107)고 주장하면서 서법, 화법이 아니요, 화도畵道요 서도書道인 것이라고 강조하였다.

김용준 화론의 기본 중 기본은 세상에 널리 알려진 바대로 소동파가 왕유를 찬한 '시중유화詩中有畵요 화에는 화중유시畵中有詩'라 하는 시화일체詩畵一體의 상승上乘을 예찬하는 것이다. 동서고금을 통하여 "회화의 최고정신을 담은 것은 남화요, 남화의 비조로 치는 이는 왕마힐108)이니만큼, 그의 시화일체의 정신은 후일 비록 한 편의 시와 한 폭의 화까지 소멸하고 만 뒤에도 그 정신만은 뚜렷이 살아갈 것"109)이라고 예찬했다. 이러한 그의 화론으로 인해 김용준은 정지용과의 교분을 더욱 돈독히 할 수 있었다.

이어서 김용준은 동도서말東塗西抹하여 그림이 되는 것이 아니라고 강

---

105) 김용준, 「이조시대의 인물화」, 『문장』, 1939년 2월 창간호, 160쪽.
106) 김용준, 앞의 글, 161쪽.
107) 김용준, 「거속」, 『근원수필』, 194쪽.
108) 중국 성당 때의 시인이자 서화가인 王維(701~761)를 지칭하는 것으로 그의 호는 摩詰이었다.
109) 김용준, 「시와 화(畵)」, 『근원수필』, 열화당, 2001, 174쪽.

조한다. "흉중에 문자의 향과 서권기의 기가 가득히 차고서야 그림이 나오는 법이니 그것은 시에서와 꼭 마찬가지의 논법"이라고 덧붙인다. 추사 김정희도 서권기書卷氣 사상을 역설했는데, 마찬가지로 근원 김용준도 동문민董文敏 기창董其昌, 1555~1636이 『화선실수필畵禪室隨筆』에서 말한 것을 인용하면서 "독만권서讀萬卷書하고 행만리로行萬里路해서 흉중의 진탁을 씻어 버리면야 물론 좋다. 그러나 일자불식이면서라도 먼저 흉중의 고고특절한 품성이 필요하니, 이 품성이 곧 문자향이요, 서권기일 것이다"110)고 강조했다. '서권기'를 하는 이유를 속된 것을 씻어내기 위함이라고 말한다. 『개자원화전』'논화십팔칙論畵十八則'의 "필묵 사이에는 치기가 있을지언정 꺽꺽한 기운이 있어선 안 되고 패기가 있을지언정 시속기市俗氣가 있어선 안 된다. … 특히 속된 데 물들어선 안 된다. 속된 기운을 없애는 데 다른 방법이 없다. 독서를 많이 하면 되는데, 서권기가 올라가면 시속기가 내려간다"111)고 언급했다.

특히 오원 장승업(1843~1897)의 그림을 접하고, 자신의 생각을 '코페르니쿠스적인 전환'처럼 바꾸고서는 명말 홍자성洪自誠의 어록인 『채근담』에 나오는 "일자무식하면서도 시의를 가진 사람이면 시가의 진취를 알았다 할 수 있고, 일게一偈를 불참하고도 선미禪味를 가진 사람이면 선교의 현기玄機를 깨달았다"112)를 역설하였다. 사실 김용준이 오원을 만나게 된 것은 서양화를 공부하는 학도였을 때라고 술회한다. 그는 십 첩으로 된 오원의 〈기명절지병器皿折枝屛〉113)을 보고 자부심을 일조에 꺾고 선과 필세에 대한 감상안을 갖지 못한 처지에서 오원화의

---

110) 김용준, 앞의 글, 174-175쪽.
111) 김용준, 「거속(去俗)」, 191쪽.
112) 김용준, 앞의 글, 173쪽.
113) 보배롭고 귀한 그릇과 꺾인 꽃가지, 풀·과일 등을 조화롭게 그린 정물화 병풍.

일격에 여지없이 고꾸라지고 말았다[114]고 고백하였다.

이러한 화론을 펼친 김용준은 『문장』의 표지화와 권두화를 길진섭과 교대로 그렸으며, 작품과 작품 사이의 커트, 화백 특집의 경우도 자신과 비슷한 화론과 세계관을 가진 김환기·구본웅·이상범·윤희순·김형만·이승만·정규웅 등[115]에게 맡겼다.

『문장』의 표지화, 권두화 그리고 커트를 그린 화가들의 통계를 도표로 그리면 다음과 같다. 참고로 1~10호까지는 표지화와 권두화가 모두 있었으나, 어떤 연유인지 몰라도 11호부터는 권두화가 잡지편집에서 사라진다.

『문장』의 표지화와 권두화

『문장』 호수	그림 종류	담당 화가	김용준, 길진섭의 글
창간호 (1939년 2월)	표지화	추사 〈수선화〉	김용준, 「이조시대의 인물화」
	권두화	길진섭	ㅡ 신윤복, 김홍도
	커트	김용준	
2호	표지화	길진섭	
	권두화 / 커트	김용준	
3호	표지화	김용준	김용준, 「이조의 산수화가」
	권두화	길진섭	
4호	표지화	길진섭	김용준, 「거속」
	권두화 / 커트	김용준	
5호	표지화	김용준	김용준, 「최북과 임희지」
	권두화	김환기	
	커트	길진섭	
6호	표지화	길진섭	
	권두화	김용준	

---

114) 김용준, 「오원일사(吾園軼事)」, 『문장』, 1939년 12월호, 141쪽.
115) 안타깝게도 근원이 아꼈던 정현웅·이승만은 세상의 변화를 눈치 채지 못하고 근원의 예술관을 배반하여 친일미술에 앞장서게 된다.

7호	표지화	김용준	* 십일화백(十一畵伯)
	커트	김환기/길진섭 김용준	"하제선(夏題選)" 길진섭/이병규/윤희순/김환기/정현웅/ 김용준/김규택/김만형/구본웅/이승만/ 이상범
8호	표지화	김용준	김용준,「고독」(수필)
	권두화	김용준	
	커트	길진섭	
9호	표지화	김용준	김용준,「청전 이상범」
	권두화	이승만	
10호	표지화	길진섭	김용준,「화단춘추-회화적 고민과 예술적 고민」
	권두화	김용준	

『문장』의 표지화

『문장』 호수	그림 종류	담당 화가	김용준, 길진섭, 김환기의 글 / 기타
11호	표지화	김용준	김용준,「翰墨餘談」 김환기,「自畵像 其」
12호	표지화	김용준	김용준,「吾園軼事」 길진섭,「畵壇의 일년」
13호 (1940년 1월호)	표지화	정현웅	김용준,「머리」(수필)
14호	표지화	김용준	(백석, 시「木具」)
15호	표지화	길진섭	
16호	표지화	김용준	김환기,「군담」(수필) 오장환,「여정」(수필)
17호	표지화	김용준	김기림,「단념」(수필) 이육사, 시「일식」 조지훈, 시「霽月之曲」
18호	표지화	김용준	길진섭, 시평「미술」 이양하,「나의 소원」(수필) 백석, 시「북방에서」 오장환, 시「강을 건너」

19호	표지화	김용준	이육사, 「靑蘭夢」(수필) 김영랑, 「춘향」
20호	표지화	김용준	김용준, 「김만형군의 예술」
21호	표지화	길진섭	길진섭, 시평 「미술」 정규웅, 「압력」(수필) 백석, 시 「허준」
22호	표지화	김용준	伊藤整, 「국민문학의 기초-신체제 와 문화인」 김환기, 「문예소연감-구하던 일년」 (미술) 오장환, 시 「고향이 있어서」
23호 (1941년 1월호)	표지화	길진섭	신작 〈정지용시집〉 이육사, 「중국문학 오십년사」
24호	표지화	배운성	소설특집-김동인/채만식/안회남/석 인해/계용묵/정인택/박영준/이효석/김 남천/김사량/김동리/이기영/이무영/유 진오/이태준
25호	표지화	김용준	신석정, 김광균의 시 T. E. 흄, 「베르그송의 예술이론」 신석초, 「멋說」 이원조, 「임화의 문학의 논리」(신 간평)
26호 (1941년 4월호) 폐간호	표지화	길진섭	길진섭, 「미운 고향」(수필) 김기림, 「동양에 관한 단상」 백석, 시 「국수」 외 3편 이육사, 시 「촌에서 온 아이」 외 3편 서정주, 시 「살구꽃 필 때」 한설야, 소설 「유전」 김남천, 소설 「오듸」 이육사, 「중국문학 오십년사」 최현배, 「한글의 비교연구」 채만식, 동화 「왕치와 소서와 개미와」

* 11호부터는 권두화가 없어짐.

잡지 『문장』의 편집후기인 「여묵」을 보면, 발행인 김연만―편집주간 이태준―장정디자인 담당 길진섭의 순서로 3명의 후기가 실려 있다. 길진섭은 1939년 4월호인 통권 3호에서 종래의 단행본부터 잡지까지 표지나 장정에서 "그 모두가 외국서적만을 모방해왔다. 우리의 문학이라면 우리의 장정, 우리의 표지가 창조되어야 할 것"[116]이라고 포부를 밝히면서 통권 3호에 상업미술의 의미에서의 표지가 아니라 한 개의 작품으로서의 표지로서 장정과 더불어 우리 문화를 상징하는 우리의 색감과 정조가 배어나오는 우산牛山 김용준의 표지화를 선보인다[117]고 자랑했다.

표지화와 권두화를 통해 김용준과 길진섭은 몇 가지 실험을 한다. 첫째, 남종화의 영향을 받아 그림에 서書를 부활시킨다. 대표적인 그림이 1947년에 수묵화로 그린 김용준의 〈수화소노인가부좌도樹話少老人跏趺坐圖〉이다. 이 그림에서 김용준은 고담한 고전의 전통과 근대적 미감을 혼합하였다. 남인화의 선묘기법을 살려 수화樹話 김환기의 인체의 윤곽선을 살리고 있으며, 왼팔 손목 부위의 곡선 처리와 세수대야의 문양, 고졸한 서체를 활용[118]함으로써 남종문인화의 형식과 기법을 되살리고 있다. 특히 익살스러운 수화 김환기(1913～1974)의 모양이 재미있다. 세수 대야 앞에 부스스한 머리와 잠에서 갓 깨어난 옷차림과 자태 그리고 마치 조선조 양반사대부들처럼 새벽에 일어나 어려운 한시집(東萊左氏博議, 唐詩品彙 등)을 박밀 듯 읽어나가려는 태도의 명상 자세 등이 변형 예서체와 대칭을 이룬다. 고전적 전통과 모던한 현대 기법의 조화를 시도한 근원의 예술적 재기가 엿보이는 작품이다. 특히

---

116) 길진섭, 「여묵(餘墨)」, 『문장』, 1939년 4월호, 200쪽.
117) 길진섭, 위의 글, 같은 면.
118) 김현숙, 「김용준과 『문장』의 신문인화 운동」, 『미술사연구』 16집, 2002, 380쪽.

당시 35세의 수화 김환기를 '소노인'이라고 노인취급을 한 것은 동양적인 의고취향을 반영한 것으로 보인다. 근원의 〈수화소노인가부좌도〉는 〈수향산방전경〉(1944)의 화풍을 그대로 재현한 그림이고, 〈홍명희 선생과 김용준〉(1948)으로 그대로 이어진다.

둘째, 낙관을 도장으로 찍는 전통 문인화의 형식을 현대 장정 표지화에 응용하는 방식을 취한다. 다양한 낙관을 구사하는 기법은 추사 김정희가 많이 사용하였으며, 김용준은 우산牛山(이외에도 善夫·黔驢·老柿山房主人 등 다양한 호를 사용)을 소의 뿔 모양과 산 모양으로 도안하여 낙관으로 사용함으로써 전통문인화의 기법과 현대적인 유머스러운 기법을 조합하고 있다. 김용준의 현대적 변용의 낙관은 『문장』1939년 6월호 권두화를 그린, 김환기로 옮아가서 기린 두 마리가 쌍을 이루고 서 있는 낙관으로 진전된다. 『문장』1939년 4월호를 보면 김용준은 표지화에서 이러한 낙관을 사용하고 있으며 다음 호인 1939년 5월호의 권두화에서도 같은 낙관을 사용하고 있다. 『문장』에 그림이 소개되었던 만화가 웅초 김규택熊超 金奎澤, 1906~1962의 경우도 익살스런 곰 모양의 모던한 형태의 낙관을 사용하였다.

셋째, 김용준은 표지화와 커트(컷) 등에서 동양적, 조선적 소재를 취해 먹과 선의 특징을 살린 기법을 많이 활용하였다. 대표적인 경우가 표지화에서 그린 매화 그림이다. 1948년 『근원수필』에 실린 수필 '매화'를 보면, 정해 입춘에 어느 선생 댁의 노매를 본 느낌을 쓴 글임을 알 수 있다. 아마도 매화를 보여준 선생은 가람 이병기嘉藍 李秉岐, 1891~1968로 판단된다. 사시사철 꽃을 심는 관계로 겨울에는 난초, 수선, 매화분을 놓고 살았는데, 몇 해 지나면서 모든 꽃이 기억에서 사라졌는데, 매화만이 유령처럼 내 신변을 휩싸고 떠날 줄을 모른다는 말과 매화의 아름다움은 그 늙은 등걸이 용의 몸뚱어리처럼 뒤틀려 올라간 곳에 성긴 가지가 군데군데 뻗고 그 위에 띄엄띄엄 몇 개씩 꽃이 피는데 품위가 있고, 어느 꽃보다 유덕한 그 암향이 좋다는 말을 들으며, 매화를 대할 때의 이 경건해지는 마음은 위대한 예술을 감상할 때의 심경과 무엇이 다를게 있습니까[119]라고 반문한다. 그만큼 매화는 김용준에게 예술적 미의 대상이었던 것이다. 평소에 매화를 좋아한 김용준은 암향의 묵매를 많이 그렸는데,『문장』표지화로는 1941년 3월호에 '백매'를 그렸다. 그가 선비의 강건한 지조와 절개를 상징하면서 기품을 표상하는 매화를 폐간 전호 표지화로 선택하였다는 것은『문장』편집동인들이 폐간 이후에도 민족적 자존심을 꺾지 않을 것임을 암시해 주는 것으로 보인다.

넷째, 김용준은 표지화에서 난초, 매화 등의 사군자, 남종산수, 괴석, 문방사우, 민예품, 고분 벽화, 일상 풍경 등을 두루 소재로 취급하였다. 대체적으로 남종화의 소재를 취함으로써 의고적인 전통주의를 보여주지만, 간혹 일상 풍경이나 일상 생활용기들을 다룸으로써 현대적인 실험적 변용을 꾀하기도 했다. 이러한 흐름은 김환기에게로 옮겨가 권두화와 하제선夏題選에서 여인을 도자기로 패러디하는 획기적인 현대적 변용으로 발전한다. 수화는 근원의 영향으로『학풍』,『현대문학』등의 표지화를 많이 그렸다.

다섯째, 오원 장승업의 〈기명절지도〉의 기법을 되살려 고전을 현대적으로 변용하는 실험을 시도한다. 우선 한 그림 속에 다양한 소재와 이야기들을 혼합시키는 기법을 구사하는 것이다. 특히 한글 화제[120]를 사용하거나 문인화의 전통을 활용하여 한글로 글을 써 넣기도 한다. 특

119) 김용준, 「매화」, 『근원수필』, 열화당, 2001, 16-18쪽.
120)『문장』표지화로 두 차례 한글 화제를 구사한다. 그것은 당시 〈조선어학회사건〉으로
    일경에 체포되어 옥고를 치렀던 가람의 추천 때문이 아니었을까 추정된다.

히 이러한 현대적 변용에서 중요한 것은 그림 속에 한문글자가 아닌 한글이 들어가 있다는 점과 구비문학적 변용으로 오래된 이야기가 삽입되어 있다는 점이다. 이러한 시도는 그림에 서書가 들어가는 남종화의 전통을 지키면서도 한문의 '반민중성'을 극복하고 은유적 저항의 자세도 취하는 모양새를 갖춘 것으로 판단된다. 『문장』 1940년 2월호의 표지화가 대표적인 예가 될 수 있다. 『문장』 1주년 기념특집호의 표지화에는 다양한 우리 것을 조합시키고 있다. 한마디로 문인화의 총체성을 보여주는 그림이라고 요약할 수 있다. 표층적인 화제는 사군자 중 평소에 가장 존중했던 매화, 백자위의 과일, 도자기가 놓여 있는 주안상 등으로 일상적인 풍경을 모아놓은 느낌을 준다. 당시 『문장』이 서점에 내놓기가 무섭게 팔려나갔다는 독자들의 뜨거운 호응에 답하여 '잔치상'으로 대접하겠다는 의미가 형상화되어 있는 것이다. 하지만, 심층적인 밑바탕에는 남종산수·화조도·고구려 벽화장식 문양 등으로 은은하게 장식하고 있다. 이것의 표상적 의미는 아무래도 날로 심각해져 가는 1940년대 초의 암울한 현실 속에서도 고구려인의 외적에 맞서는 기개, 공작의 품격, 매화로 상징되는 민족적 자존심 등으로 '소극적 저항'을 하겠다는 의지를 매화의 암향에 실어 기품 있게 형상화한 것이다. 특히 동양화란 그림 자체가 원래 정적인데도 불구하고 '정중동'의 느낌으로 다가오는 이유는 이중적 구조 속에 구전설화를 생활자기와 도자기 술병에 소담하게 담아놓은 취흥 도도한 작가의 정신적 태도 때문일 것이다. 이 작품에서는 근원이 항상 강조한 '정신적인 기운'이 도드라지게 느껴지며, 작가의 독자와의 진정한 소통을 원하는 자세가 올곧게 드러난다고 하겠다.

5. 맺음말

정지용과 김용준은 여러 가지 점에서 상당히 다른 듯 보이면서도 실제로는 아주 닮은 모습을 지닌 예술가다. 두 예술가 모두 똘레랑스 정신이 강하다고 할 수 있다. 한 사람은 현대시를 쓰는 시인이라면, 다른 사람은 전위적이고 아나키즘적인 화풍을 자랑 하던 화가라는 점이 근원적인 차이점이다. 또 정지용이 사람 만나는 모임을 주도하거나 조직하는 것을 피하고 모임에서 조용히 자신의 위치를 찾아가는 스타일이라면, 김용준은 적극적으로 사람을 모으고 조직하는 것을 즐기는 사람이다. 이런 스타일만을 보면 김용준은 이태준과 많이 닮아 있다. 그 외에도 정지용이 주로 창작에만 주력하던 예술가인데 비해, 김용준은 창작도 상당히 했지만 그것을 뛰어넘어 미술평론과 수필류의 글도 많이 집필한 문필가적인 모습이 강했다는 차이점을 지니고 있다.

하지만 꼼꼼히 두 사람의 전기적 생애를 분석해 보면 두 사람이 의외로 닮은 점이 많다는 것을 확인하게 된다. 우선 두 사람은 거의 비슷한 시기에 일본 유학생활을 했다. 물론 두 사람이 교류를 하게 된 계기는 상지대학을 다니던 이태준이 고리역할을 했을 것으로 믿어진다. 두 사람은 안경을 쓴 외적인 이지적인 모습도 많이 닮아 있다. 또 세속과 약간 거리를 두면서 깊은 사색과 내면의 고독을 즐겼던 예술가라는 점에서도 공유하는 부분이 많다. 특히 당대에 프로계열의 비평가들로부터 스타일리스트라는 점과 현실에서 발을 빼고 있다는 점 때문에 직접적인 공격을 많이 받았다. 두 사람 모두 과도한 엘리트의식을 가진 지식인이라는 특성은 지우려고 해도 쉽게 지울 수 없는 한계로 작용하고 있었다. 전기적인 자료에서 두 사람을 가장 근접하게 만드는 것으로는 두 사람 모두 애초에는 서구적인 방법론에 의존하여 소위 모더니스트로서의 풍모를 과시했던 인물이라는 공통점에 있다. 정지용이 1930년대 중반 무렵 추구했던 감각적인 시어를 통한 미적인 감수성의 촉발이라는 현대적인 기법은 닥치는 대로 전위적인 실험을 모색했던 서양화가 김용준의 그것과 거리감이 거의 없어 보인다.

가장 궁극적으로는 1930년대 후반에 접어들면서 광포한 식민지적 현실에 염증을 느끼고 고전의 전통에서 우리적인 것을 찾아 그것을 현대적인 미감으로 삭혀서 새로운 창조를 모색하려고 하는 상고주의에 젖어 있었다는 점도 유사하다. 그 외에도 시서화의 일체를 강조하는 왕유적인 남종화의 문인화풍을 즐기면서 깊은 내면의 정서에 침잠하는 '정신주의'에 골몰했던 점도 일치되는 부분이다. 『문장』이라는 잡지의 편집동인이라는 연결고리는 이들의 거리감을 완전히 없애는 정서적인 유대관계에 의한 연대성을 형성하게 유도한다.

그러면 정지용의 시와 시론 그리고 김용준의 그림과 화론사이에 공유하는 '간 텍스트성'은 무엇인가, 요약 정리해봄으로써 장시간의 논지를 마무리하기로 한다.

첫째, 두 예술가는 회화적 기법을 통해 관념성과 정신주의를 표출하는 특징을 보여준다. 원래 모더니스트로서 감각적인 이미지를 구사했던 정지용은 후기의 동양적인 관조의 시에서도 감각적인 심상을 많이 사용하고 있다. 김용준의 경우도 수묵화로 전필한 이후 이러한 특성을 강하게 드러낸다.

둘째, 정지용이 시론에서 밝힌 것처럼 "시는 마침내 선현의 밝히신 바를 그대로 쫓아 오인吾人의 성정에 돌릴 수밖에 없다. 성정이란 본시 타고 난 것이니 …… 그러나 성정이 수성과 같아서 돌과 같이 믿을 수는 없는 노릇이니 담기는 그릇을 따라 모양을 달리 하여 물감대로 빛깔이 변하는 바가 온전히 성정이 물을 닮았다고 할 것이다"에서 잘 드러나 있듯이 그는 시를 시인의 본디부터 갖고 있는 성정에 따른 '주관성의 표출'로 파악하고 있다. 이러한 주관성에 입각한 표현론적 관점의 입장은 김용준이 동양미술의 특질을 '주관성의 표출'로 파악하고 소재보다는 표현의 기법적 측면을 중시하거나 문인화의 선과 직관적 감성을 표출하는 표현방식에 매료당해 수묵화로 전향하는 것과 일치되는 태도라고 할 수 있다.

셋째, 두 예술가는 『문장』 편집동인으로서 남종문인화의 시서화사상이나 탈속적 정신을 계승하려는 입장을 취하는 점에서도 공유하는 부분이 많다. 사실 '시서화' 사상을 바탕으로 삼는 남종문인화의 정신은 김용준으로부터 이태준에게로 전이되어 정지용과 이병기에게로 다시 옮겨졌다고 그 '정신적 유통경로'를 파악할 수 있을 것이다. 특히 김용준은 1930년대 초 「동미전을 개최하면서」라는 미술평론에서 "현대는 유물주의의 절정에서 장차 정신주의의 피안으로, 서양주의의 퇴폐에서 장차 동양주의의 갱생으로" 나아간다고 선언하면서 세속에 타협하지 않는 문인들의 고고한 지조와 거속, 탈속의 정신을 계승하여 내면성·한적함·온화함·고아함으로 나아가자는 방향전환을 모색하는데, 이러한 그의 미적 인식 방식은 시인 정지용의 창작 태도에도 많은 영향을 준 것으로 생각된다. 단지 두 예술가의 노골적인 엘리트의식의 표출이 주는 반민중성 등의 한계성을 어떻게 극복할 것인가의 문제점이 내재되어 있었다.

넷째, 두 예술가가 모두 '고요'와 절제미에 근거한 '여백의 미학', 몰아일체의 '정경교융'의 동양적 시학 등을 예찬함으로써 광포한 식민지 현실에서 한발 빼고 소극적인 저항의 포즈를 취하려고 한 점은 공통적인 부분이라고 할 수 있다. 이들이 집요하게 비평적 글을 통해 '개성 존중'의 자세를 요구한 이유도 노골적인 전체주의의 집단적 광풍으로 몰아갔던 관변예술가들의 몰개성에 맞서기 위함이었음을 확인하게 된다. 이러한 자세는 한 때 유대감을 지녔던 동지 김규택, 정규웅, 이승만, 김종한 등이 자신들을 배반하고 노골적인 친일의 길로 들어선 것에서 그들과 일정한 거리를 두면서 민족주의자로서의 면모를 갖추는 계기가 되었던 것이다.

불일치한 듯 보이면서도 닮은 두 예술가의 작풍과 창작태도에 대한 '학제 간 연구'가 앞으로 보다 심도 있게 전개되기를 기대해 본다.

한국문화사의 관점에서 본 정지용

1. 정지용 시비 「압천」－한일문화교류의 가교

2005년이 거의 저물어가는 시점에 지용의 모교인 일본 교토의 도시샤同志社대학 교정에서는 지용시비 제막식이 있었다. 대체로 시비는 고인이 된 시인의 창조적 상상력의 뛰어남에 대한 찬사나 고인의 문화사적 업적을 기리는 행위로 후손이나 시인을 사랑했던 사람들이 뜻을 모아 세우게 된다. 한국의 근·현대 문학기를 수놓았던 대표적인 시인들인 한용운, 김소월, 김영랑, 유치환, 윤동주, 이육사, 서정주, 조지훈, 박목월, 박두진, 박인환, 김수영, 신동엽, 천상병 등의 시비가 이미 세워져 있어 찾는 이의 마음을 푸근하게 해준다. 그중 윤동주의 시비는 중국 간도의 용정과 모교인 일본의 도시샤대학 교정 그리고 역시 모교인 한국의 연세대학교 교정의 세 곳에 세워져 있어 그를 기리는 사람들이 얼마나 많은지를 확인시켜 준다. 또 시비가 가장 많이 세워진 인물로는 청마 유치환이 있는데, 그의 시비는 고향인 통영과 거제도 그리고 부산 등 12곳에 세워져 있는 것으로 유명하다.

문학비나 시가비라는 말을 들으면 생각나는 사람이 있다. 나손 김동욱 선생이다. 나손은 한국 문화사의 관점에서 독특한 발자취를 남긴 사람이다. 그중 특이한 활동 한 가지는 전국을 돌면서 문인들의 시비를 세운 일이다. 그는 1977년 국문학자들로 구성된 전국시가비 건립동호회를 구성하고 스스로 초대 회장을 맡아 김삿갓, 교산 허균, 손곡 이달, 허난설헌, 매월당 김시습, 동리 신재효, 홍랑 등 한국 역사에서 명멸했던 시인들의 시비나 노래비를 전국에 33기나 세웠다. 당시는 시비를 세우는 행동이 무모하면서도 기행이 아닌가하는 시각도 있었지만 학자들이 십시일반 하여 어렵게 만든 시비가 지금에 와서는 각 지방의 여행지에서 만나게 되는 명소로 통하고 있다.

한일 우정의 해를 마무리하는 역사적인 작업이 지용의 모교 교정에서 있었다. 2005년 12월 18일(일) 10시 일본 교토의 명문 사립대학교인 도시샤대학 교정에서 정지용 시인의 시비가 제막되어 그 아름다운 자태를 드러냈다. "가모가와 십리ㅅ벌에/ 해는 저물어…… 저물어/ 날이 날마다 님 보내기/ 목이 자졌다…… 여울물소리 …(중략)… 수박 냄새 품어오는 저녁 들바람/ 오랑쥬껍질 씹는 젊은 나그네의 시름." 한국 현대시의 아버지 정지용(1902~1950)의 대표작 「압천鴨川」이 한국어와 일본어로 시비 앞뒤 면에 새겨진 지용시비가 그의 모교인 일본 교토의 도시샤대학同志社大學 교정 그의 후배인 윤동주 시비 바로 옆에 건립되었다. 지용의 시비도 앞으로는 한일양국의 문화교류의 상징물로 자리 잡을 것으로 확신한다.

시비 제막에 앞서 유서 깊은 도시샤대학 교회에서 아침 9시부터 거행된 제막식에서 지금까지 학계에서 전혀 알려진 적이 없었던, 정지용 시인이 조선민예연구가인 야나기 무네요시柳宗悅, 1889~1961의 제자였던 새로운 사실이 밝혀져 지용연구에 박차를 가하게 되었다. 대학교회에서 진행된 제막식에서 다바따田端信廣부총장, 오끼다沖田行司 국제센터 소장 등과 함께 참석한 하타 에이지八田英二 총장은 "창립자 니지마 조新島襄의 건학이념인 기독교주의, 국제주의, 자유주의 정신에 따라 도시샤 대학의 자유스런 학풍을 배경으로 정지용 시인은 작가로서 필요한 감수성과 미적 인식 등을 대학 재학 중에 습득할 수 있었습니다. 특히 정시인이 재학 중에 한국 전통도자기의 최고 수집가였던 야나기 무네요시柳宗悅 교수와 당시 유명 시인이었던 키타하라 시로아키北原白秋 교수의 지도를 받게 된 것은 그가 뒤에 일본과 조선에서 시인으로서 이름을 날리게 되는 큰 배경이 되었습니다"라고 건립 인사말에서 사제지간의 계보를 밝히면서 모교인 도시샤대학의 캠퍼스에 오늘 지용시비가 세워진 것은 한일문화교류에 큰 획을 그을 것이라고 말해서 주목을 받았다.

이어 시비건립과정을 설명하기 위해 등장한 유봉렬 옥천군수는 "이인석 옥천 문화원장과 오끼다 소장 등 한·일 양국 인사들의 헌신적인 활동에 의해 불가능할 줄 알았던 시비가 오늘 역사적으로 제막이 되었습니다. 지용시인과 직접적 인연이 없는 연변에서도 지용제가 벌써 9년째를 맞이하고 있는데, 내년에는 도시샤대학에서 교토 지용제를 개최하기를 제안합니다"고 말하여 참석한 내빈들로부터 큰 박수를 받았다. 뒤이어 정화태 주오사카 총영사를 대신해 자리를 같이 한 이제혁李濟赫영사는 간사이 지역의 명문인 도시샤대학의 한·일 국경을 초월한 오늘의 역사적인 시비 제막식에 큰 감동을 느꼈다는 취지의 축사를 하였다. 이어서 걸어서 3분 거리에 있는 시비 현장으로 자리를 옮겨 컷팅 행사와 기념 사진촬영이 있었다.

야나기 교수는 1913년 도쿄제국대학 철학과를 졸업한 후 유럽에서 종교철학을 연구한 뒤 귀국하여 1919년부터 23년 사이에 도요대학(동양대학) 종교학 교수로 재직하면서 한국의 전통 도자기와 공예품에 관심을 기울여 1924년 서울에 조선민속미술관을 설립하고 이조미술 전람회와 이조도자기 전람회를 개최했다. 지용이 일본에 유학했던 시기인 1923~29년 사이에 야나기 교수는 도시샤대학 영문학과로 옮겨 강의를 담당하면서 지용의 졸업논문인 블레이크 연구를 도왔던 것으로 확인된다. 특히 야나기 교수는 조선 미술품에 나타나는 선적인 요소와 백색에서 '비애미'라는 한민족 특유의 속성을 찾아냈으며, 그것을 중국민족의 '의지', 일본민족의 '정취'와 대비시켜 설명했다. 1930년대에 와서는 '무작위의 미'이론을 도출하면서 비애의 미를 '친근', '소박', '자연미', '건강미' 등으로 승화시켰다. 한때 그의 이러한 미학이론은 고유섭과 최하림 등으로부터 식민사관으로 비판받기도 했으나 최근 세이센 여자대학 문화사학과 니카미 마리교수의 17년 간에 걸친 연구결과 그의 사상의 핵심은 '평화론'과 '복합의 미' 사상임이 밝혀져서 새로운 조명을 받고 있다. 우리나라 민중들이 만들어 쓰던 도자기, 칠기, 목공예품 등을 '민예民藝'로 민중들의 생활상을 묘사한 그림을 '민화民畵'로 최초로 명명한 인물인 그는 대한민국 정부로부터 1984년 보관 문화훈장을 받았다.

지용의 생애에서 일본유학시절은 큰 의미를 지닌다. 번역시와 동시까지 총 140여 편 중 「향수」, 「따알리아」, 「바다」, 「말」, 「카페 프란스」 등 빼어난 20편이 넘는 작품이 도시샤대학 재학 중에 창작되었을 뿐 아니라 「학조」, 「조선지광」, 「신민」 등의 잡지에 상당한 경지에 이른 시편들이 발표되어 본격적인 시인으로서의 출발과 지명도를 높여가는 계기가 되었다. 특히 그가 1930년대 말부터 이태준, 이병기 등과 함께 잡지 『문장』의 편집인으로 활동하면서 김정희의 서체에 관심을 기울이는 등 상고주의尙古主義, 정신주의의 전통으로 회귀하고, 예술론 중에서도 동양화론과 서론書論에서 시의 방향을 찾아야 하며 "경서經書

와 성전류를 심독하여 시의 원천에 침윤해야 한다"고 역설한 것은 야나기 교수의 영향을 어느 정도 받은 것으로 판단된다.

서예가 김승애 씨의 글씨와 조각가 공주대학교 신동수 교수의 작품인 지용시비는 압천의 의미대로 물에 뜬 집오리의 모양에 실개천을 상징하는 물결무늬가 산뜻하게 들어가 있어 모더니스트로서의 시인의 면모를 떠올리게 한다.

이날 제막식에는 유봉렬 옥천군수, 이인석 문화원장 이외에 정시인의 손자 정운영 CJ 원료영업팀 팀장 등 유가족 그리고 지용회 사무국장 박현숙 도서출판 깊은샘 사장, 지용회 운영위원인 박태상 방송대교수와 오양호 인천대학 교수, 제자문인 김태성 도시샤대학 동문회 고문 등 동창회원들과 김인환·손희숙 씨 등 도시샤대학 연구원 및 한국유학생 100여 명이 참석했다.

한편 17일(토) 저녁에는 도시샤대학 다바따 부총장이 주관하는 시비제막 환영만찬이 뷔페식의 칵테일 파티형식으로 도시샤대학 니지마 조新島襄 기념관에서 진행되었으며, 이 자리에서는 주최 측의 환영인사와더불어 부총장 가타야마片山傳生 공학부교수의 건배제의에 이어 선물교환이 있었다. 유봉렬 옥천군수는 도시샤대학 관계자들에게 감사의 표시로 한국이 자랑하는 명품인 옥천옻칠을 가미한 실크 스카프를 선물하여 도시샤대학 측의 환영을 받았다. 18일 아침 교회에서의 제막식에서 하타 에이지 총장은 지용시비 건립에 기금을 제공하는 등 결정적인역할을 맡았던 유柳 옥천군수에게 감사장을 전달하였다.

한편 지용시비 제막식에 참석했던 유 옥천군수와 유가족 그리고 지용회 운영위원 등 주요 인사들은 도변효의渡邊孝義 국제센터 국제과장의안내로 정지용 시인이 재학 중 공부했던 유종관과 계몽관 등 유서 깊은 건물 들을 둘러보았다.

2. 대중가요 「향수」와 가곡 「고향」－불멸의 노래, 불멸의 시인

최근 한국 문화계에도 큰 변화가 있다. 이를테면 언론의 문화면에서 점차 순수예술에 대한 보도기사가 줄고 대중문화에 대한 기사로 채워지고 있는 양상을 보이고 있다. 그러한 현상은 출판계에도 그대로 드러나고 있는데, 교보문고 등의 대형서점의 베스트셀러 목록에서 순수문학 작품이 랭킹에서 사라지고 실용서들이 그 자리를 메우고 있는 것을 확인하게 된다. 선진국병이 한국에도 어느새 상륙한 것이다.

물론 한류열풍의 영향도 상당히 있다고 하겠다. 이제 대중문화도 산업의 양상을 띠니 무시할 수 없는 형국이 되었다. 사실 정지용 시인의 해금과정에서는 한국의 정치상황의 변화가 가장 큰 영향을 주었고 다음으로는 장남 정구관 선생의 헌신적인 노력이 결실을 맺었다고 할 수 있다. 더욱 큰 영향을 준 것은 김희갑 작곡의 「향수」의 성공이라고도 할 수 있다. 사실 정지용 시인의 그간의 이미지는 깐깐하고 이지적인 선비의 모습이라고 할 수 있다. 그러한 딱딱하고 정서적인 이미지를 희석시키고 많은 사람들에게 친근하고 포근한 고향 같은 이미지로 변신하게 만든 것이 바로 대중가요 「향수」이다. 이 노래는 서울대 성악과의 박인수 교수와 대중가수 이동원이 듀엣으로 불렀다. 이 노래가 크게 성공할 수 있었던 배경에는 1990년대 초의 서구적인 포스트모더니즘의 유입과도 연관성이 높다. 포스트모더니즘의 몇 가지 특징 중 두드러진 것으로는 장르의 혼재, 즉 크로스오버적이고 옴니버스적인 혼재의 문화현상이라고 할 수 있다. 김희갑 작곡의 「향수」는 박인수 교수가 가세함으로써 가곡인지 대중가요인지 장르의 구분이 잘 되지 않는다. 물론 이러한 사례로는 세계적인 성악가 플라시도 도밍고와 대중적인 팝가수인 존 덴버가 부른 「Perhaps Love」가 선두에 선다. 어찌되었든지 간에 상당히 어려운 노래인 「향수」는 크로스오버의 붐을 타고 1990년대 초의 한국 대중가요사를 선점하게 되었다.

사실 박인수 교수는 대중가수 이동원과 「향수」를 불렀다는 이유로 그 당시 클래식 음악을 하는 사람들 사이에서 경원시되었으며 서울대 성악과 교수직을 박탈당할 뻔하기도 했다. 그만큼 당시의 음악계는 순수음악과 대중음악으로 편을 갈라 서로를 넘나들지 않으려고 했다. 특히 순수음악계에서는 대중음악을 무시하고 인정하지 않으려는 분위기였다. 그 때 박인수 교수는 용감하게 대중화의 길을 걸었고 포스트모더니즘의 유입으로 인해 모험의 길에 원군을 만나게 된 것이다. 당시의 고통과 상처는 모두 씻어 버렸는지 박인수 교수는 「향수」를 봄이 되면 생각나는 고향에 대한 추억과 아버지에 대한 회상으로 다음과 같이 대체하고 있다.

넓은 밭 동쪽 끝으로/ 옛 이야기 지줄대는 실개천이 휘돌아 나가고,/ 얼룩백이 황소가/ 해설피 금빛 게으른 울음을 우는 곳,/ …… 그곳이 참하 꿈엔들 잊힐리야…….'

이 시는 정지용의 초기 작품의 하나로서, 고향에 대한 회상과 그리움을 주정적으로 노래했다. 작품에서 그리고 있는 공간은 당시의 우리나라 어디에서나 볼 수 있는 전형적인 농촌이며, 누구에게나 강력한 정서적 호소력을 지니고 있는 고향의 정경이다. 그 속에 등장하는 인물들 또한 대다수의 한국인에게 보편적인 모습이다.

나는 이 노래로 봄을 맞이하고 가족에 대한 사랑을 생각하며, 나의 어린 시절로 돌아가 그때의 추억을 더듬게 된다. 또 봄이 오면 나는 아버지가 즐겨 부르시던 '봉선화' '돌아오라 소렌토로' '산타루치아' '여수' 같은 클래식 곡과 '황성옛터' '고향설' '남쪽나라 내 고향' 등 유행가를 자주 들으며 자랐다. 그때 모든 장르의 노래들이 너무 좋아 혼자서 즐겨 부르던 기억이 난다.

　인간의 감성을 만족시키는 것 가운데 음악은 창조적이고 참다운 정서적 가치를 느끼게 해준다. 대중음악과 클래식이 조금은 차이가 있겠지만, 사람으로 하여금 심오한 생각에 빠져들게 하거나 심성을 깊게 만족시키는 것은 아마 클래식 음악 쪽이 우위일 것이다. 지금 내가 감성이라든가 심성을 운운하는 것은 다름 아닌 봄이라는 계절 때문이다.[1]

　정지용의 시「향수」도 한국사람 모두의 뇌리에서 사라지지 않을 '불멸의 시'이지만, 이 노래를 작곡한 김희갑이란 이름도 음악 팬들의 생각에서 영원히 잊혀지지 않을 것으로 생각된다. 지난 4월 11일 세종문화회관에서는 김희갑 고희기념 헌정음악회가 열렸다. 그가 1965년에 작곡가 겸 연주자로 데뷔를 했으니 작품 활동 40주년을 기념하는 공연이기도 했다. 그와 그의 아내 양인자의 손을 거친 대중가요는 음악 매니아들의 사랑을 독차지했다. 총 2,000여 곡 중에서 대표곡으로만 이선희의 '알 수 없어요', 조용필의 '그 겨울의 찻집', '큐', '서울 서울 서울', '킬리만자로의 표범', '바람이 전하는 말', 김국환의 '타타타', 임주리의 '립스틱 짙게 바르고', 최진희의 '사랑의 미로' 등과 뮤지컬 '명성왕후'가 있다.

　헌정음악회에서 사회를 맡은 가수 유열이 작곡 인생 40년을 맞은 소감을 묻자 김희갑은 "잊을 수 없는 순간은 음반작업을 할 때라고밖에 못 하겠습니다. 녹음실에서 노래하는 분들이 내 기분에 딱 맞게 노래해주면 그 이상이 없었어요"[2]라고 짧게 대답했다고 한다. 다시 녹음할 때의 추억을 묻자 그는 최고의 순간은 '향수'를 녹음하던 때라고 대답했다. 아울러 자신의 작품이 훌륭한 가수를 만나 음반에 수록되는

---

1) 『문화일보』 2006. 4. 22(토), 〈살며 생각하며〉 '음악에 바친 일생'.
2) 『연합뉴스』 2006. 4. 13(금), 〈음악 인생 40년 헌정공연 무대 올라〉.

순간을 보약 중에 보약으로 표현했다. 한국 최고의 작곡가가 정지용 시인의 「향수」가 대중가요로 만들어져 불려지는 순간을 최고라고 언급한 것은 바로 이 노래가 국민들에게 가장 애창되는 불멸의 노래이기 때문일 것이다.

사실 유명한 시인의 노래가 대중가요로 작곡되어서 애창된 경우는 매우 많다. 대표적인 시인으로는 김소월이 있다. 그 외에도 주요한, 서정주, 박인환, 유치환, 이은상, 박두진, 박용철 등이 있다. 우선 가장 기억에 남는 대중가요로는 박인환의 「세월이 가면」과 「목마와 숙녀」가 아닐까? 지금도 가을만 되면 누구나 흥얼거리게 되는 「세월이 가면」은 두 가지 버전이 있다. 하나는 이진섭이 작곡하고 나애심이 불렀다는 초기의 노래와 박인희가 1970년대에 리바이벌해서 통기타버젼으로 불러 크게 히트한 리메이크한 노래가 있다. 「세월이 가면」은 도시의 빌딩 사이로 가득찬 안개, 가로등 그늘의 밤, 보도에 흐르는 바람, 벤치 위에 구르는 나뭇잎 등 마로니에 공원 등 도시에서 가을철이면 흔히 보는 풍경들을 배경으로 하여 도시적 서정과 감각으로 이제는 살져 버린 사랑의 추억을 노래한 센티멘탈한 시이다. 이 시는 가곡으로도 불려지고 대중가요로도 불려져 인구에 회자된 작품이다.

시인의 애창시를 대중가요로 재창조한 경우는 아무래도 김소월의 시가 으뜸일 것이다. 이미자 등이 불렀던 「못잊어」, 마야의 「진달래꽃」, 정미조의 「개여울」, 배철수의 「세상 모르고 살았노라」 등 금새 회상할 수 있는 노래만도 10여 곡이 된다. 소월의 시가 대중화할 수 있는 요인은 무엇인가? 첫째, 그의 시는 한국인의 정서에 맞는 리듬 즉 대개의 경우 민요조 리듬으로 되어 있어 쉽게 호흡을 맞출 수 있기 때문이다. 둘째, 가사가 매우 쉽다는 점도 호조건이다. 이를테면 '먼훗날 당신이 차즈시면/ 그때에 내말이 니젓노라'라든지 '고요하고 어둡은 밤이 오면은/ 어스러한 등불에 밤이 오면은' 식으로 되어 있어 실제 대화에서 흔히 쓰고 있는 화법을 구사하고 있다. 셋째, 「초혼」에서 사용한 것처럼 민속적인 의식이나 정통적인 신앙 등에서 취재한 경우가 많으므로 민중들이 친근하게 느끼게 된다는 점이다. 넷째는 시인의 삶 자체가 주는 신비감이나 드라마틱한 속성이 대중적으로 각인되기 쉬었다는 점[3]을 들 수 있다.

이에 비해 정지용의 시가 대중적인 노래로 불려진 「향수」나 「고향」(변훈 작곡, 채동선 작곡의 가곡) 등은 김소월의 시와 차별성을 보인다. 첫째, 결코 「향수」의 노랫말은 쉽다고 할 수 없다. 우선 가사가 매우 길다. 따라서 2~3절까지 외워서 대중들이 부른다는 것이 불가능하다. 하지만 「향수」에는 대중들이 쉽게 다가갈 수 있는 친근성과 포근함이 있다. 즉 고향이 주는 애틋한 정 같은 보편적인 정서가 자리 잡고 있다. 둘째, 나중에 서구적 모더니즘 작가로 이름을 날리게 될 조짐이 이미 「향수」에 엿보인다는 점이다. 즉 이미지즘에 기반한 감각적 이미지가 주조를 이루고 있어 참신하고 새롭다는 느낌을 준다. 음악으로 하는 변주곡 같은 성격을 지니는 노랫말이 대중들에게 신비감을 준 것으로 보인다. 셋째는 가사에서 지적인 이미지가 풍겨 나오기 때문에 한 템포 느린 곡조임에도 상당히 오랜 기간 동안 대중들의 사랑을 받은 것으로 생각된다. 김소월과 다른 대중성이 바로 정지용 노랫말의 매력인 것이고 그러한 요인이 바로 「향수」를 불멸의 노래로 만든 것으로 판단된다.

---

3) 박태상, 『한국문학의 발자취를 찾아서』, 태학사, 2002, 129-130쪽.

3. 남북문학사에서의 정지용−다시 부활한 지용

정지용 시인만큼 파란만장한 시인도 드물다. 최근에 그는 현대시의 아버지라는 명예로운 호칭도 듣고 있지만, 한동안 그는 남북 문학사에서 동시에 사라져 버리는 수모를 당하기도 했다. 그 이유는 역시 냉전 구조라는 이데올로기적 측면 때문이었다. 남한문학사에서는 그가 월북문인으로 오해되어 문학사에서 거론될 수 없었고 북한문학사에서는 모더니즘 작가로 평가되어 아예 언급조차 되지 않았다.

하지만 지용만큼 문학에 대한 열정으로 가득 찬 시인도 드물다. 그는 항상 시를 최우선의 입장에 두고 창작에 몰두한 시인이었다. 즉 그는 언어의 조탁을 가장 중시한 시인중의 한 명이었다. 예술적 완성도가 높은 미적 응결체만이 시라는 인식이 투철했던 것이다. 시 창작에만 주력하였던 지용은 시론이나 예술론은 거의 쓰지 않았다. 하지만 1930년대 말 잡지 『문장』을 통해서는 자신의 시에 대한 입장을 간간히 표명하였다. 지용은 『문장』 제5집에 「시의 옹호」, 제10집에 「시의 발표」, 제 11집에 「시의 위의」, 제12집에 「시와 언어」(1)의 시론을 발표하였고, 제3집부터 제19집까지 총 11회의 「詩選後」를 썼다. 즉 창작에만 주력하고 시론을 거의 발표하지 않았던 정지용은 『문장』을 통해서 비로소 시비평을 내놓게 된 것이다. 우선 지용은 「시의 옹호」에서 전통 계승론의 비평적 태도를 취하고 있다. 아무래도 시대적인 한계 때문에 지용은 다음과 같이 상고주의적인 입장을 표명한 것으로 보인다.

고전적인 것을 진부로 속단하는 자는 별안간 뛰어드는 야만일 뿐이다. 꾀꼬리는 꾀꼬리 소리밖에 발하지 못하나 항시 새롭다. 꾀꼬리가 熟練에서 운다는 것은 불명예이리라. 오직 생명에서 튀어나오는 항시 최초의 발성이야만 진부치 않는다.

무엇보다도 돌연한 변이를 꾀하지 말라. 자연을 속이는 변이는 참신할 수 없다. 기벽스런 변이에 다소 교활한 매력을 갖출 수는 있으나 교양인은 이것을 피한다. 鬼面驚人이라는 것은 유약한 자의 슬픈 패사에 지나지 않는다. 시인은 완전히 자연스런 자세에서 다시 비약할 뿐이다.

우수한 전통이야말로 비약의 발디딘 곳이 아닐 수 없다.4)

특히 정지용은 무성한 甘藍 한 포기를 성장시키는 데 도움을 주는 태양·공기·토양·우로雨露·농부 등 자연과 인간의 헌신과 노력을 비유하면서 시인은 감성과 지성을 한데 어우르는 유기적 통일의 원리에 충실해야 한다고 충고한다. 그리고 '감성, 지성, 체질, 교양, 지식들 중의 어느 한 가지에로 기울이지 않는 통히 하나로 시에 대진對陣하는 시인은 우수하다'라고 평하면서 시인은 예술론 중에서도 동양화론東洋畵論과 서론書論에서 시의 방향을 찾아야 하며 '경서經書와 성전류를 심독하여 시의 원천에 침윤해야'5) 한다고 역설하고 있다. 이러한 정지용의 시적 인식태도는 완당 김정희의 서법과 조선 후기의 문인화 그리고 골동품에 세심한 관심을 기울이고 있던 이태준·이병기 등과 같은 성향을 보여주는 것이다.

한편 정지용은 1936년부터 1942년 무렵까지 그 이전의 모더니즘적 경향과 카톨릭시즘의 서구적 시경향에서 벗어나 동양적인 달관과 유유자적의 시 세계를 개척한다. 이러한 정지용의 시적 변모에 대해 그 동안 학계에서는 '정신주의'라고 보는 입장6)과 '문인화정신' 내지 '유가

---

4) 정지용, 「詩의 擁護」, 『문장』 제5집, 1939년 6월호, 126쪽.

5) 정지용, 「시의 옹호」, 125쪽.

6) 최동호, 「서정시와 정신주의적 극복」, 『현대시학』, 1990년 3월호.
   이숭원, 『정지용시의 심층적 탐구』, 태학사, 1999.
   오세영, 「자연시와 성·정의 탐구-정지용론」, 『한국현대시인연구』, 월인, 2003.

적 형이상학적 생명사상'으로 파악하는 입장[7] 그리고 좀 더 구체적으로 정지용의 내면세계를 전통 내지 동양의 반속류·반서민의 단면으로 보는 입장[8]으로 나뉘어져 왔다. 어찌되었든지 정지용은 시에서 중요한 것은 언어라고 인식하면서도 "시는 언어의 구성이라기보다 더 정신적인 것의 열렬한 정황 혹은 旺溢한 상태 혹은 황홀한 사기임으로 시인은 항상 정신적인 것에서 정신적인 것을 조준한다"[9]라고 주장하여 자신의 시적 인식태도로서 다음과 같이 '정신주의'를 앞세우고 있다.

정신적인 것은 만만하지 않게 풍부하다. 자연, 인사, 사랑, 즉 죽음 내지 전쟁, 개혁 더욱이 德義的인 것에 멍이 든 육체를 시인은 차라리 평생 지녀야 하는 것이 정신적인 것의 가장 우위에는 학문, 교양, 취미 그러한 것보다도 愛와 기도와 감사가 거한다.
그러므로 신앙이야말로 시인의 일용할 신적 양도가 아닐 수 없다.[10]

이러한 정신주의를 내세운 정지용은 자신의 시관으로 '성·정의 시학'을 주장하게 된다. 정지용은 「시와 언어」에서 자신의 시관의 일단을 밝히되, 두 가지를 강조하고 있다. 하나는 "시를 좀처럼 사용하여 장식하려거든 性情을 가다듬어 꾸미되 모름지기 자자근근孜孜勤勤히 할 일이다"[11]라고 말하고 있다. 시경에 보면 "시란 것은 마음이 흘러가는 바를 적은 것이다. 마음 속에 있으면 志라고 하고 말로 표현되면 시가 된다詩者, 志之所之也, 在心爲志, 發言爲詩"[12]고 언급하고 있다. 또 유협은 시

7) 최승호, 『1930년대 후반기 시의 전통지향적 미의식 연구—문장파 자연시를 중심으로』, 서울대 박사논문, 1994.
8) 김용직, 「순수와 기법—정지용」, 『한국 현대시인 연구』상권, 서울대출판부, 2000.
9) 정지용, 「시의 옹호」, 『문장』제5집, 1939년 6월호, 123-124쪽.
10) 정지용, 「시의 옹호」, 124쪽.
11) 정지용, 「시와 언어」, 『산문』, 동지사, 1949, 110쪽.

란 가진다는 것을 뜻한다. 다시 말하면 그것은 사람의 정과 성을 가진다는 것이다. 다른 하나는 "성정이 수성과 같아서 돌과 같이 믿을 수가 없는 노릇이니 담기는 그릇을 따라 모양을 달리하여 물감대로 빛깔이 변하는 바가 온전히 성정이 물을 닮았다고 할 것이다"[13]라는 논리로 이것은 노자의 도덕경에 나오는 '상선약수上善若水'의 철학인 것이다.

이처럼 시의 깊이를 논하던 지용은 다른 어떤 시인보다도 다양한 문학적 성향을 보여주는 활동을 펼치게 되었다. 순수 서정의 시세계를 보여주기도 하고 서구적인 모더니즘의 세계로도 나아갔으며, 다시 전통주의적인 정신주의에 몰입하기도 했다.

이제 정지용 시인에 대한 연구사를 검토해 보기로 하자. 지용의 시문학에 대한 비평은 그가 한창 활동하던 1930년대 당시로 올라간다. 가장 먼저 언급한 글은 박용철의 「신미시단의 회고와 비판」(『중앙일보』 1931. 12)과 김기림의 「1933년 시단의 회고」(『조선신보』 1933. 12)이다. 그 이후 임화, 이양하, 김환태 등에 의해 찬양일색의 글들이 이어졌다. 하지만 이시기만 해도 지용에 대한 본격적인 시비평이 이루어졌다고 보기는 어렵다.

해방이후 1950~60년대에 접어들면서 김춘수(『한국현대시 형태론』)와 송욱(『한국 모더니즘 비판』, 『시학평전』)에 의해 지용시는 다시 거론이 되었다. 특히 송욱은 정지용을 김기림과 함께 시의 본질을 파악하지 못한 채 피상적으로 언어를 다루었다고 비판했다. 그는 정지용론에서 「향수」, 「바다 2」, 「비」를 도마 위에 올려놓고 난도질했다. 송욱은 지용의 「향수」는 감각적 언어만이 있고 시의 깊이를 보장하는 내면성이 없다고 격하했고, 「바다 2」는 시각적 인상을 단편적으로 적은 시

---

12) 유약우, 『중국시학』, 이장우 역, 범학, 1981, 98쪽.
13) 정지용, 「시와 언어」, 110쪽.

라고 폄하했다.

1970년대 들어서서는 많은 비평가와 문학사가들이 지용에 대한 비평에 본격적으로 뛰어들었다. 『한국문학사』에서 김현은 정지용 시인을 '절제의 시인'이라고 명명하였다. 김현은 식민지 후기의 운문작업에서 기록할만한 업적을 남긴 시인으로 시의 회화성에 집착하였다가 점차로 종교적인 무욕의 세계에 침잠하게 된 정지용과 자신의 내적 고뇌를 이상향에 대한 깨끗한 정열로 치환시킨 윤동주, 그리고 시조를 다시 예술적 차원으로 끌어올린 이병기의 세 사람을 거론하였다. 그리고 이 세 시인이외에 시의 회화성에 끝내 집착한 김광균과 재래적인 미감을 버릴려고 하지 않은 김영랑 그리고 백석·이용악을 추가할 수 있다[14]고 평가하였다. 김현에 의하면 정지용은 감정의 절제를 가능한 한도까지 본 한국 최초의 시인으로 평가하였다. 그 이전의 거의 모든 시들이 한탄, 슬픔 등의 감정적 표현으로 가득 차 있는 것에 대한 하나의 저항으로 그의 시를 시작하였다는 것이다.

한편 김우창은 「한국 시와 형이상—최남선에서 서정주까지」에서 주요한의 감정주의가 슬픔이 실현되지 아니한 가능성의 슬픔이라면 소월의 감정주의는 차단되어 버린 가능성을 깨닫는 데서 오는 슬픔이라고 1920년대의 대표적인 시인들의 시 세계를 비교하였다. 김소월의 허무주의의 원인은 한국인의 지평에 장기瘴氣처럼 서려 있어 그 모든 활동을 힘없고 병든 것이게 한 일제 점령의 중압감이었을 것으로 결론지었다. 그리고 슬픔의 시가 한국시의 주조를 이루었지만 그것과는 다른 외면적 방법을 시도한 모더니스트 김기림과 정지용의 시 세계에 김우창은 주목하였다.

---

14) 김윤식·김현, 『한국문학사』, 민음사, 1973, 202쪽.

정지용은 감각적 경험을 선명하게 고착시키는 일에 있어서 김기림보다 조금 더 능숙한 시인이라고 김우창은 평가하였다. 정지용이 감각적 경험의 포착에 보다 능하다고 한다면, 다른 한편으로 그는 김기림만큼 위티 하지 못하다는 것이다. 그의 마음은 현란한 정신의 곡예에 있어서 또 그 미치는 범위에 있어서 김기림에 뒤진다. 그러나 이것은 시인의 정신의 질적인 차이라기보다는 성향의 차이일 것[15]이라고 판단한다. 정지용은 훨씬 더 주어진 사실에 충실하다는 것이다. 이러한 충실성은 그의 세계를 좁히는 요인이면서 또 그의 강점이 되기도 한다고 평가하였다.

1980년대에 들어서서 조동일은 『한국문학통사』에서 구체적으로 지용시의 위상에 대해 상술하게 된다. 하지만 조동일은 지용시를 '시문학파가 개척한 길'에서 다룸으로써 그의 시를 총체적으로 분석하지는 못하고 있다. 조동일은 정지용에 대해 세련된 감각으로 시가 긴장되게 하는 수법을 개발하면서 음악이 아닌 회화에 근접하려 한 점이 김영랑과 달랐다[16]고 평가하였다. 관심이 다양하고 외향적인 성미라서 외래어 취향을 나타내고 서구시 번역도 하다가 창·바다·고향 같은 대상에 관심을 집중시켜 시상을 응결시켰다. 세 가지가 모두 형체가 모호해서 다루기 어려울 듯한데 색채감각을 뚜렷하게 묘사한 심상을 구현했다고 평가하였다. 하지만 고향을 노래할 때에는 어조가 무거워졌다고 하면서 '향수'라는 상투적인 제목을 붙인 작품을 길게 펼치면서 '그곳이 참하 꿈엔들 잊힐리야'라는 말을 다섯 번이나 되풀이했다고 꼬집었다. 시 「고향」에서의 고향은 현실이 아니고 관념이며 체험이 아니고 동경이어서 다루는 솜씨가 치졸해졌다고 비판하였다. 1941년에 다시 낸

---

15) 김우창, 『궁핍한 시대의 시인』, 민음사, 1977, 51쪽.
16) 조동일, 『한국문학통사』 제5권, 지식산업사, 1986, 393쪽.

시집 『백록담』에 실린 작품도 사실은 잡다하기만 하다라고 부정적인 평가를 내렸다.

정지용 문학의 해금소식과 함께 출판된 김학동의 『정지용연구』 또한 학계의 지용문학에 대한 관심이 어느 정도였는가를 보여주는 좋은 업적이었다. 김학동은 이 책에서 지용의 전기적 생애에 대한 연구결과를 담아놓았을 뿐 아니라 지용의 문학세계를 '근원회귀와 실향자의 비애', '바다의 신비와 신성의 세계', '산과 허정무위의 세계', '삶의 좌절감과 자아성찰'의 네 단계로 구분하여 분석[17]하였다.

김용직은 지용이 1920년대 등단 때부터 격조 높은 말솜씨와 채색 선명한 심상, 빼어난 감성 등으로 우리 시단의 한 이채를 이루었다고 보았다. 그의 시의 출발은 1926년부터 기산되는데 이해에 『학조』, 『신민』, 『문예시대』를 통해서 후에 그의 대표작으로 평가된 「카페 프란스」, 「따알리아」, 「홍춘」 등을 내놓았으며 이어 「향수」, 「오월소식」, 「조수」 등을 발표함으로써 일약 한국 시단의 기린아가 되었다고 평가하였다. 그리고 정지용의 시세계를 총 3단계로 구분하여 설명하고 있다. 제1단계의 1920년대 중반기에서 시작되어 1930년대 전반기에 걸친 시기로 시의 대부분이 『정지용시집』에 수록되었다고 파악하였다. 제2단계는 1933년도부터 시작하는 것으로 보고 있는데, 이 해에 『카톨릭청년』과 9인회가 결성되었다. 『카톨릭청년』을 통해 발표된 정지용의 신앙시는 「임종」, 「별」, 「은혜」, 「길릴레아 바다」(이상 4호, 1933. 9), 「다른 한울」, 「또 하나 다른 태양」(이상 9호, 1934. 2), 「나무」, 「불사조」(이상 10호, 1934. 3), 「승리자 김안드레아」(16호, 1934. 9), 「홍춘」, 「비극」(이상 21호, 1935. 2)등으로 나타나는데, 정지용의 카톨리

---

17) 김학동, 『정지용연구』, 민음사, 1987.

시즘은 결국 제1단계에서 그의 시가 지닌 物理詩의 성격을 극복하기 위한 시도로 볼 수 있다고 분석하였다. 제3단계의 시 즉 1930년대 후반에 이르자 정지용의 시는 또 다른 모습을 띠고 나타난다. 그 이전 그의 작품은 다분히 탈동양, 서구 지향의 성향이 강한 쪽에 속했다. 그 것이 이 무렵에 이르면 동양적인 감각을 곁들이게 되었고 전통을 향한 정신경사를 드러내기 시작한다. 정지용 시의 이런 특성은 1937년에 접어들면서 그 윤곽이 뚜렷해지는데 이 무렵부터 그는 「비로봉」, 「옥류동」, 「구성동」 등 일련의 명승지에서 제재를 택한 작품을 쓴다. 김용직은 이 단계의 지용시에 나타나는 또 하나의 특질이 곧 맑고 깨끗하기 그지없는 정신세계와 문체 기법에 나타나는 맵짠 솜씨[18]라고 파악하였다.

유종호는 정지용 시인 탄생 100주년 기념 『문학포럼』에서 발표한 「정지용의 당대 수용과 비판」에서 20세기 전반기의 우리 현대시에서 가장 읽을 만한 작품을 남긴 주요 시인으로 김소월・한용운・정지용의 세 명을 들면서 정지용을 시가 언어예술이라는 사실을 열렬히 자각했던 20세기 최초의 직업적 시인[19]이라고 그 문학사적 위상을 평가했다. 특히 정지용은 처음부터 투박한 번역투를 전혀 보여주지 않았으며 그것은 우리시는 우리말로 이루어진다는 사실을 투철하게 의식하고 실천해온 결과라고 판단했다.

한편 정지용 시에 대한 어휘 주석이 본격적으로 이루어진 것은 1990년대 이르러서인데, 그 주역으로 김재홍, 최동호, 사에구사 도시까쯔, 권영민,[20] 이숭원[21] 등이 있다. 김재홍은 『한국현대시어사전』(고려대출

---

18) 김용직, 『한국현대시인연구』, 서울대출판부, 2000, 57-89쪽.
19) 유종호, 「정지용의 당대 수용과 비판」, 『정지용 시인 탄생 100주년 기념 문학포럼 논문집』, 옥천군・지용회, 2002. 5, 13-14쪽.

판부, 1997)을 통해 「향수」의 첫 연에 나오는 '해설피'를 충청도 옥천 지방의 사투리라고 규명하여 주목을 받았다. 최동호는 『정지용사전』(고려대출판부, 2003)에서 지용시에 대한 총체적인 해석을 시도[22]하였다. 아울러 지용의 보통학교 학적부와 도시샤대학 때의 졸업논문과 그 번역문을 실어놓았다. 권영민은 『정지용 시 126편 다시 읽기』(민음사, 2000)에서 발표연대순에 따라 변형된 형태의 시들을 제시하고 그동안 연구자들 사이에 논쟁이 되었던 주요 어휘 30개를 골라 그에 대한 새로운 비평적인 해석을 가하였다. 이숭원의 『원본 정지용 시집』(깊은샘, 2003)은 정지용의 시를 총망라한 영인본에 어휘 주석을 붙였을 뿐 아니라 나름대로의 비평적인 해석을 가하고 있는 것이 특징이다.

그 외에도 지용의 후기시에 대해 생태시학적 비평을 시도한 최동호의 '산수시'라는 장르명칭에 대해 오세영·최승호 등의 '자연시'라는 주장과 박태상의 '한적시'라는 새로운 명칭 제시가 있어 학계의 흥미를 유발하였다. 또 맹문재, 최정례, 이상숙 등 소장학자들에 의한 『다시 읽는 정지용 시』(월인, 2003) 등이 출판되어 지용시의 어휘적 난해성에 대해 새롭게 탐구하는 노력이 지속적으로 시도되고 있음을 보여주고 있다.

한편 북한문학사에서도 정지용은 높은 평가를 받고 있다. 남한에서는 정지용은 다양한 스펙트럼을 보여주는 시인으로 평가받고 있다. 하지만 북한문학사에서의 정지용은 남한문학사에서의 감각적 시어를 활용하여 모더니즘의 세계를 개척한 공적과 산시편에서 나타나는 정신주의의 은일적 태도 등이 평가받고 있는 것은 완전히 배제되어 있다. 그

---

20) 권영민, 『정지용시 126편 다시 읽기』, 민음사, 2004.
21) 이숭원, 『원본 정지용 시집』, 깊은샘, 2003.
22) 최동호, 『정지용사전』, 고려대출판부, 2003.

이유는 북한이 사회주의적 사실주의의 문학관을 바탕으로 삼고 있기 때문이다.

정지용은 해방 후 50여 년 동안 완전히 실종상태였다. 그런데 1994년경부터 특이한 조짐이 보였다. 북한에 생존해 있는 정지용의 삼남 정구인에 대한 소식이 일본 조선대학 교수를 통해 들려오기 시작한 것이다. 1994년 5월 15일 정지용의 삼남 정구인은 김정일 국방위원장으로부터 선물 환갑상을 받게 되었다. 그러한 회고의 이야기는 정구인이 쓴 『통일신보』 1995년 6월 17일(1288호)자 기사인 「애국시인으로 내세워주시여」에서 구체적으로 묘사되어 있다. 그 기사에서 김정일 국방위원장은 환갑상을 보내면서 "정지용은 1920년대와 1930년대에 창작활동을 한 애국시인의 한 사람이었다고 분에 넘치는 평가도 해주시고 나라의 전반사업을 돌보시는 그 바쁘신 속에서도 1994년 6월 8일 이름 없는 평범한 방송기자가 올린 감사의 편지를 친히 보아주시는 크나큰 은정도 베풀어주시었다"[23]고 정구인은 회상하고 있다.

그 직전인 1993년 월북 문인 박산운은 획기적인 소식을 북한 언론 기사를 통해 밝혔다. 바로 북한에 있는 정지용의 아들이 자신을 찾아와서 아버지의 소식에 대해 물어보더라는 내용이었다. 박산운은 「시인 정지용에 대한 생각」, 『통일신문』 1993년 4월 24일자에서 북쪽으로 간 월북문인들의 소식도 전해주고 있다. 그는 "후대들에게 있어 불명예스러운 아버지를 가진 불행보다 더 큰 불행은 없으니 말이다. 정지용 선생의 아들이 나를 찾아온 것은 내가 그런 고충을 안고 시달리고 있을 때였다. 이전에 그가 어느 한 지질탐사대의 조사부장을 지낼 때 소설가 박태원 선생과 시인 리용악 선생을 찾아본 다음 내 집에도 두

---

23) 「애국시인으로 내세워주시여」, 『통일신보』 1995년 6월 17일자 3면.

차례나 들렀었는데 공교롭게도 그때마다 내가 집을 비우고 있었던 때여서 만나보지 못하고 편지래왕으로 그치고 있던차에 그를 만난 기쁨이란 한량없이 컸다"[24]고 언급했다.

박산운은 북한문학계에서 정지용이 어떤 평가를 받고 있는가에 대해서도 비교적 소상하게 언급하고 있다. "지용선생은 일제시기에 남긴 「향수」, 「고향」, 「말」 그리고 「카페 푸랑스」, 「압천」 기타 민족적 량심과 망국의 한이 서린 유명한 시편들과 함께 북의 동포들속에서 오늘도 같이 살고 있다. 북에서 발간된 현대조선문학선집의 1930년대 시인선집에는 선생이 남긴 작품들이 김소월과 함께 가장 많은 자리를 차지하고 있으며 북의 대학들에서는 선생의 시들과 문학적 업적이 강의되고 있다"[25]고 말하면서 1990년대에 들어서서부터 정지용 문학이 새롭게 부상하고 있는 현상을 생생하게 전하고 있다.

드디어 1995년 김정일 시대를 대표하는 북한문학사인 15권으로 된 『조선문학사』 제9권에서 정지용은 화려하게 부활하게 되었다. 그 이전에 북한에서 간행되었던 어느 문학사에서도 정지용은 단 한 줄이라도 언급된 적이 없었다는 점에서 격세지감을 느끼게 된다. 1959년에 발행된 북한의 『조선문학통사』나 1977~1981년 사이에 간행된 5권으로 편집된 『조선문학사』에서 정지용은 거론되지 않았다.

물론 류만이 저술한 『조선문학사』 제9권에서 정지용의 평가는 남한의 연구성과와는 매우 동떨어진다. 이 책에서 정지용은 크게 네 가지 관점에서 저술되고 있다. 첫째, 정지용 시인은 전기적 생애의 측면에서 충북 영동군 빈농가정에서 출생했다고 기술되고 있다. 둘째 정지용시인은 1920년대 중엽에 시단에 등장한 그는 1941년 시집 『백록담』을

---

24) 박산운, 「시인 정지용에 대한 생각」, 『통일신문』 1993년 5월 1일자, 제2회.
25) 박산운, 위의 글, 『통일신문』 1993년 5월 7일자, 제3회.

낼 때까지 시를 썼으며, 이 과정에 그의 시 창작은 대체로 1930년을 전후하여 일련의 변화를 보여주었다고 언급하고 있다. 셋째, 시문학의 진보성과 민족성을 두고 말할 때 다분히 1920년대에 창작된 시들이 해당되는데, 「향수」, 「압천」, 「고향」 등 그의 초기 시들은 짙은 향토적 및 민족적 정서와 민요풍의 시풍을 보여주어서 생신한 가락, 청신한 호흡, 가락 맞은 박동이 뚜렷이 살아 있어 민족정기를 강하게 느끼게 한다고 긍정적으로 평가했다. 넷째, 동시대의 프롤레타리아 시인들이 짓밟히는 삶과 잃어진 고향을 두고 분노를 터뜨리며 항거를 외칠 때 정지용은 고향을 읽은 설움, 울분 그 이상의 정신적 경지에는 이르지 못했다[26]고 비판하였다.

어찌 되었던지 북한문학사에서 50년 이상 실종상태였던 정지용이 최근 북한 문학사와 백과사전류에서 복권된 것은 커다란 의미를 지닌다. 명실 공히 남북문학사에서 정지용이 올곧게 바로 서게 된 것은 남북문화의 교류차원에서나 통일을 대비한 통일한국문학사의 서술을 위해서도 고무적인 현상이라고 생각된다.

---

26) 류만, 『조선문학사』 제9권, 평양: 과학백과종합출판사, 1995, 79-81쪽.

제 3 부

정지용은 왜 항상 '새로운 것'에 집착했는가

『문장』과 정지용

1. 머리말

21세기의 한국이라는 지형적 위치에서 1930년대 말의 식민지적 현실을 바라보면, 치욕과 고통의 역사라는 의미뿐만 아니라 살아남을 수 있는 방향의 모색을 위해 얼마나 몸부림을 쳤는가하는 애절함이 느껴진다. 역사가 단순한 과거의 기록이 아니라 현재의 삶과 미래의 역동적 흐름의 물꼬를 트는 방향타의 역할도 맡게 된다고 볼 때, 아픈 과거에 대한 회고와 정리도 커다란 의미를 지닐 수 있다고 본다. 문민 3기인 노무현 정권은 '과거사 진상'을 참여정부의 중요한 정치적 과제의 하나로 포함시켜 친일핵심명단을 언론에 공포하고, 친일파 사전을 제작하는 데에도 상당한 정신적 지원을 하였다. 그에 따라 한·일 관계는 그 어느 때보다 악화일로를 걷고 있다. 그 이유는 제국주의에 대한 일본의 반성이 미흡한 것이 주요인이고, 참여정부가 미래의 성장 동력 구축의 토대로 과거사 진상을 분명하게 하고 넘어간다는 단계를 넘어 참여정부의 집권시기 중 거의 절반을 과거의 역사를 뒤지고 정리하는 데 시간을 허비해 버린 것에도 부수적 요인이 있다.

다행스럽게도 위안부정신대 문제에 대해 한·일 양국을 떠나서 미국 국회의원을 비롯한 세계적 지식인들의 지원이 있어서 일본의 고이즈미 총리의 뒤를 이은 아베 총리가 형식적으로나마 약간 진전된 사과문을 발표한 것은 고무적인 현상이다. 이러한 미묘한 시기에 참담했던 1930년대 말의 식민지 현실 속에서 몇 명의 조선 지식인들이 전통지향적인 테마를 핵심과제로 삼고 잡지『문장』을 창간하여 1941년 4월 폐간될 때까지 26호를 발간한 의미를 되새겨 보는 것은 상당한 의미를 지닌다고 할 수 있다. 편집진을 살펴볼 때,『문장』의 든든한 버팀목이었던 이병기는 고전의 수용을 통한 고차원적 문예적 수준의 유지를 추구했다면, 산문을 담당했던 편집주간이었던 이태준과 현대시 부문을 관장했던 정지용 또한 실학파의 '법고창신'의 정신 계승을 통해 전통주의와 실험적 창조정신의 조화를 모색했던 것으로 파악된다.

특히 제20회 지용제를 기념하여 옥천군이 정지용 기념관에 잡지『문장』의 원본 한 질을 구입하여 소장하게 된 것은 매우 뜻 깊은 일이라고 생각된다. 군국주의 물결의 파고가 민족의 숨통을 조이던 심각한 시기에 그 쓰나미의 파도를 뛰어넘어 민족 생존문제를 고민했던 지식인들의 삶의 궤적을 훑어보는 것은 21세기적 난제를 풀어나가야 하는 현시점에서 또 하나의 재미로 느껴진다. 그런 측면에서 잡지『문장』에 나타난 지용의 족적을 따라가 보는 것도 한국문학사를 두텁게 하는데 일조를 하리라고 믿는다.

2. 1930~1940년대 시대상과 잡지『문장』

1930년대는 일제가 군국주의에 휩쓸려 식민지 학대에 광분하던 시기였다. 1937년 중국 본토를 침략하기 위해 다시 전쟁을 도발하여 중일전쟁을 일으켰고, 1938년에는 그 침략행위를 변호하기 위해 이른바 '대동아신질서'를 내세웠다. 그 해에 유럽에서 제2차 세계대전이 발발하자, 동남아의 대륙과 도서들, 그리고 서남 태평양 방면에의 침략을 도모하고 9월에 중국의 해남도를 점령하였다. 1940년에 프랑스의 붕괴를 계기로 '대동아공영권'이라는 구호를 내세우며 타이와 인도차이나에 압력을 가하고 버마, 말레이 반도 및 서남 태평양 방면으로 침략할 태세[1]를 갖추었다. 미국의 간섭을 두려워하는 독·이·일의 3국은 1940년 9월에 군사동맹을 체결하였다. 이에 대하여 미·영·중·네덜란드의 4개국은 이른바 A, B, C, D 포위 진영을 결성하여 일본의 침투에 대항하였다. 일본군은 1941년 7월에 프랑스령 인도차이나에 진주하고 그해 12월에 진주만을 기습[2]함으로써 미국, 영국을 상대로 전쟁을 확대하여 이른바 태평양 전쟁이 시작되었다.

이러한 일제의 전쟁광분은 한반도에 바로 충격파를 던졌다. 1937년 중일전쟁을 계기로 한반도를 병참기지화하였던 것이다. 군수공업을 중심으로 한국 경제의 재편성을 강행하였다. 1938년에서 1941년에 걸쳐서 상품과 원료의 배급제, 상공업에 대한 허가제, 그리고 긴급하지 않은 평화 산업에 대한 억제책을 실시하였다. 1936년에 내임한 미나미 지로 총독은 한국민에 대해 미곡, 생우의 공출을 강요하여 군량에 보충했고, 심지어는 고철, 놋그릇, 수저까지 공출[3]케 하여 군수 물자에 보태었다.

일제는 모든 민족적인 문화활동을 금지하였으며, 한국어 사용마저도

---

1) 한우근, 『한국통사』, 을유문화사, 1970, 555-556쪽.
2) 이기백, 『한국사신론』, 일조각, 1967, 414쪽.
3) 한우근, 앞의 책, 557쪽.

금지하여 민족적인 얼을 말살하려는 정책을 폈다. 미나미南 조선 총독은 내임한 지 2년 뒤인 1938년에 신교육령을 발표하여 중등학교 교과목 중에서 한국어를 삭제하여 한국어 교육을 금하고 나아가서는 한국민의 한국어 사용까지도 금지하였다. 1940년 8월에는 동아, 조선 등 한국어 신문이 거의 폐간당했고, 다음 해 4월에는 문장, 인문평론 등 한국어로 간행되는 잡지도 자진 폐간하였다. 조선총독은 1942년 10월에 민족운동을 하고 있다는 구실로 조선어학회의 회원들을 다수 검거하여 투옥시키고 한국사를 연구하는 진단학회도 해산시켰다. 그뿐만 아니라 일제는 한민족에 대해 강압적인 동화정책을 쓰면서 창씨개명과 신사 참배를 강요4)하기에 이른다. 주기철과 같이 신사참배를 거부하고 목숨을 빼앗긴 기독교인들도 있었다. 또 「성서조선」을 발행하던 김교신과 그의 동지들도 많이 옥고5)를 치르었다.

　침략전쟁이 중일전쟁으로 확대된 뒤에는 위험부담을 안고라도 조선 청년을 군사력으로 동원하지 않을 수 없게 되었다. 우선 지원병의 형태로 조선 청년들을 동원하기로 하고 육군특별지원병령을 공포했다(1938. 2). 이 '지원병령'에 따라 1944년 조선에 징병령이 실시되기 전까지 약 1만 8천 명 가량의 조선 청년이 일본군에 지원입대했다. 지원병제도로 시작된 조선 청년들의 전쟁동원 제도는 태평양전쟁이 막바지에 다다르자 마침내 징병제로 바뀌어(1944), 일본이 패전할 때까지 약 20만 명이 징집되어 침략전쟁터로 끌려갔다. 여기에 그치지 않고 더 많은 사람들이 모집, 징병, 보국대, 근로동원, 정신대 등의 이름으로 강제 동원되어 노동력을 수탈6)당했다. 1939년부터 1945년 전쟁이 끝날 때까지

---

4) 한우근, 앞의 책, 557-558쪽.
5) 이기백, 앞의 책, 415쪽.
6) 강만길, 『20세기 우리 역사』, 창작과비평사, 1999, 125-126쪽.

일본의 전쟁노동력으로 강제 동원된 조선인이 113만 명으로 집계된 자료가 있는가 하면, 146만 명이라고 밝힌 자료도 있다. 이들은 위험한 탄광노동에 제일 많이 투입되었고, 다음은 금속광산, 토목공사장, 군수공장 등의 노동력으로 동원[7]되었다. 침략전쟁 막바지에 이르러서는 중학생은 물론 초등학생까지도 근로동원이란 명목으로 끌어내어 군사시설 공사에 투입했다. 또 남자들에 대한 징용령에 이어 여자정신대근무령(1944. 8)을 만들어 12세에서 40세까지의 조선 여성들을 강제 동원했다. 정신대로 끌려간 상당수의 조선 여성들이 중국과 남양지방 등지의 전투지구로 보내져서 군인을 상대하는 위안부[8]가 되었으나, 일본군이 자료를 태웠거나 남아 있다 해도 공개하지 않아 구체적으로 실증되지는 못하고 있다.

이러한 일제의 만행에 대해 조선인들은 소규모이기는 하지만 지속적으로 민족해방운동을 전개하였다. 1930년대 전반기에 일어났던 혁명적 노동조합과 농민조합운동은 1930년대 후반에도 일부 지역에서 끈질기게 이어졌지만, 일제의 탄압으로 많은 조직이 모습을 감출 수밖에 없었다. 신간회 해소 뒤 이렇다 할 조직 활동을 하지 못했던 안재홍, 정인보 등 비타협적 민족주의자들은 민족개량주의에 맞서 '조선학운동'을 벌였지만, 노동자, 농민에게 공감을 얻지 못하고 '조선어학회 사건'을 끝으로 개별화하거나 은신했다. 이런 가운데 사회주의자들의 투쟁이 이어졌다. 1937~1938년 함경남도 원산을 중심으로 혁명적 노동조합운동을 벌였던 이주하, 김태범 등이 이끈 '원산그룹'은 여러 운동을 통일하면서 전국을 포괄하려고 노력했다. 그러나 1938년 10월 관련자들이 검거될 때까지 전국을 아우를 조직을 만들지는 못했다. '이재유그

---

7) 강만길, 앞의 책, 128쪽.
8) 강민길, 위의 책, 128-129쪽.

룹'에서 활동했던 이관술, 김삼룡, 이현상 등이 박헌영을 지도자로 받아들여 '경성콤그룹'을 결성9)했다. 이들은 1938년 12월부터 1941년 12월까지 경상남도와 함경도 지방에서 활발하게 활동하면서 하부단위에 노동자와 농민을 적잖게 참여시켰다. 일제가 망하기 1년 전인 1944년 8월에는 여운형이 중심이 되어 건국동맹을 만들었다. 건국동맹은 10개 도에 책임자를 두어 지방조직을 갖추면서 반일세력을 모으려고 노력했다. 또 대중을 조직하는 데도 힘을 기울여 1944년 10월 경기도 용문산에서 농민동맹을 결성해 식량 공출, 군수물자 수송, 징용, 징병을 방해하는 활동을 했다. 민족해방이 가까이 다가왔다고 확신한 건국동맹은 나라 안팎의 민족해방운동 세력과 힘을 합치려 했다.10)

이밖에도 노동자, 농민을 비롯한 청년학생들의 끈질긴 대중투쟁도 이어졌다. 전쟁 동안에도 연평균 107건에 6천 명 남짓한 노동자가 파업에 참여했다. 1943년 한 해 동안에만 성진공장 운반노동자 파업, 나진 항만노동자 파업, 만포 수력발전소 노동자 파업 등이 있었으며, 흥남의 조선 질소화학 공장에 폭파사건이 일어나기도 했다. 노동자들은 직접 파업을 벌이기도 했지만, 전시산업의 생산을 흐트러뜨리는 태업, 결근, 공사 방해 등을 자주 일으켜 일제에 맞섰다. 농민들은 일본인 농장을 중심으로 소작쟁의를 일으키고 강제 공출, 노동력 강제 동원, 군수작물 재배 강요, 강제 징발 등의 전시 수탈 정책에 반대하는 투쟁을 벌였다. 농민들은 공출에 반발하여 곡물을 숨기거나 모아둔 농산물에 불을 지르기도 했다. 당시 조선 사상범 검거 상황을 살펴보면, 1935년 172건 참가인원 1,740명에서, 1941년 232건 861명, 1942년 183건 1,142건, 1943년 322건 1,002명, 1944년 132건 337명 등으로 드

---

9) 역사학연구소, 『함께 보는 한국현대사』, 서해문집, 2004, 227쪽.
10) 역사학연구소, 위의 책, 228쪽.

러났다.[11]

이러한 민족의 시련기에 잡지『문장』은 고고성을 울렸다. 1939년 2월 창간호를 발간한 후 1941년 4월호로 폐간되었다. 약 2년 2개월 동안 26호를 발간하고 막을 내린 것이다. 『문장』의 창간과정에 대한 기록은 한국 언론사나 문단사에 기록이 구체적으로 남아 있지 않다. 다만『문장』창간호를 통해 사주 김연만과 편집책임자 이태준의 의기투합이 잡지가 세상에 나오게 된 배경이라는 설명에서 그 과정을 짐작해 볼 뿐이다. 발행인 김연만은 "자신은 공부한 것도 문학이 아니고 현재의 생활도 문학이 아니지만 예술에 대한 존경과 서적에 대한 관심은 이미 가져온 지 오래되었고 힘만 자라면 어느 각도에서나 좀 진취적인 문화행동을 갖고 싶던 것이 나의 적년의 소회였다"[12]고 밝히면서 창간의 변에 대신하고 있다. 한편 편집자인 이태준은 "일전의 어느 회석에서다. 누가 조선의 문화를 알려함에 정기출판물들의 수효를 물었다. 한 친구는 무엇 무엇하고 다섯 손가락이나마 얼른 꼽지 못해 구구하였고 한 친구는 이속의 문화는 과거에 있지 현재에 있는 것이 아니라고 방패매기를 하였다. 아무러튼 현간의 문예지 하나 갖지 못한 문단임엔 너머 얼굴이 들리지 않았다. 그렇다고 이「문장」이 오로지 그런 일시 의분—時義憤으로서만 탄생됨이라 함은 아니나 그로 말미암아 出世하는 시일을 단축시킨 것만은 사실이다"[13]라고 하여 당시 문예지 하나 없는 참담한 현실이 잡지『문장』의 창간을 자극했다고 설명하고 있다.

『문장』이 폐간당한 1941년 무렵의 정황에 대해서는 많은 기록이 있다. 『한국언론사』에는 1941년 12월 8일 진주만을 기습하여 태평양전

11) 역사학연구소, 앞의 책, 228-229쪽.
12) 『문장』 창간호(1939. 1) '餘墨'.
13) 위의 책, 같은 글.

쟁을 일으킨 일제는 12월 13일에는 신문 사업령을, 12월 18일에는 언론 출판 집회 결사 등 임시 취체법을 공포했다고 당시를 설명하고 있다. 신문 사업령은 신문의 운영이 국책의 수행에 중대한 지장을 미치거나 또는 미칠 우려가 있을 때 신문 사업주에게 그 사업의 폐쇄 또는 휴지를 명할 수 있도록 했다. 이로써 총독부는 자의적으로 신문을 없앨 법적 근거를 마련한 것이다. 언론 등의 임시 취체법 역시 행정관청이 필요하다고 인정할 경우 신문의 허가를 취소하거나 발행을 정지시키고 또한 발매 반포를 금지14)할 수 있게 하였다.

그러나 총독부는 이런 법규를 제정하기 전부터 지방지의 통폐합과 『동아일보』와 『조선일보』의 폐간을 강요했다. 즉 1940년 1월에 평양의 『서선일보』를 『평양매일신보』에 폐합할 것을 시작으로 전국의 지방지를 1도 1지 원칙에 따라 통폐합하였으며, 8월 10일에는 『동아일보』와 『조선일보』를 자진 폐간의 형식으로 없애고 말았다.15)

당시의 문단상황에 대해서는 김팔봉의 증언이 다음과 같이 상세하게 남아 있다.

태평양전쟁이 처음 1년간은 일본에 유리하게 전개되었다. 동남아를 석권하고 필리핀을 점령하는 동안 일제는 우리들한테 「朝鮮靑年特別錬成令」을 공포하였고, 북지전쟁이 터지면서 이듬해 38년에 공포했던 지원병 제도를 43년엔 육군 징병제도로 바꾸었고, 그 위에 해군 특별 지원병제를 실시하였던 것이다. 그런데 43년 11월엔 카이로 선언이 있었고 9월엔 이태리가 항복했었는데도 우리들은 이태리 항복만 알았을 뿐 카이로 선언은 알지 못했었다.

그래서 42년에 일본 동경에서 제1회 「대동아문학자대회」라는 것이

---

14) 김민환, 『한국언론사』, 사회비평사, 1996, 300쪽.
15) 김민환, 위의 책, 300쪽.

열렸었고 43년에도 동경서 제2회 대회가 열렸었는데 그 때 그 대회에 참가했던 사람이 춘원 이광수, 회월 박영희, 현민 유진오 등이었다. 창씨제도 시행, 『조선』, 『동아』 폐간, 독군 마지노선 돌파, 파리 함락(이상 40년), 사상범예방구금령 공포, 영·미인 선교사 15명 검거, 『인문평론』, 『문장』지 일문화日文化—(이상 41년)

조선청년특별연성령 공포, 조선어학회 최현배 등 30여 명 검거(이상 41년), 진단학회 해산, 해군 특별 지원병 제도 실시, 육군 징병제 실시 (이상 43년)

이같은 일제의 가중되는 압력 때문에 투지가 비교적 약한 문인들은 끌려다니기 쉬웠던 것이 사실이다.[16]

3. 『문장』의 지향점과 문화사적 위상

팔봉 김기진은 "일제 암흑기의 문단"에서 『문장』과 『인문평론』이 일본문으로 절반 이상 인쇄하지 않고서는 발행이 안 되게 된 것이 41년 11월부터이니까 이때부터가 직접적으로 문단을 덮친 암흑기라고 규정하는 것이 타당할 듯하다"[17]고 증언하였다. 일제에 의해 조선이 암흑기로 접어들기까지 최후에 남아서 민족적 정서를 지킨 잡지가 『문장』이었다는 점에서 『문장』의 문화사적 위상을 가늠해 볼 수 있다. 특히 민족지인 『조선일보』와 『동아일보』 마저 폐간당한 현실에서 『문장』의 편집진은 총독부로부터 일본문으로 된 글만을 게재할 것을 강요당하면서까지 우리글을 지키기 위해 버틸 수 있을 만큼 버티다가 스스로 폐간을 자초했다는 것은 상당한 의미를 지닌다.

16) 김팔봉, "일제 암흑기의 문단", 『대한일보』 1969년 4월 7일~1970년 12월 10일; 강진호 편, 『한국문단 이면사』, 깊은샘, 1999, 289-290쪽.
17) 김팔봉, 위의 글, 285쪽.

당시 편집의 실무를 책임지고 있었던 조풍연은 검열에 의해 수많은 글들이 삭제되거나 짤려나간 과정을 언론에 공개하고 있다. 조풍연이 『문장』의 편집을 맡은 것은 1940년 정월부터라고 술회하고 있다. 이 때 이미 박목월, 박두진, 조지훈, 박남수, 이한직 같은 신인들이 『문장』의 추천을 거쳐 다음 작품들을 하나 둘 기고하고 있었다고 증언한다. 또 『문장』을 '맡았었다'는 표현을 사용한 이유는 말은 지극히 모호하지만, 실은 잡지 일에서 판매만 빼고는 모든 것을 자신이 혼자 진행했기 때문[18]이라고 부연해서 설명하고 있다. 편집 계획부터 원고 청탁·수집, 총독부 도서과에 드나들기, 인쇄소 드나들기, 교정보기, 그리고 책이 나온 뒤 포스터에서 신문 광고에 이르기까지 혼자 하였다고 설명하고 있다. 편집장이라기엔 부하 직원이 없었고 편집기자라기엔 너무나 권한과 책임이 컸다는 것이다. 당시 이태준은 이화여전의 강의에 나가는 일과 자기 작품 쓰는 일에 시달리고 있었을 때 한번 훑어보고는 대개 말없이 넘겨주는 것뿐이었다[19]고 증언하고 있다.

조풍연은 당시 총독부에 의해 얼마나 많은 글들이 삭제되었는가를 몇 가지 실례를 들면서 언급하고 있다. 당시 잡지 『문장』은 원고가 다 모이면 반드시 총독부 도서과의 검열을 맡았다고 한다. 한번은 월탄의 시가 2행 깎여 나왔다고 한다. 그것이 깎여도 시가 다 죽는 것은 아니라고 생각한 그는 월탄에게 삭제과정을 설명했더니 월탄이 듣고 발표를 거부하였다고 한다. 결국 그 시는 해방 후에 온전한 모습으로 당당히 발표되었다. 당시 총독부는 비위에 거스리는 것을 깎아 없애는 것뿐이 아니라 깎인 줄 수를 따로 기록하여 '성적'을 매기고 성적이 불

---

18) 조풍연, "문장·인문평론 시대", 『대한일보』 1969년 4월 7일~1970년 12월 10일; 강진호 편, 앞의 책, 239-240쪽.
19) 조풍연, 위의 글, 240쪽.

량한 것은 폐간시킨다는 경고를 퍼뜨렸다고 한다.

이 무렵 『문장』은 매번 붉은 줄에 관인이 찍힌 '삭제'가 나오고 '전문 삭제'가 수두룩하여 더 이상 내기가 어려워졌다고 조풍연은 회고하였다. 나도향의 유고를 실례의 또 다른 예로 들었다. 필적 진위에 대해 월탄이 판정을 내리자 이것의 발표를 계기로 『백조』 동인 특집을 계획하여 원고 청탁의 어려움 속에서 모든 힘을 기울여 구색을 갖추게 되어 총독부에 검열을 들여보냈으나 원고의 절반이 삭제되어 편집에 대혼란이 일어난 것을 술회하고 있다. 조풍연은 "일본문이 실리는 것은 그만큼 방을 빼앗기는 것이 되는 게 아니고 집 전체를 빼앗기는 것이 된다. 그건 문학 잡지를 낸 원뜻이 완전히 지워지고 마는 것이다"[20]고 증언하였다. 당시 『인문평론』은 홀로 남아서 총독부가 하라는 대로 일본문을 싣고 나아갔는데 반해 『문장』이 스스로 죽은 까닭이 거기에 있다고 『문장』 폐간의 속사정에 대해 그는 진솔하게 말하고 있다.

1) 기존 문학사에서의 『문장』에 대한 평가

우선 백철은 『국문학전사』에서 잡지 『문장』을 "일제 말기의 한국문학의 교두보"라고 극찬했다. 그러한 높은 평가의 근거로 신인 작가 시인들의 등용문이었음을 들고 있다. 그리고 1940년 전후에 등장한 시인들은 1935년도 전후의 그들보다도 더한층 현실을 경원한 '순문학 주의적 경향'으로 되어진 사실을 명료하게 살펴볼 수 있다고 강조한다. 때마침 1939년 이후 『문장』을 중심하여 기성작가인 유진오와 이십대인 김동리와의 간에 문학에 관한 순수논의가 전개된 것은 이때의 문학정

---

20) 조풍연, 앞의 글, 244쪽.

신을 고찰하는데 중요한 참고가 된 것은 여기서 유진오는 동년『문장』
6월호에서 「현대조선문학의 진로」라고 해서 문학에 대하여 "순수라는
것을 생각하기에 요새보다 더 절실한 적이 없다. 순수란 별다른 것이
아니다. 모든 비문학적인 야심과 정치와 중모를 떠나 오로지 빛나는
문학정신만을 옹호하려는 의연한 태도를 두고 말함이다"고 한 것까지
는 신인의 비위에 거슬리지 않았으나 그의 말이 "문학정신은 본질적으
로 인간성 옹호의 정신이다"[21]고 한데서 논의의 발단이 된 것이다. 거
기서 유씨는 신인작가들의 현실에 대한 도피적인 안이한 태도를 비난
하는데 나아갔기 때문이다. 유씨의 순수론을 신인의 입장에서 반박한
것이 김동리의 「순수이의」(1939. 8.『문장』)다. "비문학적인 야심과 정
치주의"[22]에 의하여 문학을 한 사람들은 삼십대의 작가들이요, 순수한
문학정신은 "신인 작가들이 획득한 자기들의 세계"라는 것, 그 점에서
신인에게 순수문학을 권할 것이 아니라 돌아가서 삼십대의 작가들 자
신에게 반성을 촉할 것이라고 했다. 이것을 다시 김환태가 「純粹是非」
(1939년『문장』11월)라는 것으로써 김동리의 論을 옹호하여 과거의
작가들이 정치주의에 의거한 것을 비판하였다[23]고 언급함으로써 잡지
『문장』이 순수론을 주도한 것의 의미를 높게 평가하였다.

조연현은 그의『한국현대문학사』의 한 항목에서 잡지『문장』의 위
상을 "일제 말기의 문학적 민족적 등대"라고 표현하면서 당시의 신문
학예면의 기능과 직능은 1939년에 이르러『문장』과『인문평론』이 창
간됨으로써 그 문학적 권위는 절로 이 양지로 이동되었다고 평가하고,
특히『문장』의 경우 편집자의 문학적 안목이 높았으며 신인추천제를 설

---

21) 백철·이병기,『국문학전사』, 신구문화사, 1985, 442쪽.
22) 백철·이병기, 위의 책, 443쪽.
23) 백철·이병기, 위의 책, 443쪽.

치하여 새로운 작품이나 새로운 신인이 문단의 문학적인 최고권위자들에 의하여 심사되고 발견되는 길을 열어 놓았다[24]고 그 위상을 높이 평가하였다.

한편 김현은 김윤식과 공저인 『한국문학사』에서 『문장』의 등장을 모더니티의 포기와 토착어의 개척이란 새로운 해석을 하여 주목을 받았다. 문학이 그 사회의 구조적 모순을 반영, 포착하기 위하여는 당대 사회의 첨단의 의식에 가능해야 하고 그것은 필연적으로 세계 공통어를 향한 열린 지평을 모색해야 한다. 그런데 그 세계성의 획득은 일본어로 사고하는 것을 뜻한다. 즉 모더니티의 획득은 민족의 적인 일어로 사고하는 것과 관계[25]된다. 한편 문학은 모더니티와 함께 모어에의 탯줄에 기반을 두고 있다. 이 두 개의 지향점을 변증법적으로 지향함이 바람직한 과정일 것이다. 그러나 이 과제는 1930년대 후반기, 자세히는 중·일 전쟁 이후 일어사용의 강제로 실패하게 된다. 그것은 모더니티의 포기를 뜻하며 반면 토착어의 개척으로 향함을 의미한다. 이 지향성의 귀결점은 『문장』의 정신에서 확연히 볼 수 있다[26]고 해석했다. 김현은 그 논리적 귀결을 명료하게 보여준 것이 이태준의 『문장강화』 (1940)라고 파악하고 그가 말하는 아름다운 언어란 의미와 내용이 합치되는 데서 얻어지는 언어미가 아니라 시적어휘와 마찬가지의 질감을 갖는 〈문장미〉를 뜻하며 그 구성은 고도의 언어에 대한 결벽성, 언어의 절약에서 비로소 가능하다고 해석하여 문장파의 순수문학 추구를 언어미의 고결함, 민족어와 문학의 운명을 연결시킨 것으로 파악하고 있다.

한편 김윤식은 『한국근대문예비평사연구』에서 임화의 세대론을 내세

---

24) 조연현, 『한국현대문학사』, 성문각, 1985, 587쪽.

25) 김윤식·김현, 『한국문학사』, 민음사, 1973, 183쪽.

26) 김윤식·김현, 위의 책, 183쪽.

워 당시의 신세대는 대체로 문장파의 아류에 가까웠고, 따라서 신인군이 전위적이 못 되고 30대의 인문평론파가 전위적, 시대적이었음은 아이러니컬한 일이며 이는 신인측이 한 사람의 전문적 비평가를 못 가졌던 사실과 무관하지 않다[27]고 비판하였다. 임화는 1939년 『비판』 10권 1~2호를 비롯한 여러 지면을 통해 「신인론」을 발표하여 신인들을 비판했다. "문예적인 '새것'은 신인의 절대가치다"라는 명제를 내세우며, 신인들에겐 이 절대적 가치인 '새것'이 없다고 단정[28]했다. 김윤식은 임화의 신인론의 근본적 의도로써 1939년을 앞뒤로 하여 문단에 세력을 확보한 소위 순수성을 견지하는 예술파에 대한 비판이 외형적으로 신인론을 가장하여 나타난 것이라고 볼 수도 있다고 파악하였다. 신인들이 춘원, 민촌, 지용, 태준의 아류가 되었다는 임화의 말을 분석해보면, 기성대가인 춘원, 이태준, 정지용은 민족주의 혹은 고전적 체질의 작가라 할 수 있고, 또 이태준이나 정지용은 9인회적인 예술파라할 수 있다. 김환태가 「순수시비」(『문장』 1권 10호)에서 옹호한 것이 표면상 신세대였으나 그 내면상으로는 문장파의 정지용, 이태준 옹호론이었음도 결코 우연일 수 없는 것으로 임화의 신인론은 신인매도로나타났으나 실질상으로는 순수파 즉 예술파에 대한 비판이며 도전이라볼 수 있다[29]고 해석하였다.

2) 『문장』의 편집진

문장에는 주체적인 편집인이 드러나지 않는다. 일종의 집단지도체제

---

27) 김윤식, 『한국근대문예비평사연구』, 일지사, 1976, 350쪽.
28) 김윤식, 위의 책, 346-347쪽.
29) 김윤식, 위의 책, 348쪽.

라고 할 수 있다. 형식상으로는 이태준이 편집주간의 역할을 맡고 있었다고 전해진다. 창간호의 『여묵』에 발행인 김연만의 글 바로 아래에 이태준이 편집인을 대표하여 창간호 발간의 소회를 쓴 것에서도 확인이 된다. 하지만 사실상 편집의 실무는 정인택(1939년 2월 창간 때부터 1939년 12월 제12집까지)·조풍연(제13집, 1940년 정월부터 폐간 때까지)에 의해 이루어진 것으로 알려져 있다. 조풍연의 회고담에 의하면, 당시 편집기자인 조풍연이 판매를 빼고는 거의 모든 일을 도맡아 했던 것으로 묘사되고 있다. 조풍연에 의하면, 당시 이태준은 이화여전의 강의에 나가는 일과 자기 작품 쓰는 일에 시달리고 있었을 때 한번 훑어보고는 대개 말없이 넘겨주는 것뿐이었다[30]는 것이다.

하지만 『문장』을 실제 분석해보면, 잡지 『문장』은 각 분야를 나누어 몇 사람이 편집을 주도해 나간 것으로 보인다. 즉 소설은 이태준, 시는 정지용, 시조와 고전 발굴소개는 이병기로 영역이 분명하게 나뉘어 진 것만은 분명하다. 그래서 학계에 '문장파'[31]라는 말이 등장하게 된 것이다. 이러한 세 사람에 김용준을 포함시키면 문장파는 구색을 갖추게 된다. 김용준은 길진섭과 더불어 잡지 『문장』의 장정과 표지화를 주로 담당한 인물이다. 그는 중앙고보를 졸업하고 일본 동경미술학

---

30) 조풍연, "문장·인문평론시대", 『대한일보』 1969년 4월 7일~1970년 12월 10일; 강진호 편, 『한국문단 이면사』, 깊은샘, 1999, 240쪽.

31) 최승호, 『1930년대 후반기 전통지향적 미의식 연구—문장파 자연시를 중심으로』, 서울대 박사논문 1994, 11쪽.
　　최승호는 "소위 문장파의 주체세력은 무엇인가? … 그들이 바로 이병기, 정지용, 이태준, 김용준 등이다. 이병기는 주지하다시피 바로 문장파의 정신적 지주였다. 문장파의 정신적 지향이 소위 선비문화였다면 그 선비의 한 전형이 이병기였던 것이다"라고 하여 '문장파'라는 용어를 사용하였다. 사실 '문장파'란 용어는 김윤식 교수가 최초로 사용한 것으로 보이며, 황종연과 최승호가 박사학위논문에서 구체적으로 사용하여 김윤식 교수의 맥을 잇고 있다.

교에 유학하여 서양화를 전공했다. 1920년대 초기에 정지용, 박팔양 등과 함께 『요람』 동인으로 활동했던 그는 아나키즘 성향의 프롤레타리아 예술론을 발표했으며 1930년대에는 전통미술의 재발견을 표방하며 평론활동을 했고 그 스스로도 동양화가로 변신하기도 했다. 장욱진 화백과 더불어 해방 후에 서울대학교 미술대학에서 동양화를 강의하다가 월북하였다.

사실 '문장파'는 시대적 요인을 반영한 것이겠지만, 프롤레타리아그룹처럼 분명한 정치적 강령이나 뚜렷한 당파적 명제를 내세운 적이 없다. 다만 제호나 장정 그리고 특집물 기획 등에서 자신들의 미학적 취향이나 예술적 속성을 드러냈을 뿐이다. 물론 당시 1920~30년대 문단의 주류를 형성하였던 사회주의적 리얼리즘이나 모더니즘을 벗어나서 '전통지향적인 민족주의'의 양상을 지니고 있었다. 『문장』의 이러한 특성은 장정에서 드러나고 있는 두 가지 점에서 분명하게 확인이 된다. 하나는 제호의 글씨체에서 나타나고 있으며 다른 하나는 김용준에 의해 그려진 표지화에서 그 분위기가 드러난다. 총 26권의 장정은 두 가지 돋보이는 특색을 지니고 있다. 그 하나는 추사 김정희의 필적에서 골라낸 제자題字이고, 다른 하나는 서양화가와 동양화가를 겸한 김용준이 그린 표지화이다.

창간호에서는 행서체였던 제자는 5호부터는 이태준이 찾아내느라 고생을 했던 예서체로 바뀌었다. 『문장』 5호에는 짧게 "4월호까지의 문장 제자를 5월호에서 역시 추사의 예서체로 바꾸었다. 이 필적을 찾아내기에 상허가 한달 가까이 애를 썼다"[32)]라고 밝히고 있다. 그만큼 잡지의 장정에 편집진이 얼마나 신경을 썼는가를 보여주는 한 증거가 될

---

32) 『문장』 제5집(1939년 5월호) '餘墨'.

것이다. 장정에 대해서도 매우 신경을 써서 독자적이고 한국적인 것을 찾아내려고 노력하였음을 "재래의 우리 서적계는 단행본으로부터 잡지까지 장정 혹은 표지의 그 모두가 외국서적만을 모방해왔다. 우리의 문학이라면 우리의 장정, 우리의 표지가 창조되어야 할 것이다. 점두에 걸린 포스터에서까지 새로운 문화를 찾을 수 있다면 거기에는 우리의 색감과 우리의 정조가 있는 것으로서 출발해얄줄 안다"[33]고 설명하고 있는 데에서 확인이 된다. 김용준은 잡지『문장』의 표지화와 장정만 책임진 것이 아니라 수필과 미술평론도 썼다. 주로 수필에 담겨진 내용은 동양회화 사상으로 문인화 정신인 '시화일치詩畵一致 사상思想'이다. 김용준은 『근원수필』을 남김으로써 이태준의 『무서록』, 정지용의 『지용문학독본』과 함께 문장파의 중요한 산문집의 하나로『문장』을 뚜렷한 강령과 당파적 명제가 없는 가운데에서도 하나로 묶을 수 있는 독특한 공동적인 이념체를 구성하는데 일조를 하고 있는 것이다, 김용준은 이렇게 산수, 화훼, 소과, 기명 등을 소재로 하여 문인화 양식의 전통적인 민족 문화유산을 재현하는 방식으로 장정을 꾸며 '전통주의적 민족주의'를 표현했던 것이다. 특히 김용준은 응물상형應物象形의 화도론畵道論을 펼쳤다. 당시에 응물상형 없이 기운생동만을 강조하는 풍조가 만연하여 개성이 몰각하고 조선회화가 쇠퇴하게 되었다고 파악한 때문이었다.

3)『문장』의 지향점

잡지『문장』은 독특한 편집상의 특성과 미학적 취향 그리고 정신적인 지향성을 드러내고 있었다. 김윤식은 그것을 상고주의로 파악하고

---

33)『문장』제3집(1939년 3월호) '餘墨'.

그 문학사적 위치를 고전부흥운동의 맥락 속에 두었으며 선비다운 맛과 고전에의 후퇴[34]라고 정리하였다. 그에 비해 김용직은 전통지향 또는 전통주의라는 용어를 사용[35]하였고 황종연은 "1930년대 후반기 문학의 전통주의는 한국학의 성장을 통해 강화된 전통의식과 서양추수주의적 근대주의에 대한 회의의 결합형태"[36]라고 정신사적인 측면에서 해석하였다. 최승호는 『문장』의 편집진 중 이병기의 정신적 지향성에 몰두하여 "선비문화에의 지향과 문인화 정신의 추구"로 해석하였으며 "사실 '문장파'의 이념인 선비문화에의 지향은 이병기(제1세대), 정지용(제2세대)에서보다도 그 마지막 세대(제3세대)인 조지훈에 와서야 그 극점을 보인 것이다"[37]라고 파악하였다.

사실 잡지 『문장』의 편집진들이 추구한 지향점은 광포한 군국주의와 포악한 민족정신의 말살정책 그리고 마르크스주의적 정치색에 맞선 '전통주의적 정신주의'와 '문화적 민족주의'라고 결론지을 수 있다. 그리고 그것을 과거로의 회귀나 퇴영으로 몰고 가지 않기 위하여 실학파의 '법고창신'과 '탁고개제'의 정신을 계승하려고 노력했던 것으로 파악된다. 즉 자신들의 전통지향이 도피적인 안주와 문화적 퇴행성을 보여주는 것이 아니라 미래의 추진동력을 얻기 위한 전통의 본질과 의미

---

34) 김윤식, 『한국근대문예비평사연구』, 한얼문고, 1973, 347-349쪽.
35) 김용직, 「『문장』과 문장파의 의식성향 고찰」, 『先淸語文』 23, 1995년 4월, 서울대학교 사범대학 국어교육과, 731쪽.
   김용직은 위의 논문에서 잡지 『문장』의 의식사적 성격을 전통지향으로 파악하였다. "의식사의 맥락에서 볼 때 『문장』은 어느 문예지와는 뚜렷이 다른 변별적 특징을 지니고 있다. 그것이 우리 문화전통에 대한 선호벽이었고 고전 탐구를 중심으로 한 전통 지향이었다. …(중략)… 『문장』은 그 편집의 주조를 우리 문화전통의 계승 쪽에 두었다."
36) 황종연, 「한국문학의 근대와 반근대−1930년대 후반기 문학의 전통주의 연구」, 동국대 박사논문, 1991, 219쪽.
37) 최승호, 『한국현대시와 동양적 새명사상』, 다운샘, 1995, 25쪽.

를 찾는 이념운동임을 강조하고 있다고 보여 진다. 그것은 한편으로 난세극복의 혜안일 수도 있으며 다른 한편으로 민족문화사의 단절을 막아보려는 고육지책일 수도 있다.

『문장』의 전통주의적 입장을 잘 보여주는 것이 바로 '고전의 발굴과 복원작업'이었다. 『문장』은 순수문예지였음에도 불구하고 고전과 학술분야에 상당한 지면을 배정하였다. 우선 창간호부터 이병기 주해로 『한중록』을 연재한다. 이러한 고전소개는 『한중록』(제6~13집), 「도강록」(이윤재 역주, 제11~22집), 「호질」(양주동 번역, 제12집), 「인현왕후전」(이병기 주해, 제14~19집), 「고시조선」(이병기 편, 제15집), 「서대주전」(제16집), 「토별가」(이병기 해설, 제17집), 「고가사 이편」(이병기 주해, 제20집), 「요로원야화기」(이병기 주해, 제21집), 「춘향전이본집」(제22~26집) 등으로 이어진다. 순수문예지에 이렇게 많은 양의 고전문학작품을 실은 것은 대단히 파격적인 일이다. 그것은 『문장』 편집진들이 얼마나 고전문화 유산 발굴과 민족적인 특성 부각에 심혈을 기울였는가를 단적으로 말해준다. 또 잡지『문장』은 국학이라고 할 수 있는 고전문학(민속학 포함)과 국어학 그리고 고미술분야의 논문과 평론을 대대적으로 실었다. 창간호부터 이희승의 「조선문학연구초」(제1~10집 매화가해설), 양주동의 「근고동서기문선」(제2~22집 사뇌가역주 서설), 김용준의 「이조시대의 인물화, 신윤복과 김홍도」(제1집), 김용준의 「최북과 임희지」(제5집), 김용준, 「회화적 고민과 예술적 양심」(제10집), 김용준, 「한묵여담翰墨餘談」(제11집), 김용준, 「오원吾園(장승업)질사軼事」(제12집)조선어학회의 「외래어표기법」(제18집), 「봉산가면극 각본」(송석하 편, 제18집), 손진태의 「무격의 신화」(제19집), 조윤제, 「조선소설사 개요」(제19집), 조윤제, 「설화문학고」(제20집), 이병기의 「조선어문학 명저 해제」(제20집), 정인승의 「고본 훈민정음의 연구」(제22집),

최현배의 「한글의 비교연구」(제26집, 폐간호), 고유섭, 「완월당잡식」 (제17~21집, 신세림申世霖의 묘지명, 거조암불정居祖庵佛幀, 인왕제색仁王 霽色, 인재강희안소고仁齋姜希顔小考) 등을 게재하였다. 이렇듯 『문장』은 『인문평론』이 서구 문예이론을 도입하는데 주력했던 것에 비해, 우리 의 국학을 수용하고 고전적이고 전통지향의 편집태도를 보였던 것이다.

잡지『문장』에서 산문(소설, 평론 등)에 끼워져 있는 고전발굴과 소 개의 자료를 제시하기로 한다.

『文章』 1939. 2(창간호)~1941. 4(폐간호), 〈文章社〉 發行

*〈고전〉 관계 글의 제목은 진한 표기

소설(창작)
창간호 (1939. 2)	무명(이광수), 이혼(유진오), 산정(이효석), 영월영감(이태준) **한중록 - 혜경궁 홍씨(가람 이병기 주해)**
1939. 3	김연실전(김동인), 失花(이상ー유고), 綠星堂(김남천), 愁心(안회남), 거울(박노갑), 영월영감(이태준), **한중록 - 혜경궁 홍씨(이병기 주해)**
1939. 4	少婦(이기영), 패배자의무덤(채만식), 蠢動(정인택), 바보용칠이 - 推薦 (최태응), 창살에남은시구(원작 이엘스, 번역 임학수) **한중록 - 혜경궁 홍씨(이병기)**
1939. 5	泥濘(韓雪野), 선구녀(김동인), 가을(유진오), 황토기(김동리) 카츄ー샤에게 - 推薦 (정진업) **한중록 - 혜경궁 홍씨(이병기 주해)**
1939. 6	心紋(최명익), 장날(김남천), 蒼空(박노갑), 阿蓮(이태준), 소녀 - 推薦 (한병각), 마술사(아더 스추링거 원작, 임영빈 역) **한중록 - 혜경궁 홍씨(이병기 주해)**
1939. 7	골목안(박태원), 고물철학(이기영), 미로(정인택) 마냥모 - 推薦 (곽하신) **한중록 - 혜경궁 홍씨(이병기 주해)**

1939 (임시증간호 창작 삼십이 인집) – 소설 위주임	황제(이효석), 첫미움(전영택), 황혼(장덕조), 술집(한야) 少年錄(현경준), 찔레꽃(김동리), 春顏(박노갑) 가슴에심은화초(방인근), 黎明(엄흥섭), 喪章(김영수) 斑點(채만식), 義手(박영준), 여승(○○○), 나그네(곽하신) 부부(계용묵), 나비(유진오), 농군(이태준), 길우에서(김남천) 晩秋 (이석훈), 비밀(정비석), 파탄(김소엽), 투계(안회남) 이발사(이근영), 성애(함대훈), 배꼽쟁이박서방의귀향(김승구) 슬픈점경(이규원), 動搖(정인택), 야생화(이기영), 꿈(이광수) 최노인전초록(박태원), 屍琉璃(김래성), 허무러진화원(안석영)
1939. 8	種痘(二百五十枚全載) (한설야), 윤씨일가(희곡, 송영) 봉선화 – 추천(임옥인) 라일락시절(이석훈) **한중록(이병기)**
1939. 9	죽庄記(白六十枚) (이광수), 지맥(최정희), 봄 – 추천(최태응) 초상화 – 해외소설(에이 헉슬리 작, 정규창 역) **한중록(이병기)**
1939. 10	초상(최정희), 도전(이무영), 겸허 – 김유정전(안회남) 모색(채만식), 隱雨(박태원), 失人記 – 추천(선진수) 샐러리맨(J. Joyce 작, 무애 역) **한중록(이병기)**
1939. 11	남매(전영택), 완미설(김동리), 隱雨(박태원) 처녀호(시나리오, 金幽影) 조갯살 – 추천(유운향) 최후의위안 – 중국소설(엄량재 작, 정래동 역) **한중록(이병기)**
1939. 12	**한중록(이병기)**
1940. 1	**한중록(이병기)**
1940. 2	
1940. 3	
1940. 4	**서대주전 – 순한문조선소설(작자미상)**
1940. 5	
1940. 6~7 합본	

1940. 9	
1940. 10	
1940. 11	**요로원야화기(작자미상)**
1940. 12	**春香傳集 − 고사본춘향전 (其一)**
1941. 신년호	**춘향전집 − 고사본춘향전 (其二)**
1941. 2	
1941. 3	춘향전집−고사본춘향전(其二之完)
1941. 폐간호	춘향전집−보성전문학교장본 춘향전(其三)

	평론·학예 및 기타(산문일반)
1939. 2 (창간호)	교양론(이원조), 문장론(양주동), 작가박태원론(안회남) **조선문학연구초 − 「토끼화상」 편(이희승)** **이조시대의인물화 − 신윤복과 김홍도(김용준)** 문장강화(一) 이태준(연재)
1939. 3	문학과영화(백철), 수의식의 직감적양상(김문집) 신상촌의 〈詩餘〉(조윤제) **朝鮮文學硏究鈔 − 새타령 편(이희승)** 근고동서기문선 − 배를랜느시집서, 제육재자서(양주동) 문장강화(二) 이태준(연재)
1939. 4	**망론 〈춘향가·춘향전〉(서두수)** 조선영화전망(주영섭) **이조의산수화가(김용준)** **조선문학연구초(이희승)** 근고동서기문선 − 추모론, 금주론(양주동) 문장강화(三) 이태준(연재)
1939. 5	상식문학론(이원조) **典故眞贋論(이병기)** 재생이광수론(김문집) 나의愛誦詩(주요한), 동경(유고, 이상) 근고동서기문선 − 마즈막잎새, 오 헨리(양주동 역) 문장강화(四) 이태준(연재)

1939. 6	시의옹호(정지용), 문장론(柳子厚), 순수에의지향(유진오) 재생이광수론(김문집), **조선문학연구초 – 江湖別曲篇(이희승)** **최북과임희지(김용준)** 〈신간월평〉 **청구영언(이병기)** 소년행(이원조) 진단학보(손진태) 하멜표류기(조윤제) 근고동서기문선 – 戲文二題(양주동) 문장강화(五) 이태준(연재)
1939. 7	현대소설과주제(최재서), 김상용론(김환태) 근고기문선(양주동), 北支見聞錄(임학수) 신간평(망향–이원조, 이심–김문집, 김동인단편선–최정희) 문장강화(六) 이태준(연재)
1939. 『문장』제7집 임시증간호	
1939. 8	현대소설독자론(윤규섭), 〈순수〉이의(김동리) **〈정음설명〉소감(방종현), 〈유산가 – 조선문학연구초〉해설(이희승)** 문장강화(이태준)
1939. 9	〈대지〉에나타난아세아적사회상(인정식), 역사와문학(서인식) 소설의주인공(임화), 청전이상범론(김용준), 문장강화(이태준)
1939. 10	〈특집〉 　*전쟁과문학(이헌구), *학생과문학(박영희), *여성과문학(안회남) 　*시민과문학(이원조), *농민과문학(임화) 조선문학의현황(이원조), 동시대인의거리감(김남천) 시와 발표(정지용), 시의현대성(한식), 시문학의정도(김종한) **영화와문학의교류(오영진), 조선문학연구초 – 매화가해설(이희승)** 불소행찬사기(박윤진), 회화적고민과예술적양심(김용준) 문장강화(이태준)

1939. 11	순수시비(김환태), 연극의근원성(안영일), 성생리의예술론(김문집) 동란의구주를생각함(정인섭), 파란의현대문학(A 피스콜) 한묵여담(김태준), 詩의威儀(정지용)
1939. 12	순수는무엇인가(이원조)
1940. 1	**시조와 서양시(안자산)**
1940. 2	
1940. 3	**문장의고전 · 현대 · 언문일치(이태준)**
1940. 4	
1940. 5	
1940. 6~7 합호	**내가본시조형(조남령)**
1940. 9	**정겸재소고(고유섭), 통속성 · 춘향전의맛(이태준)** **조선소설사개요(조윤제), 무격의신가(손진태)**
1940. 10	**현대시조론(조남령), 인재강희안소고(고유섭)**
1940. 11	**인재강희안소고(고유섭), 현대시조론(조남령)**
1940. 12	**현대시조론(조남령), 기생과시문(이태준)**
1941. 1 (신년호)	
1941. 2	
1941. 3	**설화문학고(조윤제)**
1941. 4 (폐간호)	**≪동양≫에 관한 단장(김립)**

	수 필
1939. 2 (창간호)	**身邊雜感(김동인), 文章私談(김진섭), 소리(최정희)** **青瓷瓦와養怡亭(고유섭), 盂蘭盆(박윤진), 蒐集斷想(송석하)**
1939. 3	노다지(김두헌), 右心室(모윤숙), 山上迷想(서두수), 愛書趣味(오장환), 달밤(최정희), 조선시와성악(채선엽), 사생과감정(길진섭), 꿈과민중(홍종인)
1939. 4	고물(김동인), 성서와문장(전영택), 자연으로(태장섭) 단군단군(손진태) 外

1939. 5	畜犬無用의錄(박태원), 언어편감 — 방종현, 뜯어낸글 — 김동인 메모광 — 이하윤
1939. 6	병고(안회남), 線(김환기), 안해와집(高亨坤), 토오키음악(김관)
1939. 7	역성(박윤진), 섬진강상류(정래동) 화가자아인식(朱慶), 借家難(박노갑)
1939.『문장』 임시증간호	
1939. 8	산거기(이광수), **서호의밤(이병기)**, 오페라빽과 K교수(서두수) 문화유산의상속(양재하), 가련한인생(고영환), 고독(김태준) 「말」 몇 개(채만식), 행복(김일형), 八方金剛座(고유섭) 북지견문록(임학수), 근고동서기문선(양주동) 서정의정수 — 나의 애송시(이하윤)
1939. 9	북지견문록(임학수), 동양의미덕(김기림), 섬색시(김정한) 제주도(문인주), 상하의윤리(이효석), 귀향기(주영섭), 잡설(박태원) 공예미(함석태), 목수들(이태준), 근고기문선(양주동) 그 외 〈신인의말〉, 〈신간평〉
1939. 10	위기만필(유광렬), **박연설화(고유섭)**, 횡액(이육사) 문자의환영(김래성), 密航(김시창), 秋裝(이윤희) 지휘자의感銘(홍난파), 독서여록(김환태) 근고기문선 — 탐낭기(양주동)
1939. 11	**향가와무사(안자산)**, 집없는고향(이하윤), 자화상其一(김환기) 小聞抄(박노갑), 농민과언어(인정식), 중독자의말(현경준) 위기만필(유광렬), 독자의편지(이태준), 國境의圖們 — 滿洲所感(이기영), 근고기문선 — 동서기문역초(양주동) **渡江錄 — 조선한문고전초역(이윤재)** 침묵의거장: 현진건씨의문학종횡담
1939. 12	**도강록(이윤재)**, **書卷氣(이병기)**, 창백한뇌수(김래성) 외
1940. 1	**도강록(이윤재)**, 갓(이여성), 머리(김태준), 清福半日(함석태) 외
1940. 2	**인현왕후전 — 신연재조선어고전(이병기)** **도강록 — 한문고전역주(이윤재)**

1940. 3	**인현왕후전(이병기), 도강록(이윤재)** 손(임학수), 석낭(방종현) 외
1940. 4	**인현왕후전(이병기), 도강록(이윤재)** 직관상과작품(김성태), 군담(김환기)
1940. 5	**인현왕후전(이병기), 도강록(이윤재)** 편승의심리(이갑섭), 영감(김성태), 春愁(윤규섭)
1940. 6~7 합호	**인현왕후전(이병기), 도강록(이윤재)** **봉산가면극각본(송석하), 예전일기에서(임영빈) 외**
1940. 9	**인현왕후전(이병기),** 교정(최영주), 古典과가치(조우식) 외
1940. 10	**조선어문학명저해제(이병기), 古典과가치(조우식)** 십년기(함대훈), 뻐스와단장(이하윤)
1941. 11	**용비어천가(방종현)** 최고의문자(황의돈), 두부장수(최현배) **도강록(이윤재) 외**
1940. 12	**도강록(이윤재), 대원군(이병기), 松江의 嗜酒癖(김사엽)** **사뇌가역주서설(양주동), 고본훈민정음의연구(정인승)** 금붕어삽화(홍효민), 翰(이한직) 외
1941. 1 (신년호)	문예의계통과변천(이능화) 공익(이윤종), 공중도덕(이극로) 외
1941. 2	
1941. 3	귤껍질(변영로), 부부공양(박윤진), 동경통신(윤석중) 음악문헌(홍이섭) 외
1941. 4 (폐간호)	**손톱(정래동), 미운고향(길진섭), 사망통고서(박계주) 외**

4. 『문장』에 나타난 정지용의 족적

잡지 『문장』은 독자들에게 매우 인기가 있었던 모양이다. 창간호가 불티나가게 팔려서 재판을 찍으려고 하였으나 해판하여 절판되었다는 사연이 2호 '여묵' 발행인의 글에 나오는 내용이다. 상허 이태준은 한술 더 떠서 "나는 숫자는 모른다. 그저 단박에 다나가고 서점 주문은 커녕 振替로 입금된 一冊주문자에게도 보내지 못한다니 미안하나 통쾌는 하다. 더욱 자신을 가지고 제2호에 임한다. … 모집광고가 나간 지 순일이 못 되어 2집 편집을 끝내게 되는 시간관계로 제3집부터나 추천작품을 편집할 수 있을 것이다. 신진들은 문단인이 가장 많이 주목하는 이 무대를 보람 있게 이용하기 바란다"[38]고 호기 있게 편집자의 글을 남기고 있다. 이 글에는 자신감이 배어져 나온다. 그만큼 『문장』은 암흑기의 조선 문인들에게 희망으로 자리잡고 있었다. 아무래도 신인 추천제도와 민족적 전통주의에 기대감이 컸던 것으로 파악된다. 무엇보다도 잡지 『문장』은 상당히 폭넓게 지면개방을 한 것이 성공의 비결로 보여 진다. 당시 문단의 대가인 민족주의 진영의 이광수, 김동인, 주요한, 염상섭에서부터 박태원, 최명익, 김남천, 안회남, 박노갑, 그리고 김동리, 조지훈, 박두진, 박목월의 신인까지 필진이 망라되었다.

『문장』 편집인의 자신감은 잡지 발간 1년이 지난 후기에도 그대로 드러나고 있다. "『문장』의 제 1년이 저물었다. 2월이 창간이라 정호로 11책, 증간까지 치면 꼭 12책을 발간하였다. 이 12책을 통해 탄생된 시가 88편, 소설이 82편이다. 우리 문단에서는 유사이래 최초로 祭豊이다. 양뿐이 아니라 우리 문학의 최고의 수준을 그웃는 작품들도 역시 이 88편과 82편을 떠나 없을 것이다. … 문학인들이여. 꾸준히 좋은 작품만 낳어 달라"[39]고 주문할 정도로 호기를 부리고 있다. 다만 고민이 있다면 지방서점들의 태업(대금 송금의 지연)으로 경영에 곤란을 겪고 있는 사정이라고 밝히고 있다.

38) 『문장』 2(1939년 3월호) '餘墨'.
39) 『문장』 12(1939년 12월호) '餘墨'.

그러면 전통지향적인 성향의 『문장』을 통해 정지용은 어떠한 정신적 태도를 보였는가? 잡지 『문장』에서 정지용 시인의 세계관이나 정신적 지향성을 살펴볼 수 있는 글로는 몇 편의 시론과 신인들을 추천하면서 쓴 「詩選後」 그리고 「문학의 제문제 좌담」에서의 발언 등이 있다. 지용은 『문장』 제5집에 「시의 옹호」, 제10집에 「시의 발표」, 제11집에 「시의 위의」, 제12집에 「시와 언어」(1)의 시론을 발표하였고, 제3집부터 제19집까지 총 11회의 「詩選後」를 썼다. 즉 창작에만 주력하고 시론을 거의 발표하지 않았던 정지용은 『문장』을 통해서 비로소 시비평을 내놓게 된 것이다. 우선 지용은 「시의 옹호」에서 전통계승론의 비평적 태도를 취하고 있다. 그것은 상고주의와 전통지향의 성향을 보여 온 『문장』의 편집인의 한 사람으로서 당연히 취해야 할 정신적 태도로 보여 진다. 그는 교양인의 자세를 강조하면서 시인은 꾀꼬리처럼 생명에서 튀어나오는 발성으로 노래를 불러야 진부하지 않고 자연의 이법에도 충실한 것이라고 하면서 우수한 전통이야말로 비약의 발디딘 곳이라고 역설하고 있다.

고전적인 것을 진부로 속단하는 자는 별안간 뛰어드는 야만일 뿐이다. 꾀꼬리는 꾀꼬리 소리밖에 발하지 못하나 항시 새롭다. 꾀꼬리가 熟練에서 운다는 것은 불명예이리라. 오직 생명에서 튀어나오는 항시 최초의 발성이야만 진부치 않는다.
무엇보다도 돌연한 변이를 꾀하지 말라. 자연을 속이는 변이는 참신할 수 없다. 기벽스런 변이에 다소 교활한 매력을 갖출 수는 있으나 교양인은 이것을 피한다. 鬼面驚人이라는 것은 유약한 자의 슬픈 괘사에 지나지 않는다. 시인은 완전히 자연스런 자세에서 다시 비약할 뿐이다.
우수한 전통이야말로 비약의 발디딘 곳이 아닐 수 없다.[40]

계속해서 정지용은 시학과 시론 그리고 예술론에 관심을 가지라고 시인과 시인지망생들에게 권유하고 있다. 특히 정지용은 무성한 甘藍한 포기가 성장시키는 데 도움을 주는 태양·공기·토양·우로雨露·농부 등 자연과 인간의 헌신과 노력을 비유하면서 시인은 감성과 지성을 한데 어우르는 유기적 통일의 원리에 충실해야 한다고 충고한다. 그리고 '감성, 지성, 체질, 교양, 지식들 중의 어느 한 가지에로 기울이지 않는 통히 하나로 시에 대진對陣하는 시인은 우수하다'라고 평하면서 시인은 예술론 중에서도 동양화론東洋畵論과 서론書論에서 시의 방향을 찾아야 하며 '經書와 성전류를 심독하여 시의 원천에 침윤해야'[41] 한다고 역설하고 있다. 이러한 정지용의 시적 인식태도는 완당 김정희의 서법과 조선 후기의 문인화 그리고 골동품에 세심한 관심을 기울이고 있던 이태준·이병기 등과 같은 성향을 보여주는 것이다.

정지용은 1936년부터 1942년 무렵까지 그 이전의 모더니즘적 경향과 카톨릭시즘의 서구적 시 경향에서 벗어나 동양적인 달관과 유유자적의 시 세계를 개척한다. 이러한 정지용의 시적 변모에 대해 그 동안 학계에서는 '정신주의'라고 보는 입장[42]과 '문인화정신' 내지 '유가적 형이상학적 생명사상'으로 파악하는 입장[43] 그리고 좀 더 구체적으로 정지용의 내면세계를 전통 내지 동양의 반속류·반서민의 단면으로 보는 입장[44]으로 나뉘어져 왔다. 어찌되었든지 정지용은 시에서 중

---

40) 정지용, 「詩의 擁護」, 『문장』 제5집, 1939년 6월호, 126쪽.
41) 정지용, 「시의 옹호」, 125쪽.
42) 최동호, "서정시와 정신주의적 극복", 『현대시학』, 1990년 3월호.
　　이숭원, 『정지용시의 심층적 탐구』, 태학사, 1999.
　　오세영, "자연시와 성·정의 탐구-정지용론", 『한국현대시인연구』, 월인, 2003.
43) 최승호, 『1930년대 후반기 시의 전통지향적 미의식 연구-문장파 자연시를 중심으로』, 서울대 박사논문, 1994년.
44) 김용직, "순수와 기법-정지용", 『한국 현대시인 연구』 상권, 서울대출판부, 2000.

요한 것은 언어라고 인식하면서도 "시는 언어의 구성이라기보다 더 정신적인 것의 열렬한 정황 혹은 왕일旺溢한 상태 혹은 황홀한 사기임으로 시인은 항상 정신적인 것에서 정신적인 것을 조준한다"[45)라고 주장하여 자신의 시적 인식태도로서 다음과 같이 '정신주의'를 앞세우고 있다.

정신적인 것은 만만하지 않게 풍부하다. 자연, 인사, 사랑, 즉 죽음 내지 전쟁, 개혁 더욱이 德義的인 것에 멍이 든 육체를 시인은 차라리 평생 지녀야 하는 것이 정신적인 것의 가장 우위에는 학문, 교양, 취미 그러한 것보다도 愛와 기도와 감사가 거한다.
그러므로 신앙이야말로 시인의 일용할 신적 양도가 아닐 수 없다.[46)

이러한 정신주의를 내세운 정지용은 자신의 시관으로 '성·정의 시학'을 주장하게 된다. 정지용이 언급한 성정의 시관은 노장사상과 유가적인 사상이 접목된 소박한 동양적인 세계관이라고 보는 것이 타당하다.

詩는 마침내 先賢의 밝히신 바를 그대로 쫓아 吾人의 性情에 돌릴 수밖에 없다. 性情이란 본시 타고 난 것이니 詩를 가질 수 있는 혹은 시를 읽어 맛들일 수 있는 은혜가 도시 性情의 타고 낳은 복으로 칠 수밖에 없다. 시를 좀처럼 사용하여 裝飾하려거든 性情을 가다듬어 꾸미되 모름지기 孳孳勤勤히 할 일이다. 그러나 성정이 水性과 같아서 돌과 같이 믿을 수는 없는 노릇이니 담기는 그릇을 따라 모양을 달리하여 물감대로 빛깔이 변하는 바가 온전히 性情이 물을 닮았다고 할 것이다. 그 뿐이랴 잘못 담기어 정체하고 보면 물도 썩어 毒을 품을 수가 있는 것이 또한 물이 性情을 바로 닮았다고 해야 할 것이다.[47)

45) 정지용, 「시의 옹호」, 『문장』 제5집, 1939년 6월호, 123-124쪽.
46) 정지용, 「시의 옹호」, 124쪽.

우선 정지용의 문학사적인 공로는 청록파를 비롯한 역량 있는 신인들의 발굴과 문단데뷔라고 할 수 있다. 이태준은『문장』의 편집주간을 맡자마자 신인추천제를 도입하였다. 자신은 소설부문의 추천위원이 되고 시부문은 정지용에게 맡겼다.『문장』은 시의 경우 3회 추천을 원칙으로 하였고 소설의 경우, 2회 추천으로 신인으로 추천하였다. 정지용은『문장』1939년 제3집에서 조지훈(〈고풍의상〉), 김종한, 황민을 추천하였고, 제4집에서는 이한직, 조정순, 김수돈을 초회 추천하였다. 제5집에서는 박두진(〈묘지송〉), 이한직, 김종한[48]을, 제6집에서는 조남령, 오신혜를 그리고 제8집에서 이한직, 김종한을 추천하였다. 제9집에서는 박목월(〈길처럼, 연륜〉), 박두진(〈낙엽송〉)을 추천하였고, 제10집에서는 박남수(〈심야, 마을〉), 김수돈, 김상옥〈봉선화〉, (시조로서 이병기의 추천?)을 추천하였다. 이러한 시부문의 추천은 폐간 직전인 1941년 3월의 제25집까지 이어진다. 이러한 정지용의 신인추천으로 조지훈·박두진·박목월의 청록파 3인과 박남수·이한직·김종한 등의 역량있는 시인들이 문단에 얼굴을 내밀게 되었다. 특히 신인추천과 관련하여〈시선후〉를 수십차례 게재함으로써 1930년대 말부터 1940년대 초까지의 한국시문단의 창작방향을 선도하게 된 것이다.

정지용은「시선후」에서 다음과 같이 조지훈과 박두진의 시를 뽑은 단평을 옮기고 있다.

조지훈군은「華悲記」도 좋기는 하였으나 너무도 앙증스러워서「古風衣裳」을 취하였습니다. 매우 유망하시외다. 그러나 당신이 미인도를

---

47) 정지용,「시와 언어」, 109-110쪽.
48) 김종한은 일제 말기에『부인화보』라는 일본잡지의 기자를 지냈는데, 친일행위에 앞장섰다.

그리시랴면 以堂 金殷鎬화백을 당하시겠습니까. 당신의 시에서 앞으로 生活과 呼吸과 年齒와 省略이 보고싶습니다.

—『문장』 제3집, 「시선후에」

박목월군 등을 서로 대고 돌아앉아 눈물없이 울고싶은 「리리스트」를 처음 만나뵈입니다그려. 어쩌자고 이 험오한 세상에 哀憐惻惻한 「리리시즘」을 타고 나섰습니까? 모름지기 시인은 강하여야 합니다.

—『문장』 제9집, 「시선후」

둘째, 정지용은『문장』을 통해 시 비평의 세계를 개척하였다. 그 이전까지 정지용은 주로 창작에만 몰두하였지 비평에는 별 관심을 두지 않았다. 하지만 잡지의 편집위원의 한 사람인 동시에 신인을 추천하는 위원으로서의 자격을 염두에 두지 않을 수 없게 된 것이다. 지용은『문장』제5집에 「시의 옹호」, 제10집에 「시의 발표」, 제11집에 「시의 위의」, 제12집에 「시와 언어」(1)의 시론을 발표하였고, 제3집부터 제19집까지에만도 총 11회의 「詩選後」를 썼다. 이러한 시론을 통해 정지용이 그의 후기 시에서 동양적인 절제와 달관의 시세계로 나아감으로써 정신주의를 획득하게 된 과정을 파악할 수 있게 되었다.

셋째,『문장』을 통해 다양한 시세계를 개척하고 새로운 시어의 창조에도 진력하였다. 특히 새로운 형태의 산문시나 2행 1연의 단형시를 실험한 것은 큰 의미를 지닌다. 김용직은 지용시의 이 시기의 특징을 "맑고 깨끗하기 그지없는 정신세계와 그 문체·기법에 나타나는 맵짠 솜씨다 … 자칫 復古나 黙守의 차원으로 떨어져버릴 것이다, 그런 상태가 지양·극복되려면 적어도 거기에는 또 하나의 요건이 확보되어야 한다. 그것이 창조성을 확보하는 일이다."[49]라고 함축적으로 요약하였다.

끝으로 잡지 『문장』에 게재된 시 관련 자료들을 제시하기로 한다.

『文章』1939. 2(창간호)~1941. 4(폐간호), 〈文章社〉發行

	시(시가)
1939. 2 (창간호)	석굴암(월탄), 어미소 외 1편(김상용), 잠든눈(모윤숙) 失題(임화), 송전풍경(이양하)
1939. 3	장수산(정지용), **매화(이병기)**, 微想(변영로) 第五運命頌(김교환), 毘盧峯(월탄)
1939. 4	춘설·백록담(정지용), **蘭(이병기)**, 樂浪古鏡賦(김영진), 情怨集(파인), 일월(유치환), 넘언집범같은노큰마니(백석), 광야에서서(임학수) 고풍의상 - 推薦(조지훈), 귀로 - 推薦(김종한), 鶴 - 推薦(황민)
1939. 5	영종(월탄), 너를생각할때(모윤숙), 海棠(일석), 불(임학수) 풍장·화극권 - 推薦(이한직), 아미의그늘 - 推薦(조정순), 소연가·고향 - 推薦(金洙敦)
1939. 6	에노시마(김기림), 들길에서서(신석정), 童尿賦(백석) 송가(유치환), 마음(김광섭), 하늘(金東鳴) 고원의시·그늘 - 推薦(김종한)
1939. 7	향현·묘지송—推薦(박두진), 覇旅—추천(이한직) 孀婦嘆(월탄), 오월(영랑), 瀨戶內海(김기림), 하늘(김동명) **창·금산사 - 推薦(조남령)**, 수양버들 - 推薦(오신혜)
1939.『문장』 임시증간호	
1939. 8	청포도(이육사), 벗이옵니다(김교환), 작은짐승(신석정) 기약(이병옥), 하늘(김동명), 온실·낙타 - 추천(이한직) 할아버지·계원 - 추천(김종한)
1939. 9	땅거미 때(변영로), 百合花던날(류도순), 娘子關(임학수), 吊荊軻(김영진), 낙엽송 - 추천(박두진) 길처럼·그것은 연륜이다 - 추천(박목월)

49) 김용직, 앞의 책, 89-94쪽.

1939. 10	十一面觀音菩薩(월탄), 함남도안(백석), 실제(수주) 북경의신부(임학수), 冬眼·낙타 - 추천(김수돈), 심야·마을 - 추천(박남수) 봉선화 - 추천(김상옥)
1939. 11	즉흥(이광수), 독을차고(김영랑), 잔영(모윤숙), 가정(이한직), 다듬질 - 추천(신진순), 주막·초롱불 - 추천(박남수)
1939. 12	鄕愁 - 추천시조(조남령)
1940. 1	
1940. 2	古書(가람)
1940. 3	고시조선(이병기)
1940. 4	
1940. 5	장한가(김안서), 歌劇本 - 兎鱉歌와申五衛將(가람)
1940. 6~7 합호	달밤 - 추천(이호우)
1940. 9	춘향(영랑), 나의하늘은푸른대로(박두진)
1941. 10	古歌詞二篇(가람)
1940. 11	
1940. 12	고향하늘(조운)
1941. 1 (신년호)	
1941. 2	
1941. 3	
1941. 4 (폐간호)	그 방(이병기)

5. 맺음말

정지용이 한국문학사에 끼친 공적은 엄청나게 크다. 그것은 남한 문학사에서뿐만이 아니라 최근 북한문학사에서도 인정을 받고 있기 때문이다. 사실 그동안 지용은 모더니스트로서 한국현대시의 아버지라는 찬사를 받아왔다. 남한문학사가 주로 모더니스트로서의 문학사적 위상을 강조했다면, 북한문학사는 그의 초기 시에서 향토적 및 민족적 정서와 민요풍의 시풍을 보여주고 있다[50]고 다른 측면을 높이 평가하고 있다. 다만 그의 시에서는 그 어떤 사회적인 문제를 찾아볼 수 없다고 지적하면서 1930년대에 들어서면서 순수문학을 표방하면서 사실주의 경향으로부터 더욱 멀어졌다고 비판하고 있다.

정지용은 1930년대 후반 일제의 말기증세를 느끼고 암흑기로 접어들려고 하는 시대정황을 인지하고 민족을 저버리지 않으면서 정체성을 유지할 수 있는 '반속적 은일주의'로 나아갈 방도를 모색하고 있었다. 마침 이태준의 권유로 잡지 『문장』의 편집인으로 참여하면서 구체적인 방법론을 구축해나가기 시작한다. 즉 난세의 처세관으로 동양적 은일주의와 반속적 선비정신으로 거듭나는 태도를 발견하게 된 것이다. 정지용은 시에서 중요한 것은 언어라고 인식하면서도 "시는 언어의 구성이라기보다 더 정신적인 것의 열렬한 정황 혹은 旺溢한 상태 혹은 황홀한 사기임으로 시인은 항상 정신적인 것에서 정신적인 것을 조준한다"라고 주장하여 자신의 시적 인식태도로서 '정신주의'를 앞세우고 있다. 아울러 정신주의를 내세운 정지용은 자신의 시관으로 '성·정의 시학'을 주장하게 된다.

시비평인 『시의 옹호』(『문장』 5, 1939년 6월호)를 통해 시에 있어서 3가지 부류의 시를 언급하면서 단순한 풍경시, 정취의 시, 정신의 시로 구분하고 이중 단순한 서경시가 제일 낮은 차원이고, 그 다음이 정서의 표현인 정취의 시이고, 가장 높은 경지의 시는 바로 정신의 시

---

50) 류만, 『조선문학사』 9, 평양, 사회과학출판사, 1995, 79-81쪽.

라고 강조하고 있다.

정지용은 그의 산문에서 도연명과 백낙천을 자주 거론하였다. 즉 그들의 영향을 많이 받은 것으로 보인다. 또 「시의 옹호」나 「시와 언어」에서 동양화론이나 서론 등을 언급한 것으로 보아 실학파에 속하는 완당 김정희의 영향을 받은 것도 분명하다. 또 『문장』에 실린 열하일기 '도강록' 등을 읽고 실학파의 전통과 혁파의 공존을 모색하는 논리에도 관심을 가진 것으로 보인다. 즉 '법고창신'이나 '탁고개제' 등의 문장론에도 도움을 받지 않았나 생각된다. 도연명은 시는 모두가 잘 알듯이 은일적 전원시에 속한다. 이에 비해 백낙천은 다양한 시세계를 구축하였다. 지용은 1930년대 후반부터 백거이의 '한적시'에 가까운 시들을 창작하게 된 것이다.

끝으로 『문장』과 관련한 정지용의 문학사적 위상에 대해 언급하면서 논의를 마무리 짓도록 한다.

첫째, 전통주의를 표방한 잡지 『문장』에 관여하면서 그의 문학의 전성기 때의 감각적 서정시의 세계에서 동양적 절제의 서정시로 변모시킨 다양성과 창조성을 들 수 있다. 이러한 시세계는 명징하고도 청정한 시를 창조해내었으며, 정경교융의 의경론에 입각한 고도의 형이상학적인 시를 창조하는 계기가 되었다. 둘째, 외적인 현실이 열악하고 참담한데도 불구하고 옹골차게 시창작에만 몰두하여 전문시인으로서의 영역을 확보한 측면도 무시할 수 없다. 당시 대다수 문인들의 변절과 훼절을 살펴볼 때 정지용의 반속적인 정신지향적이고 고답적인 자세는 높은 평가를 할 수밖에 없다. 셋째, 『문장』에 신인 추천제도를 도입하여 역량 있는 후진들을 양성한 것은 한국시단을 풍성하게 한 측면에서 높은 점수를 주어야 할 것이다. 특히 청록파의 조지훈, 박두진, 박목월의 추천과 박남수, 이한직의 발굴은 큰 수확이라고 평가할 수 있다. 넷째, 산문시와 2행 1연의 단형시의 장르를 개척한 측면과 새로운 시어의 창조는 이 시기의 지용시를 전통부흥론으로 몰아붙여 복고주의로 비판하려는 당시 저널리즘 등의 문단 분위기에 맞설 수 있는 '창조성의 확보'라는 측면에서 큰 의미를 둘 수 있다.

『문장』을 통해 다양한 시세계와 독창적인 시론을 전개함으로써 지용은 한국문학사의 거봉으로 그 위상을 확고하게 자리매김하게 되었다.

제 **4** 부

북한에서 정지용은
부활했는가

북한문학사에서의 정지용

1. 머리말

매년 5월 15일경에 정지용의 고향인 충북 옥천에서 지용제가 열린다. 지용제를 시발점으로 하여 「이효석문학제」, 「한용운문학제」, 「김유정문학제」, 「서정주문학제」, 「박두진문학제」, 「조병화문학제」 등이 나이테를 늘여가고 있다. 지용제는 지방자치제가 시행된 이후에 작가를 대상으로 한 최초의 문학제라는 점에서 큰 의미를 찾을 수 있다. 특히 긴 세월동안 월북작가라는 누명을 쓰고 책에서 이름마저도 한 글자에 0가 쳐져 있던 작가가 해금이 되어서 수많은 관광객들을 불러 모으고 있다는 사실은 격세지감을 느끼게 해준다. 관광열차를 타고 온 문인 예술가 그리고 한국방송대 국문학과 학생 등 1,000여 명이 옥천 문화예술회관에 모여들어 지용의 감각적 서정시가 주는 아름다움과 한국문학사적 가치에 대하여 토론을 펼쳤다. 특히 "구인회와 정지용", "정지용과 청록파 시인들"이란 발제는 정지용이 남긴 한국문학사적 족적에 대한 평가를 새롭게 내리는 작업이라고 생각된다. 그동안 정지용 시인이라는 이름 앞에는 항상 수식어가 뒤따라 붙었다. 그는 "한국 최고의 감각적 서정시인", "한국 서정시의 영역을 넓히고 깊이를 더해준 시인" 등으로 기억된다. 즉 정지용(1902~1950)시인만큼 한국문학사에서 큰 족적을 남긴 시인도 많지 않다. 정지용은 김기림과 더불어 모더니즘을 이 땅에 도입한 최초의 시인으로 평가받고 있으며, 서구지향의 시를 쓰면서도 전통지향의 시를 배척하지 않고 둘의 공존을 모색한 시인이란 점에서도 이색적인 경향을 보여준 시인이라고 할 수 있다. 그뿐만이 아니라 그는 동시와 민요시를 창작하여 장르의 확대를 시도하였으며 카톨릭 신앙에 심취한 신자로서 종교시의 심오한 세계를 개척하기도 했다. 특히 최근으로 오면서 두 번째 시집인 『백록담』에 수록된 산시편들이 산수시·자연시·한적시라는 이름으로 새롭게 연구되어 지용에 대한 연구의 폭을 넓혀주었다. 한국문학사적인 측면에서도 정지용은 청록파 시인들인 박목월·조지훈·박목월을 문단에 데뷔시켜 한국시문학의 영역을 확대한 공로도 평가받고 있다.

이러한 커다란 업적에도 불구하고 정지용은 한때 한국문학사에서 사라져버린 적이 있다. 그 이유는 정지용이 해방직 후 자발적으로 월북한 시인이란 오해를 받아 냉전 이데올로기에 의해 희생되었기 때문이다. 하지만 그의 장남인 정구관의 헌신적인 노력에 의해 1988년 해금이 되어 그의 시집이 출간되는 등 남한문학사에서 비로소 제대로 평가를 받게 되는 계기가 되었다. 또 정지용 시인을 추모하고 그의 문학적 업적을 기리는 정지용 문학제가 그의 탄신일인 매년 5월 15일경에 충북 옥천에서 개최되어 우리나라에서 가장 역사가 오래된 문학제로 자리 잡고 있는 것도 문화강국을 자임하는 우리나라에서 커다란 성과라고 평가할 수 있다. 북한의 경우 해방 직후부터 구소련의 푸쉬킨 탄생 150주년 기념 축전이나 고골리 서거 100주년 기념제전에 대표단을 파견할 정도로 열성을 보인 적이 있다. 우리나라 사람들이 세익스피어문학제나 괴테 문학제 등 외국 문학제에는 엄청난 여행경비를 쓰고 참여하면서 우리나라의 문학제를 세계적인 문학제로 키우지 못한다면 문화사대국으로서의 오명을 씻을 수 없을 것이다. 그런 측면에서 정지용 문학제의 충실한 개최는 21세기의 문화선진국을 부르짖는 미래의 한국 사회에서 중요한 의미를 지닐 것이다. 특히 그동안 지용시가 난해한 것으로 평가되어 사실상 대중들과는 거리가 약간 있었다.

그러나 정지용이 완전히 대중들에게 부활하게 된 것은 작곡가 김희갑과 가수 이동원[1] 그리고 서울대 음대 교수 박인수 교수 때문이었다. 그들이 작곡하고 부른 「향수」의 공전의 히트를 하여 막 해금된 정지용 시인을 단숨에 유명하게 만들었다. 작곡가 김희갑은 최근 조선일보 문갑식기자와의 인터뷰에서 "보통 한곡을 작곡하는데 20~30분 걸리는데, 「향수」를 작곡하는 데에는 무려 10달이 걸렸다"[2]고 회상했다.

그동안 북한문학사에서 정지용 시인은 부르주아 잔재의 반동작가라는 오명을 씻지 못하고 전혀 거론이 되지 않고 있었다. 하지만 1994년을 기점으로 북한문학사에서도 정지용 문학에 대한 조명이 새롭게 이루어져 그의 문학이 부활하는 양상을 보이고 있어 주목된다. 특히 관심을 끄는 것은 김정일 국방위원장의 회갑을 맞이하여 북한에서 펴낸

---

1) 조용호, 『노래, 사랑에 빠진 그대에게』, 이룸, 1998, 166쪽.

"가수 이동원은 정지용 시인이 해금되던 해에 우연히 여의도의 한 책방에 들렀다가 향수를 접했다. 시가 너무나 마음이 들어 그는 서울대 음대 박인수교수를 찾아가 같이 노래할 것을 협의했고, 작곡가 김희갑 씨를 찾아가 작곡을 의뢰했다. 향수는 1989년 10월 3일 서울 호암 아트홀에서 열린 정지용 흉상 제막식 기념공연에서 처음으로 선보였다. ……때마침 부산에서 공연을 마치고 옥천에 와 있던 이동원씨는 시인의 시를 두고, '우리말이 어떻게 그처럼 예쁠 수가 있는가'라며 속삭이듯 노래하는 특유의 음성으로 시인을 기린다."

2) 『조선일보』 2010. 3. 28. 〈문갑식의 하드보일드〉 '히트가요 제조기' 작곡가 김희갑·작사가 양인자 부부의 同行.

30권으로 된 『조선대백과사전』에 정지용 시인의 이름이 당당하게 수록되었다는 점이다. 그래서 그동안 북한문학사에서 정지용의 문학이 어떻게 평가받아왔는지 구체적으로 살펴볼까 한다. 이러한 연구는 미래의 통일 한국문학사에서의 정지용 문학의 객관적 평가를 위해서도 반드시 필요한 작업일 것이다. 그에 앞서 정지용 시인의 마지막 행적을 둘러싼 논란에 대해서도 나름대로 정리해 보기로 한다.

2. 정지용 시인의 마지막 행적을 둘러싼 논란

정지용 시인(1902. 5. 15 ~ ?)은 충북 옥천군 옥천면 하계리 40번지에서 한약상을 하던 부친 정태국 씨와 모친 정미하 씨 사이에서 장남으로 태어났다. 정지용 시인은 12세 되던 1913년 송재숙 씨와 결혼하여 구관·구익·구인의 3남과 1녀 구원을 두었다(아들 두 명과 딸 한 명이 병으로 사망했음). 고향에서 옥천공립보통학교(죽향국민학교)를 졸업한 정지용 시인은 휘문고보를 거쳐 일본 경도의 동지사대학교 영문학과를 졸업했다. 정지용 시인은 휘문고보를 다니던 18세 되던 1919년 12월 『서광』지 창간호에 자신의 최초의 작품인 소설 「삼인」을 발표하였으며, 다음 해인 1922년 마포하류 현석리에서 최초의 시 「풍랑몽風浪夢」을 썼다. 휘문고보 5년제를 졸업하던 1923년 3월에는 자신의 대표작인 「향수」를 창작했다. 지용은 그 직후인 1923년 5월에 휘문고보의 교비유학생으로 일본 교토에 있는 동지사대학 예과에 입학하였고 25세였던 1926년 4월에 영문학과에 입학하였다. 이 해에 일본유학생회에서 펴낸 잡지 『학조』에 「카페 프란스」, 「파충류동물」, 「슬픈 인상화」를 발표함으로써 시인으로서의 활약을 시작한다. 귀국 후 『시문학』에 시를 발표하던 지용은 드디어 1935년 10월 시문학사에서 첫 시집 『정지용시집』을 출간했고, 1941년 9월에는 두 번째 시집 『백록담』을 간행했다.

그의 마지막 행적을 살펴보기 위해서는 먼저 『문장』 폐간시절부터의 행적을 훑어보는 것이 선행되어야 할 것으로 판단된다. 일제의 강압에 못 이겨 『문장』은 1941년 4월호를 마지막으로 자진폐간을 했다. 총독부가 일본어로만 간행할 것을 종용한 때문이다. 당시 『인문평론』은 어느 정도 총독부의 지시에 순응하다가 폐간 당했지만, 『문장』 편집진들은 일본어로만의 편집을 거부하고 자진폐간을 결정했다. 『문장』 폐간호에 최현배의 「한글의 비교연구」와 우리 민족의 고전 중의 고전인 「춘향전」을 게재한 것은 『문장』편집진들의 뜻을 어느 정도 읽을 수 있게 된다. 매호 편집후기에 해당하는 '여묵'이 폐간호에는 실려 있지 않아 당시의 사정과 내막을 자세하게 알 수는 없다. 다만 폐간호 맨 뒤에 폐간에 따른 광고가 다음과 같이 간단하게 실려 있다.

　　본지 「문장」은 금반 국책에 순응하여 이 제3권제4호로 폐간합니다. 다만 단행본 출판만은 종전대로 계속하오니 다름없이 애호하시기 바라오며 「문장」의 선금이 남는 분께는 5월 10일내로 반송해드리겠습니다.[3]

『문장』 폐간호는 그동안 밀려있는 우수한 작품들을 한꺼번에 모아서 대거 선보였다. 소설에서는 한설야의 「유전」을 비롯하여 최명익, 박태원, 김남천의 작품이 실렸고, 시에서도 백석의 「국수」, 「힌바람벽이 있어」, 「촌에서 온 아이」의 3편과 이상화의 「서러운 諧調」, 이육사의 「子夜曲」, 「娥眉」, 「서울」의 3편, 그 외에도 신석초, 서정주, 오장

---

3) 『문장』, 1941년 4월호, 320쪽.

환, 박두진, 조지훈, 변영로의 시와 이병기의 시조작품이 게재되었다. 『문장』의 폐간은 정지용, 이태준, 김용준 , 이병기 등이 주도해온 민족주의와 한국어의 종언을 의미했다. 다만 단행본의 출간은 한동안 지속하여 정지용이 1941년 9월에 『백록담』을 출간할 수 있었다. 정지용이 단행본 출간도 막히는 상황을 의식하였는지 『백록담』에 실린 작품은 총 25편에 지나지 않았다. 그래서 지용은 산문 8편을 더해서 한권의 시집으로 완성했던 것이다. 그 이후 일본어로 된 시나 한글로 된 시를 발표하지 않았던 지용은 「異土」를 1942년 2월 『국민문학』에 발표했다. 나머지 기간 동안 지용은 다른 친일작가들과는 다른 행보로 침묵을 하였다. 일종의 소극적 저항인 셈이다. 1943년 연합군의 폭격에 대비한 일제의 소개령에 의해 정지용가족은 경기도 부천군 소사읍으로 이주하여 식민지 말기를 보내다가 해방을 맞이하였다.

지용의 해방 후 첫 발자국은 1945년 12월 중앙문화협회가 펴낸 『해방기념시집』에 발표한, 해외에서 독립운동을 하다 귀국한 동지들에게 바치는 헌시인 「그대들 돌아 오시니」였다. 44세였던 1945년 10월 휘문고보 교사직을 그만 두고 이화여전 영문학과 교수로 옮겨 영시와 라틴어를 강의했다.

하지만 지용은 해방 후의 좌우익의 갈등에서 자유로울 수 없었다. 당시 문단은 조선문학가동맹과 전조선문필가협회로 양분되었다. 임화가 주도한 조선문학가동맹은 1946년 2월의 전국문학자대회를 통해 세력이 확대와 조직화를 촉진했다. 그 강령을 보면 ① 일본 제국주의 잔재 소탕, ② 봉건주의 잔재의 청산, ③ 국수주의 배격, ④ 진보적 민족문학의 건설, ⑤ 조선문학의 국제문학과의 제휴 등으로 규정[4]하였다. 조

---

4) 권영민, 『한국현대문학사』, 민음사, 1993, 45쪽.

선문학가동맹에 정지용은 아동문학분과위원장으로 올라있었으나 참석하지 않았다. 공산당의 정치활동이 미군정 당국에 의해 불법화되면서 조선문학가동맹은 1947년에 예정되었던 제2차 전국문학자대회를 취소하고 대부분 월북해버린다.

해방시단의 좌익에는 조선문학가동맹의 시부위원회(김기림위원장)에 소속되었던 권환, 김기림, 김동석, 김상오, 민병균, 작석정, 박세영, 박아지, 박팔양, 백인준, 설정식, 오장환, 유진오, 윤곤강, 이병철, 이용악, 이찬, 이흡, 임화, 조남령, 조벽암, 조운 등[5]이었고 정지용의 이름은 빠져 있었다.

이 무렵 정지용은 1946년 10월 카톨릭계열인 경향신문의 주간으로 취임했다. 당시 지용은 논설 등을 통해 김구의 입장을 지지하여 신탁통치에 반대하고 남북이 합세하여 통일을 이룰 것[6]을 바라는 태도를 취하였으며, 한민당세력을 민족반역자, 친일파 잔당이라고 비판했다.

지용은 1947년 8월 다시 경향신문 주간을 사임하고 서울대학교와 동국대학교에 출강했다. 서울대학교에서는 시론강의를 맡아 『시경 집주』를 강독했다. 1948년에는 주거지를 돈암동에서 녹번동 초당으로 옮기고 서예로 소일하였다. 당시 이태준, 박태원, 김남천, 오장환 등 친분이 두터웠던 친구들이 월북하고 좌도 우도 아닌 중도파 지식인으로서 고뇌가 많았기 때문으로 생각된다.

대한민국 정부가 수립된 후 1949년 지용은 좌익 경력 인사들의 사상적 선도를 명분으로 결성된 '국민보도연맹'에 가입하지 않을 수 없었고, 1950년 1월에는 『이북통신』이라는 잡지에 「소설가 이태준군 조국의 '서울'로 돌아오라」는 글[7]도 썼다. 이런 어수선한 상황 속에서 그

---

5) 앞의 책, 54쪽.
6) 이숭원, 『정지용 시의 심층적 탐구』, 태학사, 53쪽.

는 박문출판사에서 1948년 2월에 『지용문학독본』을 간행했고, 1949년 1월에는 동지사에서 『산문』을 펴냈으며, 1950년 3월에는 동명출판사에서 『백록담』 3판을 간행했다. 드디어 1950년 2월 『문예』에 지용은 실종되기 이전의 마지막 작품인 「곡마단」을 발표했다.

疏開터
눈 우에도
춥지 않은 바람

클라리오넽이 울고
북이 울고
천막이 후두둑거리고
旗가 날고
야릇이도 설고 홍청스러운 밤

말이 달린다
불테를 뚫고 넘고
말 우에
기집아이 뒤집고

물개
나팔 불고

그네 뛰는 게 아니라
까아만 공중 눈부신 땅재주!

甘藍 포기처럼 싱싱한

---

7) 앞의 책, 56쪽.

기집아이의 다리를 보았다.

力技 選手 팔장 낀채
외발 自轉車 타고

脫衣室에서 애기가 울었다
草綠 리본 斷髮머리 째리가 드나들었다

원숭이
담배에 성냥을 키고

防寒帽 外套 안에서
나는 四十年前 凄凉한 아이가 되어

내 열 살 보담
어른인
열여섯 살 난 딸 옆에 섰다.
열길 솟대가 기집아이 발바닥 우에 돈다
솟대 꼭두에 사내 어린 아이가 거꾸로 섰다
거꾸로 선 아이 발 우에 접시가 돈다
솟대가 주춤 한다
접시가 뛴다 아슬아슬

클라리오넽이 울고
북이 울고

가죽 잠바 입은 團長이
이욧! 이욧! 激勵한다

防寒帽 밑 外套 안에서

危殆 千萬 나의 마흔아홉 해가

접시 따러 돈다 나는 拍手한다.

―「曲馬團」 전문

　「곡마단」은 소개터 가설무대에서 곡마단원들이 관중 앞에서 곡예를 하는 모습을 서사적으로 묘사한 서정시이다. 이 시는 우선 지용의 사유시 치고는 길이가 긴 편에 속한다는 특징을 지닌다. 아울러 시를 창작 즈음의 지용의 심정과 현실을 잘 반영하고 있다는 점도 주목해 보아야 한다.

　「곡마단」은 총 15연으로 된 서정시이다. 시라는 장르의 형태를 지니고 있지만, 사실은 설화와 같이 서사성을 지니고 있는 것이 이 시의 묘미이다. 이 시를 읽다보면, 20여 년 전에 인기를 끌었던 대중가요 「곡예사의 첫 사랑」이란 노래가 떠오른다. 또 2004년에 국립극단 예술감독으로서 연극연출가 이윤택이 연출한 「곡예사의 첫 사랑」이 생각난다. 최근 이윤택은 『한국일보』 '문화 게릴라 이윤택의 To be or not to be'에서 추억을 떠올리며 곡마단 이야기[8]를 늘어놓았다. 이윤택은 1960년대 처음으로 구경한 유랑극단의 곡예를 구경했는데, 그 때 소녀 곡예사의 공중묘기에 전율을 느꼈다고 다음과 같이 회고하고 있다.

　우와―하는 함성과 함께 공중에서 날아간 남녀배우가 서로 줄을 바꿔 타는 묘기를 연출하는 것입니다. 절정의 시간은 그 다음입니다. 노래도 잘 못 부르고 연기도 잘 못하면서 계속 무대에 들락거렸던 그 열 살 남짓한 소녀가 줄을 타러 등장합니다. 그 순간 모두 숨을 죽이고, 어린 소녀 곡예사는 관객의 숨죽인 호기심 위를 거침없이 날아다니기

---

8) 『한국일보』 2010. 2. 17. '문화 게릴라 이윤택의 To be or not to be'.

시작합니다. 관객들의 탄성과 박수가 잇달아 터지고 소녀 곡예사의 비행은 점점 난이도를 높여 갑니다. 나는 잔인한 상상과 참을 수 연민 사이에서 오줌을 찔끔거립니다.

　소녀의 마지막 곡예는 맞은편에서 날아오는 남자 곡예사와 공중에서 자리를 맞바꾸는 묘기라는 장내 방송이 이어집니다. 객석은 숙연해지고, 한 마리 새처럼 공중에 날아 오른 소녀가 맞은 편 그네를 타고 오를 때, 가설 천막극장은 우리를 황홀경에 빠뜨립니다. 그렇게 남루해 보이던 천막극장이 이 세상에서 가장 아름다운 환상의 궁전처럼 느껴지고, 그렇게 초라해 보이던 곡마단 사람들이 아름다운 전사(戰士)들로 보이기 시작하는 것입니다.

　그 다음이 동물 곡예입니다. 먼저 조랑말이 나와 두 발을 들었다 놓았다 하면서 재롱을 떱니다. 원숭이가 비쩍 마른 아저씨 등을 타 넘어 다니고, 아, 비둘기 서너 마리가 공중 높이 날아가 한 바퀴 선회하고는 곡예사에게 무사히 돌아옵니다.[9]

정지용이 회상하고 있는 곡마단의 이야기도 거의 같은 내용을 담고 있다. 마치 설화나 야담을 읽는 것처럼 그 서사성에 폭 빠져들게 된다. 「곡마단」의 서사성은 다음과 같은 뼈대를 갖추고 있다.

①　공연의 시공적 배경—바람부는 겨울 밤
②　땅재주—소녀
③　역기선수의 외발 자전거 묘기
④　탈의실 애기의 울음과 초록리본 단발머리 여성의 돌봄
⑤　원숭이 흡연 묘기를 보며 시적 자아는 9살 아이때로 복귀—딸과 소통
⑥　남녀 주인공의 곡예—접시 돌리기

---

9) 앞의 글. 같은 쪽.

⑦ 악단, 풍악으로 분위기 고조 시킴
⑧ 절정-위태로운 곡예-시적 자아의 위태로운 현실, 성찰

　이 시는 분명 자유시로서 리듬을 지니고 있다. 그런데 지용은 새로운 실험을 하고 있다. 그것은 시에 설화 같은 서사성의 줄거리를 집어넣는 것이다. 서사성을 부가시킨 이유는 회상기법을 활용하기 위함이고 전통적인 곡마단 이야기의 구수함과 전설적인 공연을 부각시키기 위한 목적도 지니고 있다. 마치 지용이 두 번째 시집인 『백록담』의 산시편을 통해 내간체 문장을 실험한 것과 마찬가지의 기법이다. 그런 측면에서 지용의 시 「곡마단」에 새롭게 관심을 가질 필요가 있다. 「곡마단」은 전통을 모티브로 하여 새로운 시 기법을 실험하는 지용 특유의 창조정신이 내재되어 있는 것이다.
　"위태 천만 나의 마흔 아홉 해가/ 접시 따러 돈다 나는 박수한다"에서 잘 드러나 있듯이 「곡마단」은 시인 지용이 49세에 지은 시로 나타난다. 그런데 이 시구에서 예사롭지 않은 것은 최고조로 절정에 오른 곡마단의 곡예도 중요하지만, 그 아찔아찔함 못지않게 해방정국의 좌우익의 갈등 속에 처한 시인 정지용의 상황도 위태위태하다고 묘사하고 있는 점이다.
　6·25 직전 정지용은 『국도신문』의 청탁을 받아 남해를 여행하며 한려수도 기행문을 쓰고 있었다. 이 기행문은 6월 28일자까지 신문에 실려 있다. 유족들에 의하면 정지용은 녹번리 초당에서 6·25를 맞이하였다고 한다. 그해 7월에 평소 안면 있는 젊은이 몇 명이 찾아와 대화를 나누다가 그들과 함께 나간 후 돌아오지 않았다고 한다. 인민군이 내려와 공산치하가 되자 보도연맹에 들었던 사람들에게 자수의 형식을 밟도록 권유했을지 모른다.[10]

정지용 시인의 삶에서 남·북한간의 첨예한 대립을 보이는 것은 그의 마지막 행적에 대한 것이다(물론 북한의 조선대백과사전은 정시인의 출생일을 1903년 5월 15일로 기입하고 있음). 남한에 살고 있는 장남 정구관은 부친의 해금을 위해 여러 문인들을 만나고 자료를 수집하는 가운데 부친의 마지막 행적에 대한 추정을 할 수 있는 구체적인 증거를 소지하고 있다. 1985년 3월 12일에 육군범죄수사연구소에 제출한 민원 회신(1985. 4. 26)에 따르면, "거제도 포로수용소 수용사실 및 군인이나 노무자 또는 비군인 등으로 동원된 사실 없었음이 확인되었으나, 평양감옥에 부친과 같이 수용되었던 계광순 씨 등의 저서내용으로 보아 귀하의 부친께서는 북괴군에 납치되어 서대문 형무소에 수감되었다가 평양감옥으로 납북되어 수감 중 폭격에 의해 사망한 것으로 추정되는 바입니다"라고 명기되어 있고 이 서류가 근거가 되어 1988년에 정지용문학은 해금이 되었던 것이다. 민원에 첨부하였던 근거서류들인 김팔봉 씨(1963년 9월 『현대문학』), 계광순 씨(『빨치산과 동숙』), 이철주 씨(『북의 예술인』) 그리고 최정희 씨(『찬란한 대낮』) 등의 저서와 기록 등에는 정지용 시인이 분명하게 납북된 것으로 증언되고 있다. 우선 김팔봉 씨는 『현대문학』 1963년 9월호에서 "납치돼 간 시인 정지용은 1926년 여름에 『조선지광』지를 김말봉과 동행해서 찾아왔을 때 우연히 나도 지나다가 들렀기 때문에 만났었는데 …… 지금 이 세 사람은 6·25 때 회월과 함께 서대문형무소에 갇히어 있었는데, 그 후로 나는 그들의 종적을 모르고 있다"[11]고 증언하였다.

계광순(전 국회위원)은 자신의 저서 "빨치산과 동숙"(『나는 이렇게 살았다』)에서 서대문형무소에서 기관차로 옮겨져 충청도를 거쳐 개성

---

10) 이숭원, 앞의 책, 60쪽.
11) 김팔봉, 「'백조' 동인과 종군작가단」, 『현대문학』, 1963년 9월호, 30쪽.

으로 가서 소년형무소에서 이틀 밤을 잤다고 증언하고 있다. 그리고 낮에는 유엔군의 공습을 피해 숨어 지내고 밤에는 전진하는 형태로 옮겨다니며 봉산 내무서 유치장을 거쳐 평양감옥에 1950년 7월 29쯤 수감되었다라고 기록하고 있다. 평양감옥에서는 한 방에 33명이 수감되었는데, 그곳에 정지용 시인이 있었다고 증언하였다. 자신은 8월 중순까지 이곳에 수감되어 5~6 차례 취조를 받았다[12]고 말했다.

한편 소설가 최정희는 6·25 때 서울에서 피난을 가지 못하고 있다가 문학가동맹 측에서 문인들은 자수하라고 벽에 붙인 방을 보고 정지용 시인과 함께 자수하러 가는 20여 명의 문인들을 뒤따르다가 정지용 시인의 만류를 받아 자신은 빠졌는데 그 이후 정지용 시인은 보지 못했다고 증언하고 있다. 특히 최정희는 정지용 시인이 20여 명의 동료들과 함께 정치보위부(현 롯데호텔자리) 마당으로 들어가는 것을 목격했다[13]고 기술하고 있다. 또 아동문학가 윤석중의 목격담에 의하면, 정지용 시인이 트럭에 실려 어디론가 끌려가고 있는 것을 보았다고 말한 바 있다.

이러한 증언들을 종합하면, 정지용 시인은 여러 동료문인들과 함께 정치보위부원들에게 잡혀 6·25 당시 서대문형무소에서 평양감옥으로 이송되었다가 폭격에 의해 사망했거나 정치보위부 사람들에게 이끌려 나갔다가 실종된 것으로 추정된다.

하지만 북한측의 증언은 전혀 다르다. 우선 『조선대백과사전』은 정지용의 사망일을 1950년 9월 25일로 명기하고 있다. 그 근거로는 시인 박산운의 증언을 제시할 수 있다. 북한 박산운 시인의 『통일신문』 기고 회고록(1993년 4월 24일부터 총 3회)은 국내에서 최초로 소개된

---

12) 계광순, 「빨치산과 동숙」, 『나는 이렇게 살았다』, 을유문화사, 90-91쪽.
13) 최정희, 『찬란한 대낮』, 문학과지성사, 264쪽.

다. 박산운은 1992년 여름에 기자 휴양소에 휴양차 왔던 시인 정지용의 아들 정구인군이 자신을 도방송위원회에서 중견기자로 일하고 있는 사람이라고 소개하면서 편지를 보내왔다는 글로써 시인 정지용에 대한 회상을 시작한다. 이어서 박산운은 "젊은 시절의 나를 매혹시킨 지용 선생의 작품들과 인품 더구나 선생의 비참함 최후에 대한 생각이 한꺼번에 갈마들어 가슴이 찢어지는 듯하다. 6·25 전쟁 시기에 행방불명이 되었다고 전해지던 시인 정지용의 행방에 대한 여러 가지 풍설들이 나돌고 있었다. 그것은 그가 널리 알려진 이름있는 시인이였던 만큼 사람들에게 매우 큰 충격을 주었다"[14]고 글을 쓴 배경을 상세하게 설명하고 있다. 또 박산운은 북쪽으로 간 월북문인들의 소식도 전해주고 있다. "후대들에게 있어 불명예스러운 아버지를 가진 불행보다 더 큰 불행은 없으니 말이다. 정지용 선생의 아들이 나를 찾아온 것은 내가 그런 고충을 안고 시달리고 있을 때였다. 이전에 그가 어느 한 지질탐사대의 조사부장을 지낼 때 소설가 박태원 선생과 시인 리용악 선생을 찾아본 다음 내 집에도 두 차례나 들렀었는데 공교롭게도 그때마다 내가 집을 비우고 있었던 때여서 만나보지 못하고 편지래왕으로 그치고 있던차에 그를 만난 기쁨이란 한량없이 컸다"[15]고 남한의 장남 정구관 님과 더불어 북한의 아들 정구인님도 아버지의 마지막 행적에 대해 수소문하고 다니고 있었음을 확인해주고 있다. 또 박산운은 북에서의 정지용 문학의 위상과 가치에 대해 "그러나 지용선생은 일제시기에 남긴 「향수」, 「고향」, 「말」 그리고 「카페 프랑스」, 「압천」 기타 민족적 량심과 망국의 한이 서린 유명한 시편들과 함께 북의 동포들속에서 오늘도 같이 살고 있다. 북에서 발간된 현대조선문학선집의 1930년대 시인

---

14) 박산운, "시인 정지용에 대한 생각", 『통일신문』 1993년 4월 24일자, 제1회.
15) 박산운, 위의 글, 『통일신문』 1993년 5월 1일자, 제2회.

선집에는 선생이 남긴 작품들이 김소월과 함께 가장 많은 자리를 차지하고 있으며 북의 대학들에서는 선생의 시들과 문학적 업적이 강의되고 있다"16)고 말하면서 1990년대에 들어서서부터 정지용 문학이 새롭게 부상하고 있는 현상을 생생하게 전하고 있다.

그러나 결국 박산운은 정지용 시인의 마지막 행적에 대해 "시인이 자기가 그렇듯 사랑하고 정들인 그 땅에 제대로 묻히지도 못한 채 반통일분자들에 의해 오늘까지도 반공, 반공화국 선전에 리용되고 있음을 생각하면 가슴에서 불이 인다. 미제는 우리 민족이 낳은 재능있는 시인의 한사람이였던 정지용 선생의 생명을 무참히 앗아갔고 럭대 이남 통치배들은 그의 명예를 악랄하게 먹칠해왔다"17)고 정치색 짙은 발언으로 결론짓고 있다.

이러한 북측의 주장은 정지용 시인을 부활시키기 위한 고도의 전략에서 비롯된 것으로 판단된다. 북한의 중요한 문인 중 6 · 25 한국전쟁 중 종군기자로 활약하다가 죽은 조기천이나 김사량은 모두 미군의 폭격에 의해 사망한 것으로 처리되고 있다. 미군 폭격에 의해 조기천이나 김사량이 사망한 것은 분명한 역사적 사실이다. 하지만 정지용 시인의 경우는 사실과 다르게 왜곡되고 있는 것이 분명하다. 많은 사람들의 증언에 의하면 정지용 시인은 분명하게 평양감옥에 머물고 있었던 것이다. 그러나 그 다음의 마지막 행적에 대한 목격자가 없다. 단지 추정하건대 정치보위부원에 의해 취조차 끌려나갔다가 돌아오지 못했거나 평양감옥에서 폭사했을 가능성의 두 가지 상황 중 하나가 벌어졌을 것으로 추정할 수 있다. 그런데 난 데 없이 정지용 시인이 해방 후 5년이 지난 6 · 25 한국전쟁 때인 9월 25일경(박산운은 9월 21일

---

16) 박산운, 앞의 글, 『통일신문』 1993년 5월 7일자, 제3회.
17) 박산운, 같은 글.

아침으로 추정) 자진해서 월북하던 중 동두천의 소요산에서 미군의 폭격에 의해 사망했다[18]고 시인 박산운은 석인해 교수의 목격담을 근거하여 사실인 것처럼 포장하여 서술하고 있는 것이다. 이것은 정지용 시인의 부활을 기정사실화하면서 정지용 시인의 사망을 조기천식[19]으로 미화시키려는 북한 특유의 고도의 정치적 전략에서 비롯된 것으로 판단된다. 즉 이러한 현상은 북한 당국이 그동안 정지용 시인을 기교에만 치중하는 부르주아 반동작가라고 매도했다가 갑자기 애국시인으로 긍정적인 평가로 돌아서야 하는 부담감 때문인 것으로 생각된다.

3. 『조선대백과사전』에 서술된 정지용

북한에서는 1995년부터 2001년까지 7년에 걸쳐 총 30권의 『조선대백과사전』을 간행하였다. 마지막 권인 제30권이 2001년 12월 20일에 발행된 것에서 알 수 있듯이 『조선대백과사전』은 2002년의 김정일 국방위원장의 회갑에 맞추어 경축의 의미로 기획이 된 것임이 확인된

---

18) 박산운, "시인 정지용에 대한 생각", 『통일신문』 1993년 4월 24일~5월 7일자.
　　"서울을 거쳐 북으로 후퇴해오던 석교수 일행은 아침 나절에 동두천에서 낯모를 서너 사람과 함께 북으로 후퇴해오던 정지용 일행을 만났다. 오랜만에 만난 두 사람은 이런저런 이야기를 나누며 동두천 뒷산을 넘게 되었는데 그 산 이름이 ≪소요산≫이라는 말을 들은 정지용은 그 이름이 …(중략)… 그날 9월 21일아침에 동쪽으로 길을 잡고 함께 오고 있었는데 불시에 미국놈들의 비행기가 하늘을 썰며 날아왔다. 일행을 발견한 비행기는 곧바로 기수를 숙이더니 로케트포탄을 쏘고 기총소사를 가하였다."
19) 강경구 외 편, 『조선대백과사전』 제17권, 평양: 백과사전출판사, 2000, 524쪽.
　　"조국해방전쟁시기에는 종군작가로 활동하였으며 주체 40년 3월 북조선 문학예술총동맹이 조직될 때 부위원장의 직책에서 사업하였다. 서사시 ≪비행기사냥군≫을 창작하던중 미제 원쑤들의 폭으로 희생되였다 …(중략)… 시인은 우리나라의 혁명적인 시문학 특히 서사시문학발전에서 선구자적 역할을 하였다. 묘는 애국렬사릉에 있다."

다. 북한에서는 『조선대백과사전』을 기획하면서도 식량난 등 경제난이
겹쳐 사전의 완간에 자신감이 부족했던 것으로 판단된다. 그래서 남쪽
의 출판사 등 자본가들에게 지원을 요청했던 것[20]으로 알려지고 있다.
2000년 10월에 발행된 북한의 『조선대백과사전』 권17에 정지용이 수
록된 것은 커다란 의미를 지닌다. 그 이유는 북한의 최고지도자인 김
정일 국방위원장의 회갑에 맞추어 출판된 백과사전에 정지용 시인이
들어가게 된 것은 북한문학에서 정지용 문학의 완전한 부활을 의미하
기 때문이다. 그러한 근거는 이 사전에 식민지 시대의 중요한 시인들
인 김기림·백석·이용악·오장환 등이 수록되지 않았다는 것에서도
확인이 될 수 있다.

8·15 후에는 남조선에서 진보적 문학운동에 적극 참가하였다. 8.
15전에 그가 창작한 대표적인 시들은 시집 ≪정지용 시집≫(1935년),
≪백록담≫(1941년)에 실려 있다. 그는 초기 작품들에서 주로 향토와
자연을 대상으로 하면서 민요풍의 시인으로서의 개성적인 면모를 두드
러지게 보여주었다. 그러한 작품으로 ≪향수≫, ≪압천≫, ≪고향≫,
≪할아버지≫, ≪산 넘어 저쪽≫ 등이 있다. 시에서 그는 일제 침략자
들에게 빼앗긴 향토에 대한 사랑과 그리움을 짙은 민족적 정서 속에서
노래하였다. 일제의 탄압과 세계관적 제한성으로 하여 1920년대 말~
1930년대 초에 오면서 그는 점차 형식주의적인 창작세계로 기울어졌다.
주체 22년에 예술지상주의를 들고 나온 ≪9인회≫의 성원이 된 그는
이 시기를 전후하여 쓴 ≪호수≫, ≪바다≫, ≪밤≫ 등과 같은 시에서
상징주의적이며 기교주의적인 경향을 보여주었다. 그러나 시인이 초기에
쓴 민요풍의 시작품들은 8·15전 진보적 시문학발전에 기여하였다.[21]

---

20) 현재 북한의 단행본 서적을 로열티를 지불하고 공식적으로 수입하여 판매하고 있는
    대훈서적의 김주팔 사장이 중국 출판공사 이사장(북한의 정무원 출판국 책임자와 교류
    가 활발함)으로부터 간접적으로 전해들은 소식이다.

이러한 『조선대백과사전』에서의 정지용에 대한 북한 문학사가들의 평가에서 몇 가지 특징을 발견하게 된다. 첫째, 정지용의 초기시의 경향을 향토와 자연을 대상으로 한 민요풍의 작품으로 긍정적으로 평가하고 있다는 점이다. 둘째, 1920년대 후부터 1930년대 초의 모더니즘적 경향을 '형식주의적 경향이라고 부정적으로 다루고 있다는 점이다. 셋째, 8 · 15 후의 임화 주도의 조선문학가동맹에 이름만 올려놓은 정지용 시인의 활동을 남조선에서 진보적 문학운동에 적극 참여하였다고 긍정적인 시각으로 기술하고 있다는 점이다. 넷째, 1930년 말부터의 『문장』 편집인으로서의 활동상과 1941년에 간행된 그의 두 번째 시집 『백록담』에 실린 산시편에 대한 언급이 전혀 없다는 점이다. 지용의 후기시에 대한 침묵은 북한평론가들의 자료부족에 따른 무지 때문이거나 아니면, 이 시기의 창작활동의 성과를 탐탁하게 여기지 않는 것으로 볼 수 있다. 류만이 지은 『조선문학사』 권9에서는 "〈백록담〉을 비롯한 자연을 노래한 시들"[22]이라고 한줄 언급하는 것에서 머물고 있다. 이러한 지용시에 대한 『조선대백과사전』의 평가는 1994년 이후 수록된 『조선문학사 2』에서의 평가를 그대로 반영하고 있다.

그러면 『조선대백과사전』에서 다루어진 정지용 시인의 비중은 어느 정도인가? 『조선대백과사전』은 정지용 시인을 그동안 북한문학사에서 크게 다루어지고 있었던 시인들인 조기천 · 박세영 · 김순석 등과 같은 수준에서 기술하였고, 최근 다시 부활한 김소월 · 한용운 · 윤동주 · 박팔양 등과도 같은 비중으로 다루고 있다. 정지용 시인에 대한 북한문학사에서의 위상과 평가를 판단하기 위해 북한의 애국가를 작사한 박세영과 김소월 시인이 『조선대백과사전』에서 어떻게 기술되고 있는지

---

21) 강경구 외 편, 『조선대백과사전』 제17권, 평양: 백과사전출판사, 2000, 396쪽.
22) 류만, 『조선문학사』 제9권, 평양: 과학백과종합출판사, 1995, 80쪽.

살펴보기로 한다.

주체 35년 6월 위대한 수령 김일성동지의 은혜로운 사랑의 품에 안긴 그는 북조선문학예술총동맹 서기장으로 사업하면서 ≪애국가≫(1947년), ≪빛나는 조국≫(1947년), ≪승리의 5월≫(1947년) 등 가사작품을 창작하였으며 조국해방전쟁 시기에는 종군작가로 활동하면서 ≪숲속의 사수 임명식≫(1951년), ≪나팔수≫(1952년)를 비롯한 전투적인 시들을 내놓았다. 전후에 와서도 왕성한 창작적 열정을 가지고 위대한 수령 김일성동지께서 조직령도하신 항일무장투쟁의 영웅적 현실을 폭넓게 일반화한 사사시 ≪밀림의 력사≫(1962년)를 내놓았다. 위대한 령도자 김정일동지의 크나큰 신임과 사랑 속에서 창작활동을 줄기차게 벌려온 그는 변모되는 조국의 현실을 참신한 서정으로 노래한 시초 ≪광복거리에서 부르는 노래≫(1988년) 등 많은 시작품들을 내놓았다. 해방전후를 통한 그의 시작품들은 예리한 사회적 문제의 제기와 높은 시적 격조, 랑만적 열정으로 특징적이다. 작품집으로는 시집 ≪승리의 나팔≫(1953년), ≪박세영시선집≫(1956년), ≪박세영동시선집≫(1962년) 등이 있다.[23]

1920년대 전반기에 본격적인 창작의 길에 들어선 그는 「금잔디」(1922), 「진달래꽃」(1922), 「삭주구성」(1923), 「밭고랑우에서」(1924)를 비롯한 많은 서정시작품들과 미학적 견해를 내놓은 시론 『시혼』(1925), 유일한 소설인 『함박눈』(1925)을 내놓았다. 1920년대 후반기에는 대표적인 시 「초혼」(1929)을 비롯한 일련의 시작품들을 창작하였다. 그의 시작품들에는 애국적인 감정과 민족적인 정서가 넘쳐흐른다. 그것은 구체적으로 향토와 조국애에 대한 절절한 그리움의 감정에서 표현되고 있다. 그의 시에는 많은 경우 「가신 님」에 대한 애상적인 정서가 진하게 흐르고 있는데 여기에는 나라 잃은 우리 인민의 처지를 서러워하고 빼앗긴 조국을 그리워하는 감정이 반영되어 있다. 그러나 빼앗긴 조국을

---

23) 강경구 외 편, 『조선대백과사전』 제10권, 평양: 백과사전출판사, 1999, 337-338쪽.

찾을 데 대한 지향이나 그러한 앞날에 대한 믿음은 주지 못하였으며 초
자연적인 신앙을 표현하는 것과 같은 약점도 나타내였다. 그러나 그는
민요풍의 아름다운 시형식을 창조하여 현대자유시발전에 이바지하였다.
그의 시집으로는 『진달래꽃』, 『소월시초』, 『김소월시선집』 등이 있다.[24]

4. 북한문학사에서의 정지용 문학의 평가

지금까지 북한에서 펴낸 북한문학사는 1956년부터 2000년까지 총
9종류가 간행되었다. 그 중에서 역사적으로 가치 있는 문학사로는 흔
히 세 종류를 거론한다. 첫째는 1959년에 과학원 언어문학연구소에서
펴낸 『조선문학통사』가 있다. 이 책은 소위 마르크스-레닌주의 미학
이론에 바탕 하여 쓰여진 문학사라고 할 수 있다. 앞으로는 '통사'라고
약칭으로 쓰기로 한다. 둘째, 1977년부터 1981년까지 사회과학원 문
학연구소에서 펴낸 전5권으로 된 『조선문학사』가 있다. 이 책은 주체
미학이론으로 씌어진 최초의 문학사이다. 이 책은 '문학사 1'로 약칭하
여 부르기로 한다. 셋째, 1991년부터 2000년까지 전15권으로 사회과
학원 주체문학연구소에서 간행된 『조선문학사』가 있다. 이 책은 김정
일 시대의 북한문학사를 대표하는 책이다. 따라서 '문학사 2'로 약칭하
여 쓰기로 한다.

우선 '통사'에서는 1920년대 시문학에서 이상화·김창술·박세영·
박팔양을 집중적으로 거론하고 있으며, 1930년대 시문학에서는 김창
술·류완희·박세영·안용만·박팔양·권환·리원우(동요)·김우철
(동요)·정철산(동요)을 중점적으로 다루고 있다. 특히 1920년대 문학

---

24) 강경구 외 편, 『조선대백과사전』 제4권, 평양: 백과사전출판사, 1996, 175쪽.

에서 김소월을 대단히 큰 비중으로 부각시키고 있는 것이 특징이다. 김소월의 시문학은 그것이 가지는 인민성, 애국성과 아울러 형상의 행동성, 시적 언어의 음악적 풍부성 등으로 조선 인민의 해방투쟁에 긍정적으로 작용하였으며, 조선 시문학 발전에 귀중한 재산을 기여하였다25)고 극찬하였다. 그리고 카프문학의 사회주의적 사실주의 문학의 가치를 높이 평가하면서 그에 맞서 부르주아 반동문학이 극성을 부렸다고 하면서 이광수·김동인·염상섭·현진건·황석우·오상순 등의 자연주의 문학은 이 시기에 와서 이태준을 중심으로 한 '9인회', 김광섭·이헌구를 중심으로 한 '해외문학파', 박영희·림화·김남천·리원조·최재서·백철 등 단합된 반동문학가들에 의하여 자기의 유력한 후예들을 발견하였다26)고 기술하고 있다. 하지만 '통사'에서는 정지용·김기림·백석·이용악·오장환 등의 모습이 발견되지 않는다. 여기에서 우리는 '통사'는 여타 문학사와는 달리 1960년대의 북한 문학계의 비판적 사실주의를 비롯한 사실주의 발생 발전에 관한 논쟁을 반영하고 있다는 점에 주목해 볼 필요가 있다.

'문학사 1'에서는 특이하게 김일성 주석의 부친인 김형직의 혁명적 문학을 강조하고 있는 것이 특징이다. 그는 애국적 열정과 반일혁명사상을 내세우면서 「전진가」, 「정신가」, 「남산의 푸른 소나무」 등을 발표하였다고 상세하게 설명하고 있다. 1920년대 전반기의 시문학에서는 이상화의 「빼앗긴 들에도 봄은 오는가」, 「통곡」 등과 류완희의 「녀직공」, 「희생자」27) 등을 높이 평가하였다. 1920년대 후반기부터 30년대

---

25) 사회과학원 문학연구소, 『조선문학통사』, 서울: 인동, 1988, 101쪽.
26) 위의 책, 170쪽.
27) 박종원·최탁호·류만, 『조선문학사』(19세기~1925), 평양: 과학·백과사전출판사, 1980, 202쪽.

의 시문학에서는 항일혁명투쟁을 다룬 리찬의 「국경의 밤」(1937)을 앙 양된 시대적 분위기를 노래한 탁월한 시작품으로 평가하고, 그 외에 류 완희의 「나의 행진곡」(1927), 박아지의 「나의 노래」(1928), 김창술의 「전개」(1927), 송순일의 「무리의 행진」(1931), 권환의 「팔」(1933), 박 세영의 「야습」(1930), 리찬의 「면회」(1934)[28] 등을 이 시기의 수작으 로 제시하였다. 하지만 '문학사 1'에서는 김소월, 정지용, 김기림, 백 석, 이용악, 윤동주 등의 모습뿐만이 아니라 박팔양의 그림자도 사라져 버렸음을 인지하게 된다.

그러나 1993~1994년부터 북한의 문학사전과 문학사에서 커다란 변화의 물결을 느낄 수 있게 되었다. 이 무렵은 북한의 정치적 현실에 서 매우 민감한 시기였다. 특히 김일성의 사망이 임박했으며 정치·경 제·군사·문화예술 등 거의 전 분야에서 김정일이 사실상 북한을 통 치하기 시작하였다는 것이 특징이다. 우선 1994년에 북한에서는 『문 예상식』이라는 문예사전과 문학사의 통합적 성격을 지니는 책이 출판 된 것이 특징이다. 이 책은 『수령형상 문학』의 저자인 윤기덕과 『우리 나라 비판적 사실주의 문학연구』의 저자인 이동수, 그리고 『작가의 창 작적 사색과 예술적 환상』의 저자인 방영찬 등 최근의 북한 평단에서 뚜렷한 활약을 하고 있는 중견급 평론가들이 편저자로 나섰다는 데 주 목해 볼 필요가 있다. 『문예상식』의 '계몽기와 해방 전 문학예술'의 항 목에서 최남선·김소월·한용운·이상화·윤동주 등 1960년대 이후 40년 동안 사라져 버렸던 시인들이 거론되고 있는 점이 특징이다. 하 지만 정지용·김기림·백석 등의 모습은 등장하지 않고 있다. '해방 후 문학예술'에서는 박팔양·리찬·이용악 등이 언급되고 있는 것이

---

28) 김하명·류만·최탁호·김영필, 『조선문학사』, 평양: 과학·백과사전출판사, 1981, 462-501쪽.

주목된다. 즉 박팔양이 부활한 것이다.

하지만 1995년 류만이 단독으로 서술한 『조선문학사 2』 권9와 가장 뒤늦게 간행된 류만·이동수가 공동으로 집필한 『조선문학사 2』 (2000) 권7에 오면 놀라운 변화의 양상이 드러나게 된다. 특히 '문학사 2' 권7에서는 한용운을 9쪽에 걸쳐 장황하게 다루면서 우리나라 시문학의 애국주의적 전통을 살리며 자유시의 영역을 다채롭게 하는 데서 특색 있는 기여를 하였다[29]고 그 공적을 평가하였다. 또 김소월에 대해서도 자기의 시창작을 통하여 일제 통치 하에서 짓밟히고 버림받은 인민들에 대한 동정, 향토와 조국, 자연에 대한 사랑의 감정을 깊은 비애의 정서로 노래하였으며 우리 인민의 민족적 감정과 생활정서를 노래하고 전통적인 율조를 살려씀으로써 1920년대 시단에서 민요풍의 시를 개척하고 발전시키는데 이바지하였다[30]고 평가하였다. 또 이 책은 신채호의 시문학에 대해서도 높은 평가를 하고 있는 것이 특색이다.

한편 류만이 집필한 '문학사 2'의 권 9에서는 1920년대 후반기~1930년대 중엽 문학에서 김창술·류완희·권환·박세영·리찬·안용만·김우철·송순일·박아지·리흡 등의 작가를 거론하면서 김동환과 정지용 그리고 조운, 이은상 등을 경향적이며 현실 비판적인 독특한 시풍을 보여주었다거나, 민요적인 아름다운 시풍으로 하여 1920년대 민족 시가의 모습을 보여주었다고 높은 평가를 하고 있는 것이 주목된다.

특히 '문학사 2'의 권9에서는 그동안 부르주아 반동문학으로 취급하여 북한문학사에서 거론조차 되지 않았던 정지용 문학에 대한 대부활을 시도하였다는 점이다. 이 책에서 정지용 문학은 총 4쪽에 걸쳐서 비중 있게 다루어진다. 1920년대 중엽에 시단에 등장한 그는 1941년

---

29) 류만·리동수, 『조선문학사』 제7권, 평양: 과학백과사전종합출판사, 2000, 104쪽.
30) 위의 책, 116-117쪽.

시집 『백록담』을 낼 때까지 시를 썼으며 이 과정에서 그의 시창작은 대체로 1930년을 전후하여 일련의 변화를 보여주었다고 기술하고 있다. 시문학의 진보성과 민족성을 두고 말할 때 다분히 1920년대에 창작된 그의 시들이 여기에 해당된다고 말할 수 있다고 하면서 그의 초기 시들은 짙은 향토색 및 민족적 정서와 민요풍의 시풍을 보여주고 있다고 호평하였다. 그러면서 정지용의 「고향」, 「그리워」 등을 직접 인용하면서 "그의 시는 일제식민지 통치의 어두운 상황에서 씌워졌지만 마치도 가을날 산골짜기에 서리는 찡한 정기랄가, 봄날 산야를 엷게 물들이는 잔디의 움돋음이랄가 어딘가 모르게 생신한 감각, 청신한 호흡, 가락 맞는 박동이 뚜렷이 살아있어 민족정기를 강하게 느끼게 한다"[31]고 정지용 문학에 나타나는 민족성에 대해 좋은 평가를 내리고 있다. 하지만 곧 이어 시인은 고향을 잃은 설움, 울분 그 이상의 정신적 경지에는 이르지 못하였다고 다음과 같이 비판하였다.

그의 초기 시들은 짙은 향토적 및 민족적 정서와 민요풍의 시풍을 보여주고 있다. 이 시기에 그는 주로 고향과 자연을 대상으로 한 시를 많이 창작하였는데, 1923년에 쓴 〈향수〉로부터 그 뒤에 쓴 〈압천〉, 〈고향〉, 〈그리워〉 등 향토애를 노래한 시들과 〈할아버지〉, 〈홍춘〉, 〈산엣 색씨 들녘 사내〉 등 세태풍속을 노래한 시들 그리고 〈석류〉, 〈백록담〉을 비롯한 자연을 노래한 시들이 그것을 말하여 준다.

그는 자기의 시들에서 비록 애수에 젖긴 하였으나 짓밟히고 잃어진 고향에 대한 유다른 정과 애착이 짙은 서정으로 노래하였다.

고향에 고향에 돌아와도
그리던 고향은 아니더뇨

---

31) 류만, 『조선문학사』 제9권, 평양: 과학 · 백과사전종합출판사, 80-81쪽.

산꿩이 알을 품고
뻐꾸기 제철에 울건만

마음은 제고향 지니지 않고
어언 항구로 떠도는 구름

(시 〈고향〉에서)

그리워 그리워
돌아와도 그리던 고향은 어디더뇨

들녘에 파여있는 들국화 웃어주는데
마음은 어디고 붙일 곳 없어
먼 하늘만 바라보노라

눈물도 웃음도 흘러간 옛추억
가슴아픈 그 추억 더듬지 말자
내 가슴엔 그리움이 있고
나의 웃음도 년륜에 새겨졌나니
내 그것만 가지고 가노라

 그리워 그리워
 그리워 찾아와도 고향은 없어
 진종일 진종일 언덕길 헤매다 가네

(시 〈그리워〉에서)

비슷한 상을 가지고 있는 두 시는 식민지 시대 시인의 정신적 방황
과 몸부림을 보여준다. …(중략)… 시인은 물론 고향을 읽은 설움, 울분
그 이상의 정신적 경지에는 이르지 못하였다. 그러나 여기에는 일제식
민지 통치하에서 우리민족이 당하는 수난과 설움이 그대로 음영되어 있

는 것이다.

동시대의 프로레타리아 시인들이 짓밟히는 삶과 잃어진 고향을 두고 분노를 터뜨리며 항거를 웨칠 때 전지용은 이 정도의 서정세계에서 더 벗어나지 못하였다.[32]

그러나 정지용은 1930년대에 들어서면서 점차 형식주의적이며 기교주의적인 경향으로 기울어졌으며 순수문학을 표방해 나선 '구인회'의 동인으로서 그의 시는 사실주의적 경향으로부터 더욱 멀어져갔다[33]고 부정적인 측면도 꼬집고 있다. 1995년을 기점으로 한 정지용 문학에 대한 북한평단에서의 호의적인 평가는 급기야 대학용 문학교과서에 그의 시작품이 삽입되는 단계에까지 발전한다. 하지만 이러한 이야기는 북한을 다녀온 학자들의 입을 통해서 전해지고 있을 뿐 구체적으로 문학교과서가 외부로 흘러나온 것은 아니었다. 단지 1920년대 아동문학집(1)(『현대조선문학선집』 제18권)에서 박팔양편 다음에 정지용편이 나오는데, 그곳에 「굴뚝새」(1926년 12월 『신소년』에 발표된 동시)[34] 등 11편의 동시가 수록되어 있는 것이 남한학계에 확인되었다. 그중 「굴뚝새」는 처음 발굴된 작품이다.

---

32) 류만, 『조선문학』 제9권, 80-81쪽.

33) 류만, 위의 책, 82쪽.

34) 정지용 외, 「1920년대 아동문학편」(1), 『현대조선문학선집』 권18, 평양: 문예출판사, 2000, 90쪽.

이 선집에는 「굴뚝새」, 「해바라기씨」, 「지는 해」, 「별똥」, 「종달새」, 「할아버지」, 「산 너머 저쪽」, 「홍시」, 「삼월 삼짇날」, 「산에서 온 새」, 「바람」의 총 11편이 수록되어 있다.

「굴뚝새」는 "굴뚝새 굴뚝새/ 어머니 ―/ 문 열어놓아주오, 들어오게/ 이불안에/ 식전 내 ―재워주지/ 어머니 ―/ 산에 가 얼어죽으면 어쩌우/ 박쪽에다/ 숯불 피워다주지"라 는 내용의 짧은 동시이다.

그러던 중 2000년 10월에 발행된 북한의 『조선대백과사전』 권17에 드디어 정지용이 수록되는 경사를 맞게 되었다. 물론 이러한 조짐은 1995년 무렵부터 조금씩 나타나고 있었다. 1994년 5월 15일 북한에 생존해 있는 정지용의 삼남 정구인은 김정일 국방위원장으로부터 선물 환갑상을 받게 되었다. 그러한 회고의 이야기는 정구인이 쓴 『통일신보』 1995년 6월 17일(1288호)자 기사인 「애국시인으로 내세워주시여」에서 구체적으로 묘사되어 있다. 그 기사에서 김정일 국방위원장은 환갑상을 보내면서 "정지용은 1920년대와 1930년대에 창작활동을 한 애국시인의 한 사람이었다고 분에 넘치는 평가도 해주시고 나라의 전반사업을 돌보시는 그 바쁘신 속에서도 1994년 6월 8일 이름 없는 평범한 방송기자가 올린 감사의 편지를 친히 보아주시는 크나큰 은정도 베풀어주시었다"[35]고 정구인은 회상하고 있다. 김정일 국방위원장에 의한 이러한 긍정적 평가는 북한문학사에서의 정지용 문학의 부활을 예고하는 징표였던 것이다.

그러면 정지용 시인이 북한문학사와 『조선대백과사전』에서 부활하게 된 배경은 무엇인가? 그것은 몇 가지 복합적인 이유가 작용한 것으로 판단된다. 첫째, 김정일 국방위원장의 '인덕정치의 실천'이라는 측면에서 파악할 수 있다. 최근 북한의 조선로동당출판사는 『주체혁명위업의 위대한 령도자 김정일동지』라는 총 2권으로 된 책을 펴내면서 제 2권 〈위대한 정치가〉에서 '탁월한 정치활동'의 예로 당의 유일적 령도체계의 확립, 자주정치의 실현, 인덕정치의 구현, 선군정치의 실현, 애국애족의 정치실시[36]를 내세우고 있다. 김일성주석이 생전에 "김정일

---

35) "애국시인으로 내세워주시여", 『통일신보』 1995년 6월 17일자, 3면.
36) 조선로동당 편, 「위대한 정치가」, 『주체혁명위업의 위대한 령도자 김정일동지』 제2권, 평양: 조선로동당출판사, 2001, 230-375쪽.

동지는 각계각층 군중을 한사람이라도 더 많이 당의 두리에 묶어 세우기 위하여 광폭정치를 실시하고 있으며 모든 사람들의 운명을 전적으로 책임지고 돌봐주고 있습니다"[37]라고 강조한 데서도 그것은 잘 드러난다. 김정일은 과거 소위 여러 가지 이유로 숙청되었던 인물들에게 재생의 기회를 주어 자신의 새로운 정치에 동참시키려는 노력을 기울인 적이 있다. 예술분야에서는 한설야와 함께 1960년대에 숙청되었던 박팔양의 90년대 부활이 대표적인 경우에 해당된다. 둘째, 1980년대 말 구소련 연방의 해체와 동구권의 변혁이 전개되면서 새롭게 펼쳐진 국제적인 질서의 변화가 북한으로 하여금 정치적으로는 자주정치, 경제적으로는 자력갱생, 문화적으로 민족제일주의[38]라는 기치를 높이 들게 만든 환경조성과도 밀접한 관련이 있다. 이러한 외부적인 환경은 문학사적으로 신채호·김소월·한용운·정지용·윤동주 등을 부활시키는 요인으로 작용하게 된 것이다. 셋째, 류만·최탁호·리동수·한중모 등 김정일 국방위원장의 측근 테크노크라트들의 부상과 밀접한 관련이 있다. 이들은 나름대로의 자율성을 보장받으면서 과학적이고 객관적인 학문적인 성과를 '실용성'이라는 관점에서 정리할 수 있게

---

37) 조선로동당 편, 위의 책, 289쪽.

38) 안찬일, 「북한의 민족공조의 본질과 전망」, 『북한연구학회 2003년 춘계학술세미나 발표 논문집: 참여정부 평화와 번영의 실천과제와 전망』, 북한연구학회, 2003, 11쪽.

"북한이 민족문화에 대한 '주체적 입장'을 재정립하고 해금조치에 착수한 것은 지난 1993년 12월 김정일위원장이 〈작가와 문학작품을 공정하게 평가하기 위해서는 작가의 출신성분이나 가정환경, 사회·정치생활 경위를 문제시하면서 편견을 가지고 대하는 일이 없어야 한다〉는 지시를 내리면서부터다. 이에 따라 한설야와 이광수, 최남선 등이 복권되었으며 한설야의 경우 애국열사릉에 안장된 모습이 확인되기도 했다. 북한의 작가와 문학작품에 대한 과감한 해금은 1980년대 후반부터 새로운 이념체계로 등장하기 시작한 '조선민족제일주의'의 한 갈래이며, 이러한 점에서 북한의 민족문화유산에 대한 장려도 같은 맥락으로 볼 수 있다."

된 것으로 판단된다. 넷째, '남한에서의 학문적 성과'를 반영한 측면도 있다. 그것은 1990년대 이후 활발한 남북문화예술인들의 교류에서 힘입은 바가 크다. 구체적인 예로 문익환 목사의 평양방문 이후 북한문단에 윤동주 시인이 알려진 것[39])이 중요한 증거가 될 수 있다.

5. 맺음말

이명박 정부 들어 남북교류의 패러다임을 바꾸겠다는 정부의 확고한 의지는 남북관계의 경색을 가져왔다. 남북 실무회담은 지속적으로 이어져왔으나 금강산관광을 떠났던 이왕자씨의 북한경비병에 의한 사망사건이 도화선이 되어 금강산관광과 개성관광이 중단되었다. 하지만 물밑에서는 남북 밀사들이 중국에서 만나 남북정상회담 개최될 가능성이 높아졌다는 뉴스가 내외신을 가리지 않고 흘러 나왔다.

그러나 2010년 3월 26일 밤에 발생한 서해 백령도 인근에서의 초계순항함 '천안호'의 침몰이 북한 잠수정의 어뢰나 기뢰공격에 의한 가능성이 높이 제기됨으로써 다시 남북관계는 돌이킬 수 없을 정도로 경색국면에 접어들었다. 시간이 흘러 안정을 되찾으면서 6자회담에 북한이 복귀하고 북미대화와 남북대화가 재개되는 정상궤도로의 진입이 와야 될 것이다. 전쟁을 막고 통일의 문을 열기 위해서는 충돌보다는 대화가 유리하기 때문이다. 특히 수출지향적 구조를 지니고 있는 한국의

---

39) 윤기덕·은종섭·리동수 등 편,『문예상식』, 평양: 문예출판사, 1994, 179-180쪽.
　　"1990년 3월 남조선의 재야인사 문익환 목사는 위대한 수령 김일성동지의 초청을 받고 평양에 도착하여 비행장에서 한 첫 연설에서 윤동주의 시 가운데서 ≪죽는 날까지 하늘을 우러러/ 한점 부끄럼이 없기를≫이라는 구절을 인용하였다."

경제적 안정을 유지하기 위해서도 남북대화는 필연적이라고 할 수 있다.

다시 정지용에 대한 논의로 돌아가기로 한다. 한국문학사에서 정지용 시인만큼 기복이 심한 경우를 찾아볼 수 없다. 그것은 그가 살았던 시기가 민족사적으로 비극적인 시기였기 때문이다. 한때 정지용 시인은 자진 월북한 사례로 인식되어 남한 문학사에서 완전히 사라져 버리는 운명에 처한다. 하지만 북한에서도 정지용 시인은 부르주아 반동작가로 간주되어 숙청되어 버리는 아이러니컬한 현상에 빠져들게 되었다. 남북한 문학사에서 동시에 누락된 예술가들의 삶과 예술활동을 복원하려는 진보적인 학자들의 노력은 1988년 정지용 시인의 장남 정구관 님 등의 노력이 결실을 맺어 이루어진 해금조치로 일부 햇빛을 받게 되었다.

다행스럽게도 최근 북한에서 정지용 시인이 다시 부활하였다. 그러한 조짐은 1994년 무렵부터 감지되기 시작하더니 드디어 1995년 발행된『조선문학사』제9권(류만 단독 집필)에서 무려 4쪽에 걸쳐 정지용 문학의 가치에 대해 서술이 되는 양상으로까지 발전되었다. 그 이후 북한의『통일신보』와의 인터뷰(1995. 6. 17)에서 북한에 남아 있던 정지용 시인의 3남 정구인(조선중앙통신 기자)이 김정일 국방위원장으로부터 선물 환갑상을 받았으며 그 과정에서 "정지용은 1920년대와 1930년대에 창작활동을 한 애국시인의 한 사람이었다"는 평가를 받았다는 소식이 일본학자를 통해 국내에 알려지게 되었다. 또 2000년 6월 15일 개최된 남북정상회담의 성과의 하나로 3차례에 걸쳐 이루어진 남·북 이산가족 상봉단의 일환으로 북한에 있던 정지용 시인의 3남 정구인이 2001년 서울에 와서 형님 정구관과 극적으로 상봉하는 쾌거를 이루기도 했다.

그리고 드디어 최근인 2002년 김정일 국방위원장의 회갑기념으로

2001년 12월 20일에 완간된 『조선대백과사전』(제17권)에 김소월·한용운·윤동주 등과 함께 정지용 시인이 수록됨으로써 화려한 부활의 모습을 드러내었다. 그러면 정지용 시인이 북한문학사와 『조선대백과사전』에서 부활하게 된 배경은 무엇인가? 본론에서 언급한 것을 요약하자면, 그것은 몇 가지 복합적인 요인이 작용한 것으로 판단된다. 첫째, 김정일 국방위원장의 '인덕정치의 실천'이라는 측면에서 파악할 수 있다. 둘째, 1980년대 말 구소련 연방의 해체와 동구권의 변혁이 전개되면서 새롭게 펼쳐진 국제적인 질서의 변화가 북한으로 하여금 정치적으로는 자주정치, 경제적으로는 자력갱생, 문화적으로 민족제일주의라는 기치를 높이 들게 만든 환경조성과도 밀접한 관련이 있다. 이러한 외부적인 환경은 문학사적으로 신채호·김소월·한용운·정지용·윤동주 등을 부활시키는 요인으로 작용하게 된 것이다. 셋째, 류만·최탁호·리동수·한중모 등 김정일 국방위원장의 측근 테크노크라트들의 부상과 밀접한 관련이 있다. 이들은 나름대로의 자율성을 보장받으면서 과학적이고 객관적인 학문적인 성과를 실용성이라는 관점에서 정리할 수 있게 된 것으로 보인다. 넷째, 남한에서의 학문적 성과를 반영한 측면도 있다. 그것은 1990년대 이후 활발한 남북문화예술인들의 교류에서 힘입은 바가 크다.

어찌되었든지 정지용 시인이 북한에서 부활한 것은 매우 중요한 의미를 지닌다. 우선 58년간 민족 분단의 후유증으로 민족문화사에서 사라졌던 예술가들의 삶과 예술적 업적이 복원될 수 있는 가능성이 열렸다는 점을 먼저 들 수 있다. 따라서 진정한 통일문학사를 서술할 수 있는 여건이 성숙된 점은 세계사적 측면에서도 큰 의미를 지닌다. 또하나 남·북한 학계가 서로의 학문적 성과를 교류하고 인정할 수 있는 여지를 남긴 것도 중요한 의미를 지닌다고 하겠다. 이러한 점은 우리 민족의 숙원인 통일이 가시권에 들어왔다는 것으로도 해석될 수 있다. 따라서 보다 빈번한 남·북한 학자들 간의 활발한 인적 교류가 있어야 하겠다. 북한은 외부 환경에 따라 "조선 민족 제일주의"를 내세우고 남한에 대해서도 "민족공조"를 강조하고 한다. 주로 흉년이 들어 식량난에 봉착했을 때나 비료가 부족할 때 전략적으로 접근을 모색하는 것이다. 특히 북미대화를 뚫기 위한 지렛대로 남북대화를 활용하는 전략적 선택을 한다.

최근에는 세계 역사상 유례가 없는, 김정일에서 김정은으로의 3대 세습을 진행시킴으로써 도발을 일삼고 있다. 당분간은 어렵다 하더라도 언젠가는 남북 당국자들이 협상테이블에 앉게 될 것이다. 그 때에는 통일을 앞당길 수 있는 남북 문화교류의 활성화를 도모하는 노력이 극대화되어야 할 것으로 판단된다. 동서독의 예에서 잘 알 수 있듯이 문화적 인적 교류가 활발히 전개되다가 정치적 통일의 계기가 급작스럽게 왔기 때문에 통일 독일을 성취하는데 큰 어려움이 없었던 것이다. 그런 측면에서 2010년 연초에 무르익었던 남북정상회담의 분위기를 깨고 2010년 3월, 해군 초계함 공격 등 전쟁 상황으로 몰아가고 있는 북한의 파괴책동이 안타깝기만 하다. UN (안보리) 등 세계의 자유민주주의 국가들 사이에서 북한은 이란과 더불어 핵이나 개발하는 등 불량국가로 또 골치만 썩이는 트러블메이커로서 인식되고 있다. 남한에서의 정지용문학의 해금과 뒤 이은 북한문학사에서의 정지용에 대한 새로운 높은 평가 등에서 보았듯이, 남북관계는 이러한 문화적인 교류 확산을 통해 자연스럽게 다리가 이어지고 소통이 될 수 있으며 통일 분위기가 성숙되어 가게 됨을 확인하게 된다.

부 록

정지용 연보 外

정지용 연보

1902년 1세

- 6월 20일(음력 5월 15일) 충북 옥천국 옥천면 하계리 40번지에서 부 영일 정
  씨迎日 鄭氏 태국泰國과 모 하동 정씨河東 鄭氏 미하美河 사이에서 장남으로 태어
  났다. 원적은 충북 옥천군 옥천면 하계리 40번지(당시 주소는 옥천내면 상계전
  7통 4호)이다.
- 부친 태국은 한약상을 경영하여 생계를 유지하였으나 어느해 여름에 갑자기
  밀어닥친 홍수의 피해로 집과 재산을 모두 잃고 경제적으로 무척 어렵게 되었
  다고 한다.
- 형제는 부친의 둘째 부인과의 사이에서 태어난 이복동생 화용華溶과 계용桂溶이
  있었는데, 화용은 요절했고, 계용만이 충남 논산에서 살고 있다가 최근 사망했
  다고 한다.
- 자녀는 구관求寬, 구익求翼, 구인求寅, 구원求園, 구상求翔 등이 있었으나, 현재는
  장녀만이 서울에 살고 있으며 삼남 구인은 북한에 거주하고 있다.
- 정지용의 아명은 어머니의 태몽에서 유래되어 '지용池龍'이라 했고, 이 발음을
  따서 본명을 '지용芝溶'으로 했다. 필명은 '지용'이며, 창씨명은 '대궁수大弓修',
  천주교 세례명은 '방지거(프란시스코'의 중국식 발음)'이다. 휘문중학교 재직시
  학생들 사이에서 '신경통神經痛'과 '정종正宗' 등의 별명으로 불렀다고 한다. 모
  윤숙과 최정희 등의 여류 문인들이 그를 '닷또상'(소형 자동차)이라고 부르기
  도 했다.

1910년 9세

- 4월 6일 충북 옥천공립보통학교(현재 죽향초등학교)에 입학하였다. 학교 소재
  지는 옥천 구읍이며, 생가에서 5분 거리에 있다.

1913년 12세

― 충북 영동군 심천면에 사는 은진 송씨恩津 宋氏 명헌의 딸 재숙在淑과 결혼하였다.

1914년 13세

― 3월 25일 옥천공립보통학교를 4회로 졸업.

1915년 14세

― 집을 떠나 처가의 친척인 서울 송지헌의 집에 기숙하며 여러 가지 일을 하였다고 전해진다.

― 1918년 휘문고보에 진학하기 전까지 4년간 집에서 한문을 수학한 것으로 되어 있으나 확실하지는 않다.

1918년 17세

― 4월 2일 사립 휘문고보에 입학하였다. 그 때 서울의 주거지는 경성 창신동 143번지 유필영 씨 방이다. 휘문고보 재학 당시 문우로는 동교의 3년 선배인 홍사용과 2년 선배인 박종화, 1년 선배인 김윤식, 동급생인 이선근, 박제찬과 1년 후배인 이태준 등이 있었다. 학교 성적은 매우 우수했으며 1학년 때는 88명 중 수석이었다. 집안이 넉넉하지 못하여 교비생으로 학교를 다녔다. 이 무렵부터 정지용은 문학적 소질을 발휘하기 시작하여 주변의 칭찬을 받았으며, 한편으로는 박팔양 등 8명이 모여 요람동인搖籃同人을 결성하였다. 그러나 아직 그 중의 한 권도 발견되지 않아 그 정확한 내용은 알 수가 없다. 정지용과 박제찬이 일본 교토에 있는 도시샤대학에 진학한 뒤에도 동인들 사이에는 원고를 서로 돌려가면서 보았다고 한다.

1919년 18세

― 휘문고보 2학년 때 3·1운동이 일어나 그 후유증으로 가을까지 수업을 받지 못했다. 그의 학적부를 보면 3학기 성적만 나와 있고, 1·2학기는 공란으로 처리되어 있다. 이 무렵 휘문고보 학내 문제로 야기된 휘문사태의 주동이 되어 전경석은 제적당하고 이선근과 정지용은 무기정학을 받았다. 그러나 교우들과 교직원들의 중개역할로 휘문사태가 수습되면서 곧바로 복학되었다고 한다.

- 12월 『서광曙光』 창간호에 소설 「삼인三人」을 발표했는데, 이것은 이제까지 전해지고 있는 정지용의 첫 발표작이다.

1922년 21세
- 3월에 휘문고보 4년제를 졸업하였다. 이때까지 계속 아버지 친구인 유복영의 집에서 생활하였다. 이 해에 학제 개편으로 고등보통학교의 수업연한이 5년제(1922~1938)가 되면서, 졸업반의 61명 중 10명이 5년제로 진급한 것으로 보인다. 그러나 학적부의 기록은 4년분만 기록되어 있다. 휘문고보의 재학생과 졸업생이 함께 하는 문우회의 학예부장직을 맡아 『휘문徽文』 창간호의 편집위원이 되었다. 이 교지는 일본인 교사가 실무를 맡았고, 김도태 선생의 지도 아래 정지용, 박제찬, 이길풍, 김양현, 전형필, 지창하, 이경호, 민경식, 이규정, 한상호, 남천국 등이 학예부 부원으로 있었다.
- 마포 하류 현석리에서 「풍랑몽風浪夢」을 쓴 것으로 전해진다. 이 작품은 현재 전해지고 있는 정지용의 첫 시작詩作이다.

1923년 22세
- 정지용 등 문우회 학예부원들이 편집한 『휘문』 창간호가 출간되었다. 3월에 휘문고보 5년제를 졸업한 것으로 보인다. 4월 휘문고보 동창인 박제찬과 함께 일본 교토에 있는 도시샤대학(동지사대학) 예과에 입학했다. 이때 정지용의 학비를 휘문고보측에서 보조한 것으로 전해지고 있다.
- 4월에 그의 대표작의 하나인 「鄕愁」의 초고를 썼다.

1924년 23세
- 도시샤대학 시절, 시 작품 「석류柘榴」, 「민요풍 시편」, 「Dahlia」, 「홍춘紅春」, 「산에ㅅ색시 들녘사내」 등을 썼다.

1925년 24세
- 교토에서, 「샛밝안 기관차機關車」, 「바다」, 「황마차幌馬車」 등의 작품을 썼다.

1926년 25세

– 3월 예과를 수료하고 4월 영문학과에 입학했다. 6월 경도 유학생 회지인 『학조』 창간호에 「카페 프란스」, 「슬픈 인상화」, 「파충류동물」 등의 시작품 발표.
– 1929년 동지사대학을 졸업할 때까지 일본 문예지文藝誌 『근대풍경近代風景』에 일본어로 된 시들도 많이 투고하여 일본의 대표적인 시인 키타하라 하쿠슈北原白秋의 관심을 받게 됨.

1927년 26세

– 「엽서에 쓴 글」, 「오월 소식」, 「발열」, 「태극선에 날리는 꿈」 등의 작품을 경도와 옥천을 오가며 써서 발표함.
– 작품 「뻣나무 열매」, 「갈매기」 등 7편을 교토와 옥천 등지를 내왕하면서 썼다.

1928년 27세

– 음력 2월 옥천군 내면 상계리 7통 4호(하계리 40번지) 자택에서 장남 구관이 출생하였다.
– 음력 7월 22일 성프란시스코 사비엘 천주당(가와라마치 교회)에서 요셉 히사노 신노스케를 대부로 하여 뒤튀 신부에게 세례를 받았다.

1929년 28세

– 6월 교토의 도시샤대학 영문과를 졸업하고, 9월 모교인 휘문고보 영어교사로 취임했다. 이후 16년간을 재직했다. 이 때 학생들 간에는 시인으로서 인기가 높았다고 한다. 동료로서는 김도태, 이헌구, 이병기 등이 있었다.
– 부인과 장남을 솔거하여 충북 옥천에서 서울 종로구 효자동으로 이사를 했다.
– 12월에 아이를 잃은 슬픔을 표현한 시 「유리창琉璃窓」을 썼다.

1930년 29세

– 3월 김영랑의 권유로 박용철, 김영랑, 이하윤 등과 함께 『시문학』 동인으로 활동하며 시작품을 발표했다. 1930년대 시단의 중요한 위치에 서게 되었다. 주요 작품으로는 「이른 봄 아침」, 「Dahlia」, 「교토 가모가와」, 「선취」, 「바다」, 「피리」, 「저녁 햇살」, 「갑판 우」, 「홍춘」, 「호수 1, 2」 등이 있음.

1931년 30세

- 12월 서울 종로구 낙원동 22번지에서 차남 구익이 출생하였다. 「유리창」, 「풍랑몽2」, 「그의 반」 등 발표.

1932년 31세

- 「난초」, 「고향」, 「바람」 등의 작품을 발표.

1933년 32세

- 7월 종로구 낙원동 22번지에서 3남 구인이 출생하였다.
- 6월 창간된 『카톨릭청년青年』지의 편집을 돕는 한편, 8월 반카프적 입장에서 순수문학의 옹호를 취지로 결성한 구인회九人會에 가담했다. 초기 창립 회원은 김기림, 이효석, 이종명, 김유영, 유치진, 조용만, 이태준, 정지용, 이무영 등 9명이다. 「해협의 오전 3시」, 산문 「소곡」 등을 발표했다.

1934년 33세

- 서울 종로구 재동 45의 4호로 이사하였고, 12월 재동 자택에서 장녀 구원이 출생하였다.

1935년 34세

- 10월 시문학사에서 첫시집 『정지용 시집鄭芝溶 詩集』이 간행되었다. 총 수록 시편 수는 89편으로 그 이전의 잡지에 발표되었던 작품들이다.

1936년 35세

- 12월 종로구 재동에서 오남 구상이 출생하였다.

1937년 36세

- 『愁誰語』를 비롯한 산문과 기행문을 많이 씀. 서울 서대문구 북아현동 1의 64호로 이사하였고, 8월 오남 求翔이 병사했다.

1938년 37세

— 카톨릭 재단에서 주관하는 『경향잡지』의 편집을 도왔다. 시와 평론, 산문 등을 활발하게 발표함.

1939년 38세

— 5월 20일 북아현동 자택에서 부친 정태국이 사망하였고, 묘지는 충북 옥천군 내 소재의 수북리에 안장했다.
— 8월에 창간된 『문장文章』에 이태준과 함께 참여하여 이태준은 소설 부문, 정지용은 시 부문의 심사위원을 맡았다. 그리하여 박두진, 박목월, 주지훈 등 청록파 시인과 이한직, 박남수, 김종한 등의 많은 신인을 추천했다.
— 「장수산」, 「백록담」, 「춘설」 등의 작품을 발표했다.

1940년 39세

— 길진섭 화백과 함께 선천, 의주, 평양, 오룡배 등지를 여행했다. 이 때 쓰고 그린 글과 그림으로 이루어진 기행문 「화문행각畵文行脚」을 발표했다.

1941년 40세

— 1월 『조찬朝餐』, 『진달래』, 『인동차忍冬茶』 등 10편의 시작품이 『문장文章』 22호의 특집, 〈신작 정지용 시집新作 鄭芝溶 詩集〉으로 꾸며졌다. 4월, 『문장』지가 총 25호로 종간된다.
— 9월 문장사에서 제2시집 『백록담白鹿潭』이 간행되었다. 총 수록 시편은 「장수산長壽山」 1·2와 「백록담白鹿潭」 등 33편이다. 이 무렵 정지용은 정신적으로나 육체적으로 무척 피로해 있었다고 전한다.

1944년 43세

— 제2차 세계대전의 말기에 이르러 일본군이 열세해지면서 연합군의 폭격에 대비하기 위해 내린 서울 소개령으로 정지용은 부천군 소사읍 소사리로 가족을 솔거하여 이사했다.

1945년 44세

- 8·15해방과 함께 휘문중학교 교사직을 사임하고 10월에 이화여자전문학교 교수로 옮겨 문과과장이 되었다. 이 때 담당과목은 한국어, 영어, 라틴어였다.

1946년 45세

- 서울 성북구 돈암동 산 11번지로 이사하였고, 5월 돈암동 자택에서 모친 정미 하가 사망하였다. 2월 문학가동맹에서 개최한 작가대회에서 아동분과위원장 및 중앙위원으로 추대되었으나 정지용은 참석하지 않았고, 장남 구관이 참가하여 당나라 시인 왕유王維의 시를 낭독하였다.
- 5월 건설출판사에서 『정지용시집鄭芝溶詩集』의 재판이 간행되었다.
- 6월 을유문화사에서 『지용시선芝溶詩選』이 간행되었다. 이 시선에는 「유리창琉璃窓」 등 25편의 작품이 실려 있는데, 이들은 모두 『정지용 시집鄭芝溶詩集』과 『백록담白鹿潭』에서 뽑은 것들이다.
- 8월 이화여전이 이화여자대학으로 개칭되면서 동교의 교수가 되었다.
- 10월 경향신문사 주간으로 취임, 이 때 사장은 양기섭, 편집인은 염상섭이었다.
- 10얼 백양당과 동명출판사에서 시집 『백록담白鹿潭』 재판이 간행되었다.

1947년 46세

- 8월 결향신문사 주간직을 사임하고 이화여자대학교 교수로 복직했다.
- 서울대학교 문리과 대학강사로 출강하여 현대문학강좌에서 『시경詩經』을 강의 하였다.

1948년 47세

- 2월 이화여자대학교 교수직을 사임하고 녹번리의 초당에서 서예를 즐기면서 소일하였다.
- 박문출판사에서 산문집 『문학독본文學讀本』이 간행되었다. 이 산문집에는 「사시 안斜視眼의 불행不幸」 등 37편의 평문과 수필, 기행문 등이 수록되어 있다.

1949년 48세

- 3월 동지사에서 『산문散文』이 간행되었는데, 여기에는 평문, 수필, 역시 등이

총 55편이 실려 있다.

1950년 49세

— 2월 『문예』지에 시 「곡마단」 발표.

— 3월 동명출판사에서 시집 『백록담白鹿潭』의 3판이 간행되었다.

— 6·25전쟁 당시 녹번리 초당에서 설정식 등과 함 정치보위부에 구금되어 서대문 형무소에 정인택, 김기림, 박영희 등과 같이 수용되었다가 평양 감옥으로 이감, 이광수, 계광순 등 33인이 같이 수감되었다가 그 후 폭사당한 것으로 추정된다. 1950년 9월 25일 사망했다는 기록이 북한이 최근 발간한 『조선대백과사전』에 기재되어 있다(『동아일보』 2001년 2월 26일자 참조). 이후 월북문인으로 규정되어 상당 기간 동안 그의 문학이 대중들에게 공개되지 못함.

1971년

— 3월 20일 부인 송재숙이 서울 은평구 역촌동 자택에서 사망하였고, 묘소는 〈신세계 공원 묘지〉에 있다.

1982년

— 6월 그의 유족 대표 정구관과 조경희, 백철, 송지영, 이병도, 김동리, 모윤숙 등 원로 문인들과 학계가 중심이 되어 정지용 저작의 복간 허가를 위한 진정서를 관계 요로에 제출하였다.

1988년

— 3월 30일 정지용, 김기림의 작품이 해금되었고, 10월 27일 납·월북 작가 104명의 작품이 해금되었다. 『정지용 전집』(김학동 엮음) 전 2권이 민음사에서 간행되었다.

— 4월 '지용회'(회장 방용구)가 결성되어, '지용제'와 '지용문학상'등의 기념행사가 이루어지고 있다.

1989년

— 5월 정지용의 고향 충북 옥천에 '지용회'와 옥천문화원이 공동으로 지용의 시

「향수鄕愁」를 새겨 넣은 시비詩碑를 세웠다. 이후 해마다 5월에 옥천에서 정지용 시인을 기리는 문학행사로서 '지용제'가 열리고 있음.

1993년

− 월북작가 박산운이 북한의 『통일신문』 5월 1일자부터 3회 걸쳐 「시인 정지용에 대한 생각」을 기고 했음.

− 청록파 시인의 유일한 생존자인 박두진이 제1회 지용문학상을 수상하였다.

1994년

− 북한에 생존해 있는 삼남 정구인이 김정일 국방위원장으로부터 선물 환갑상을 받았다.

1995년

− 정구인이 쓴 『통일신보』 6월 17일자 기사에서 "김정일 위원장이 정지용에 대해 1920~30년대에 창작활동을 한 애국시인의 한 사람"이라고 평가했다고 증언함.

− 류만이 저술한 『조선문학사』 제9권에서 정지용 시는 "향토적 및 민족적 정서와 민요풍의 시풍을 보여주며 생신한 가락, 청신한 호흡, 가락 맞은 박동이 뚜렷이 살아 있어 민족정기를 강하게 느끼게 한다"고 평가함.

2001년

− 2월 26일 제 3차 남북이산가족 상봉으로 북한의 구인 씨가 남한의 형(구관)과 여동생(구원)을 만났으나 시인의 사망 원인이나 장소 등은 해명되지 않았다.

2003년

− 2월에 이숭원 주해 『원본 정지용 시집』이 출판사 깊은샘에서 출판되었으며, 3월 최동호저, 『정지용사전』이 고려대출판부에서 간행되었다.

− 박태상(문학평론가) 한국방송대 국문학과 교수는 2003년 4월 29일 정지용의 마지막 행적을 밝혀줄 자료로 시인 박산운이 북한의 「통일신보」 1993년 4월 24일, 5월 1일, 5월 7일자에 3회에 걸쳐 연재한 회고문 '시인 정지용에 대한

생각'을 일본에서 입수, 국내 학계에 처음으로 공개했다. 「통일신보」에서 박운산은 "9월 21일 아침에 강원도 태백산 줄기를 타는 동쪽으로 길을 잡고 (정지용과) 함께 오고 있었는데 불시에 미군의 비행기가 하늘을 날며 날아왔다. 일행을 발견한 비행기는 곧바로 기수를 숙이더니 로케트 포탄을 쏘고 기총소사를 가하였다"고 석 교수의 증언을 소개했다. 석 교수는 "비행기가 사라진 뒤 정지용을 찾아보니 기총소사에 가슴을 맞고 이미 숨져 있었다"면서 정지용이 자진해서 월북하던 중 동두천의 소요산에서 미군의 폭격에 의해 사망했다고 사실인 것처럼 북한 언론은 포장해 서술했다.

2005년

– 12월 18일 정지용 시인의 모교인 일본 교토의 도시샤대학 이마데가와 교정에서 하타 에이지 도시샤대 학장, 정운영 유족대표, 유봉렬 전 옥천군수, 이인석 전 옥천 문화원장, 지용회 이근배 전 회장, 지용회 운영위원 박태상 교수, 지용회 박현숙 사무총장, 이제혁 주오사카 영사 등이 참석한 가운데 지용의 시 「압천鴨川」을 새겨 넣은 시비詩碑를 세웠다.

2010년

– 5월 15일 충북 옥천에서 제23회 〈지용제〉가 개최되었다. 관성회관에서의 '문학포럼'에서는 박태상 한국방송대교수가 "정지용과 청록파 시인들", 김명숙 중국 중앙민족대학교 교수가 "정지용 시에서 본 주체의 자아 탐색과 동심의 미학", 김영옥 중국 제2외국어대학교 교수가 "정지용 시에 나타난 고향 의식 연구", 장영우 동국대교수가 "정

지용과 구인회"를 발제했다. 옥천문화예술회관으로 옮겨 열린 지용제에서는 이동순시인이 지용문학상을 수상했고, 역대 지용상 수상시인들인 이근배, 오세영, 김종철, 강은교, 김초혜, 도종환 시인 등이 지용시를 낭송했으며 박인수 교수가 '향수', '고향' 등을 불러 피날레를 장식했다.

* 최동호 교수의 『정지용사전』과 이숭원 교수의 『정지용 시의 심층적 탐구』의 연보를 참조하고, 최근의 자료를 추가하였음.

정지용 시작품 발표 연보

1927년					
1. 니약이 구절	『新民』 1月號 (통권 21호)		미수록	(1925. 4)
2. 甲板 우	『文藝時代』 1月號 (통권 2호)	『詩文學』 2호 (1930. 5)	『정지용시집』 42-43면	(1926. 6 현해탄 위에서)
3. 이른 봄 아침	『新民』 2月號 (통권 22호)	『詩文學』 1호 (1930. 3)	『정지용시집』 32-33면	(1926. 2 京都에서― 『新民』: 1926. 3― 『詩文學』)
4. 바다	『朝鮮之光』 2월號		『정지용시집』 84-87면	시집에 '바다 1~4'로 독립(1926. 6 京都)
5. 湖面	〃		『정지용시집』 70면	(1926. 10 京都)
6. 샛밝안 機關車	〃		『정지용시집』 66면	(1925. 1 京都)
7. 내 맘에 맞는 이	〃		『정지용시집』 120-121면	7~10 '民謠詩篇'으로 묶고 있음(1924. 10)
8. 무어래요	〃		『정지용시집』 122면	〃
9. 숨끼내기	〃		『정지용시집』 123면	〃
10. 비듥기	『朝鮮之光』 2월號		『정지용시집』 124면	〃
11. 鄕愁	『朝鮮之光』 3월號		『정지용시집』 39-41면	(1923. 3)
12. 바다	〃		『정지용시집』 88-89면	시집수록시 『바다 5』로 개제
13. 柘榴	〃	『詩文學』 3호 (1931. 10)	『정지용시집』 36-37면	(1924. 2)
14. 셋나무 열매	『朝鮮之光』 5월號	〃	『정지용시집』 56면	(1927. 3 京都)

15. 엽서에 쓴 글	〃		『정지용시집』 57면	(1927. 3 京都)
16. 슬픈 汽車 (散文詩一篇)			『정지용시집』 60-61면	(1927. 3. 日本 東海 道線車中)
17. 할아버지	『新少年』 5월號		『정지용시집』 108면	
18. 산넘어저쪽	〃	『文藝月刊』	『정지용시집』 98-99면	『文藝月刊』 '小女詩 2篇'이라 되어 있음.
19. 해바라기씨	『新少年』 6월號		『정지용시집』 94-95면	(1925. 3)
20. 五月消息	『朝鮮之光』 6월號		『정지용시집』 30-31면	(1927. 5. 京都)
21. 幌馬車	〃		『정지용시집』 63-65면	(1925. 11. 京都)
22. 船醉	『朝鮮』 2호 (1927. 6. 15)	『詩文學』 1호 (1930. 3)	『정지용시집』 58면	
23. 鴨川	〃	〃	『정지용시집』 34-35면	『詩文學』에서는「京 都鴨川」으로 발표되 었다가 시집에는 다시 「鴨川」으로 정착 (1923. 7. 京都鴨川에 서)
24. 發熱	『朝鮮之光』 7월號		『정지용시집』 38면	(1927. 6. 沃川에서)
25. 말	〃		『정지용시집』 109면	
26. 風浪夢	〃		『정지용시집』 76-77면	시집에는 「風浪夢1」 로 개제(1922. 3. 마 포하류 현석리에서) 제작 연월일로는 최초 의 작품임
27. 太極扇에 날 리는 꿈	『朝鮮之光』 8월號		『정지용시집』 44-45면	시집수록시 「太極扇」 으로 개제(1927. 6. 沃川)
28. 말	『朝鮮之光』 9月號		『정지용시집』 79-81면	시집수록시 『말1』로 기제(1927. 8)

1928년	1. 우리나라 여인 들은	『朝鮮之光』5月號		미수록	부분 삭제 된 작품 (1928. 1. 1)
	2. 갈매기	『朝鮮之光』9月號	『三千里』 (1935. 1)	『정지용시집』 90-91면	(1927. 8)
1929년 발표작 없음					
1930년	1. 겨울	『朝鮮之光』1月號		『정지용시집』 71면	
	2. 유리창	〃		『정지용시집』 15면	시집수록시『琉璃窓1』 로 개제(1929. 12)
	3. 바다	『詩文學』2호 (1930. 5)		『정지용시집』 2-3면	시집수록시「바다1」 로 개제
	4. 피리	〃		『정지용시집』 51면	
	5. 저녁햇살	〃		『정지용시집』 55면	(1926)
	6. 호수	〃		『정지용시집』 68면	시집수록시「湖水1」 로 개제
	7. 호수	〃		『정지용시집』 69면	시집수록시「호수2」 로 개제
	8. 아츰	『朝鮮之光』8月號	『文藝月刊』 2호 (1931. 12)	『정지용시집』 12-13면	
	9. 절정	『學生』10月號		『정지용시집』 74-75	
1931년	1. 유리창·2	『新生』1月號		『정지용시집』 16-17면	
	2. 무제	『詩文學』3號 (1931. 10)		『정지용시집』 140-141면	
	3. 바람은 부옵 는데	〃		『정지용시집』 78면	시집수록시『그의 반』 으로 개제
	4. 촉불과 손	『新女性』11月號		『정지용시집』 20-21면	시집수록시『風浪夢2』 로 개제
	5. 난초	『新生』12月號		『정지용시집』 18-19면	

1932년	1. 밤	『新生』 1월호		『정지용시집』 67면	
	2. 옵바가시고	『文藝月刊』 2권 2호(1932. 1)		『정지용시집』 101면	시집수록시 『무서운 時計』로 개제
	3. 바람	『東方評論』 창간호(1932. 4)		『정지용시집』 14면	
	4. 봄	〃		『정지용시집』 59면	
	5. 달	『新生』 6月號	『學友俱樂部』 1號(1939. 11)	『정지용시집』 72-73면	
	6. 조약돌	『東方評論』 4호 (1932. 7)		『정지용시집』 50면	
	7. 汽車	〃		『정지용시집』 113-114면	
	8. 故鄕	〃		『정지용시집』 115-116면	
1933년	1. 海峽의 午前 二時	『카톨릭靑年』 1호 (1933. 6)		『정지용시집』 22-23면	시집수록시 『海峽』으로 개제
	2. 毘盧峯	〃	조선중앙일보 (1934. 7. 3)	『정지용시집』 7면	조선중앙일보발표제목 『卷雲層우에서－毘盧峯』
	3. 臨終	〃		『정지용시집』 136-137면	카톨릭 信仰詩
	4. 별	〃		『정지용시집』 134-135면	〃
	5. 恩惠	〃		『정지용시집』 132-133면	〃
	6. 갈릴네아 바다	〃		『정지용시집』 138면-139면	시집수록시 『갈릴레아 바다』로 개제
	7. 時計를 죽임	『카톨릭靑年』 1호 (1933. 10)		『정지용시집』 10-11면	
	8. 歸路	〃		『정지용시집』 27면	

1934년	1. 다른 한울	『카톨릭靑年』 9호 (1934. 2)	『詩苑』 2집 (1935. 4)	『정지용시집』 27면	카톨릭 신앙시
	2. 쏘 하나 다른 太陽	〃	〃	『정지용시집』 27면	〃
	3. 不死鳥	『카톨릭靑年』 10호(1934. 3)		『정지용시집』 27면	〃
	4. 나무	〃		『정지용시집』 27면	〃
	5. 勝利者 金 안드레아	『카톨릭靑年』 16호(1934. 9)		미수록	세례명 方濟名으로 발표(김대건 신부 추모시)
1935년	1. 紅疫	『카톨릭靑年』 21호(1935. 2)		『정지용시집』 8면	
	2. 悲劇	〃		『정지용시집』 9면	카톨릭 신앙시
	3. 다시 海峽	『카톨릭靑年』 4권 2호(1935. 7)		『정지용시집』 24-25면	
	4. 地圖	〃	『學友俱樂部』 1호(1939.11)	『정지용시집』 26면	
	5. 바다	『詩苑』 제5호 (1935. 12)		『정지용시집』 5면	시집수록지 『바다2』로 개제

시집 『정지용시집』(1935. 10. 27. 시 87편, 산문 2편) 수록작품 가운데 발표지 미확인 작품

	1. 말2			『정지용시집』 82-83면	琈澤東 교수에 의하면 1928. 10 『同志社文學』 3호에 日語로 발표되었다고 함.
	2. 산소			『정지용시집』 104면	
	3. 종달새			『정지용시집』 105면	
	4. 바람			『정지용시집』 111면	
1936년	1. 流線哀想	『詩와 小說』 창간호(1936. 3)		『白鹿潭』 56-58면	
	2. 明眸	『中央』 6月號 (1931. 6)		『白鹿潭』 67-69면	시집수록시 「파라솔」로 개제
	3. 瀑布	『朝光』 9호 (1936. 7)		『白鹿潭』 38-41면	

1937년	1. 毘盧峯	朝鮮 日報 (1937. 6. 9)	『靑色紙』2집 (1938.8)	『白鹿潭』 18-19면	
	2. 九城洞	朝鮮 日報 (1937. 6. 9)	"	『白鹿潭』 20-21면	
	3. 愁誰語4	朝鮮 日報 (1937. 6. 9)	『朝光』29호 (1938.3)	『白鹿潭』 74-83면	처음에는 산문으로 발표했으나 재팔표시 행·연 재배치하여 『슬픈偶像』이란 제목으로 발표한 식후 시집에 정착
	4. 옥류동	『朝光』29호 (1937. 11)		『白鹿潭』 22-25면	
	1. 삽사리	『三千里文學』 2집 (1938. 4)		白鹿潭 43면	산문시 형태임
	2. 은정	"		『白鹿潭』42면	산문시 형태임
	3. 명수대 진달래	『女性』 27호 (1938. 6)		『白鹿潭』 62-63면	시집수록시 『小典』으로 개제됨
1939년	1. 장수산	『文章』 1권 2호 (1939. 3)		『白鹿潭』 12면	시집수록시 『長壽山1』로 정착된 산문시임
	2. 장수산2	"		『白鹿潭』 13면	산문시 형태임
	3. 춘설	『文章』 1권 3호 (1939. 4)		『白鹿潭』 60-61면	
	4. 백록담	"		『白鹿潭』 14-17면	산문시 형태이며 말미에 '漢拏山素描'라고 기록되어 있음
	5. 어머니	『神友』 (덕원신학교교지)		미수록	
1940년	1. 天主堂	『太陽』 1호 (1940. 1)		미수록	短評 가운데 時調 形式
1941년	1. 朝餐	『文章』 3권 1호 (1941. 1)		『白鹿潭』 26-27면	
	2. 비	"		『白鹿潭』 18-19면	
	3. 忍冬茶	"		『白鹿潭』 30-31면	

	4. 붉은 손	〃		『白鹿潭』 32-33면	
	5. 꽃과 벗	〃		『白鹿潭』 34-37면	
	6. 盜掘	〃		미수록	발표시 소시집 제목으로 산문시이나 시집에는 미수록
	7. 禮裝	〃		『白鹿潭』 50면	산문시
	8. 나	〃		『白鹿潭』 44-45면	〃
	9. 호랑나	〃		『白鹿潭』 48-94면	〃
	10. 진달레	〃		『白鹿潭』 46-47면	산문시, 시집수록시 제목이 『진달레』로 정착

* 시집 『白鹿潭』(1941. 9. 15 초판 시: 25편 산문: 8) 수록작품 가운데 발표지 미확인 작품

	1. 船醉			『白鹿潭』 52-55면	
	2. 별			『白鹿潭』 70-73면	
	비			『白鹿潭』 37-109면	산문
	비둘기			『白鹿潭』 123-128면	산문
	1. 異土	『國民文學』 (1942. 2)		미수록	
	1. 窓	『춘추』(1943. 1)		미수록	
해방 직후	1. 그대들 돌아오시니	『解放記念 詩集』 (1945. 12. 12)	革命(1946. 1) 『京鄕雜誌』 (1946. 10)	미수록	해방의 감격을 노래한 行事詩
	2. 愛國의 노래	『大潮』 1호 (1946. 1)		〃	임시정부 귀환 특집호의 行事詩

1950년	1. 曲馬團	『文章』(1950. 2)		미수록	
	2, 늙은 범	『文章』(1950. 6)		〃	'四·四調 五首' 중의 하나
	3. 네 몸에	〃		〃	〃
	4. 꽃분	〃		〃	〃
	5. 山 달	〃		〃	〃
	6. 나비	〃		〃	〃

* 이상 시작품 발표연보는 양왕용 교수의 『정지용시연구』(삼지원, 1988)와 이승원 교수의 정지
용 시의 심층적 탐구(태학사, 1999)에서 정리한 것을 참고하였음.

정지용 연구 총목록

강근주, 「행방불명된 지용, 고국 등지려는 미당—2000년 가을 대시인들의 우울한 초상」, 『뉴스메이커』 398호, 경향신문사, 2000. 11. 16.

강순예, 「정지용 시 연구」, 창원대 교육대학원 석사학위 논문, 1995.

강신주, 「정지용의 시에 나타난 죽음 이미지」, 『숙명여대원우론총』 7집, 숙명여대 대학원, 1989.

강신주, 「한국 현대 기독교시 연구—정지용·김현승·윤동주·최민순·이효상의 시를 중심으로」, 숙명여대 대학원 박사학위 논문, 1992.

강용선, 「정지용 시 연구」, 원광대 대학원 석사학위 논문, 2001.

강진호 엮음, 『한국문단이면사』, 깊은샘, 1999.

강창민, 「시인론 연구의 방법」, 『국제대학논문집』, 14집, 1986

강현철, 「시 연구」, 국민대 대학원 석사학위 논문, 1989.

강호정, 「산문시의 두 가지 양상—지용과 이상의 산문시를 중심으로」, 『한성어문학』 20집, 한성대 한국어문학부, 2001.

강홍기, 「산문시 연구—서사 구조를 중심으로」, 『인문학지』 9집, 충북대 인문과학연구소, 1993.

강희근, 『한국 가톨릭시 연구』, 예지각, 1989.

고노 에이지(鴻農暎二), 「과 일본시단—일본에서 발굴한 시와 수필」, 『현대문학』, 현대문학사, 1988. 9.

고노 에이지(鴻農暎二), 「의 생애와 문학」, 『현대문학』, 현대문학사, 1982. 7.

고마고메 다케시, 오성철 외 옮김, 『식민지제국 일본의 문화통합』, 역사비평사, 2008.

고명수, 「한국 모더니즘 문학의 공간체험—과 김기림의 경우」, 『동국어문학』 6집, 동국대 사범대학 국어교육과, 1994.

고바야시 다다시, 윤철규 옮김, 『수묵—일본 미술을 창조한 거장들』, 이다미디어,

2006.

고영자, 「모더니즘에 있ㅎ어서의 과 북천동의 비교연구」, 『비교문학』 13집, 1988.

고정원, 「1930년대 자유시의 산문지향성 연구-김기림·백석의 시를 중심으로」, 경북대 대학원 석사학위 논문, 1999.

고형진, 「시의 이미지 연구」, 『어문학연구』 7집, 상명대 어문학연구소, 1998.

과천문화원 편, 『붓 한자루와 벼루 열 개를 모두 닳아 없애고-추사의 작은 글씨』, 2005.

구마키 쓰토무(熊木勉), 「정지용과 근대풍경」, 『숭실어문』 9집, 숭실대 숭실어문연구회, 1992. 5.

구마키 쓰토무(熊木勉), 김신정 편, 「정지용의 일어시」, 『정지용의 문학세계 연구』, 깊은샘, 2001.

구모룡, 「생명현상의 시학-근대 한국시관의 한 지향성」, 『어문교육논집』 8집, 부산대 사범대학 국어교육과, 1984.

구연식, 「시의 현대시에 미친 영향」, 『국어국문학』 100집, 국어국문학회, 1988. 12.

구연식, 「신감각파와 시 연구」, 『동아논총』 19집, 동아대, 1982. 2.

구자희, 『한국 현대 생태담론고 이론 연구』, 새미, 2004.

국립현대미술관 편, 『근대를 묻다-한국근대미술걸작선』, 2008.

국원우, 「한국 이미지즘 시 연구-지용을 중심으로」, 중앙대 대학원 석사학위 논문, 1985.

권국명, 「시의 가톨릭시즘 수용 양상」, 대구대 대학원 석사학위 논문, 1989.

권수진, 「시의 모더니즘적 특성 연구-변모 과정을 중심으로」, 국민대 대학원 석사학위 논문, 1997.

권오만, 「시의 은유 검토」, 『시와시학』, 시와시학사, 1994. 여름.

권오만, 「한국 현대시 은유의 변이 양상-의 작품을 중심으로」, 『인문과학』 1집, 서울시립대 인문과학연구소, 1993.

권점출, 「시의 공간이미지 연구」, 영남대 교육대학원 석사학위 논문, 1995.

권정우, 「시 연구-시점 분석을 중심으로」, 서울대 대학원 석사학위 논문, 1993.

권정우, 「정지용의 바다시편과 산시편의 연속성 연구」, 『비교한국학』 12-2, 2004.

권정우, 김신정 편, 「동시 연구」, 『정지용의 문학세계 연구』, 깊은샘, 2001.

권정우, 『정지용의 『정지용 시집』을 읽는다』, 열림원, 2003.

금동철, 「1930년대 한국 모더니즘시의 수사학적 연구」, 『우리말글』 24집, 우리
　　　말글학회, 2002.

금동철, 「시론의 수사학적 연구」, 『한국시학연구』 4호, 한국시학회, 2001.

금동철, 「정지용 후기 자연시에 나타난 기독교적 자연관」, 『한민족어문학』 51,
　　　2007.

금동철, 「후기 자연시에 나타난 기독교적 자연관」, 『한민족어문학』 51, 2007.

금병동, 최혜주 옮김, 『일본인의 조선관』, 논형, 2008.

김　현, 「정지용 혹은 절제의 시인」, 『문학과 지성』 13호, 1973. 가을호.

김　훈, 「정지용 시의 분석적 연구」, 서울대 대학원 박사학위 논문, 1990. 8.

김건일, 「시의 연구」, 인하대 교육대학원 석사학위 논문, 1989.

김광철, 「시 연구」, 조선대 교육대학원 석사학위 논문, 1999.

김광현, 「내가 본 시인-정지용·이용악론」, 『민성(民聲)』 4권 9·10호, 고려문화
　　　사, 1948. 10.

김광협, 「지용연구시론」, 『서울대사대학보』 5호, 1963. 2. 10.

김구슬, 「블레이크의 상상력이 발전된 과정을 네 개의 비전으로 설명한 논문의
　　　비중-의 학사논문 〈윌리엄 블레이크 시에 있어서의 상상력〉에 대하여」,
　　　『문학사상』, 2002. 10.

김구슬, 「정지용과 윌리엄 블레이크」, 『비교한국학』 15-1, 2007.

김기림, 「1933년 시단의 회고와 전망」, 『조선일보』, 1933. 12. 7~13.

김기림, 「시집을 읽고」, 『조광』, 조선일보사, 1936. 1.

김기림, 「조선문학에 대한 반성」, 『인문평론』, 1940년 10월호.

김기림, 「동양에 대한 단상」, 『문장』, 1941년 4월호.

김기림, 「모더니즘의 역사적 위치」, 『시론』, 백양당, 1949.

김기중, 「체험의 시적 변용에 대하여-지용·이상·만해의 경우」, 『민족문화연
　　　구』 25집, 고려대 민족문화연구소, 1992.

김기현, 「시 연구-그의 생애와 종교 및 종교시를 중심으로」, 『성신어문학』 2호,
　　　성신어문학연구회, 1989. 2.

김남권, 「시에 나타난 동일성 지향의 연구」, 강원대 대학원 석사학위 논문, 1995.

김남천, 「고전에의 귀환」, 『조광』 26호, 1937. 9.

김남호, 「시의 바다 이미지 연구」, 서남대 교육대학원 석사학위 논문, 2001.

김대행, 「시의 율격」, 『연구』, 새문사, 1988.

김덕상, 「시 이미지의 교육적 활용 방안」, 동아대 대학원 석사학위 논문, 1992.

김동근, 「1930년대 시의 담론체계 연구—지용시와 영랑시에 대한 기호학적 담론 분석」, 전남대 대학원 박사학위 논문, 1996.

김동근, 「정지용 시의 기호론적 연구」, 전남대 대학원 석사학위 논문, 1989.

김동석, 「시를 위한 시—정지용론」, 『상아탑』, 1946. 3.

김만수, 「정지용의 시 연구」, 경남대 교육대학원 석사학위 논문, 1988.

김명리, 「정지용 시어의 분석적 연구—시어 '누뤼(알)'과 '유선'의 심층적 의미를 중심으로」, 동국대 대학원 석사학위 논문, 2002.

김명옥, 「정지용 시에 나타난 상실과 소외의식」, 『한국어문교육』 9집, 한국교원대 한국어문교육연구소, 2000.

김명옥, 「정지용 시에 나타난 현대문명과 도시성」, 『비평문학』 12집, 한국비평문학회, 1998.

김명옥, 「정지용 시에 나타난 유토피아 의식과 이상향 추구」, 『한국어문교육』 10집, 한국교원대 한국어문교육연구소, 2001.

김명인, 「정지용의 '곡마단'고」, 『경기어문학』 4집, 경기대 국어국문학회, 1983. 12.

김명인, 「1930년대 시의 구조 연구—정지용·김영랑·백석의 시를 중심으로」, 고려대 대학원 박사학위 논문, 1985. 7.

김명인, 『시어의 풍경』, 고려대학교출판부, 2000.

김미란, 「정지용 동시론」, 『청람어문학』 30, 2005.

김병종, 『중국회화연구』, 서울대출판부, 1997.

김병찬, 「정지용 시의 변모 양상에 관한 연구」, 원광대 교육대학원 석사학위 논문, 1997.

김부월, 「정지용 시 연구—이원적 성향을 중심으로」, 원광대 대학원 석사학위 논문, 1991.

김석환, 「정지용의 초기시 연구」, 『명지어문학』 19집, 명지대 국어국문학회, 1990.

김석환, 「정지용 시의 기호학적 연구—수직축의 매개기호작용을 중심으로」, 『명지대예체능논집』 3집, 명지대, 1993.

김석환, 「정지용 시의 기호학적 연구―수평축의 매개기호작용을 중심으로」, 『명지어문학』 21집, 명지대 국어국문학회, 1994.

김성옥, 「정지용 시 연구」, 숙명여대 대학원 석사학위 논문, 1987. 8.

김성태, 「정지용 시의 표현에 관한 고찰」, 경기대 교육대학원 석사학위 논문, 1990.

김수복, 「정지용 시의 산의 상징성」, 『단국대논문집(인문사회과학)』 32집, 단국대, 1998. 9.

김수복, 「정지용 시의 물의 상징유형 연구」, 『단국대논문집(인문사회과학)』 30집, 단국대, 1996. 6.

김시덕, 「정지용 시 연구―동양적 자연관을 중심으로」, 관동대 대학원 석사학위 논문, 1996.

김시태, 「현대한국시의 이미지 소고」, 『동악어문논집』 2집, 1965. 6.

김시태, 「영상미학의 탐구―정지용론」, 『현대문학』, 현대문학사, 1980. 6.

김시태, 「지용의 새로움」, 『연암 현평효박사 회갑기념논총』, 1980. 9.

김신성 엮음, 『정지용의 문학세계 연구』, 깊은샘, 2001.

김신응, 「『정지용시집』의 특성 연구」, 충북대 교육대학원 석사학위 논문, 1997.

김신정, 「정지용 시 연구―감각의 의미를 중심으로」, 연세대 대학원 박사학위 논문, 1998.

김신정, 「정지용 시에 나타난 자기와 타자의 관계―전기시와 산문을 중심으로」, 『비평문학』 12집, 한국비평문학회, 1998.

김신정, 『정지용 문학의 현대성』, 소명출판, 2000.

김신정 편, 「'미적인 것'의 이중성과 정지용의 시」, 『정지용의 문학세계 연구』, 깊은샘, 2001.

김신정 편, 『정지용의 문학세계 연구』, 깊은샘, 2001.

김신정, 「정지용 연구의 주요 쟁점과 앞으로의 연구 과제」, 『문학사상』, 2002, 10.

김신정·이숭원 외, 「불길한 환상, 유리창 밖의 세계―'유리창 2'론」, 『시의 아포리아를 넘어서』, 이룸, 2001.

김열규, 「정지용론」, 『현대문학』, 1989. 1~2.

김열규, 「현대한국시의 두 주류와 '시적 변경'기능」, 서울대 대학원 국어연구회, 1958.

김영나, 『20세기의 한국미술』, 예경, 1998.

김영덕, 「정지용 시에 나타난 좌절양상 연구」, 계명대 교육대학원 석사학위 논문, 1993.

김영미, 「정지용 시의 운율의식」, 『한국시학연구』 7호, 한국시학회, 2002.

김영석, 「정지용의 산수시와 허정의 세계」, 『인문논총』 9집, 배재대 인문과학연구소, 1995.

김영주, 「정지용 시의 구조 분석―이미지를 중심으로」, 숙명여대 대학원 석사학위 논문, 1989.

김옥성, 「조지훈 시론의 禪的 미학과 그 교육적 의미」, 『대동문화연구』 제56집, 성균관대 대동문화연구소, 2006.

김옥성, 「서정주의 생태사상과 그 시학적 양상」, 『한국문화이론과 비평』 제34집, 한국문화이론과 비평학회, 2007. 3.

김옥성, 「조지훈의 생태시학과 자아실현」, 『한국문화이론과 비평』 11권 4호, 한국문화이론과 비평학회, 2007.

김옥희, 「정지용 시 연구」, 부산여대 대학원 석사학위 논문, 1992.

김용숙, 「정지용 시 연구」, 창원대 대학원 석사학위 논문, 1995.

김용준, 『근원 김용준 전집』 전5권, 열화당, 2002.

김용직, 「1930년대 시와 감성시의 주류화」, 『문학사상』, 1986.

김용직, 「모더니즘의 시도와 실패」, 『서울대교양과정부 논문집』 6집, 1974.

김용직, 「새로운 시어의 혁명성과 그 한계」, 『문학사상』, 문학사상사, 1975. 1.

김용직, 「시문학파 연구」, 『인문과학논총』 2집, 서강대, 1969. 11.

김용직, 「정지용론―순수와 기법, 시 일체주의」, 『현대문학』, 현대문학사, 1989. 1~2.

김용직, 「주지와 순수」, 『시와시학』, 시와시학사, 1992. 여름.

김용직, 「『문장』과 정지용」, 『현대시』, 한국문연, 1994. 8.

김용직, 「한국 현대시인 연구 上」, 서울대출판부, 2000.

김용직, 『한국 현대시인 연구 上』, 서울대출판부, 2000.

김용진, 「청록파의 시와 정지용의 영향」, 한양대 교육대학원 석사학위 논문, 1983.

김용진, 『청록파의 시와 정지용의 영향』, 한양대 교육대학원, 1983.

김용진, 「지용시의 자연관 연구」, 『안양전문대논문집』 13집, 안양전문대학, 1990.

김용태, 「정지용 시 연구-이미지 분석을 중심으로」, 서남대 교육대학원 석사학위 논문, 2002.

김용희, 「정지용 시의 어법과 이미지의 구조 연구」, 이화여대 대학원 박사학위 논문, 1994.

김용희, 『현대시의 어법과 이미지 연구』, 하문사, 1996.

김용희, 「정지용 시의 데카당티즘과 지적 허무」, 『지용문학세미나』 발표논문집, 2004.

김용희, 「정지용시에서 자연의 미적 전유」, 『현대문학의 연구』 22, 2004.

김우창, 「한국시와 형이상」, 『세대』, 세대사, 1968. 7.

김원배, 「1930년대 한국 이미지즘 시 연구-정지용을 중심으로」, 『인천어문학』 6집, 인천대 국어국문학과, 1990.

김원배, 「한국 이미지즘 시 연구-이장희・정지용・김광균을 중심으로」, 인하대 교육대학원 석사학위 논문, 1990.

김윤선, 「1920년대 한국 시의 모더니즘 양상 연구-이장희와 정지용을 중심으로」, 세종대 대학원 박사학위 논문, 2000.

김윤선, 「정지용 연구」, 세종대 대학원 석사학위 논문, 1994.

김윤식, 「가톨릭 시의 행방」, 『현대시학』, 현대시학사, 1970. 3.

김윤식, 「풍경의 서정화」, 『한국근대문학사상비판』, 일지사, 1974.

김윤식, 「카톨리시즘과 미의식」, 『한국근대문학사상사』, 한길사, 1984.

김윤식, 「정지용과 김기림의 작품세계」, 『월간조선』, 1988. 3.

김윤식, 『한국근대문예비평사연구』, 일지사, 1992.

김윤식, 「유리창 열기와 안경 쓰기-정지용론 3」, 『동서문학』 206호, 동서문학사, 1992. 9.

김윤식, 『김윤식의 현대문학사 탐구』, 문학사상, 1997.

김윤식 외, 『한국소설사』, 문학동네, 2000.

김윤식, 「'나의 청춘은 나의 조국'에 대한 한 가지 주석」, 『시와시학』, 시와시학사, 2002. 여름.

김윤식, 「정지용의 「해협」과 채만식의 「처자」」, 『동서문학』, 2002. 겨울호.

김윤태, 「고향, 삶의 원초성 또는 상실의 비가」, 『시와시학』, 1994. 여름호.

김은자 편, 「정지용시의 현실과 비애」, 『정지용』, 새미, 1996.

김은자, 「지용시의 현실인식과 내면의식」, 『민족문화연구』 26집, 고려대 민족문화연구소, 1993.

김재근, 『이미지즘연구』, 정음사, 1973.

김재숙, 「정지용 시의 담론 특성 연구—다성주의적 담론분석을 중심으로」, 공주대 대학원 석사학위 논문, 2000.

김재홍, 「한국현대시인연구」, 일지사, 1986.

김재홍, 「갈등의 시인 방황의 시인—정지용의 시세계」, 『문학사상』, 문학사상사, 1988. 1.

김재홍, 「정지용 또는 역사의식의 결여」, 『현대시와 역사의식』, 인하대학교출판부, 1988.

김재홍 편, 『카프시인비평』, 서울대출판부, 1990.

김재홍, 「시인 정지용의 언어미술」, 『기초조형학연구』 9-1, 2008.

김정란, 「정지용 시의 양면성 연구」, 부산대 대학원 석사학위 논문, 1989.

김정숙, 「정지용 시 연구」, 세종대 대학원 석사학위 논문, 1992.

김정숙, 「정지용의 시 연구—전통의식을 중심으로」, 세종대 대학원 박사학위 논문, 2000.

김정우, 「상호텍스트적 시 교육에 관한 연구—정지용의 시 텍스트를 중심으로」, 서울대 대학원 석사학위 논문, 1998.

김종석, 「정지용 시 연구」, 전남대 교육대학원 석사학위 논문, 1995.

김종윤, 「지용 문학에 대한 몇 가지 의문」, 『한국시학연구』 7호, 한국시학회, 2002.

김종철, 「30년대의 시인들」, 『문학과지성』, 문학과지성사, 1975. 봄.

김종태, 「정지용 시의 죽음 의식 연구」, 『우리어문연구』 16, 국학자료원, 2001.

김종태, 「신문물 체험의 아이러니」, 『시의 아포리아를 넘어서』, 이룸, 2001.

김종태, 「정지용의 『백록담』에 나타난 동양정신」, 『한국현대시와 전통성』, 하늘연못, 2001.

김종태・이숭원 외, 「근대 체험의 아이러니—'유선애상(有線哀傷)'론」, 『시의 아포리아를 넘어서』, 이룸, 2001.

김종태 편, 「정지용 시의 죽음의식」, 『정지용 이해』, 태학사, 2002.

김종태, 「정지용 시 연구—공간의식을 중심으로」, 고려대 대학원 박사학위 논문,

2002.

김종태, 「정지용 시의 문명인식방법」, 『한국시학연구』 7호, 한국시학회, 2002.

김준오, 「사물시의 화자와 신앙적 자아」, 『가면의 해석학』, 이우출판사, 1985.

김지태, 「정지용 시 연구－현실인식을 중심으로」, 단국대 교육대학원 석사학위
　　　 논문, 1993.

김진희, 「청록집에 나타난 자연과 정전화과정연구」, 『한국근대문학연구』 18. 2008.

김창완, 「정지용의 시세계와 변모양상」, 『한남어문학』 16집, 한남대 국어국문학
　　　 과, 1990. 12.

김창원, 「정지용 시의 후기시 연구－시집 『백록담』을 중심으로」, 『경기어문학』
　　　 9집, 경기대 국어국문학회, 1991.

김초희, 「정지용 문학의 감각연구」, 2004.

김춘수, 「신시 60년의 문제들」, 『신동아』, 1968. 6.

김춘수, 『시론』, 송원문화사, 1971.

김춘수, 『한국현대시형태론』, 해동문화사, 1958.

김춘식, 「문학적 근대기획과 전통, 반전통－1930년대 모더니즘 시와 시론을 중심
　　　 으로」, 『동악어문논집』 30, 1995.

김춘식, 「다시 읽는 박두진: 근대적 감각과 발견되는 자연-청록파와 박두진」, 『현
　　　 대 문학의 연구』 37, 2009.

김태봉, 「정지용 산문의 중국고전 수용양상고」, 『호서문화논총』 13집, 서원대 호
　　　 서문화연구소, 1999.

김태봉, 「정지용 시와 중국시의 고향과 농촌에 대한 묘사 비교 연구」, 『호서문화
　　　 논총』 15집, 서원대 호서문화연구소, 2001.

김팔봉, 「'백조'동인과 종군작가단－나의 문단교우사」, 『현대문학』 105호, 1963.
　　　 9.

김학동, 『정지용연구』, 민음사, 1987.

김학동 외, 『정지용연구』, 새문사, 1988.

김학동 편, 『정지용 전집』 1 (시), 민음사, 1888.

김학동 편, 『정지용 전집』 2 (산문), 민음사, 1988.

김학동, 『김기림연구』, 새문사, 1988.

김학동 편, 『정지용』, 서강대출판부, 1995.

김학동, 『정지용―차마 잊히리야 향수의 시인』, 동아일보사, 1992.

김학선, 「정지용 동시의 아동문학사적 의미」, 『아동문학평론』 61호, 아동문학평론사, 1991.

김현숙, 「김용준과 『문장』의 신문인화 운동」, 『미술사연구』 16집, 2002.

김현숙, 『한국 근대미술에서의 동양주의 연구―서양화단을 중심으로』, 홍익대 박사논문, 2002.

김현자, 「정지용 시 연구: 이미지의 특성을 중심으로」, 2004.

김현자, 「정지용의 향수」, 『한국현대시작품연구』, 민음사, 1988.

김형미, 「정지용론―그의 시적 소재의 유형을 중심으로」, 연세대 교육대학원 석사학위 논문, 1990.

김형주, 「한국 초기 모더니즘 시에 나타난 민족의식 양상―정지용과 김기림의 시를 중심으로」, 수원대 대학원 석사학위 논문, 1992.

김형필, 「식민지 시대의 시정신 연구」, 『교육논총』 10집, 한국외대 교육대학원, 1994.

김혜숙, 「한국현대시의 한시적 전통 계승에 대한 고찰」, 『국어국문학』 92, 1984.

김환태, 「정지용론」, 『삼천리문학』, 1938. 4.

김효중, 「정지용의 휘트먼 시 번역에 관한 고찰」, 『영남어문학』 21집, 영남어문학회, 1992.

김효중, 「한국 현대시와 가톨릭시즘―정지용을 중심으로」, 『교육연구논집』 8집, 대구효성가톨릭대 교육연구소, 1998. 2.

김휘정, 「정지용 시의 고향 상실 연구」, 동국대 대학원 석사학위 논문, 1999.

나종수, 「정지용의 기독교 시 연구」, 경기대 교육대학원 석사학위 논문, 1999.

나카미 마리, 김순희 옮김, 『야나기 무네요시 평전』, 효형출판, 2005.

남기혁, 「정지용 후기 자연시에 나타난 기독교적 자연관」, 『한민족어문학』 51, 2007.

남상운, 「정지용 시에 나타난 이미지 연구」, 조선대 교육대학원 석사학위 논문, 1990.

남윤식, 「정지용 시 연구―감상과 이해를 중심으로」, 성균관대 대학원 석사학위 논문, 2002.

노만수, 「북 반동작가 멍에 벗기고 있다―정지용・염상섭 등 일제시대 활동 시인

소설가 '자주적 민족작가'로 재평가」, 『뉴스메이커』 376호, 경향신문사, 2000. 6. 8.

노병곤, 「'백록담'에 나타난 지용의 현실인식」, 『한국학논집』 9집, 한양대 국학연 구소, 1986. 2.

노병곤, 「'장수산'의 기법 연구」, 『한국학논집』 11집, 한양대 국학연구소, 1987. 2.

노병곤, 「고향 의식의 양상과 의미-지용시와 천명시를 중심으로」, 『한국학논집』 26집, 한양대 국학연구소, 1995.

노병곤, 「정지용 시 연구」, 한양대 대학원 박사학위 논문, 1991.

노병곤, 「지용의 생애와 문학관」, 『한양어문연구』 6집, 한양대 한양어문연구회, 1988. 12.

노용무, 「정지용 시의 이미지 연구-집 이미지의 변모 양상을 중심으로」, 전북대 대학원 석사학위 논문, 1997.

노창수, 「한국 모더니즘 시론의 형성 과정 고찰」, 『인문과학연구』 12집, 조선대 인문과학연구소, 1990.

노혜경, 「정지용의 세계관 연구」, 부산대 대학원 석사학위 논문, 1985.

논장편집부, 『미학사전』, 1988.

동기창, 변영섭 외 옮김, 『화안(畵眼)』, 시공아트, 2004.

마광수, 「정지용의 모더니즘 시」, 『홍대논총』 11집, 홍익대, 1979.

마광수, 「정지용의 시 '온정'과 '삽사리'에 대하여」, 『인문과학』 51집, 연세대 문 과대학, 1984.

모윤숙, 「정지용 시집을 읽고」, 『동아일보』, 동아일보사, 1935. 12. 2.

문 철, 「정지용 시 연구-고향의식과 감각의식 중심으로」, 동국대 교육대학원 석 사학위 논문, 2001.

문국희, 「시 교육의 기호학적 방법 연구」, 충남대 교육대학원 석사학위 논문, 2000.

문덕수, 「한국 모더니즘 시 연구」, 고려대 대학원 박사학위 논문, 1981.

문덕수, 『한국 모더니즘 시 연구』, 시문학사, 1981.

문일평 외, 『조선명인전』, 조선일보사, 1988.

문진아, 「정지용 시 연구」, 『청람어문학』 8집, 청람어문교육학회, 1993.

문진아·임문혁 외, 「정지용 시에 나타난 전통적 정서 연구」, 『한국현대문학과 전통』, 신원문화사, 1993.

문혜원, 「정지용 시에 나타난 모더니즘 특질에 관한 연구」, 『관악어문연구』 18집, 서울대 국어국문학과, 1993. 12.

문혜원, 「정지용 시의 모더니즘적 특질」, 『한국 현대시와 모더니즘』, 신구문화사, 1996.

민병기, 「정지용 시 연구」, 고려대 석사논문, 1981.

민병기, 「정지용론」, 고려대 대학원 석사학위 논문, 1981.

민병기, 「30년대 모더니즘시의 심상체계 연구」, 고려대 대학원 박사학위 논문, 1987.

민병기, 『정지용』, 건국대출판부, 1996.

민병기, 「정지용의 '바다'와 '향수'」, 『시안』 4호, 시안사, 1999. 여름.

민병기, 「지용시의 변형 시어와 묘사」, 『한국시학연구』 6호, 한국시학회, 2002.

박경수, 「정지용의 시 향수론」, 『부산외대논총』 16집, 부산외대, 1997. 2.

박경수, 「정지용의 일어시 연구」, 『비교문화연구』 11집, 부산외대, 2000.

박계리, 『20세기 한국회화에서의 전통론』, 이화여대 박사논문, 2006.

박규봉, 「정지용 시 연구」, 전북대 교육대학원 석사학위 논문, 1994.

박기제, 「정지용 문학론 연구」, 부산외국어대 교육대학원 석사학위 논문, 1996.

박기태, 「정지용 시 연구」, 『한국어문학연구』 10집, 한국외국어대 한국어문학연구회, 1999.

박노균, 「정지용과 김광균의 이미지즘시」, 『개신어문연구』 8집, 충북대 사범대학 국어교육과, 1991.

박노균, 「정지용과 서구문학」, 『개신어문연구』 16집, 충북대 사범대학 국어교육과, 1999.

박노균, 「정지용의 문학사상과 서구 모더니즘」, 『개신어문연구』 15집, 충북대 사범대학 국어교육과, 1998.

박두진, 「솔직하고 겸허한 시인적 천분―내가 만난 정지용 선생」, 『문학사상』 183호, 문학사상사, 1988. 1.

박말숙, 「정지용의 시정신 연구」, 충북대 교육대학원 석사학위 논문, 1994.

박명옥, 「정지용의 옥류동과 이백의 '망로산폭포' 비교연구」, 『한국문학이론과 비평』 11-4, 2007.

박명용, 「정지용 시 다시 보기」, 『인문과학논문집』 32집, 대전대 인문과학연구소, 2001.

박명화, 「정지용의 초기시 연구―'밤'·'바다'·'고향' 이미지를 중심으로」, 동국대 대학원 석사학위 논문, 1998.

박목월 외, 『청록집』, 을유문화사, 2006.

박미숙, 「정지용 시의 변용 지향성 연구」, 2002.

박미자, 「정지용 시 연구」, 전남대 교육대학원 석사학위 논문, 1999.

박민영, 「1930년대 시의 상상력 연구―정지용·백석·윤동주 시의 자기 동일성을 중심으로」, 한림대 대학원 박사학위 논문, 2000.

박상동, 「정지용 시의 난해성 연구」, 2004.

박선실, 「정지용 시의 이미지 교육방법 연구」, 숙명여대 교육대학원 석사학위 논문, 2001.

박수경, 「현대시 교육에서의 상호텍스트성 연구」, 아주대 교육대학원 석사학위 논문, 2000.

박수진, 「정지용 시 연구―이미지 분석을 중심으로」, 『성심어문논집』 17집, 성심여대 국어국문학과, 1995.

박영희, 「정지용 시의 상상력과 시공간의식」, 고려대 교육대학원 석사학위 논문, 1992.

박옥영, 「정지용 시 연구: 종교시 중심으로」, 2003.

박용택, 「정지용과 일본근대시」, 『비교문학』 17집, 비교문학회, 1992. 12.

박은미, 「정지용과 김기림 시론 대비 연구」, 청주대 대학원 석사학위 논문, 1998.

박인기, 「1920년대 한국문학의 아나키즘 수용양상」, 『국어국문학』, 1983. 12.

박인기, 『한국현대시의 모더니즘적 연구』, 단국대학교출판부, 1988.

박정임, 「정지용 시 연구」, 명지대 대학원 석사학위 논문, 1988.

박종철, 「1930년대 한국 모더니즘 시 연구―정지용·김기림·김광균을 중심으로」, 서남대 교육대학원 석사학위 논문, 2002.

박진희, 「정지용 종교시 연구」, 단국대 교육대학원 석사학위 논문, 2001.

박철석, 「정지용론」, 『한국문학논총』 2집, 1979.

박철석, 「한국 다다·초현실주의 형성에 관한 연구」, 『한국학논총』 6·7합집, 한국문학회, 1984. 0.

박철희, 「현대한국시와 그 서구적 잔상(상)」, 『예술논문집』 9집, 대한민국 예술
　　　원, 1970.

박태상, 『북한문학의 현상』, 깊은샘, 1999.

박태상, 「정지용 문학에 대한 북한문학사에서의 평가」, 『정지용문학포럼』 2003.

박태상, 「잡지 『문장』과 정지용」, 『정지용문학포럼』, 2004.

박태상, 『북한의 문화와 예술』, 깊은샘, 2004.

박태상, 「한국문화사의 관점에서 본 정지용」, 『정지용문학포럼』, 2006.

박태상, 『북한문학의 사적 탐구』, 깊은샘, 2006.

박태상, 「『문장』과 정지용」, 『정지용문학포럼』, 2007.

박태상, 「정지용과 ‘문장파 근대미술가들’」, 『정지용문학포럼』, 2009.

박태상, 「정지용과 청록파 시인들」, 『정지용문학포럼』, 2010.

박팔양, 「요람 시대의 추억」, 『중앙』, 1936. 7.

박현수, 「토포스(topos)의 힘과 창조성 고찰―정지용・이상의 시를 중심으로」, 『한
　　　국학보』 94호, 일지사, 1999. 3.

박현숙, 「정지용 시 연구―중기시를 중심으로」, 『우석어문』 6집, 전주우석대 국
　　　어국문학연구회, 1990.

박혜숙, 「김소월과 정지용의 전통시 실험에 대한 연구」, 『대유공전논문집』 11집,
　　　대유공업전문대학, 1989.

박혜숙, 「정지용 시 연구」, 건국대 대학원 석사학위 논문, 1981.

방경남, 「정지용 시의 변모양상 연구」, 2004.

방민호・이숭원 외, 「감각와 언어 사이, 그 메울 수 없는 간극의 인식―‘바다2’
　　　론」, 『시의 아포리아를 넘어서』, 이룸, 2001.

배개화, 『1930년대 후반 전통담론의 탈식민성 연구』, 서울대 박사논문, 2004.

배호남, 「정지용 시 연구」, 『고봉논집』 29집, 경희대 대학원, 2001.

백　철, 『조선신문학사조사』, 백양당, 1949.

백운복, 「정지용의 ‘바다’시 연구」, 『서강어문』 5집, 서강대 국어국문학과 서강어
　　　문학회, 1986. 12.

변영로, 「정지용군의 시」, 『신동아』, 동아일보사, 1936. 1.

변해명, 「정지용 시 연구―초기시에 나타난 바다(물)의 이미지를 중심으로」, 고려
　　　대 교육대학원 석사학위 논문, 1979.

사나다 히로코, 「모더니스트 정지용 연구―일본근대문학과의 비교고찰을 중심으로」, 인하대 대학원 박사학위 논문, 2001.

사나다 히로코, 『최초의 모더니스트 정지용』, 역락, 2002.

사에구사 도시카쓰(三枝壽勝), 「정지용의 시 '향수'에 나타난 낱말에 대한 고찰」, 『시와시학』, 시와시학사, 1997. 여름.

상허문학회, 『이태준 문학연구』, 깊은샘, 1993.

상허학회 편, 『1930년대 후반문학의 근대성과 자기성찰』, 깊은샘, 1998.

상허학회 편, 『이태준과 현대소설사』, 깊은샘, 2004.

서경식, 「정지용 시의 변모과정―내면의식을 중심으로」, 부산대 교육대학원 석사학위 논문, 1982.

서기남, 「시문학파 연구―영랑·용아·지용을 중심으로」, 조선대 교육대학원 석사학위 논문, 1983.

서성록, 『한국현대회화의 발자취』, 문예출판사, 2006.

서안나, 「소월시와 지용시의 비교연구―화자를 중심으로」, 제주대 교육대학원 석사학위 논문, 1991.

선환동, 「정지용 시 연구」, 인하대 교육대학원 석사학위 논문, 1991.

설화순, 「정지용 시의 모더니티 연구」, 2003.

성기옥, 이재철 편, 「정지용시에 있어서의 동시와 동심」, 『한국아동문학』, 서문당, 1991.

성대상, 「정지용 시 연구―그의 색채 유형을 중심으로」, 연세대 교육대학원 석사학위 논문, 1993.

소래섭, 「정지용 시에 나타난 자연인식 연구」, 서울대 대학원 석사학위 논문, 2001.

소성숙, 「정지용 시 연구」, 성신여대 교육대학원 석사학위 논문, 1989.

손미영, 「정지용 시 연구」, 『성신어문학』 4집, 성신어문학회, 1991.

손병희, 「정지용 시 연구」, 『문학과언어』 16집, 문학과언어연구회, 1995.

손병희, 「정지용 시의 구성방식」, 『어문논총』 37, 2002.

손종호, 「수직공간의 구조와 성화―'나무' 분석」, 『어문연구』 26집, 충남대학 문리과대학 어문연구회, 1995.

손종호, 「정지용 시의 기호체계와 카톨리시즘」, 『어문연구』 29집, 충남대학 문리과대학 어문연구회, 1997. 12.

송 욱, 「한국 모더니즘 비판―정지용 즉 모더니즘의 자기 부정」, 『사상계』, 사상계사, 1962. 12.

송기섭, 「정지용의 산문 연구」, 『국어국문학』 115집, 국어국문학회, 1995. 12.

송기태, 「정지용 시 연구」, 동국대 대학원 석사학위 논문, 1984.

송기태, 「정지용 시의 의미구조」, 동국대 『동악어문논집』 20집, 1985.

송기한, 「경계를 넘어서는 확장된 사유―정지용 『백록담』 분석론」, 『시와시학』, 시와시학사, 1997. 여름.

송기한, 「정지용 시 연구」, 『대전어문학』 16집, 대전대 국어국문학회, 1999.

송기한, 「정지용론」, 『시와시학』, 시와시학사, 1991. 여름.

송문석, 「거리에 따른 화자와 대상 연구―정지용 시·이상 시를 중심으로」, 제주대 교육대학원 석사학위 논문, 2000.

송상일, 「어둠 속의 시와 종교, 정지용의 허상」, 『현대문학』, 1978. 12.

송인희, 「정지용 시 연구」, 숙명여대 교육대학원 석사학위 논문, 1996.

송정종, 「정지용 시 연구―특히 '바다' '산' '유리창'의 이미지를 중심으로」, 중앙대 교육대학원 석사학위 논문, 1990. 2

송현호, 「모더니즘의 문학사적 위치에 대한 고찰」, 『국어국문학』 90호, 국어국문학회, 1984.

송화중, 「정지용 시의 변모양상: 운율과 시적대상을 중심으로」, 2003.

송희복, 「한국의 고전주의―정지용과 조지훈」, 『오늘의 문예비평』 10집, 세종출판사, 1993.

수잔 부시, 김기수 옮김, 『중국의 문인화』, 학연문화사, 2008.

신 진, 「정지용 시와 현실」, 『국어국문학논문집』 8집, 동아대 국어국문학과, 1988.

신 진, 「정지용 시의 기반적 심상 연구」, 『동아대대학원논문집』 16집, 동아대 대학원, 1991.

신 진, 「정지용 시의 상징성 연구」, 성균관대 대학원 박사학위 논문, 1992.

신경림, 『신경림의 시인을 찾아서―정지용에서 천상병까지』, 도서출판 우리교육, 2002.

신경범, 「정지용 시 연구: 산문시를 중심으로」, 2004.

신규호, 「정지용의 기독교시 연구」, 『성결대논문집』 29집, 성결대, 1999.

신기훈, 「정지용 시의 시적 주체에 대한 연구─경험유형으로 본 자아의 지향의
　　식」, 경북대 대학원 석사학위 논문, 1992.

신동욱, 「고향에 관한 시인의식 시고」, 『어문논집』, 19·20집, 고려대 국어국문
　　학연구회, 1977.

신명자, 「정지용 초기시의 상실감에 대하여」, 『국어교육논집』 15집, 대구교대,
　　1989.

신범순, 「정지용 시에서 병적인 헤매임과 그 극복의 문제」, 『한국현대시의 퇴폐
　　와 작은 주체』, 신구문화사, 1998.

신범순, 「정지용의 시와 기행산문에 대한 연구」, 『한국현대문학연구』 9집, 한국
　　현대문학회, 2001.

신석정, 「정지용론」, 『풍림』, 1937. 4.

신성화, 「정지용 산문 연구─내재적 특질을 중심으로」, 홍익대 교육대학원 석사
　　학위 논문, 1988.

신용협, 「정지용론」, 『한국언어문학』 19집, 한국언어문학회, 1980.

신익호, 「현대시에 나타난 '유리창1'의 패러디 수용 양상」, 『한남어문학』 22집,
　　한남대 국어국문학회, 1997.

신춘호, 『한국 농민소설 연구』, 집문당, 2004.

심경호, 「정지용의 교토(京都)」, 『동서문학』, 2002. 겨울호.

심원섭, 「명징과 무욕의 이면에 있는 것─정지용의 시의 방법과 내적 욕망의 구
　　조」, 『문학과의식』 35호, 문학과의식사, 1996. 12.

심인택, 「정지용 시의 주제의식 고찰」, 2003.

안광기, 「정지용의 시와 전통과의 관계」, 인하대 교육대학원 석사학위 논문, 2001.

안주헌, 「정지용 산문시의 문학적 특성」, 광운대 대학원 석사학위 논문, 1994.

안효근, 「기능 위주 시교육론에 대한 비평적 고찰」, 고려대 교육대학원 석사학위
　　논문, 1999.

안휘준, 『미술사로 본 한국의 현대미술』, 서울대출판부, 2008.

안휘준, 『한국의 미술과 문학』, 시공아트, 2000.

안휘준, 『한국회화사 연구』, 시공사, 2000.

야나기 무네요시, 심우성 옮김, 『조선을 생각한다』, 학고재, 1996.

양선자, 「정지용 시 연구」, 원광대 대학원 석사학위 논문, 1998.

양선주, 「정지용 시 연구」, 원광대 교육대학원 석사학위 논문, 1994.

양승준 외, 『한국 현대시 400선 (1), (2)』, 태학사, 1996.

양왕용, 「1930년대의 한국시 연구─정지용의 경우」, 『어문학』 26집, 1972. 3.

양왕용, 「이미지와 상상력의 계발」, 『어문교육논집』 4집, 익산대학교 사범대학 국어교육과, 1979.

양왕용, 「가치평가와 대립과 그 극복」, 『멱남 김일근작사 화갑기념논총』, 1985. 10.

양왕용, 「기법지향성과 내용지향성의 대립」, 『송란 구연식박사 화갑기념논총』, 1985. 9.

양왕용, 「정지용 시의 의미구조」, 『홍익어문』 7집, 홍익대 사범대학 국어교육과, 1987. 6.

양왕용, 「정지용 시 연구」, 경북대 대학원 박사학위 논문, 1987. 12.

양왕용, 「정지용 시에 나타난 리듬의 양상」, 『權寧徹박사 회갑기념 국문학논총』, 1988.

양왕용, 『정지용 시 연구』, 삼지원, 1988.

양왕용, 「정지용의 문학적 생애와 그 비극성」, 『한국시문학』 5집, 1991. 2.

양왕용, 「감각적 이미지와 정지용의 '향수'─교사를 위한 시론」, 『시문학』 253호, 시문학사, 1992. 8.

양혜경, 「자연회귀와 향토의식─정지용과 조지훈을 중심으로」, 『국어국문학』 16집, 동아대, 1997.

양혜경, 「정지용 시에 나타난 미의식의 수용 양상」, 『수련어문논집』 24집, 수련어문학회, 1998. 4.

양혜경, 「정지용과 조지훈 시의 전통지향성 연구」, 동아대 대학원 석사학위 논문, 1997.

엄미라, 「가톨릭시즘의 시 연구─정지용 구상 김남조 최민순 이해인 중심으로」, 건국대 대학원 석사학위 논문, 1999.

엄성원, 「1930년대 한국 모더니즘 시에 나타난 시간의식 연구─김기림 이상 정지용의 시를 대상으로」, 서강대 대학원 석사학위 논문, 1997.

여 수, 「정지용 시집에 대하여」, 『조선중앙일보』, 조선중앙일보사, 1935. 12. 7.

여 수, 「지용과 임화의 시」, 『중앙』, 1936. 1.

오광수, 『김환기』, 열화당, 1996.

오광수, 『한국현대미술사』, 열화당, 2004.

오도영, 「정지용 시 연구」, 전북대 교육대학원 석사학위 논문, 2001.

오성호, 김종태 편, 「'향수'와 '고향' 그리고 향토의 발견」, 『정지용 이해』, 태학사, 2002.

오세영, 「모더니스트, 비극적 상황의 주인공들」, 『문학사상』, 문학사상사, 1975. 1.

오세영, 「한국문학에 나타난 바다」, 『현대문학』, 현대문학사, 1977. 7.

오세영, 「근대시와 현대시」, 『현대시』, 1984. 여름호.

오세영, 『한국현대시 분석적 읽기』, 고려대학교출판부, 1998.

오세영, 『김소월, 그 삶과 문학』, 서울대출판부, 2000.

오세인, 「정지용 시 연구: 자아와 대상 사이의 거리를 중심으로」, 2002.

오순연, 「정지용 시의 변모과정 연구」, 경북대 교육대학원 석사학위 논문, 1991.

오양호, 「한국문학 속의 교토」, 『황해문화』 25집, 새얼문화재단, 1999. 12.

오쿠보 다카키, 송석원 옮김, 『일본문화론의 계보』, 소화, 2007.

오탁번, 「엿치기와 연애편지」, 『오탁번 시화』, 나남출판사, 1998.

오탁번, 「지용 시 연구」, 고려대 대학원 석사학위 논문, 1972.

오탁번, 「현대시 방법의 발견과 전개」, 『문학사상』, 문학사상사, 1975. 1.

오탁번, 「지용시의 환경」·「지용시의 제재」, 『현대문학산고』, 고려대학교출판부, 1976.

오탁번, 「한국현대시사의 대위적 구조―소월시와 지용시의 시사적 의의」, 고려대 대학원 박사학위 논문, 1983.

오탁번, 『한국현대시사의 대위적 구조』, 고려대 민족문화연구소, 1988.

오탁번, 「정지용의 '춘설'」, 『시와시학』, 시와시학사, 2002. 여름.

오탁번, 「지용시의 이름 짓기와 시적 고도」, 『시안』 17호, 시안사, 2002. 가을.

오형엽, 「시적 대상과 자아의 일체화, 혹은 공간화―김기림과 정지용의 '유리창' 비교 분석」, 『한국문학논총』 24집, 한국문학회, 1999. 6.

요시무라 나오끼, 「일본유학시 정지용과 윤동주 시에 나타난 고향의식 연구」, 충남대 대학원 석사학위 논문, 2000.

熊本勉, 「정지용과 '근대풍경'」, 『숭실어문』 9, 1991. 5.

원구식, 「정지용 연구―전기(傳記)과 시어를 중심으로」, 숭전대 대학원 석사학위 논문, 1983.

원구식, 「정지용론」, 『현대시』, 한국문연, 1990. 3.

원명수, 「정지용 가톨릭 시에 나타난 기독교사상고」, 『한국학논집』 17집, 계명대 한국학연구소, 1990. 12.

원명수, 「정지용 시에 나타난 소외의식」, 『돌곶 김상선교수 회갑기념논총』, 돌곶 김상선교수 회갑기념논총 간행위원회, 1990. 11.

원명수, 「한국 모더니즘 시에 나타난 소외의식과 불안의식 연구」, 중앙대 대학원 박사학위 논문, 1984. 11.

위미경, 「정지용 시 연구」, 경희대 대학원 석사학위 논문, 1988.

유근택, 「정지용 시 연구」, 건국대 교육대학원 석사학위 논문, 1988.

유병석, 「절창에 가까운 시인들의 집단」, 『문학사상』, 문학사상사, 1975. 1.

유상영, 「정지용 시관의 변모 양상 연구」, 인천대 교육대학원 석사학위 논문, 1999.

유성호, 김신정 편, 「정지용의 이른바 '종교시편'의 의미」, 『정지용의 문학세계 연구』, 깊은샘, 2001.

유윤식, 「시문학파 형성과정 고찰」, 『인천어문학』 11집, 인천대, 1994.

유윤식, 「정지용의 시관 고찰」, 『인천대논문집』 14집, 인천대, 1989.

유임하, 「1920년대—1930년대 시에 나타난 근대문명 인식」, 『한국문학연구』 14 집, 동국대 한국문학연구소, 1992.

유정웅, 「정지용 시의 공간이미지 연구: 불안의식의 변모를 중심으로」, 2003.

유종호, 「현대시의 50년」, 『사상계』, 사상계사, 1962. 5.

유종호 편, 『유리창』, 세계시인선 20, 민음사, 1995.

유종호, 『시란 무엇인가』, 민음사, 1995.

유종호, 「의미론적 정의를 위하여—엄밀성과 상투성」, 『동서문학』 226호, 동서문 학사, 1997. 9.

유종호, 「서리병아리와 서리까마귀」, 『시문학』, 2001. 7.

유종호, 『서정적 진실을 찾아서』, 민음사, 2001.

유종호, 김종태 편, 「정지용의 당대 수용과 비판」, 『정지용 이해』, 태학사, 2002.

유치환, 「예지를 잃은 슬픔」, 『현대문학』, 현대문학사, 1963. 9.

유태수, 「정지용 산문론」, 『관악어문연구』 6집, 서울대학교 국어국문학과, 1981.

12.

유태수, 「한국에 있어서의 주지주의 문학의 양상」, 『강원인문논총』 1집, 강원대, 1990.

유홍준, 『김정희』, 학고재, 2006.

유홍준, 『조선시대 화론 연구』, 학고재, 1998.

육순복, 「정지용 시 연구-문학적 특성을 중심으로」, 한양대 대학원 석사학위 논문, 1992.

윤여탁, 「시 교육에서 언어의 문제-정지용을 중심으로」, 『국어교육』 90집, 국어교육학회, 1995. 12.

윤여탁, 『시 교육론』, 태학사, 1996.

윤여탁, 『시 교육론 II』, 서울대학교출판부, 1998.

윤은주, 「정지용의 시세계 연구」, 명지대 교육대학원 석사학위 논문, 1999.

윤재걸, 「남북작가의 가족들」, 『문예중앙』, 1983. 여름호.

윤한태, 「정지용 소고-신앙시를 중심으로」, 『순천향대학논문집』 42집, 순천향대, 1989.

윤해연, 「정지용 시와 한문학의 관련 양상 연구」, 인하대 대학원 박사학위 논문, 2001.

윤형중, 「카톨리시즘은 현대문화에 있어서 엇던 위치에 섯는가?」, 『조선일보』, 1933. 8. 26~9. 5.

윤호병, 「향수의 미학」, 『시와 시학』, 1994. 여름호.

은희경, 「정지용론」, 연세대 대학원 석사학위 논문, 1982.

이 활, 『정지용·김기림의 세계』, 명문당, 1991.

이경숙, 「시적 화자를 중심으로 한 시담론 교수-학습 방법 연구」, 강원대 교육대학원 석사학위 논문, 1999.

이경숙, 「윤동주 시의 발전과정 연구-정지용 시와의 비교를 중심으로」, 인하대 교육대학원 석사학위 논문, 1999.

이경식, 『아리스토텔레스의 시학과 신고전주의』, 서울대출판부, 2004.

이경희, 「김용준의 향토색의 성과 의의」, 『서울대 예술문화연구』 10집 1권, 2000.

이고산, 「정지용 시집에 대하여」, 『조선중앙일보』, 조선중앙일보사, 1936. 3. 25.

이광희, 「정지용 시 연구」, 국민대 교육대학원 석사학위 논문, 2001.

이구열, 『북한 미술 50년』, 돌베개, 2001.

이구열, 『우리 근대미술 뒷이야기』, 돌베개, 2005.

이구열회갑기념논총간행위원회 편, 『근대한국미술논총』, 학고재, 1993.

이규일, 『이야기하는 그림』, 시공아트, 1999.

이근화, 「정지용 시 연구－시의 화자를 중심으로」, 고려대 대학원 석사학위 논문, 2001.

이기서, 「1930년대 한국시의 의식구조 연구－세계상실과 그 변이과정을 중심으로」, 고려대 대학원 박사학위 논문, 1983.

이기서, 「정지용 시 연구－언어와 수사를 중심으로」, 『문리대논집』 4집, 고려대 문과대학, 1986. 12.

이기서, 『한국현대시의식연구』, 고려대 민족문화연구소, 1984.

이기향, 「1930년대 시의 이미지론－정지용·김기림을 중심으로」, 단국대 대학원 석사학위 논문, 1992.

이기현, 「정지용 시 연구－내면의식의 변이양상을 중심으로」, 중앙대 대학원 석사학위 논문, 1997.

이기형, 「1930년대 한국 모더니즘시 연구－정지용을 중심으로」, 인하대 대학원 박사학위 논문, 1994.

이남호, 「한국현대문학에 나타난 자연의 모습」, 『현대한국문학 100년』, 민음사, 1999.

이남호, 「현대시에 나타난 나비와 잠자리」, 『시안』 17호, 시안사, 2002. 가을.

이남호, 『교과서에 실린 문학작품을 어떻게 가르칠 것인가』, 현대문학사, 2001.

이동순 편, 『백석 시 전집』, 창작사, 1987.

이동엽, 「정지용 시 연구」, 국민대 대학원 석사학위 논문, 1984.

이동주, 『우리 옛그림의 아름다움』, 시공아트, 1996.

이명찬, 「1940년 전후의 시정신－'인문평론'과 '문장'을 중심으로」, 『한성어문학』 18집, 한성대학교 국어국문학과, 1999.

이명찬, 『1930년대 한국시의 근대성』, 소명출판사, 2000.

이미순, 「정지용 시의 수사학적 일 고찰」, 『한국의 현대문학』 3권, 모음사, 1994.

이미순, 「정지용의 '鴨川' 다시 읽기」, 『한국시학연구』 5호, 한국시학회, 2001.

이미순, 「한국 근대문인의 고향의식 연구-김기림 정지용 오장환을 중심으로」, 『비교문학』 23집, 비교문학회, 1998.

이봉숙, 「정지용 시에 나타난 갈등양상과 극복에 관한 연구」, 충북대 대학원 석사학위 논문, 1998.

이상오, 「정지용의 산수시 고찰」, 『한국시학연구』 5호, 한국시학회, 2001.

이상오, 「정지용의 산수시 고찰」, 『한국시학연구』 6, 2002.

이상오, 「정지용 후기시의 시간과 공간」, 『현대문학의 연구』 26, 2009.

이상호, 「청록파 연구-청록집을 중심으로」, 『한국언어문화』 28, 2005.

이석우, 「정지용 시의 연구-영향관계를 중심으로」, 청주대 대학원 박사학위 논문, 2000.

이선영, 「식민지시대 시인의 자세와 시적 성과」, 『창작과 비평』, 1974. 여름호.

이선영, 「한말의 사상적 배경과 문학이론」, 『세계의 문학』, 1980. 여름호.

이선이, 「정지용 후기시에 있어서 전통과 근대」, 『우리문학연구』 21, 2007.

이숭원, 「정지용 시 연구」, 서울대 대학원 석사학위 논문, 1980.

이숭원, 「'백록담'에 담긴 지용의 미학」, 『어문연구』 12집, 어문연구회, 1983. 12.

이숭원, 「정지용 시의 환상과 동경」, 『문학과비평』 6호, 문학과비평사, 1988. 5.

이숭원, 「정지용 시에 나타난 고독과 죽음」, 『현대시』, 한국문연, 1990. 3.

이숭원, 「향수 혹은 고독의 내면풍경-정지용의 '향수'」, 『문학과비평』 14호, 문학과비평사, 1990. 6.

이숭원, 「정지용 시와 현대시의 한 전범」, 『현대시』, 한국문연, 1995. 10.

이숭원 편, 『정지용』, 문학세계사, 1996.

이숭원, 「정지용의 생애와 시적 성장에 대한 연구」, 『인문논총』 3집, 서울여대 인문과학연구소, 1996. 12.

이숭원, 「정지용의 초기시편에 대한 고찰」, 『국어교육』 97, 국어교육학회, 1998. 6.

이숭원, 『정지용 시의 심층적 탐구』, 태학사, 1999.

이숭원, 「시대를 견인한 청신한 감각-정지용의 시세계」, 『뉴스메이커』 398호, 경향신문사, 2000. 11. 16.

이숭원, 김종태 편, 「정지용 시의 해학성」, 『정지용 이해』, 태학사, 2002.

이숭원 주해, 『원본 정지용 시집』, 깊은샘, 2003.

이숭원, 『백석 시의 심층적 탐구』, 태학사, 2006.

이숭원, 『원본 백석 시집』, 깊은샘, 2006.

이승복, 「정지용 시의 운율 연구-시적 특질과 운율 형성과의 관계를 중심으로」, 홍익대 대학원 석사학위 논문, 1988.

이승복, 「정지용 시의 운율체계 연구-1930년대 시창작 방법의 모형화 구축을 중심으로」, 홍익대 대학원 박사학위논문, 1994.

이승복, 『우리 시의 운율 체계와 기능』, 보고사, 1995.

이승복, 김종태 편, 「정지용 시 운율의 체계와 교육방법」, 『정지용 이해』, 태학사, 2002.

이승철, 「정지용 시 연구-'전통'과 '모던'의 논리」, 『인문과학논집』 17집, 청주대, 1997.

이승하, 「일제하 기독교 시인의 죽음의식-정지용 윤동주의 경우」, 『현대문학이론연구』 11집, 현대문학이론학회, 1999.

이승훈, 「1920년대 한국모더니즘 시 연구」, 『한국학논집』 29집, 한양대 국학연구원, 1996.

이승훈, 「람프의 시학」, 『정지용 연구』, 새문사, 1988.

이승훈, 「정지용의 시론」, 『현대시』, 한국문연, 1990. 11.

이시용, 「정지용 시 연구」, 경원대 교육대학원 석사학위 논문, 1996.

이양하, 「바라든 지용시집」, 『조선일보』, 조선일보사, 1935. 12. 7~11.

이어령, 「창의 공간기호론-정지용의 '유리창'을 중심으로」, 『문학사상』, 문학사상사, 1988. 4~1988. 5.

이어령, 「정지용 '말'의 기호학적 분석」, 『현대시사상』 7호, 1991.

이어령, 『시 다시 읽기』, 문학사상사, 1995.

이영섭, 「한국 현대시의 모더니즘 수용 양상-30년대 모더니즘 시를 중심으로」, 『인문논총』 2집, 경원대, 1993.

이영숙, 「정지용 시 연구」, 한국외국어대 교육대학원 석사학위 논문, 1988.

이영희, 「정지용 시의 전통적 특성 연구」, 계명대 교육대학원 석사학위 논문, 1995.

이용한, 「정지용 시 방법론 연구-비유형태를 중심으로」, 경희대 교육대학원 석사학위 논문, 1992.

이용훈, 「정지용 시에 나타난 바다의 양상」, 『교양논총』 2집, 한국해양대 교양과

정부, 1994.

이우원, 「정지용 시 연구―시의 변화과정과 변화양상을 중심으로」, 계명대 교육대학원 석사학위 논문, 1989.

이윤건, 「정지용 시에 나타난 시의식과 이미지 분석―바다를 제재로 한 작품을 중심으로」, 고려대 교육대학원 석사학위 논문, 1998.

이윤영, 「정지용 시에 나타난 의식변이 양상의 고찰」, 인천대 교육대학원 석사학위 논문, 1999.

이을수, 「정지용 시 연구」, 국민대 대학원 석사학위 논문, 1984.

이인호, 「1930년대 모더니즘 시에 나타난 '바다' 이미지 연구―정지용과 김기림의 시세계를 중심으로」, 강원대 대학원 석사학위 논문, 1998.

이재동, 「정지용의 기독교시 변모과정 연구―기독교 교육이 정지용 시에 미친 영향을 중심으로」, 인천대 교육대학원 석사학위 논문, 2000.

이정미, 「정지용 시와 이미지즘」, 2002.

이정미, 김신정 편, 「'고향', 서늘한 고향 체험의 긴장」, 『정지용의 문학세계 연구』, 깊은샘, 2001.

이정숙, 「1930년대 한국 현대시의 한 방향―전통과 서구의 접합이라는 측면에서」, 『한성어문학』 7집, 한성대 국어국문학과, 1988.

이정일, 「정지용 시론 연구」, 제주대 교육대학원 석사학위 논문, 1988.

이정호 외, 『철학의 이해』, 한국방송대출판부, 2000.

이종대, 「정지용 시의 세계인식」, 『한국문학연구』 19집, 동국대 한국문학연구소, 1997. 3.

이종록, 「정지용 시 연구―이미지 분석을 중심으로」, 충남대 교육대학원 석사학위 논문, 1984.

이종연, 「정지용 시세계 연구」, 중앙대 대학원 석사학위 논문, 2002.

이진영, 「정지용의 시의식 변모 양상」, 건국대 교육대학원 석사학위 논문, 2001.

이진홍, 「정지용의 작품 '유리창'을 통한 시의 존재론적 해명」, 경북대 대학원 석사학위 논문, 1979.

이진희, 「정지용 시의식 변모 양상」, 2001.

이창민, 「정지용 시 연구―물의 이미지의 변모 양상을 중심으로」, 고려대 대학원 석사학위 논문, 1993.

이창배, 「이미지즘과 그 영향」, 『심상』, 1974.2.

이창배, 「현대영미시가 한국의 현대시에 미친 영향―영시학도가 본 한국의 현대시」, 『한국문학연구』 3집, 동국대 한국문학연구소, 1981.

이철희, 「정지용 시 연구―'바다'와 '산'의 이미지를 중심으로」, 대구대 대학원 석사학위 논문, 1985.

이태동, 「비극적 숭고미―정지용의 시세계」, 『문화예술』 156호, 한국문화예술진흥원, 1992.

이태호, 『조선후기 회화의 사실정신』, 학고재, 1996.

이학신, 「정지용 시의 연구―상징과 이미지의 변모 과정」, 전남대 교육대학원 석사학위 논문, 2001.

이헌숙, 「정지용 시 연구―시적 변용을 중심으로」, 성균관대 교육대학원 석사학위 논문, 2001.

이현정, 「정지용 산문시 연구」, 2003.

이현정, 「정지용 시 연구―표현 기법과 주제적 특징을 중심으로」, 성균관대 교육대학원 석사학위 논문, 1997.

이환해, 「정지용의 후기시 연구」, 2002.

이희경, 「1930년대 모더니즘시에 나타난 바다 이미지 연구―정지용 김기림 시를 중심으로」, 아주대 교육대학원 석사학위 논문, 1999.

이희준, 「정지용 시의 고향의식 분석」, 중부대 인문사회과학대학원 석사학위 논문, 2000.

이희춘, 「우수와 초월의 시학―정지용론」, 『계명어문학』 5집, 계명대 계명어문학회, 1990.

이희환, 「젊은날 정지용의 종교적 발자취」, 『문학사상』, 문학사상사, 1998. 12.

임 화, 「담천하(曇天下)의 시단일년」, 『신동아』, 동아일보사, 1935. 12.

임세훈, 「정지용 시 연구―초기시를 중심으로」, 한양대 교육대학원 석사학위 논문, 2001.

임영천, 「가톨릭 신앙시의 명편―정지용의 종교시편」, 『기독교교육』 263호, 대한기독교교육협회, 1990.

임영천, 「시인 정지용의 전기적 의문점에 관한 고찰」, 『인문과학연구』 12집, 조선대 인문과학연구소, 1990.

임영천, 「정지용의 신앙시와 전기적 의문점」, 『기독교사상』 377호, 대한기독교서회, 1990. 5.

임은희, 「정지용 시의 공간의식 연구」, 숙명여대 교육대학원 석사학위 논문, 1997.

임점식, 「정지용 시 연구—운율에 관하여」, 국민대 교육대학원 석사학위 논문, 1994.

임헌영, 「정지용 친일론의 허와 실—시 '이토'와 친일문학의 규정문제」, 『문학사상』, 문학사상사, 2001. 8.

임희태, 「정지용 시 연구」, 충북대 교육대학원 석사학위 논문, 1996.

장경렬, 「이미지즘의 원리와 〈詩畵一如〉의 시론」, 『작가세계』, 1999. 겨울호.

장구향, 「정지용의 초기시에 나타난 '고향'의 의미 연구」, 건국대대학원 『논문집』 30집, 1990. 8.

장도준, 「새로운 언어와 공간—정지용의 1925—30년 무렵 시의 연구」, 『연세어문학』, 연세대 국어국문학과, 1988. 12.

장도준, 「정지용 시 연구」, 연세대 대학원 박사학위 논문, 1989.

장도준, 「정지용 시의 음악성과 회화성」, 『국문학연구』 47집, 효성여대 대학원 국어국문학연구실, 1990.

장도준, 「정지용 시의 표현 특징」, 『국문학연구』 14집, 효성여대 대학원 국어국문학연구실, 1991.

장도준, 「정지용 시 연구」, 태학사, 1994.

장도준, 『정지용의 시세계』, 태학사, 1994.

장도준, 『한국현대시의 전통과 새로운』, 새매, 1998.

장도준, 「상실과 극복의 시적 여정—정지용론」, 『한국말글학』 22, 2005.

장승화, 「한국 모더니즘 시의 기본 패턴 시론—특히 김기림 정지용 김광균 박인환을 중심으로」, 『국어국문학논문집』 5집, 동아대 국어국문학과, 1982.

장언원 외 지음, 김기주 역주, 『중국화론선집』, 미술문화, 2002.

장옥희, 「정지용 시 연구—이미지 유형을 중심으로」, 한국외국어대 교육대학원 석사학위 논문, 1994.

장준석, 『중국 회화사론』, 학연문화사, 2002.

장화원, 「정지용 시의 전통지향성 연구—동요 민요풍시를 중심으로」, 부산대 교육대학원 석사학위 논문, 1997.

전병호, 「정지용 동시 연구—특히 상실의식을 중심으로」, 중앙대 교육대학원 석사학위 논문, 1993.

전신재 편, 『김유정문학의 전통성과 근대성』, 한림대출판부, 1997.

정 민, 「한시와 현대시 4제」, 『현대시학』, 현대시학사, 2002. 4.

정 철, 「정지용 시의 이미지 연구」, 2005.

정구향, 「정지용의 초기시에 나타난 '고향'의 의미 연구」, 『건국대 대학원 논문집』 30호, 건국대 대학원, 1990. 8.

정규화, 「정지용 시 연구」, 인하대 대학원 석사학위 논문, 1985.

정근옥, 『조지훈 시 연구』, 보고사, 2006.

정끝별, 「정지용 시의 상상력 연구—시간과 공간을 중심으로」, 이화여대 대학원 석사학위 논문, 1989. 12

정대영, 「정지용 시에 나타난 고향의식 연구」, 동아대 대학원 석사학위 논문, 1983.

정미경, 「정지용 윤동주의 동시 비교 연구」, 중앙대 교육대학원 석사학위 논문, 2001.

정상균, 「정지용 시 연구」, 『천봉 이능우 박사 칠순기념논총』, 천봉 이능우박사 칠순기념논총 간행위원회, 1990. 2.

정선영, 「정지용의 시 연구—허정무위를 중심으로」, 서강대 교육대학원 석사학위 논문, 1999.

정순진, 「가톨릭 체험의 시화—정지용의 경우」, 『대전어문학』 16집, 대전대 국어국문학회, 1999.

정용문, 「정지용 시의 연구—자연 수용을 중심으로」, 제주대 대학원 석사학위 논문, 1995.

정의홍, 「정지용 시의 문학적 특성 연구」, 동국대 대학원 석사학위 논문, 1982.

정의홍, 「정지용 시 연구에 대한 재평가」, 『대전대학논문집』 4집, 대전대학, 1985.

정의홍, 「정지용 시 평가의 문제점」, 『시문학』 197·198호, 시문학사, 1987. 12~1988. 1.

정의홍, 「정지용 시의 동양적 자연관」, 『대전어문학』 5집, 대전대 국어국문학회, 1988.

정의홍, 「정지용론」, 『현대시』, 한국문연, 1990. 3.

정의홍, 「정지용 시의 연구」, 동국대 대학원 박사학위 논문, 1992.

정의홍, 「정지용 시에 나타난 정신외상－심리주의 비평적 방법론의 시도」, 『인문과학논문집』 20집, 대전대 인문과학연구소, 1994.

정의홍, 『정지용의 시 연구』, 형설출판사, 1995.

정인상, 「정지용 시인의 카톨릭 신앙관과 구원관」, 『누리와 말씀』 19, 2006.

정재욱, 「정지용 시 연구」, 경성대 교육대학원 석사학위 논문, 2001.

정정덕, 「'정지용의 졸업논문' 번역」, 『우리문학과 언어의 재조명』, 하양대 국무학과, 1996. 7.

정종수, 「정지용의 동양적 시정신에 관한 연구」, 제주대 대학원 석사학위 논문, 1989.

정종진, 「정지용 시론의 고전시학적 해석」, 『인문과학논집』 14집, 청주대 인문과학연구소, 1995.

정종진, 「정지용과 조지훈 시론의 비교연구」, 『인문과학논집』 18집, 청주대 인문과학연구소, 1998. 2.

정지용, 『白鹿潭』, 문장사, 1941.

정지용, 『散文』, 동지사, 1949.

정지용, 『정지용－시와 산문』, 깊은샘, 1988.

정지용, 『鄭芝溶 詩集』, 시문학사, 1935.

정지용, 『芝溶 詩選』, 을유문화사, 1946.

정지용, 『芝溶文學讀本』, 박문출판사, 1948.

정진아, 「정지용 시 연구」, 숙명여대 교육대학원 석사학위 논문, 1991.

정진아, 「정지용 시 연구」, 『강남어문』 7집, 강남대 국어국문학과, 1992.

정태선, 「정지용의 시 연구」, 서강대 대학원 석사학위 논문, 1981.

정한모, 「한국현대시 연구의 반성」, 『현대시』 1집, 1984, 여름호.

정현종, 「감각·이미지·언어－정지용의 '유리창 1'」, 『인문과학』 49집, 연세대 인문과학연구소, 1983.6.

정형민, 『한국미술사에 있어서 근대성의 논의 (2)－김용준을 중심으로』, 1983.

정효구, 「정지용 시의 이미지즘과 그 한계」, 『모더니즘 연구』, 자유세계, 1993.

조남익, 「시의 언어와 법열(法悅)－정지용편」, 『시문학』 307호, 시문학사, 1997. 2.

조동일, 『한국문학통사 5』, 지식산업사, 1989.

조병춘, 「한국 모더니즘의 시론」, 『태능어문』 1집, 서울여대 국어국문학회, 1981.

조병춘, 「모더니즘 시의 기수들」, 『태능어문』 4집, 서울여대 국어국문학회, 1987.

조연현, 「수공업 예술의 말로—정지용씨의 운명」, 『평화일보』, 선문사, 1947. 8. 20~21.

조연현, 「산문 정신의 모독—정지용씨의 산문문학관에 대하여」, 『예술조선』, 1948. 9.

조연희, 「지용 시에 나타난 전통적 양상—자연과 죽음과 사랑을 중심으로」, 『어문교육논집』 2집, 부산대, 1977.

조영복, 『월북 예술가, 오래 잊혀진 그들』, 돌베개, 2002.

조영일, 「정지용 시의 카톨리시즘」, 관동대 교육대학원 석사학위 논문, 1990.

조완호, 「지용 시의 변모 양상 연구」, 국어교육학회, 『국어교육』 87·88집, 1995.

조용만, 「나와 구인회시대—시인 정지용」, 『대한일보』, 1966. 9. 18.

조용만, 「이상시대, 젊은 예술가의 초상」, 『문학사상』, 1987. 4.

조의홍, 「1930년대의 한국 산문시 연구」, 『동아어문논집』 2집, 동아대 동아어문학회, 1992.

조정림, 「정지용 시 연구」, 호남대 대학원 석사학위 논문, 1996.

조지훈, 「현대시의 반성」, 『사상계』 107호, 사상계사, 1962. 5.

조창환, 「현대시 자료의 검증과 해석」, 『한국시학연구』 5호, 한국시학회, 2001.

조풍연, 「결혼 기념 화첩에 담긴 우정」, 『계간 미술』 36호, 1985년 겨울호.

조행순, 「정지용 시의 내면의식 연구」, 한림대 대학원 석사학위 논문, 1995.

주은일, 「정지용 시의 변모양상 고찰」, 조선대 교육대학원 석사학위 논문, 1994.

지선영, 「정지용 시의 감각과 시적 변용」, 이화여대 대학원 석사학위 논문, 1986.

지의선, 「정지용 시 연구—『정지용시집』을 중심으로」, 강원대 교육대학원 석사학위 논문, 1999.

진수미, 「정지용 시의 은유 연구」, 서울시립대 대학원 석사학위 논문, 1994. 12.

진수미, 「정지용 시의 회화지향성 연구」, 『비교문학』 41, 2007.

진수웅, 「정지용 시 연구—특히 그의 동시와 관련하여」, 단국대 교육대학원 석사학위 논문, 1983.

진순애, 「한국현대시의 모더니티 연구」, 성균관대 대학원 박사학위 논문, 1997.

진순애, 『한국현대시와 모더니티』, 태학사, 1999.

진순애, 「정지용 시의 내적 동인으로서의 동시」, 『한국시학연구』 7, 2002.

진창영, 「시문학파의 문학적 성향 고찰」, 『국어국문학논문집』 13집, 동아대 국어
　　　국문학과, 1994.

차용태, 「정지용 시의 이미지 고찰」, 조선대 대학원 석사학위 논문, 1991.

차혜영, 『1930년대 한국문학의 모더니즘과 전통 연구』, 깊은샘, 2004.

채수영, 「동일성 이미지와 시적 교감」, 『비평문학』 5집, 한국비평문학회, 1991.

최　열, 『김복진·힘의 미학』, 재원, 1995.

최　열, 『한국근대미술비평사』, 열화당, 2001.

최　열, 『한국근대미술의 역사』(1800~1945), 열화당, 2006.

최　상, 「한국 현대시에 투영된 유년기 체험의 시적 특질에 관한 연구─윤동주 정
　　　지용 백석을 중심으로」, 원광대 대학원 석사학위 논문, 1996.

최기정, 「정지용 시 연구─시집 백록담을 중심으로」, 가톨릭대 대학원 석사학위
　　　논문, 1996.

최동호, 「정지용의 '장수산'과 '백록담'」, 『경희어문학』 6집, 1983.

최동호, 『현대시의 정신사』, 열음사, 1985.

최동호, 「정지용의 산수시와 은일의 정신」, 『민족문화연구』 19집, 고려대 민족문
　　　화연구소, 1986. 1.

최동호, 「산수시와 은일의 정신」, 『불확정시대의 문학』, 문학과지성사, 1987.

최동호, 『하나의 도에 이르는 시학』, 고려대학교출판부, 1997.

최동호, 「정지용의 산수시와 情·景의 시학」, 『작가세계』, 2000, 가을호.

최동호, 「동아시아 자연시와 동서의 교차점─비분리의 시학을 위하여」, 『인문과
　　　학연구』 20집, 성신여대 인문과학연구소, 2000.

최동호, 『디지털문화와 생태시학』, 민음사, 2000.

최동호, 「개편되어야 할 『정지용 전집』─미수록 작품과 잘못 수록된 작품을 중심
　　　으로」, 『문학사상』, 2002. 10.

최동호, 김종태 편, 「정지용의 산수시와 성정의 시학」, 『정지용 이해』, 태학사,
　　　2002.

최동호, 「정지용의 '금강산' 시편에 대하여」, 『동서문학』, 2002. 겨울호.

최동호 외, 『다시 읽는 정지용 시』, 월인, 2003.

최동호 편저, 『정지용 사전』, 고려대출판부, 2003.

최동호·맹문재 외, 『다시 읽는 정지용 시』, 월인, 2003.

최동호 외, 『백석 시 읽기의 즐거움』, 서정시학, 2006.

최동호, 『정지용―그들의 문학과 생애』, 한길사, 2008,

최두석, 「정지용의 시 세계―유리창 이미지를 중심으로」, 『창작과비평』, 창작과
　　　비평사, 1988. 여름.

최병준, 「한국적 모더니즘 비평문학론」, 『강남대논문집』 19집, 강남대, 1989.

최순우, 『무량수전 배흘림기둥에 기대서서』, 학고재, 1994.

최승옥, 「정지용 시 연구―시어에 나타난 '바다'의 이미지를 중심으로」, 『우암논
　　　총』, 11집, 청주대 대학원, 1994.

최승호, 「1930년대 후반기 시의 전통지향적 미의식 연구―문장과 자연시를 중심
　　　으로」, 서울대 대학원 박사학위 논문, 1994.

최승호, 『1930년대 후반기 시의 전통지향적 미의식 연구』, 서울대 박사논문,
　　　1994.

최승호, 『한국현대시와 동양적 생명사상』, 다운샘, 1995.

최승호, 「정지용 자연시의 정·경에 대한 고찰」, 『한국현대문학』 4집, 모음사,
　　　1995.

최승호, 「정지용 자연시의 은유적 상상력」, 『한국시학연구』 1호, 한국시학회,
　　　1998. 11.

최정숙, 「정지용의 문학과 월북의 의미」, 『통일』 111호, 민족통일중앙협의회,
　　　1990. 12.

최종금, 「일제하 한국 현대시에 나타난 고향의식」, 『한국어문교육』 9집, 한국교
　　　원대 국어교육과, 2000.

최종금, 임문혁 외, 「정지용 시의 전통수용론」, 『한국현대문학과 전통』, 신원문화
　　　사, 1993.

최창록, 「지용시의 스타일 연구」, 『국어국문학연구』 11, 청구대, 1961.

최창록, 「한국 시문체의 전통적 요소와 현대적 요소―소월과 지용을 통해 본」,
　　　경북대 대학원 석사학위 논문, 1962.

최치원, 「정지용 시의 은유 구조―물 이미지의 형성과 상호텍스트적 영향 관계를
　　　중심으로」, 『호서문화논총』 15집, 서원대 호서문화연구소, 2001.

최태만, 「근원 김용준의 초기이론과 작품연구」, 『한국근대미술사학』 제8집, 1999.

최태웅, 「정지용의 비극」, 『사상계』, 1962. 12.

최하림, 「30년대 시인들」, 『문예중앙』, 1983. 봄·여름호.

최학출, 「정지용의 시와 시적 주체의 욕망에 대한 연구」, 『울산어문논집』 12집, 울산대 국어국문학과, 1997.

최학출, 「정지용의 초기 자유시 형태와 형식적 가능성에 대하여」, 『울산어문논집』 15집, 울산대 국어국문학과, 2001.

한국근대미술사학회 편, 『한국근대미술사학』 제15집 특집호―이구열선생 「한국근대미술연구소」 30주년 기념논총, 2005.

한국근대미술사학회 편, 『한국근대미술사학』 제17집, 2006.

한국예술종합학교 한국예술연구소 엮음, 『한국현대예술사대계』, 시공사, 1999.

한상선, 「정지용 시 연구」, 인하대 교육대학원 석사학위 논문, 1993.

한애숙, 「정지용 동시 연구」, 2004.

한영실, 「정지용 시 연구―시집 '백록담'을 중심으로」, 연세대 석사학위 논문, 1988. 2.

한영옥, 「산정으로 오른 정신―정지용의 시」, 『한국현대시의 의식탐구』, 새미, 1999.

한영옥, 「정지용 시의 현상학적 연구」, 『문학한글』 10집, 한국학회, 1996.

한종수, 「정지용 시 연구」, 전북대 대학원 석사학위 논문, 1989.

한홍자, 「정지용 시 연구」, 성신여대 대학원 석사학위 논문, 1995.

한홍자, 「청록파의 자연관 연구」, 『돈암어문학』 13, 2000.

함동선·조완호, 「정지용의 시에 나타난 도가정신에 관한 연구―시집 『백록담』에서 고전지향적인 성격을 띤 작품을 중심으로」, 『중앙대창론』 13집, 1994.

허소나, 「석정시의 성립 배경 연구 4―'시문학' 지용과의 관계를 중심으로」, 『한국언어문학』 34집, 한국언어문학회, 1995.

현승옥, 「시문학파 연구」, 2003.

호테이 토시히로, 「정지용과 동인지 『가(街)』에 대하여―새 자료의 소개를 중심으로」, 『관악어문연구』 21집, 서울대 국어국문학과, 1996.

홍기원, 「정지용 시 연구」, 2004.

홍신선, 「방언사용을 통해서 본 경기 충청권 정서―지용 만해 노작의 시를 중심으로」, 『현대시학』 321호, 현대시학사, 1995. 12.

홍신선, 「상생의 보살핌과 동심―정지용의 동시」, 『현대시학』, 현대시학사, 2001. 5.

홍신선, 「한국시의 향토정서에 대하여―노작 만해 지용의 시를 중심으로」, 『기전 어문학』 10 · 11집, 수원대 국어국문학회, 1996.

홍정선, 「정지용과 한용운」, 『황해문화』 27집, 새얼문화재단, 2000.

홍정운, 「소외된 자아의 공간―정지용의 시세계」, 『월간문학』 232호, 월간문학 사, 1988. 6.

홍종선 외, 「한국문학 특집―정지용편」, 『동서문학』, 2001. 봄호.

홍종연, 「문장파 문학과 정신사적 성격」, 『동양어문논집』 21, 1986.

홍종연, 「정지용의 산문과 전통에의 지향」, 동국대 『한국문학연구』 10집, 1987. 9.

홍효민, 「정지용론」, 『문화창조』, 1947. 3.

황규수, 「정지용 시 연구―공간 · 시간의식을 중심으로」, 인하대 대학원 박사학위 논문, 2002.

황병석, 「시의 형식론적 접근: 정지용의 시 「향수」를 중심으로」, 2003.

황성윤, 「정지용 시의 이미지 연구」, 명지대 교육대학원 석사학위 논문, 1997.

황종연, 「정지용의 산문과 전통에의 지향」, 『한국문학연구』 10집, 동국대 한국문 학연구소, 1987. 9.

황종연, 『한국문학의 근대와 반근대』, 동국대 박사논문, 1991.

황현산, 「이 시를 어떻게 읽을 것인가 13―정지용의 '누뤼'와 '연미복의 신사'」, 『현대시학』, 현대시학사, 2000. 4.

황현산, 「정지용의 '향수'에 붙이는 사족」, 『현대시학』, 현대시학사, 1999. 11.

정지용 시비 및 책 표지

1989년 옥천관성회관에 세워진 최초의 정지용 시비 「향수」

2005년 日本同志社大學에 세워진 정지용시비 「鴨川」

1935년 발행 정지용시집　　　　1941년 백록담 표지

1946년 정지용시집 재판　　　　1946년 지용시선

1948년 문학독본　　　　1949년 산문

잡지 『문장』 표지화

1939년 2월~1941년 4월

문장 제1권 1호

문장 제1권 3호

문장 제1권 4호

문장 제1권 5호

문장 제1권 6호

문장 제1권 7호-32인집

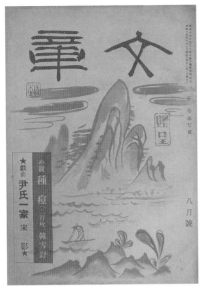

문장 제1권 7호

문장 제1권 8호

문장 제1권 9호

문장 제1권 10호

문장 제1권 11호

문장 제2권 1호

문장 제2권 2호

문장 제2권 3호

문장 제2권 4호

문장 제2권 5호

문장 제2권 7호

문장 제2권 6호

문장 제2권 8호

문장 제2권 9호

문장 제2권 10호

문장 제3권 1호

문장 제3권 2호 　　　　　　　　　　문장 제3권 3호

문장 제3권 4호

조풍연의 결혼화첩

정지용 '마지막 행적' 관련 북한 『통일신보』

(전호에서 계속)

지난날 서울에서 진보적인 젊은 시인들을 친신으로 아껴주면 두 선생에 대한 생각을 지울수 없었기때문이기도 했지만 그분들의 자제분들에게 진신을 전할수 없는 안타까움에서였다.

후대들에게 있어 불명예스러운 아버지를 가진 불행보다 더 큰 불행은 없으니말이다.

정지용선생의 아들이 나를 찾아온것은 내가 그런 고충을 안고 시달리고있을 때였다.

이전에 그가 어느 한 지질탐사대의 조사부장을 지낼 때 소설가 박태원선생과 시인 리용악선생을 찾아본 다음 내 집에도 두차례나 들렀었는데 공교롭게도 그때마다 내가 집을 비우고있었던 대여서 만나보지 못하고 편지래왕으로 그치고있던차에 그록 만난 기쁨이란 한량없으다.

나는 그에게 그의 아버지에 대한 이야기를 해주면 끝에 내가 느끼군하는 최책감에 대해서도 사죄하듯 말해주었다.

그러자 그는 소탈하게 웃으며 하는 말이 <무지는 불가항력이라고 하는데 무지에다 악의까지 겸한터이니 선생이 어떻게 그걸 이겨내겠어요.>라고 하면서 되려 나를 위로하는것이었다.

그리고 그런 걱정까지 해주는 선생에게 정지용의 아들이 드리는 잔이니 어서 받아주세요 하며 잔이 넘치게 술을 채우는것이었다.

나는 그 잔을 받으며 그의 얼굴을 찬찬히 뜯어보았다. 너무도 초라했던 정지용선생의 돈암동집에서 자주 만나군 하던 그의 소년시절의 얼굴은 어디에도 없었다. 그런 그가 나를 돌라보게 하는 40대의 그의 얼굴이며 체구가 그얼로 박은듯이 자기의 아버지를 그대로였다. 경을 끼고 코밑수염만 달던 40대에 해방을 맞이했던 지용선생의 그모습이 그대로였다. 어쩌면 이렇게도 신통히 아버지모습일가 하는 생각이 들수록 지용선생의 생전의 모습이 새삼스러운에 선했다.

이날 그는 이전에 내가 편지로 알려준적이 있는 자기 아버지의 최후를 목격 했다는 소설가 석인해교수의 집이 어딘가고 물으면서 이번에 평양걸음을 한 목적의 하나가 석교수를 만나는것이라고 했다.

이튿날 나는 그를 데리고 석인해교수의 집으로 갔다. 석교수는 자기와도 친분이 있던 정지용선생의 아들을 보자 몹시 반가와하면서 <아니, 저렇게도 아버지를

수 상

시인 정지용에 대한 생각

닮았다구야!> 하며 혀를 내둘렀다.

이야기는 시인의 아들이 궁금해하는 그의 아비지가 최후를 마친 1950년 가을 전쟁시기로 옮아갔다.

<그날이 그해 9월 21일이였나본데...>

하며 석교수는 자기가 안 김일성종합대학에서 교편을 잡고있던 시기에 선생을 만나 남으로 나가서 문화공작대 임무를 수행하고 문화공작대를 따라 동두천에서 정지용선생을 만났던 이야기를 그에게 들려주었다. 그 이야기는 이러했다.

서울을 거쳐 북으로 우리 해오면 석교수 일행은 아침나절에 동두천에서 낯모를 서너사람과 함께 북으로 후퇴해오면 정지용 일행을 만났다. 오랜만에 만난 두사람은 이런저런 이야기를 나누며 동두천뒷산을 넘게되었는데 그 산 이름이 <소요산>이라는 말을 들은 정지용은 그 이름이 매우 풍류적이라고 껄껄 웃었다. 석교수도 따라웃으며 그와 함께 산을 넘자 두갈래 길이 나타났다.

서쪽으로 가는 길은 황해도쪽으로 뻗은 길이었고 동쪽으로 난 길은 강원도 태백산줄기를 타는 길이었다.

그날 9월 21일 아침에 동쪽으로 길을 잡고 함께 오고있었는데 불시에 미국놈들의 비행기가 하늘을 쓸며 날아왔다. 일행을 발견한 비행기는 곧바로 기수를 숙이더니 로케트포탄을 쏘고 기총소사를 가하였다.

한참동안 맴돌던 놈들의 백새기가 사라진후에 정지용이 보이지않기에 걱정이 되어 찾아보았더니 세사람이 피에 젖어 넘어져있었다. 그 속에 있는 정지용은 기총소사에 가슴을 맞고 이미 숨을 거두고있었다. ...

이런 사실을 전해주면 석인해교수는 시인의 아들에게 말했다.

―<그대 정황이 허락치 않아서 할수 없이 동무의 유지 시신을 대충 묻고 통일이 되는 날 친구들과 함께 찾아가 봉분을 해드리자고 했었는데 참 안됐소!>

석교수로부터 그 이야기를 듣고난 시인의 아들은 이런 말로 대답했다.

―<정말 고맙습니다, 선생님들의 성의로 그래도 저의 아버지는 진가에 버림받지 않고 우리 땅에 문힐수 있었으니 무슨 말로 감사를 드렸으면 좋을지 모르겠습니다. 통일되는 날 아버지의 유골은 자식인 저희들이 찾아내어 자식된 도리를 다하겠습니다.>

(다음호에 계속)

(전호에서 계속)

지용선생의 아들에게 저녁을 같이 하자고 굳이 권하는 석교수에게 《내 집에 온 손님이니까》하고 나는 그를 데리고 저무는 가을해가 뉘엿거리는 거리로 나섰다.

시인의 아들과 나는 서로 다른 자기 생각에 골돌해 입을 봉한채 걸음을 옮기고있었다.

문득 《나의 림종에는 귀뚜라미 한마리 울지 말라》고 한 지용선생의 시 《림종》이 생각났다.

선량하고 인정깊던 시인의 최후가 너무도 참혹하고 통분해 차마 그 시를 입밖에 낼수 없었다.

그래서 나는 오늘까지도 내가 기억하고있는 시 《고향》을 나지막한 소리로 읊으며 시인의 아들과 함께 길을 걸었다.

조국에 조국에 돌아와도
그리던 조국은 아니려뇨

산꿩이 알을 품고
떼꾸기 제철에 울건만
마음은 제 조국 지니지 않고
먼 항구로 떠도는 구름…

내가 읊는 시를 귀담아듣고있던 시인의 아들은 이렇게 물었다.

—《그건 우리 아버지의 《고향》이 아닙니까?!》

《그렇소, 그 시요.》

일제시기에 망국노의 설움을 짓밟힌 고향에 기탁한 그 시에 나오는 《고향》을 나는 《조국》으로 바꾸었던것이다. 그렇게 하는것이 태방후 남조선에서 고롱스러운 다섯해를 살다가 참된 조국을 찾아오면 길에 희생된 선생의 비극적인 생애와 체험에 접근할 수 있을것만 같아 그렇게 한 것인데 이심전심으로 그 뜻이 전해졌던지 시인의 아들은 그 까닭을 묻지 않았다.

이런 일이 있었던터이라 지용선생의 아들은 북남학의 서가 배신자들의 도전을 받지 않았더라면 아버지의 유골을 찾아보려 했다가 뜻을 이루지 못해 그런 편지를 내왔던것이였다.

그 편지를 받고보니 정황이 허락지 않아서 가매장했다는 선생의 무덤이 눈에 아프게 밟혀왔다.

시인이 자기가 그렇듯 사랑하고 정든 그 땅에 제대로 묻히지도 못한채 반동일

수 상

시인 정지용에 대한 생각

분자들에 의해 오늘까지도 반공, 반공화국 선전에 리용되고있음을 생각하면 가슴에서 불이 인다.

미제는 우리 민족이 낳은 재능있는 시인의 한사람이였던 정지용선생의 생명을 무참히 앗아갔고, 력대 이남통치배들은 그의 명예를 악랄하게 더칠해왔다.

그러나 지용선생은 일제시기에 남긴 《향수》 《고향》, 《말》 그리고 《카페 프랑스》, 《압천》 가과 민족적량심과

망국의 한이 서린 유명한 시편들과 함께 북의 동포들속에서 오늘도 같이 살고있다.

북에서 발간된 현대조선문학선집의 1930년대 시인선집에는 선생이 남긴 작품들이 김소월과 함께 가장 많은 자리를 차지하고있으며 북의 대학들에서는 선생의 시들과 문학적업적이 강의되고있다.

만약 선생이 지하에서나마 북의 대학생들이 3대독자로 태어난 선생의 필명의 태택은 물론 선생의 선친이 리조말에 소방수소임을 맡아본 분이였다는 사실까지 알고있음을말아니라 서예에 능하던 선생의 필적이며 젊은 시절의 사진 등 한마디로 귀중한 시인과 관련된 일화며 유물들까지 찾고있는 그 애착과 열의를 아시게 된다면 얼마나 기뻐하랴.

게다가 북에 있는 자기의 아들이 사업과 생활에서 뛰여난 모범을 보여 친애하는 지도자 김정일선생님으로부터 대를 이어 물려줄 귀중한 선물을 받는 영광까지 누렸고 국기훈장제1급의 높은 국가수훈자로 자라났음문아니라 자부도 고등중학교의 부교장 겸 당일군으로 일하고있는 사실까지 아시게 된다면 정말로 얼마나 기뻐하랴. …

동두천 뒤산 소요산기에 있다는 그 무덤에서 벌떡 일어나 자랑과 기쁨에 겨워 환히 웃고있는 선생의 모습을 보는듯싶다.

40여년전 그날 참된 조국을 찾아 북으로 오면 도중에 애석하게도 선생은 희생되였으나 이렇듯 어제도 오늘도 북의 광범한 독자들과 함께 그리고 자기가 아끼고, 축망하던 후배들뿐아니라 자라나는 문학의 새 세대들과 함께 즐거운 대화를 섬없이 나누고 있다.

시인 박산운

(끝)

애국시인으로 내세워주시여

옛 시인의 공적을 빛내여주신 은인

사람은 대를 이어

내세워주신 점지용 경애하는 장군님께서 애국시인으로

찾아보기

정지용의 삶과 문학

2010년 5월 30일 1쇄 발행
2016년 3월 15일 5쇄 발행

저 자   박 태 상
펴낸이   박 현 숙
찍은곳   신화인쇄공사

04315 서울시 용산구 원효로 80길 5-15. 2층
TEL : 02-764-3018, 764-3019   FAX : 02-764-3011
E-mail : kpsm80@hanmail.net

펴낸곳 도서출판 깊 은 샘

등록번호/제2-69. 등록년월일/1980년 2월 6일

ISBN   978-89-7416-222-1

※ 잘못된 책은 교환해 드립니다.

값 15,000원